冬雪晚晴 著

古玩情缘

青铜

②

作家出版社

图书在版编目（CIP）数据

古玩情缘.青铜2 / 冬雪晚晴著. —北京：作家
出版社，2017. 12
ISBN 978-7-5063-9815-2

Ⅰ.①古… Ⅱ.①冬… Ⅲ.①长篇小说—中国—当代
Ⅳ.① I247.5

中国版本图书馆CIP数据核字（2017）第308426号

古玩情缘·青铜2

作　　者：冬雪晚晴
责任编辑：张　平
装帧设计：晋圣贤
出版发行：作家出版社
社　　址：北京农展馆南里 10 号　　　　邮　　编：100125
电话传真：86-10-65930756（出版发行部）
　　　　　86-10-65004079（总编室）
　　　　　86-10-65015116（邮购部）
E-mail: zuojia@zuojia.net.cn
http: //www.haozuojia.com（作家在线）
印　　刷：北京亚通印刷有限责任公司
成品尺寸：170×240
字　　数：316千字
印　　张：20
版　　次：2018年1月第1版
印　　次：2018年1月第1次印刷
ISBN　978-7-5063-9815-2
定　　价：42.00 元

目 录

第四十三章　睡前故事　　　　　○○一

第四十四章　约　战　　　　　　○○八

第四十五章　人心不足　　　　　○一七

第四十六章　势在必行　　　　　○二六

第四十七章　年少轻狂　　　　　○三二

第四十八章　八字不合　　　　　○四二

第四十九章　双耳瓶　　　　　　○五○

第五十章　　枯木回春　　　　　○五六

第五十一章　麻烦缠身　　　　　○六五

第五十二章　古印鬼影　　　　　○七三

第五十三章　大道无痕　　　　　○七九

第五十四章　青　金　　　　　　○八六

第五十五章　拍　卖　　　　　　○九三

第五十六章　云想衣裳花想容　　一○○

第五十七章　高仿品?　　　　　一○六

第五十八章　葫芦里的药　　　　一一二

第五十九章　疑团重重　　　　　一一八

目 录

第六十章　　　权威鉴定？　　　　　一二四

第六十一章　　弄真成假　　　　　　一三〇

第六十二章　　黑暗势力　　　　　　一三三

第六十三章　　顺手牵羊　　　　　　一四二

第六十四章　　不堪重用　　　　　　一四九

第六十五章　　暗藏杀机　　　　　　一五六

第六十六章　　古玉和婆婆　　　　　一六四

第六十七章　　老佛头　　　　　　　一七一

第六十八章　　《九歌》之乐　　　　一八〇

第六十九章　　蕴秀成交　　　　　　一八八

第七十章　　　曲成弦断　　　　　　一九四

第七十一章　　荒唐寿宴　　　　　　二〇三

第七十二章　　失　踪　　　　　　　二一一

第七十三章　　朝九晚五　　　　　　二一八

第七十四章　　梅子霜　　　　　　　二二五

第七十五章　　报　复　　　　　　　二三一

第七十六章　　血　脉　　　　　　　二三七

目　录

第七十七章　碧玉双鱼佩　　　　二四三

第七十八章　捡来的果盘　　　　二四九

第七十九章　没有商量的余地　　二五五

第八十章　　儿女都是债　　　　二六一

第八十一章　归　途　　　　　　二七〇

第八十二章　任务失败　　　　　二七六

第八十三章　蛛丝马迹　　　　　二八二

第八十四章　不速之客　　　　　二八八

第八十五章　悔不当初　　　　　二九四

第八十六章　三年之限　　　　　三〇〇

第四十三章　睡前故事

等老乞丐走了以后，林枫寒就关了酒店客房的门，靠在沙发上，看着谢轩磨石头。

谢轩虽然也没有做过这等事情，但是，他的动作却比林枫寒要快得多，加上马胖子已经磨出来大半，所以，他只花了半个多小时，就把一块翡翠全部磨了出来。

那块翡翠有鸭蛋那么大，略略显得扁平一点，色泽是正阳绿，用林枫寒的衡量标准，那是达不到玻璃种的。

因为没有达到"枫清影寒"或者那块"富甲天下"的翡翠玉佩的通透程度，所以对他来说，算是达不到玻璃种的标准。

对于普通人来说，这翡翠绝对达到玻璃种的标准了，色泽清雅，绿得正宗，水润得很，中间夹着几点芝麻大小的雪花棉，不多，就这么零零散散地分散着。

林枫寒用手机的手电筒照了一下，轻轻地叹气。

"怎么了？"马胖子问道，"不好吗？"

"有几个小棉点，幸好不影响美观。"林枫寒说道，"可能是木那料。"

"就是那个什么木那至尊？"马胖子问道，"我听陈大少曾经说过。"

"算是吧，这东西，我也不太懂。"林枫寒说道。

"反正，这种成色的翡翠，放在市面上，几百万是肯定的。"马胖子说道。

"嗯。"林枫寒点头道，"几百万不止，因为这个大。胖子，这块翡翠可是我们两个磨出来的，而且，算是捡来的。"

"呃？"对于林枫寒的这句话，马胖子表示有些听不懂，怎么见得就是捡来的，他好歹也花了二十五万。

"咱们两个亲自磨出来的哦。"林枫寒笑呵呵地说道。

"你是不是想说，我们两个，平时油瓶倒了都不会扶一下。"马胖子说道，"所以亲自磨一块翡翠，意义不同？"

"意义自然不同啊！"林枫寒笑道，"所以，我想这翡翠别卖了，我们把它切开。"

林枫寒一边说着，一边从中间比画了一下，笑道："一人一半。"

马胖子已经明白过来，林枫寒就是想送他一半而已，鉴于他们两人之间的关系，拒绝自然不太好，当即笑道："一人一半固然好，但是，我们两个雕刻什么东西呢？"

林枫寒刚才没有多想，这个时候听马胖子一说，倒有些犯糊涂，雕刻什么东西比较好呢？

在翡翠饰品中，最昂贵的自然是镯子，然后就是各种玉佛。

"要不，雕刻一个胖子？"林枫寒笑呵呵地说道，"我听陈大少说，翡翠饰品如果是大件，镯子是首选，然后可以考虑雕刻玉佛。"

"雕刻成我这样的？"马胖子问道。

"你够自恋的。"林枫寒闻言，顿时就笑了起来，"如果要雕刻成你这样的，自然也成，据说……"

"据说什么？"马胖子诧异地问道。

"洛阳龙门西山南部山腰奉先寺的卢舍那大佛，据说就是以唐代武则天为模特雕刻的。"林枫寒说道，"反正你也生得额宽脸大，做成佛祖爷爷好看。"

"你那一半就雕刻成我这个胖子，至于我那一半……"马胖子不怀好意地看着他。

林枫寒已经知道他的意图，摸了摸自己的脸，说道："雕刻成我，让你可以揣在口袋里面？"

"对对对！"马胖子嘿瑟地笑道。

"终究有一天，我也会成为快乐王子。"林枫寒想起前天和石高风的戏语，忍不住轻轻地叹气，"你要弄就弄吧，我没有意见。"

"什么快乐王子？"马胖子问道。

"没什么。"林枫寒摇摇头，说道。

林枫寒把那块翡翠递给马胖子，说道："你过几日回去，把这个带给陈大少，让他找雕刻师傅给你弄。"

"不照顾一下皇朝的生意？"马胖子问道。

"算了。"林枫寒摇摇头，提到这个，他就心酸难受，他都不知道还有什么脸面去见木秀。

"那好吧，我先留着。"马胖子答应着，当即收起那块翡翠，说道，"你现在回去，还是出去吃点什么？"

"去酒店餐厅看看，随便吃点吧。"林枫寒说道，"你不说还好，一说，我还真饿了。"

"嗯！"马胖子点点头，当即招呼谢轩一起去。

开始谢轩还不同意，但是马胖子说，现在不吃，等下回去了，还得闹，何必呢？所以，三人一起去吃饭。吃完之后，谢轩开车，直奔落月山庄。

林枫寒到落月山庄的时候，已经快零点了，他以为石高风应该已经睡下了。但是，等谢轩把车子开进落月山庄的时候，他发现，石高风还是像以前那样，站在门口，抱着小黑，就这么等他。

"这个点了，你怎么还没有休息？"林枫寒下车，小黑就冲着他扑过来，然后飞到他肩膀上，用小爪子摩挲着他的脖子。

林枫寒有些怕痒，就把它抱了下来，小黑竖着小爪子，一个劲地鄙视他。

"小黑说，你出去玩没有带着它，跟我闹了半天。"石高风一边说着，一边同他向后面的枫影小楼走去。

"我是问你，你怎么还没有睡觉？"林枫寒说道，"你也是夜猫子？"

"我原来不是夜猫子，但最近有些夜猫子了。"石高风苦笑，他原来的作息习惯还算不错，但是，最近却不行。林枫寒习惯性地晚睡晚起，他喜欢晚上看书、打游戏……

而且，石高风发现，林枫寒实际上没有太多的时间概念，大概是从来没有工作过，生活也随心所欲惯了——具体地说，就是没有人管着他。

虽然他认为，这样很不好，有些想调整他的作息习惯。但是，这孩子终究不是他养大的，他也不便多管。

跟随林枫寒走进枫影小楼之后，石高风就拿过鞋子来，给他换了鞋子。

"天不早了，你早些休息吧。"林枫寒看了他一眼，说道。

"等你睡下之后我再睡吧，反正我明天也没事。"石高风一边说着，一边跟随他上楼，"医生说，你这次伤了元气，要好好养养。"

林枫寒听到这句话，直接就站住脚步，看着他，问道："你准备怎么好好养养我？我已经是吃了睡，睡了吃，养猪也不是这个节奏啊。"

"我没有说要把你当猪养。"石高风尴尬地笑笑。

林枫寒抱着小黑，转身上楼，等他走到楼上才发现，石高风居然再次跟了上来。

"你还跟着我做什么？"林枫寒诧异地问道，"我明天要去参加古玩交流会，准备睡觉了，没空和你说闲话。"

"我……"石高风说道，"你不是让人煮水了吗？要不要泡泡脚？睡觉会很舒服。"

"嗯？"林枫寒在椅子上坐下来，小黑竖着小爪子，嘎嘎叫着，向他比画了半天。

林枫寒忍不住笑道："既然是特意给我准备的东西，就直接送上来，还找什么借口？"

他最近和小黑在一起厮混得久了，自然也能明白小黑的意思。这小东西居然告诉他，石高风为了那些药，忙活了一个晚上，等弄好了，就开始打电话催他回来。

这既然都是特意给他准备的东西，还找什么借口啊？

石高风笑笑，当即命人把水端上来："前几天医生开了药，有几味药一直没有配齐，今天下午才送过来的。"

"哦？"林枫寒还真有些讶异，什么药这么难配？

水端上来，他就闻到一股浓浓的药香味，看着那水的颜色，也呈现一种淡淡的粉红色，上面还漂浮着几朵他认不出的花瓣。

石高风走过来，给他脱掉鞋袜，让他泡脚。

"有什么用处？"林枫寒问道。

"呃？"石高风愣了一下，说道，"那个医生跟我说了一大堆，我也记不太清楚。反正，就是根据你的症状配的药，可以强身健体。"

"马胖子说，我要强身健体，需要加大运动量。"林枫寒叹气，说道，"他让我每天早上起床绕着御枫园跑几圈，可是，我就是不想动。"

"运动是生命的根本。"石高风说道，"小寒，你确实需要动动。"

"爷爷不是这么说的。"林枫寒摇摇头，轻轻地说道，他的情况跟很多人都不同。但是有些事情，他不知道石高风是否知道，所以，他也不想说。

"你不能就听你爷爷的。"石高风一边说着，一边捧了一点水，摸着他的脚踝，在某个穴位上，轻轻地揉着。

小黑好玩，从水里捞起一片花瓣，放在鼻子边闻着……

"喂！"林枫寒突然叫道。

"嗯？"石高风抬头，看着他，"小寒，我不叫——喂。"

"石先生。"林枫寒认真地说道，"把照片和玉佩还给我。"他一边说着，一边把脖子上那块"富甲天下"的翡翠玉佩拿下来，递给他，"把我爸爸的照片还有'枫清影寒"的玉佩还给我。"

"小寒，等你回扬州的时候，我就把玉佩还给你。"石高风说道，"现在，你先戴这一块。我以为，你会喜欢这块玉佩。"

林枫寒用手摩挲了一下那块"富甲天下"的翡翠玉佩，翡翠特有的品质润泽细腻，在指尖扩散开来，然后，他慢慢地摩挲着那只金色的甲虫，半晌，才说道："尽管我一直否认，我不喜欢它，但是，我还是很喜欢。"

"论价值的话，这块玉佩和你的'枫清影寒'应该差不多。但是，你应该会更喜欢这种，你从小就喜欢这些美丽的小虫子，还有荷花。"石高风说道。

"嗯。"林枫寒点点头，他承认，石高风确实很了解他。

"你把我爸爸的照片还给我。"林枫寒说道。

"小寒，等你回扬州我就还给你。"石高风笑呵呵地说道，"你都把他照片带在身上这么久了，也把我照片在身上带几天好不好？就几天！"他一边说着，一边还竖起一根手指。

小黑大概是看着有趣，也忍不住竖起一只小爪子比画着。

"你这个小爪子啊……"林枫寒把小黑抱过来，笑道，"比画什么？"

"你把照片还给我，我也把你的照片带在身上，好不好？"林枫寒说道。

说实话，在老张店铺的时候，林枫寒很想把石高风扯出来暴打一顿。但是，后来想想，能把他怎么着啊？

石高风对他有些愧疚，他如果真的找了他的麻烦，他也不会说什么。

虽然石高风笑眯眯地挨了一巴掌，一个转身，他绝对会去找别人的麻烦。

许愿说得对，对石高风，他就应该哄着点、骗着点……

石高风抬头看了他一眼，笑道："你会把我的照片带在身上，但是呢，是压在他的照片下面，对吧？"

"呃？"林枫寒没有想到，自己这么一点小心思，居然都让他看破了。

"小寒，你应该让我回去。"石高风的手指在他脚上的几个穴位上揉着，笑道。

"理由？"林枫寒问道。

"我要是不能回去，你岂不是也名不正，言不顺？"石高风抬头，笑呵呵地说道。

林枫寒只是看着他。

"喂，别往脸上招呼。"石高风还真有些害怕，连忙用手护住脸。

"你皮粗肉糙外加不要脸，我还真懒得打你。"林枫寒摇头道，"再说……"

"再说什么？"石高风问道。

"许愿说，不管如何，我打你，都是大逆不道。"林枫寒叹气道，"但你能不能不要这么不要脸？"

"好吧，说着玩玩。"石高风听了，笑笑，便不再说什么。

"你昨天晚上在我房里点的什么香？"林枫寒问道。

他恍惚记得，昨天晚上，石高风在他房里点了一炷香，由于那香的味道很像上好的檀香，因此他也没有在意。今天想想，他算是明白过来了，如果没有外在的药物作用，他也不至于睡得那么死，石高风把他贴身的东西换掉他都不知道。

"就是檀香，加了一点镇定安神的药而已。"石高风解释道，"医生说，你睡觉太轻，不合适养生，所以……"

"这是什么狗屁医生啊？"林枫寒很想骂人。他最近很焦躁，根本就睡不好，自然睡觉就轻了。

"相比较，我的药温和得多，比你上次让我吃的药……"提到这个，石高风忍不住摇头道，"你就这么明目张胆地端着药，让我喝下去？"

"呵呵……"林枫寒承认，那个时候他确实有些恶作剧心理。他也想看看，明明知道他在茶水里面下了药，他会不会喝。

"下次换成毒鼠强。"林枫寒笑呵呵地说道。

"耗子药啊？"石高风扑哧一声笑了出来，"别开玩笑，那玩意儿禁卖了，你买不到的。"

"你今天又是用的什么药，为什么我这么困？"林枫寒泡了一会儿脚，他就感觉眼睛都要睁不开了，皱眉问道。

"一样的东西，这个点了，你难道还不困？"石高风一边说着，一边拿过早就准备好的毛巾，帮他把脚上的水擦干。

林枫寒走到里面，直接换上睡衣，倒在床上，说道："那老头明天什么时候来？"

"你说季老先生？"石高风皱眉问道。

"嗯。"林枫寒说道。

"小寒，他是你太爷爷的记名弟子，你明天见到他，可不要张口就叫什么季老头。"石高风嘱咐道。

"那应该叫什么？"林枫寒问道。

"你应该叫他一声季爷爷。"石高风嘱咐道。

"我和他不是亲戚。"林枫寒摇摇头，他从来都不知道，爷爷居然还有一个师兄。可这个师兄，这么多年都没有联系过，爷爷没有提到过，他自然也不想认。

那个季史，明显和石高风的关系非常好，重点就是——他还是当年的老人。

根据许愿的调查，当初他们家祸起萧墙，相关的老人几乎都被牵扯其中。石高风想把木秀身边的人全部清理掉，而木秀也不是傻子，能利用的关系都利用了。

这个季史如果不懂得古玩，可能还能置身事外，可这人还是有名的大鉴定师，所以，林枫寒几乎可以肯定，这人绝对也和当年的事情脱不了关系。

重点就是，这人是站在石高风——也就是当年的古君清那边的。

"他大概九点半过来吧。"石高风说道，"我明天会来叫醒你，你放心睡觉就是。"

"嗯！"林枫寒答应着，当即拉过被子，抱着小黑，闭上眼睛就睡。

他以前是绝对不习惯睡觉的时候，房间里面还有别人的。但是，在宝典的时候，许愿就登堂入室，强势要求盘养那尊白玉麒麟的镇墓兽。

而那个白玉麒麟，就放在他房间里面。许愿也不知道怎么想的，说什么美玉和玉主人不能分开，非要在他房间里面盘玉。

渐渐地，林枫寒倒也习惯了。

到了落月山庄之后，自从知道他偷偷吃了大量的止痛药之后，石高风就开始不放心了……

晚上都是看着他入睡了，石高风才会离开。

小黑见他睡觉，当即往他身边靠了靠，然后趴在枕头上，但眼睛却看着石高风。

"小寒，要我给你讲故事吗？"石高风问道。

"你还会说睡前故事？"林枫寒闭上眼睛，问道。

"我准备了一本希腊神话，可以念念，故事倒不会说。"石高风说着从一边取过一本希腊神话故事。

"那就念吧，你书都准备好了。"林枫寒笑笑，他多少有些明白石高风想做什么了。

第四十四章 约 战

当初林枫寒和木秀重逢，木秀也做过同样的事情。他赖在他的床上，让木秀带他去逛街，去动物园，要求木秀给自己带棒棒糖……

他已经二十好几了，自然不吃棒棒糖了，可是，他想把失去的二十年都寻找回来。

如今，石高风也想把错失的时光，一点一点地寻找回来。

比如说，喂他、哄他吃饭，讲睡前故事，哄他睡觉，这是每一个正常父亲可能都会做的事情——错失的，他想弥补一下。

有些东西可以弥补，比如闹个性子，可是，有些东西，哪里还能补得回来？

奶奶还能复活吗？

对了，还有那个古莺儿，他的亲娘啊！

宠物死了，可以再找一只养着，人死了，还能再找一个吗？虽然这世上有很多人。

还有，乌姥爷怎么办？

想到这里，林枫寒心中就有些刺痛，许愿曾经告诉过他，乌姥爷有两个儿子，都是石高风命人杀死的。他们之间，早晚都是不死不休的局面，哪里能妥协啊？

"天和地被创造出来，大海波澜起伏，拍击海岸！"石高风的声音就在耳畔回响，他念故事居然很好听，抑扬顿挫。

这是普罗米修斯的开篇，据说，普罗米修斯是神族的后裔，却被宙斯放逐……

而后，应该就是潘多拉出场，那个放出了魔鬼，却把希望永远封印在魔盒里面的魔女潘多拉。

林枫寒只感觉眼前一片黑暗，他的人生，还有希望吗？从石高风把他从古墓中救出来到现在，他就没有看到过希望。

在药物的作用下，他终于睡着了。

"呼"，石高风松了一口气，林枫寒呼吸均匀沉稳，而小黑却趴在一边，眼睛滴溜溜地看着他。

"你这小东西，你要做什么？"石高风摸摸小黑，轻声说道。

小黑趴在他的手上，用小爪子指着书。

"继续念？"石高风愣然。

"嘎嘎"，小黑连连点头，同时轻声叫着。

"小寒都睡了，明天念，别把他吵醒了。"石高风低声说道。他抱着小黑，小心地站起来，走到外面桌子边，拿起林枫寒的手机。

林枫寒的手机还在充电，他看了一下，还有百分之十五的电，不过，应该足够了。

石高风拿着手机，径自向外面走去，小黑爬上他的肩膀。

"明天不准告诉小寒。"石高风一边说着，一边翻了一下通讯录，很快就找到他想找的电话。

他直接拨了一个电话过去，没多久，手机就有人接了。

"小寒，这么晚还不睡？"手机里面，传来木秀温雅清亮的声音。

"是我！"石高风说道。

"大半夜的，找老子做什么？"一瞬间，木秀的温文尔雅，就像掉在地上的玻璃，片片破碎。

"呵呵……"石高风忍不住笑了出来，"多年不见，你拽得跟二五八万似的，连我电话都不接了？"

"老子怕接了你电话，按捺不住，回来把你掐死。"木秀咒骂道，"我靠，你居然拿着小寒的手机给我打电话，你……你有病啊？说吧，找老子什么事情？这大半夜的，我是一点也没有兴趣和你这么一个人聊人生理想。"

"嗯……这才是我心目中的君临啊。"石高风轻轻地说道，"对，就是这个味道。二十年了啊，没有你的人生，就如同开了挂的单机版游戏，也够无趣。"

"哈哈……"这一次，木秀真的被逗乐了，"表哥，你想怎样？"

"啧啧，我能怎样？"石高风笑道，"你居然生气了，你生气了，才会叫我表哥啊！"

"也许吧！"木秀说道，"你不提，我还真没有生气，这个时候，确实有些生气了。"

"二十年过去了，你没有死，我也没有死，却有很多人，为我们死了。"石高风轻声说道，"小寒很苦恼，我不能让这个孩子一直这么苦恼下去。君临，你给我一句准话，那件事，你是不是一开始就知道？"

"知道什么？"木秀问道。

"小寒！"石高风说道。

"呵呵，小寒是我的孩子，以前是，现在是，将来也是，这将终生不变。"木秀说道。

"你……"石高风想把手机直接砸掉，但是，他还是平静地说道，"木秀，作为一个父亲，你怎么可以让孩子如此痛苦？"

"我不是让他痛苦的根源。"木秀冷笑道，"如果没有你，他会过得很幸福。"

"所以，我要把他痛苦的根源解决掉。"石高风冷笑道。

"哈哈……"这一次，木秀被他逗乐了，笑道，"上吊投河，那是普通人干的事情。你好歹也有些能耐，吃药吧，死得尊贵。"

"你承认我有些能耐？"石高风倒不在意，笑道。

"我都被你折腾得宛如丧家之犬，流亡在外，总得承认一点吧。"木秀笑笑，他多少有些明白，石高风这个点还拿着林枫寒的手机打电话找他做什么了。

"咱们再来一次？"石高风笑道，"如果我输了，一切如你所愿，如果你输了，此生不可踏入华夏一步。"

"不！"木秀断然拒绝，摇头道，"我没有吃撑了，不和你玩。当然，我也不怕你，重点就是，一旦你布局，或者我布局，自然是死局。我不会认为，你现在打电话只是跟我说几句闲话，你就不想干掉我？"

"自然！"石高风点头道，"我这辈子的目标，就是杀掉你。"

"对，杀敌一千，自损八百，我没有必胜的把握，你有？"木秀问道。

"没有。"这个问题，石高风连想都没有想，果断摇头。

当年，他布局在先，方方面面都考虑齐全，甚至他连自家老父都算计进去。原本以为，能一击奏效，结果，最后却功亏一篑。而且，木秀临走还摆了他一道，害得他差点送命，就算如此，他也和木秀一样，不得不改名换姓，重新开始。

"你我如果两败俱伤，小寒怎么办？"木秀的声音，通过手机传过来，"这么多年，你除了知道伤害他，你还会做什么？我手下这些人，想来还能摆得平，但是，你那边呢？你那几个养子，能容得下小寒坐享其成？我们留下庞大的产业，如同一块肥肉，是人都想咬一口。"

木秀顿了顿，继续说道："你我之间，将来终究需要解决，只有某些人以为我们能和平相处。呵呵，我如果和你和平相处了，我将来死后又有何面目去见我老娘？又怎么面对大乌和小乌？"

"再见！"石高风直接挂断了电话。

是的，他们之间绝对没法共处，所以，林枫寒痛苦不堪。

挂了木秀的电话，石高风抱着小黑，小心地向林枫寒的房间走去。

这个时候，小黑冲着他叫了两声。

"怎么了？"石高风愕然，不解地问道。

小黑用小爪子比画着，又叫了两声，还指了一下外面。

"外面天黑了，别出去玩了。"石高风笑笑，对于小黑想表达的意思，他终究不太明白，当即笑着抱起小黑小心地向林枫寒的房间走去。

门是虚掩的，他刚才没有关死，这个时候要推开，自然也很容易。

但是，就在推开房门的瞬间，昏黄的床头灯下，林枫寒就靠在床上看着他。

石高风瞬间就呆住了。

"小寒，你……不是睡着了？"石高风讪讪地笑着。

"本来要睡了，但是你动静大了一点，我还是醒来了。"林枫寒笑了一下，看着他手中的手机，说道，"我手机没电了……"

"呃？"一瞬间，石高风大感尴尬。

小黑从他身边飞过来，然后，直挺挺地坠下来，落在林枫寒面前。

"小黑！"石高风吃了一惊，连忙说道。

小黑竖着小爪子，抽搐着……

"小寒，小黑怎么了？"石高风连忙小心地把小黑抱起来，捧在手中，"小黑，你哪里不舒服？刚才不是还好端端的吗？"

"小黑，别逗了。"林枫寒见过一次小黑这样，当即笑道。

小黑听他这么说，当即一个翻身，从石高风身上飞到他身边，趴在他宽大的睡衣上面，竖着小爪子，做了一个鄙视的动作。

"别以为我不知道你提醒他。"林枫寒摸摸小黑的耳朵，然后说道，"小黑的意思是——它不屑与你为伍，它都提醒你两次别做坏事，结果，你还是做了。"

"提醒我两次？"石高风一愣，想了想，终于明白过来。第一次，应该是小黑让他继续读那本希腊神话故事，他没有听。

第二次，就是刚才在外面，小黑冲着他比画了一会儿，他以为，小黑想出去玩，他误会了，其实小黑是提醒他，林枫寒根本就没有睡着。

"你最近闲得很无聊啊！"林枫寒看了一眼石高风，问道，"没事做了？"

"呃……"石高风也不知道怎么回答这个问题。

"拿我手机做什么坏事？"林枫寒一边说着，一边拿过自己的手机，只看了一眼，他突然感觉，他也不屑与石高风为伍了。

手机上面的通话记录，石高风都没有删掉，这不是明摆着的证据吗？

"你拿我手机给他打电话做什么？"林枫寒问道。

不行，他得问清楚，别的事情就算了，可是……石高风竟然用自己的手机给木秀打电话，一准就没有什么好事，这人……可不是什么纯良之辈，他不能让二十多年前的悲剧再次上演。

林枫寒直接再次拨了那个号码。

少顷，手机就接通了，里面，传来木秀不耐烦的声音："君清，你大晚上不睡觉，也别老骚扰我，别做事老是顾前不顾后，滚！"

林枫寒还没有来得及说话，木秀爽快地骂完，然后就挂断了电话。

林枫寒看着手机，愣了一下，这次，他没有忍住，直接抬脚就对着石高风踹了过去。

"小寒，我就是打一个电话找他叙叙旧。"石高风苦笑道，"我们终究是兄弟，二十多年没见了。"

"兄弟？"林枫寒冷笑道，"兄弟就是设下陷阱，斗个你死我活？"

"哈哈……"石高风只是笑着。

"你最近闲得无聊，是吧？"林枫寒冷笑道，"我们上次的游戏，让马胖子破坏了，提前终止了。今天晚上不如继续下去，你看如何？"

"呃？"石高风自然明白他说什么，当即尴尬地笑道，"不要啦，很痛的，我有些怕痛。"

"告诉我，你打电话找他做什么？"林枫寒问道。

"就是问候问候。"石高风绝对不会告诉找木秀的真实目的。

"问候？"林枫寒怒吼道，"你是不是还要问候问候我老娘？"

"我……"这也是一个尴尬的问题。

而林枫寒话一出口，也瞬间恼恨不已。他就这么顺口一说，但随即他明白过来，他妈的，石高风和他老娘，可不就是情人关系？这问候太正确了。

"你别生气了，早些休息，明天还要出去玩。"石高风说道。

林枫寒正欲说话，偏偏这个时候，手机响了，他看了看，是木秀打过来的。

木秀很聪明，刚才爽快地骂了人，可是挂断电话略略一想，就明白过来，第二个电话，非常有可能是林枫寒打过来的。

这件事情，如果不跟他解释一下，以他的性子，只怕又要纠结。所以，木秀立刻就把电话再次打过来……

"小寒，是你？"木秀的声音，一如既往地清朗温和，和刚才的流氓口吻完全判若两人。

"嗯。"林枫寒说道，"是我，我……我就是想知道，他找您做什么？"

"也没什么，他就是嫌自己命长了，找我商议商议，自杀是上吊好，还是跳楼好。我说那都是一般人干的事情，他好歹也算比较有身份的，可以吃药，尊贵，而且他也吃得起。以前的老农药乐果不错，我刚才推荐给他了，毒力强盛，价钱便宜，杀虫无忧。"木秀说道。

"爸爸，您能不能不要胡说八道？"林枫寒哭笑不得。

"就是胡说八道呗。"木秀笑道，"天不早了，你早些睡觉，过几天再说吧。"

"好吧！"林枫寒说道，"他说什么，您都不要听，都是假的……假的……他故意的。"

"我知道，都是假的。"木秀连忙说道，"他就是见不得别人好，想打击和离间我们父子罢了。小寒，你放心，我就是你一个人的爸爸，你小的时候，我答应过你的。"

"嗯，那好，我睡觉了。"林枫寒说道，"晚安，您也早些休息。"

"好，晚安。"木秀说道。等林枫寒挂断电话，他就看着手机发呆。

外面，黄靖悄无声息地走进他的房间……

"老板，这么晚了，你还没有休息？"黄靖低声问道。

"是不早了。"木秀轻轻地叹气，说道，"这么晚了，我的小寒居然还没有睡觉……唉……当年你那件事情，就没有给我办好。"

"老板！"提到这个，黄靖也不便分辩什么。

"你瞒了我二十年。"木秀看了一眼黄靖，低声说道，"为什么？"

黄靖走到一边，打开一瓶红酒，给自己倒了一杯，冲着木秀晃了一下酒杯，问道："你要不？"

木秀轻轻地摇头。

黄靖把红酒一饮而尽，半晌，这才说道："君临，我们俩一起长大，对，我当初在京城招惹了麻烦，差点就玩大发了，被老父送来扬州投奔姑父、姑母，蒙你不弃，待我如同亲兄弟。可你仔细想想，我们小时候，可都是在一起玩耍，虽然有吵闹，可整体来说，还算相处融洽。"

听黄靖这么说，木秀想了想，这才说道："小时候，由于年龄差不多大，而且名义上也是表亲，常常一起玩，一起吃饭，一起睡觉，一起撒尿，还玩过泥巴……"

"有时候，虽然会打架、吵闹，但是，那个时候，你们还算关系不错。"黄靖继续说道。

"不是不错，是算相当好了。"木秀说道。

"你开始仇视他，是因为你知道，他是你父亲的私生子。你父亲瞒着你，和别的女人有了孩子。"黄靖说道。

这一次，木秀没有说话。

"他天赋不如你，姑父对他极端严厉，他也很努力。"黄靖继续说道，"你就越发看他不顺眼，可要说起来，他有什么错？"

黄靖给自己再次倒了一杯酒，抬头，看着木秀，说道："我来扬州的时候，什么都没有带，第一天晚上，我和他睡在一起。我记得很清楚，他把自己的枕头给我，给我铺了被子，然后把他从来没有穿过的鞋袜等拿出来送给我，还跟我说，缺什么，跟他说就是。"

黄靖说到这里，再次把一杯酒全部喝掉，继续给自己倒上。

"后来，娉娉出现了，窈窕淑女，君子好逑。"黄靖淡淡地说道。

"你……"木秀一愣，陡然抬头看着黄靖，说道，"你喜欢她？"

"对，我喜欢她。"黄靖说道，"你不是一直劝我，娶个老婆，生个孩子吗？我已经心有所属，我这辈子，不会再娶别人……我知道，我文不如你，武不如你，我智商还不行。这么多年，要不是你罩着我，我也就是给你卖命，否则，说不准我就哪天死在什么地方了。所以，那个时候，你追娉娉，我就没有再想别的，我真心祝福你们，但是，请你告诉我——君临，木秀先生，老板，你真心爱过她吗？"

"开始没有，后来，我想我是真心爱她的。"木秀说道。

"那个时候，你追娉娉，就是为了打击他。"黄靖说道，"没错吧？"

"是啊！"木秀站起来，这个时候他感觉，他也需要一点酒。

他站在金钱、权势的巅峰多年，却过着清道夫一般的生活。他这辈子，就这么一个女人，如果说不爱，那是骗人的。

"予求不得，人心就会开始扭曲。"黄靖继续说道，"后来你们之间的事情，我不知道怎么说，京城那件事情发生之后，我感激你，如果不是你仁慈，我黄家就成了你们之间争斗的殉葬品……所以，这二十年，我死心塌地地为你办事。不，我活着，我都会死心塌地地给你办事，我没有背叛过你。只不过……"

"只不过，当年你留了一线生机而已。"木秀给自己倒了一杯酒，看了一眼窗外的景色，无奈地说道，"我没有怀疑你什么。"

"如果坚持，只怕……"黄靖看了他一眼，说道，"你当初没有接到小寒，反而让小乌死在了扬州，你就应该知道，姑父可不是寻常人。"

"是的！"木秀点点头。

"当初我安排他上车的时候，他还对我说——车祸很好，但愿能干脆利落一点，别让他太过痛苦，他这辈子，已经过得够苦了。"黄靖说道，"后来，娉娉和姑父插手，怕你报复，强行留下了小寒那孩子作为人质，而他也被换上了替身。这件事情，我开始不知道，后来……后来……我承认，我比你早知道一点，但也是在娉娉的丧礼上，我才知道，他也活着，不过，姑父给他另外换了一个身份罢了。"

"呵呵！"木秀有些讽刺地笑着，是的，换了一个身份罢了。华夏这些年经济发展突飞猛进，也让他再次崛起。

纵然没有林家的血脉优势，他依然很优秀，优秀到足以和他抗衡。

似乎，他也没有错，难道，错的竟然是他？

"现在，我可以什么都不计较，但是，要杀我的小寒，罪不可恕。"木秀说道。

石高风对林枫寒刚才说的话，很不满，低声说道："小寒，什么假的啊，你别胡扯好不好？"

"我要睡觉。"林枫寒拿过杯子，看着他，"你没事能不能出去？"

"好好好！"石高风连声答应着，想把小黑抱出去，但小黑却赖在林枫寒身边。

"晚上别和小寒睡在一起。"石高风嘱咐道，"别被压着了。"

"你这么宠它？"林枫寒倒有些诧异。在古墓中的时候，小黑习惯睡在他身上，他也喜欢小黑腻在他身边。

"这小东西这么可爱，谁都喜欢。"石高风笑笑。小黑不愿意跟他出去，他自然不好说什么，当即起身，给林枫寒把灯关了，只留下一盏昏黄的床头灯，出门的时候，小心地给他关上门。

　　走到外面，他就看到邱野正在等他。

　　"天色不早了，你也休息吧。"石高风说着，就向自己房间走去。

　　"老板，大少爷在。"邱野低声说道。

　　"哦？"石高风愣了一下，微微皱眉，他来临湘城做什么？呵呵，难道真被木秀说中了？

第四十五章 人心不足

石高风想到这里，心中突然就有些不舒服了。

"父亲！"就在这个时候，一个年约三十岁的青年快步走了过来，扶着石高风，含笑道，"没想到这么晚了，父亲还没有休息？"

"石灿？"石高风看着这个青年，这是他最初的养子。当年事发之后一年，他就收养了石灿，算起来，这孩子跟着他已经有二十年了。

"你不在京城，跑来临湘城做什么？"石高风的声音，带着几分寒意。

"父亲生日就快要到了，我怕到时候我没有时间过来。正好这几天空闲，就先过来给父亲道贺。"石灿连忙说道，"另外……"

"另外什么？"石高风淡淡地问道，道贺？又不是他真正的生日，有什么好道贺的？

上次他说过生日，林枫寒曾经狠狠地嘲讽了一番，让他至今想想都不舒服。

"另外，我想见见小少爷。"石灿低声说道。

"哦？"石高风听他这么说，顿时就站住脚步。

"父亲，我应该这么称呼他，对吧？"石灿抬头，看着石高风。

"什么意思？"石高风想了想，这才问道。

"父亲如果不困，我们聊聊？"石灿说道。

"好！"石高风点点头。

两人径直走向石高风的房间。

"父亲，不是这边吗？"石灿站在石高风原来的房间门口，愕然问道。

"那个房间给了小寒，我搬到后面了。"石高风已经径自走了出去，邱野老早就把灯全部打开了。

"阿灿，你吃饭了吗？"石高风问道。

"吃过了，一早就吃过了。"石灿连忙答应着。

"嗯，那再吃点夜宵，我有些饿了。"石高风说道。

"老板，我去准备。"邱野说着，转身就向外面走去。

看着邱野出去了，石高风这才说道："说吧。"

看着石高风就坐在沙发上，石灿走到他身边，在他面前跪下。

"呵呵……"石高风只是笑着，眸子里带着几分寒意，"说！"

"父亲，如今您那个孩子回来了，他将来自然会继承您的一切，对吧？"石灿直截了当地开口道。

石高风很聪明——这一点石灿心知肚明，所以，他也不会欺骗石高风，明明知道骗不了，他何必费那个心思？他今天来的目的，就是想找石高风坦白，他不像某些人，以为自己能拥有一切。

"嗯。"石高风点点头，他的一切，他都想给林枫寒，他担心的是——林枫寒会不会要，而不是他愿不愿意给。

"父亲，某些东西，您可以给他，比如说，不动产，您的存款，还有公司股份，包括一些别的东西。"石灿说道，"但是，有些东西，需要从小经营培养，这些……您也给他？"

"那孩子，不适合宦海生涯。"石高风这个时候已经明白石灿想什么了，他倒也聪明得很。

"是的，他不太适合，但是在其他方面，您需要有人继承您的一切，甚至，将来可以作为他的扶持和保障。"石灿再次说道。

"嗯，听起来似乎有些道理。"石高风点点头，盯着石灿，低声说道，"我如何相信你？"

对于这个问题，石灿想了想，说道："父亲，我拿不出什么东西来证明我的诚意。但是，如果我能拥有，我又何必贪图其他？"

"我有些怕——人心不足啊！"石高风淡淡地说道，"这些天，我一直都在考虑，是不是把一些人换掉。至少，如果都是一些和我不相关的人，想来也不至于会为难他。"

听石高风这么说，石灿猛地打了一个寒战。从临湘城传回去的消息果然是真的，幸好他跑了这么一趟，否则，可就真的麻烦了。

"人心固然不足，"石灿低声说道，"但也不可能面面俱到，人力终究有限。"

"似乎听着有些道理。"石高风点点头，说道，"你继续说下去。"

"我可以保证，不管将来如何，我都不会伤害他，并且尽我所能，护他周全。"石灿说道，"别的东西，空口白舌，说了等于不说。"

"好！"这一次，石高风连考虑都没有考虑，说道，"你的事情放心就是。"

"多谢父亲。"石灿站起来，原本悬在心中的一块石头，算是落了地。

他就知道，最近的一些事情，石高风势必对他们都起疑心。

"阿灿啊，你是聪明人。"石高风说道，"他那个性子，有些事情确实不合适。"

"嗯，我也听说过。"石灿笑笑，对于林枫寒，他自然也听过一些传言。

听说，人长得很俊，会卖萌，会搞笑，脾气也很好。当然，那是对别人，对他们这位父亲大人，可是一点也不好。

不过，想想，父亲对他所做的种种，倒也能理解。当然，这也不关他的事情，他现在的任务，就是做好一切分内之事。

"有这么一位主子，事实上很不错。"石灿笑道。

"哈哈……"石高风忍不住笑了起来，"这话我怎么听着有些不对味啊。"

"父亲，现在流行养主人。"石灿笑道，"为君之道，驭下就成，而作为下属，就要想如何开疆扩土，把主子捧上至高的位置。"

"也对。"石高风笑笑。

"我能见见他吗？"石灿问道。

"今天太晚了，他刚刚睡下，而且，我拿他手机偷偷打了一个电话，他这个时候一肚子的火气呢。"石高风笑道，"明天一早吧。"

"好！"石灿笑着答应道。

他对林枫寒也很好奇。

陪着石高风吃了夜宵，他就去自己的房间睡下了。

第二天早上八点半，石高风过来叫林枫寒的时候，发现他已经醒了，这让他感觉有些诧异。资料显示——林枫寒的爱好有些古怪，或者应该这么说，马胖子曾经说过，他出去是找不到工作的，因为他的睡眠时间比普通人要长得多。

正常的成年人，一天睡七八个小时已经足够。如果是深度睡眠，五个小时也差不多了。

可是，据说林枫寒每天要睡十到十二个小时，不让他睡好，他就会没有精神。这还不算，他还是夜猫子，他喜欢白天睡觉……

就冲他这一点，真的很少有人能容忍他。

"小寒，你今天倒起得早。"石高风笑道。

"要出去玩，我昨天手机定了闹钟。"林枫寒说道，"总不能让季老先生等。"

"我让谢轩送你去，你等下可以在车上睡觉。"石高风说道，"早餐准备好了。"

"路远不？"林枫寒问道。

"有些远。"石高风说道，"要两个半小时的路程。"

"哦！"林枫寒点点头，说道，"既然这样，早饭我少吃一点，有晕车药吗？"

"有，我一早就让他们准备好了。"石高风说道。

"嗯。"林枫寒点点头。

早饭他没敢多吃，晕车是一件很无奈的事情，他也很苦恼。

下楼换鞋的时候，他就看到一个三十岁左右的青年帮他拿了鞋子过来。

"你是谁？"林枫寒坐在沙发上，仰头看着那个年轻人。

"我叫石灿，灿烂的灿。"石灿笑得一脸灿烂，如同今天的太阳一样，甚至林枫寒都感觉有些刺眼。

"嗯！"林枫寒只是答应着，他还没有做好准备，结果该来的，已经来了。

"我应该叫你少爷？"石灿笑道，"或者说，入乡随俗，我也叫你小主人？"

"不用。"林枫寒摇头，"只有我爸爸那边的人，才喜欢这么叫我。我也不是你家什么少爷，你叫我名字就成。"

说着，他当即从石灿手中接过鞋子，穿上，向门口走去。

石高风轻轻地叹气。

"父亲，没事的，慢慢他就会接受。"石灿笑道。

"嗯，我也知道，这件事情急不得，慢慢来吧。"石高风说道。

林枫寒只是略略等了等，季史的车子就来了。虽然季史邀请他坐一辆车，可以聊聊天，但林枫寒还是拒绝了，不知道为什么，他总是有些排斥季史。

石高风看着谢轩驾驶车子，很快就驶出落月山庄，消失在他的视线中，他再次轻轻地叹气。最近，他总感觉有些无奈。

"老板。"邱野站在他身边，低声说道，"我们要安排人吗？"

"照旧。"石高风挥挥手，不安排人，他还真是不放心。

邱野低声说道："老板，你为什么要让小少爷去参加这个古玩交流会？"

"我就是用这个古玩交流会，把他骗来临湘城的。"石高风冷冷地说道，"当然，古玩街那边的交流会，不过是幌子。对了，南边有消息了吗？"

"老李那事？"邱野问道。

"不是。"石高风摇摇头，"老李那件事情，自然是我们内部人搞的鬼，财帛动人心。如果他们只是动了小件，我也不想管，就这么睁一只眼闭一只眼，随他们去了。可这次，他们做得实在有些过分了。"

"是！"邱野也附和道，"这次他们确实做得过分了。"

"父亲。"石灿插嘴道，"事实上，这件事情未必就是老李做的。他跟着您这么多年，您还不了解他的脾气？"

"哦？"石高风微微挑眉，"此话怎讲？"

石灿笑道："那个老李，不图穿不图色，不过就是好一些口舌之欲。这个虽然花费不菲，但是用不了太多，他不会冒险动这个脑筋。"

"嗯！"石高风点点头，"也是，我就是想，老李就算再蠢，也不至于动那脑筋。"

"敢动这个脑筋的，就只有老三了。"石灿冷笑道，"父亲应该知道，老三最近的开销很大。他又喜欢这个，只怕最近手中有些紧，就把脑筋动到这方面了。"

石高风笑笑，最近，老三确实闹得不像话。

"那个号称有画帝真迹的人，查出来没有？"石高风问道，

"画帝？"石灿愣然，问道，"父亲，只听说有画圣，没有听说过有画帝啊？"

"呵呵，业内雅称。"石高风说道，"你想想，就明白是谁了。"

"宋徽宗？"石灿是聪明人，略略一想，已经明白过来，笑道，"那个天下第一人？"

"嗯。"石高风点头。

"老板。"听石高风问话，邱野皱眉，这件事情是马胖子告诉他们的。当初他带着林枫寒来到临湘城，当天晚上，就接到电话，有人想约林枫寒看一幅画，说是宋徽宗真迹。人在扬州，约得很急。

当初马胖子劝说林枫寒，跟他一起回去，临湘城的古玩交流会，下次再来看吧。

但是，林枫寒那个时候已经和石高风约好，慷慨赴死，自然不会跟他回去。

马胖子事后想想，感觉这件事情不对劲啊，因为他回扬州之后，再打那个电话，就再也没能打通过……

所以，马胖子可以断定，石高风对林枫寒不利，是有人事先知道了，还设法通知他，让他带着林枫寒回扬州，他和石高风提过这件事情。

"命人查了，那个号码是在黑市买的，如今已经停机。"邱野说道，"一点线索都没有。"

石高风点点头，对方在暗处，如果按兵不动，他想查，也不是那么容易的事情。

林枫寒上了车，就开始睡觉。等他一觉醒来，天已经正午，他从后面的座位上爬起来，揉揉有些酸麻的腿，问道："几点了？还没有到？"

"还没有。"谢轩说道，"据说是在山区的星辉度假村，所以有些远。"

"好好的古玩交流会，弄到度假村这么高大上的地方？"林枫寒忍不住抱怨道。

"古玩难道不应该在高大上的地方？"谢轩笑笑。经过几天相处，他发现，林枫寒真不是那么难相处的人，相反，他脾气似乎很好，"少爷，您怎么不把小黑带过来？"

"出门有事，带着它怕招惹麻烦。"林枫寒说道，"所以我就把它留下了。"吃早饭的时候，他把小黑留给石高风照顾，反正，石高风闲着也是闲着。

"没关系的。"谢轩笑道，"现在宠物都尊贵着呢。我看到一些人，常常抱着猫猫狗狗的，出席各种高档餐厅或者宴会。"

"那是我爸爸喜欢做的事情。"林枫寒忍不住笑了起来，木秀喜欢猫，喜欢抱着猫出席一些会议，常常被人当作笑柄，跟他处久了的人都知道，他就是这个性子。

"我有些想小黑。"谢轩说道。

"等回去了让你抱它。"林枫寒说道。

"少爷这次去古玩交流会，准备收一点东西？"谢轩问道。

"嗯，是的，如果有合适的，我自然想收一点。"林枫寒说道，"但是在度假村的古玩交流会，我担心东西都贵得离谱。"

"看看吧！"谢轩笑笑，确实，把古玩交流会定在高档度假村，自然就杜绝了一些小古玩商人，只有一些大古玩商人，或者大富豪，相互拿出藏品进行交流了。

林枫寒看了看，季史那辆黑色的奔驰车在前面拐了一个弯，一处牌楼出现了——星辉度假村。

黑色奔驰直接开了进去，谢轩尾随其后。

很快，季史的车子就在星辉大厦前停了下来。

谢轩把车子停好，给林枫寒打开了车门。

林枫寒下了车，看到季史在前面等他，当即走了过去。

"季老先生。"林枫寒笑道。

"这里就是星辉大厦，古玩交流会就在星辉大厦的一楼和二楼，三楼是专门用来做小型拍卖会和宴会，从四楼开始，都是客房。"季史简单地介绍了一下。

"嗯！"林枫寒答应着，笑道，"谢谢您老人家。"

"不用谢我，我说过，我只是带你进来。"季史说着，已经向星辉大厦走去，在门口给守卫递了一张大红帖子。

不久，一位中年人就急忙迎了出来。

"季老爷子，您可来了。"中年人微微有些发福，面相长得很好，保养得也很好，笑得如同一尊弥勒佛。

"小海啊！"季史和中年人打着招呼。

"哟，季老爷子，这个俊俏的后生是谁？"被叫作小海的中年人看到林枫寒，连忙问道，"您孙子？"

林枫寒瞬间就感觉，这个便宜真占大发了。

"小海，你说什么话？"季史笑道，"我一个朋友的孩子，托我带过来看看热闹，你找人给他安排一间房间就好。"

说着，季史向林枫寒介绍了一下。原来，那个小海姓海，名字很俗气，却很有名，叫海大富。这位海大富，也没有辜负了"大富"两个字，长大之后，着实会赚钱。这个星辉大厦，就是他的，他也是这次古玩交流会的主办方。

林枫寒很客气地和他问好，但是海大富对他似乎没有什么热情，语气也颇为冷淡。随即，他就招呼一个侍应生过来，让他去前台拿了一张房卡给他。他却招呼季史，向后面的别墅区走去。

谢轩一脸的愤愤不平，林枫寒问了一声才知道，原来，那些前来参加古玩交流会的富商或者大古玩商人，都住在后面的别墅区，而海大富却只给林枫寒安排了一间普通的套房。

餐厅不在这边，而在另一边，吃饭自然需要自己付钱了。

林枫寒拿着房卡，让谢轩带着行李去了自己的房间。等他走到房间门口一看那个门牌号，差点就笑了出来。

"少爷，您还笑？"谢轩很不满意，低声说道，"他们就是故意的，这太过分了好不好？”

“444，没什么不好。”林枫寒笑道，“在音符中，4念作发，可是大发哦！”

谢轩听他这么说，忍不住就笑了出来。

林枫寒用房卡开了门，笑道：“豪华套间，还挺不错的。谢轩，你以前似乎不这么讲究啊？”

“我自然不讲究，可是，那个老头明显就是……”谢轩看得出来，那个老头对林枫寒很冷漠。

“鉴定师，大都脾气古怪。”林枫寒笑道，“他要不冷漠，我还真不习惯了。”

“少爷，您又不需要仰仗他什么。”谢轩摇摇头，他就弄不明白了，为什么季史对林枫寒竟然这么冷漠。

“得了，别抱怨了。”林枫寒笑道，“我们下去找一个地方吃饭，然后回房间补觉，反正，古玩交流会下午两点才开始，到时候慢慢看。”

“好！”谢轩听他这么说，当即习惯性地检查了一下房间，放下行李，偕同林枫寒一起下楼。

出了星辉大厦，转到后面，林枫寒才发现，这个高档度假村的后面竟然有各种餐厅，还有商场等等，一应俱全，环境很好，东西却出奇贵。

东边是一些精致唯美的小别墅，听说，这些别墅可以买，也可以租，当然价钱不菲。

林枫寒看着有趣，吃过饭还四处溜达了一圈，准备回去和马胖子说说，找个地方，也弄这么一个度假村，应该很赚钱吧？哦，不对，富春山居事实上就类似于这样的度假村了，只不过，富春山居的房子，从来都是只租不卖。同时，他也有些佩服那个海大富，这么庞大的产业，倒也难怪人家心高气傲，自然不会搭理他了。

又不是人人都是马胖子，喜欢没事逗他开心。

回头的时候，就在星辉大厦门口，谢轩竟然碰到了一个熟人。那是一个小胖子，谢轩管他叫“三胖子”。

三胖子见到谢轩，也很诧异，两人在门口招呼了一声。

“谢轩，你朋友？”林枫寒很好奇，谢轩原来一直做暗镖，像他这种人，从理论上来说，应该不会浮出来。

“嗯，是的。”谢轩点头道，“我当年当过两年兵，在部队认识的。”

三胖子上上下下打量了一下林枫寒，和谢轩说了几句不着边际的话，就告辞离开了。

林枫寒也没有在意，带着谢轩，径直回房睡觉。

　　夏天的午后很容易困倦，尤其是在吃饱了饭之后，所以，林枫寒没过多久就睡着了。迷迷糊糊也不知道睡了多久，恍惚中，似乎听到外面有人说话，一惊之下，他顿时就清醒过来。

　　外面，果然传来两个人压低分贝的说话声……

第四十六章　势在必行

"三儿，你给我一句准话，你跑来这里做什么？"谢轩低声说道。

他今天看到三胖子，就感觉有些不对劲，好端端的，三胖子怎么会跑来这里？

"我还好奇呢。"那个三胖子的声音传了过来，"你怎么带着他来这里？"

"石老板安排的。"谢轩小声地说道，

"我靠！"林枫寒清楚地听到，三胖子骂了一句粗话，然后他压低声音说了一句话，林枫寒没有听清楚。

"什么？"谢轩的声音里面，带着几分震惊。

"你别大呼小叫。"三胖子低声说道，"大老板就是这么吩咐的，不要问我原因，因为我也不知道，但是……"

"但是什么？"谢轩说道。

"你能不能想法子，让小少爷离开啊？别看什么破烂大会，真没什么好看的。"三胖子说道。

林枫寒很诧异，他知道，那个三胖子口中的"少爷"，应该就是他。

但是，他为什么要让自己离开？他又带着什么任务而来？

"你让我怎么跟他说？"谢轩低声说道，"我难道对他说，少爷，我们回去吧，这破烂大会没什么好看的？你又不是不知道，他就喜欢这破烂玩意儿？"

"那可怎么办？"三胖子说道，"你可一定要跟好他，免得节外生枝。"

"你放心，我们各自顾好各自的事情就是。"谢轩说道，"反正，这个时候如果我劝他走，他肯定起疑心，反而不好，你势在必行？"

"势在必行。"三胖子说道。

"好吧，必要的时候，我助你一臂之力！"谢轩说道。

"不不不！"三胖子连连摇头道，"你如今已经由暗转明，一旦出事，别的倒不怕，但是，小少爷那边你怎么交代？"

"嗯，还真是有些麻烦。"谢轩叹气道，"本来从去年开始，我就应该转明了，只不过……扬州那位大老板，偶尔也会犯糊涂。"

林枫寒听到这里已经明白，去年谢轩开车撞死了邱素，如果许愿着实调查一下，他自然无所遁形，不是他胡扯自己情急之下，错把油门当刹车就能抵赖过去。但是，那个时候也不知道许愿是什么心态，快刀斩乱麻，把一切就这么定下了。

事实上，很多看似乎天衣无缝的案子，只不过是没有人追查深挖而已，否则，怎么可能没有一点蛛丝马迹。

随即，两人似乎都刻意地压低声音，咬着耳朵说话，他已经听不清楚。

这样大概过了两分钟，他听见外面传来轻轻的开门声，应该是三胖子已经离开了。

林枫寒把脑袋靠在枕头上，抬头看着天花板，心中思忖着，三胖子到底想做什么？他这个时候过来，应该是嘱咐谢轩把他带走，唯恐他影响了他们的行动。

但是他想了好一会儿，还是一无所获，看看时间已经一点四十分，他当即起身。

大概是听见他起身的声音，谢轩敲敲门，叫道："少爷，您醒了吗？"

"嗯，我醒了，你等我几分钟，等下我们就下去。"林枫寒说道。

"好！"谢轩答应着。

林枫寒简单地盥洗一番，带着谢轩出门向楼下走去，由于古玩交流会就在下面，倒很方便。

可让他怎么也想不到的是——电梯门打开的瞬间，他竟然看到一个熟人。

看到林枫寒的瞬间，秦妍也愣了一下。

"小寒，你也是来看古玩交流会的？"秦妍一愣之下，已经回过神来。

"是的！"林枫寒走进电梯，笑道，"过来看看热闹，你呢？你没有出去度蜜月？"

现在人们结婚，不都流行度蜜月吗？去巴厘岛，或者夏威夷等地方，反正，有山有水有海，浪漫得不得了。

"没有！"对于这个话题，秦妍竟然不知道怎么说才好，本来她和黄瑞商议着，准备去夏威夷度蜜月。但是，结婚之后，婆婆却派任务给黄瑞，导致黄瑞直接就飞去了美国，丢下她独守空闺。

富家豪门，房子自然也多，不像普通人家需要按揭买婚房。黄家大概是房子太多了，她有属于自己的独立的房间。结婚之前，秦妍还开心过，虽然结婚了，她还是有自己的私人空间。

但是，如今她却感觉有些讽刺。

她有独立的房间，自然黄瑞也有独立的房间，名义上他们是夫妻，但是各自回房关上门，感觉就像同居的室友一样。每一次，秦妍都感觉很讽刺。

"我是过来看看热闹，闲着无聊。"秦妍淡淡地说道。

她确实是闲着无聊，黄家的生意，她不能插手，她现在也不便出去打工，黄家每月会给她生活费，算是衣食无忧。

或者说，这是很多女人终其一生渴望和追求的生活，安逸闲适，不用出去打工，每月还有不菲的生活费。

可是，这真不是她想要的生活，怎么说，她也算是一个高才生。

她是学历史的，历史古玩，触类旁通。加上原本自家爷爷也喜欢，如今听闻这个古玩交流会，她就跑过来看看热闹。

"小寒，我们一起走走？"这个时候，电梯已经到了一楼，秦妍主动邀请。

"好！"林枫寒点点头，一起走走吧。

如今，一楼的大厅里面，已经是人头攒动。这个古玩交流会，就像一些大型珠宝展一样，一个个展览的铺子，摆放着各种物品，但都在钢化玻璃柜子里面，上面还标着价钱，和普通古玩交流会把物品摆在地上、随便顾客蹲在地上挑拣的那种完全不同。

林枫寒一家一家的店铺看过去，由于不能摸，各种物品还明码标价，让他瞬间感觉，临湘城的古玩商人想钱都想疯了不成？早知道，他也租个铺子卖古董了，这价钱实在太过虚高了。

"喂，小寒！"就在这个时候，突然，走在前面的秦妍低声叫道。

"啊？"林枫寒一愣，向前走了几步，却发现秦妍正在看一个小型的博山炉。

"怎么了？"林枫寒问道。

"小寒，你看这个博山炉。"秦妍笑道。

林枫寒凑近看了看，博山炉——顾名思义，自然是形体仙山，所以才叫博山炉。最出名的应该是刘胜墓出土的错金博山炉，上面层峦叠嶂，山峦间点缀猎人和奔兽，雕饰华丽，铸造精细唯美。尔后，似乎历朝历代，都有博山炉，明代也有大量仿品，主要还是用作焚香。

"看着不错。"林枫寒瞄了一眼标注的价钱，三十五万元，旁边写着：明代博山炉。

“老板，能把这个博山炉给我看看吗？”秦妍笑着招呼老板。

“自然。”老板是一个中年人，闻言连忙开了玻璃柜，拿出那尊博山炉，小心地放在铺着红色绸布的托盘上，送到秦妍面前。

林枫寒伸手摸了一下那个博山炉，不禁微微皱眉，刚才隔着玻璃，他就感觉不对劲，等这个老板拿出来，他一上手就知道，这玩意儿果然是做旧的。但是，非常有水准，几乎可以以假乱真。

而且，这个老板也非常有水准，这样的东西，他不写别的年代，单独写明代。明清两代，由于文人、士大夫的喜爱，古铜器和仿古铜器几乎成为富贾人家房舍中不可缺少的陈设。如此一来，自然也就导致了明清两代出现了大量的仿古铜器。

东西多了，真伪就不那么好分辨了，而且，老板的价钱开得不高。

林枫寒一边想着，一边还是拿起那尊博山炉，上上下下看了一番，老板还搭讪着递了放大镜过来。他看了一会儿，就放下了……

秦妍也拿着放大镜，仔细地看着，看了足足有五六分钟，然后她就开始和老板讨价还价。

林枫寒没有吱声，反正，价钱不贵，他没有必要说什么，以免扰乱人家的生意。

最后，秦妍以二十二万元的价钱，买下了那尊博山炉，甚是开心。

林枫寒虽然知道那玩意儿是近代仿品，他也只是笑眯眯地看着。

“小寒，我们走吧。”秦妍买下东西，很开心，等老板找了一个锦盒给她包装好，她就招呼林枫寒离开。

“等等！”林枫寒笑道，“你看上老板的博山炉了，我想看看这个东西。”他一边说着，一边指着角落里面的一样东西。

那是一方印章，不算太大，但也不小。而且材质有些古怪，隔着玻璃柜子，林枫寒只是看了一眼，就感觉有些不对劲。

这东西放在角落里面，老板也没有标价钱，上面写着：汉代青铜印章。

“哦，先生是说这个印章？”老板皱眉问道。

“是的！”林枫寒点头道。

“好的，稍等。”老板当即再次打开柜子，把那枚印章拿了出来，和刚才一样，小心地放在那个托盘上。

林枫寒对着光看了看，印章下面的字迹，竟然已经模糊不清，他对着光也分辨不出来到底写了什么。

印纽是一个怪兽，看着像是麒麟，但仔细看又不太像。麒麟下面还有一些图案，但也大都模糊不清。

　　"小寒，这是什么东西？"秦妍问道，"印章？"

　　"嗯，应该是的。"林枫寒笑道，"可惜，这字迹实在太过模糊，分辨不清楚了。"

　　"老板，这东西怎么卖？"林枫寒在手中摩挲了一下，已经确定无疑，这玩意儿可不是普通的印章。

　　听林枫寒问价，老板迟疑了一下，皱眉道："先生，这可是汉代之物。"

　　"嗯，汉代的青铜器，不值钱了。"林枫寒笑道，"我就是图个好玩，放家里能装点门面。"

　　"话是这么说，但这东西不错，我也不能贱卖了。"老板看了一眼林枫寒，说道。

　　"老板，我现在是问价。"林枫寒说道。

　　"一百五十万。"老板迟疑了一下，直接开价。

　　刚才那个博山炉，个中玄机他自然是一清二楚，秦妍讲价，他就闲聊，他很有底气。

　　但是，这个印章，老板也是收来的，重点就是，他也分不清印章上面到底写的什么，也没法确定年代。他找人看过，很多人都说——可能是汉代之物，却一直都没有人给出过具体的定论。

　　所以这个东西他很担心，怕自己看走眼走了宝。

　　"老板，正常开价。"林枫寒笑道，"一百五十万，你这是把我当羊宰？你为什么不直接说，二百五？"

　　被林枫寒这么一说，老板也有些不好意思，当即问道："那照先生说，多少钱？"

　　"十五万。"林枫寒淡淡地开口。

　　秦妍感觉，自己刚才还价已经够狠了，老板开价三十五万，她最后压到二十二万，不错了。

　　但是，现在林枫寒话一出口，她忍不住咬了一下舌尖，她还真的从来没有见过，谁这么还价的。

　　"先生不诚心买？"老板微微皱眉，十五万？这个价钱实在太低了吧？

　　谢轩跟在林枫寒身后大概三步到五步远的地方，自从秦妍约林枫寒一起走走的时候，谢轩就很识趣地落后了几步。这个距离，他便于观察，也便于保护，又不妨碍他们那位大少爷没事泡个妞、勾搭一下妹子什么的。

"我很诚心，是老板不诚心卖。"林枫寒笑道。

"十五万太少了，先生再加点。"老板说道。

"那就十五万零一块钱。"林枫寒笑呵呵地说着，然后他还摸出一枚硬币，晃了一下。

"你……"老板先是一愣，随即就扑哧一声笑了出来，"要不，这样，你付一个和你女朋友一样的价钱？"

"二十二万？"林枫寒问道。

"嗯。"老板点点头。

"刚才那个账号？转账？"林枫寒问道。

"好！"老板爽快地答应着。

林枫寒自然也不废话，摸出手机，直接转账。老板也用一个锦盒把印章放好，还拿了两只黑色的袋子，把他们的东西分别装好，同时好心地提醒他们：这地方可以租用保险柜，他们要是还接着逛，可以去租个保险柜，把东西存放在保险柜中。

第四十七章　年少轻狂

秦妍看了林枫寒一眼，问道："小寒，我们要租一个保险柜吗？"

"嗯？"林枫寒正欲答应，就在这个时候，突然有人叫道："妍妍？"

林枫寒一抬头，就看到一个高大英俊的年轻人，站在他和秦妍面前。

和这个人目光接触的瞬间，林枫寒忍不住就握了一下拳头。这个人，他认识——从小就认识。

"妍妍，你不是说在门口等我吗？害得我等了好一会儿。"石烨温情脉脉地看着秦妍，说道，"来，给我看看，你都淘到什么宝贝了？"

"没什么，淘了一个博山炉。"秦妍看到石烨，轻轻地叹气。黄瑞出国了，她也不是一个人来这里，而是和石烨一起过来的。

原本和石烨相约，在门口等待，然后一起四处逛逛。但是，秦妍没有想到，她会在电梯里面碰到林枫寒。

遇到林枫寒之后，秦妍已经没有找石烨一起闲逛的兴趣了。如果说，非要找一个男人一起逛逛，那么，还不如找林枫寒。

好歹林枫寒温雅俊美，带出去也可以满足很多女人的虚荣心。

对，她承认，石烨也生得高大英俊，站在女人的立场，很多人都会更喜欢石烨。林枫寒性子太冷，有时候让人无从适应。

"可以看看吗？"石烨笑呵呵地问道。

"当然。"秦妍笑笑，对于这个要求，谁也不会拒绝的。所以，她把锦盒再次放在柜台上。

石烨伸手打开，仔细地鉴赏那尊博山炉。

林枫寒退后几步，转身，想悄无声息地离开。

"小寒。"石烨在看那尊博山炉，秦妍却一直在看林枫寒，看着他就这么准备不辞而别，她忍不住招呼道，"一起逛逛？"

林枫寒的性子还是如同在学校一样，在人多热闹的地方，他要么默默围观一下，要么悄无声息地离开。

似乎，他的存在就是如此无关紧要。当然，在很多情况下，众人都不会注意到他，哪怕他容貌清俊，满腹学识。

秦妍发现，林枫寒一直都不是一个善于表达自己的人。

"林同学，多年不见。"石烨转身，看了他一眼，笑呵呵地说道，"马先生可好？"

林枫寒抬头看着他，没有说话。

谢轩向前走了一步，靠近林枫寒。

"呵呵，林同学，还记得你砸掉的那块玻璃吗？"石烨笑着问道。

林枫寒依然没有说话，只是看着他。

"哦，我忘了，好像从初中时代开始，林同学就不怎么喜欢说话。"石烨冷笑道，"自闭症，听说不怎么好医治哦，林同学，有病要趁早医治。像你这种情况，小时候如果送去孤儿院，应该会好一点，好歹小朋友多，不会患自闭症。"

"石烨！"秦妍微微皱眉，她和林枫寒确实相处过两年，但关系也就是这么不冷不热。

她也知道，林枫寒几乎是没有朋友的，唯一对他关注过度的人，就是那个陈旭华。但是，那个时候林枫寒似乎很惧怕陈旭华，见到他就躲。

秦妍对他的童年，一无所知。

"虽然我的母亲去年过世了，但是我父亲还活着，倒也不是没有人愿意抚养我这个孩子。"林枫寒有些讽刺地笑道，"石同学，倒是听说，你曾经在孤儿院待过一段日子，然后被人领养？"

"小寒，你别胡说。"秦妍连忙低声说道，"石烨是石先生的孩子，人家父亲可是……"

"我最近都住在落月山庄。"林枫寒有些讽刺地笑道，"石烨，你妒忌就直接说，这么闹腾，几个意思啊？你有本事就来闹我啊，你跑去找马胖子的麻烦做什么？还弄了一个八十多岁的老婆子过来，尸体在太阳底下暴晒了几天，你就不嫌忌讳？"

"小寒，你住在落月山庄？"秦妍倒有些意外。

"嗯。"林枫寒点点头，看了秦妍一眼，看样子，她这个黄家媳妇的身份，目前还只是摆设啊。

　　黄瑞可是知道他和邱野关系匪浅，秦妍却一无所知。

　　"你以为，我爸爸真的会相信那些乱七八糟的事情？"石烨冷冷地说道，"林枫寒，这就是你的报复，对吧？"

　　"这是他对我的报复。"林枫寒摇头道，"你要是有本事能证明我和他没有一毛钱的关系，我真他妈的谢谢你。"

　　"你等着。"石烨咬牙切齿地说道。

　　"我自然等着你。"林枫寒笑笑，说道，"但这次别尽玩那种下三烂的手段了，真的，你的很多事情都上不来台面，枉费石先生多年教导。如果他就这么一点能耐，二十年前，家父老早就把他玩死了。"

　　"林枫寒，你别妄想窃取本不属于你的东西。"石烨冷笑道。

　　"他的东西，我从来都没有想过。"林枫寒摇摇头，说道，"你要是有本事能证明，我和他没有关系，真是太好不过了。"说着，他头也不回地向一边走去。

　　"小寒！"秦妍有些幽怨地瞪了石烨一眼，连忙追上林枫寒。

　　林枫寒站住脚步，看着秦妍……

　　"你跟他？"林枫寒比画了一下。

　　"上小学的时候，我们在同一所学校，但我和你是同班，妍妍和我们不同班而已。"石烨冷冷地说道。

　　"哦？"林枫寒点点头，说道，"太过久远的记忆，我都不怎么记得了。"

　　"我倒好奇，你是怎么认识妍妍的？"石烨问道。

　　"我们大学是同学，还是一个系的。"秦妍解释道。

　　"就算如此，以他的性格，也不太可能认识你。"石烨皱眉，以林枫寒自闭的性格，他不会主动结交秦妍，哪怕秦妍确实很漂亮。

　　"妍妍，你不会？"石烨看了看秦妍，有些试探性地问道。

　　"小妍是历史系的系花。"林枫寒皱眉，黄瑞对秦妍似乎就是如此了，这才几天，就抛下新婚妻子不顾了。在这种情况下，哪里还禁得起有心人挑唆？所以，他只能解释一下，"我虽然自闭，但是也不至于糊涂到连我们一个系的系花都不认识。"

　　"那可难说得很。"石烨笑笑，说道，"相逢就算有缘，要不，一起出去喝一杯？"

"我不会喝酒。"林枫寒拒绝。

"小寒，来吧，我也不会喝酒。"秦妍连忙邀请，说道，"石烨，你等一下，我和小寒都买了东西，我们租个保险柜，把东西存起来。"

"好！"石烨说道，"我在门口等你们。"

"嗯！"秦妍答应着，然后，她也不避嫌，拉着林枫寒转身就走。秦妍提出来，他们两个人，保险柜也不小，完全可以只租一个保险柜，放在一起就是了。

林枫寒果断拒绝了，他不想和秦妍走得太过亲近。

另外就是那个石烨，本来，如果秦妍刚才不叫住他，他转身就走了。可是，就在刚才，他突然改变主意了。

"小寒，我们是朋友。"秦妍已经存好东西，站起来，看着林枫寒。

"嗯。"林枫寒点点头，说道，"我们是朋友。"

"我一直好奇，你怎么会是富春山居的主人？"秦妍试探性地问道。

"我上次说过。"林枫寒说道，"我爷爷和我父亲闹了一点矛盾，然后就带着我出来了，从小就哄着我，说我父母双亡，我是孤儿。"

"小寒，你别骗我。"秦妍低声说道，"就算老人家闹一点性子，一天两天，一个月两个月，好吧，再久一点，一两年……难道你父母就不找他？或者说，你父母就不找你？没有做父母的会舍得孩子在外面孤苦伶仃，备受欺凌。"

她知道，林枫寒早些年的日子，过得真是孤苦伶仃，加上性格使然，导致他连扶持帮衬的朋友都没有。

好吧，或许他有朋友，但是，他从来都拒绝朋友的帮助和援手。

"二十年前，家里发生了一点事情，我父亲亡命天涯，至今还在外面漂泊。"林枫寒轻轻地叹气，说道，"这件事情，我也不知道从何说起，甚至，我都不知道……该怎么说，所以，你也别问了。"

"好吧！"秦妍点点头，说道，"那你和石烨，又是怎么回事？你可能不知道……"

"不知道什么？"林枫寒皱眉问道。

"他是那位石大老板最宠爱的孩子，不怕你笑话，我早些年的时候，也曾经痴心妄想过，但他根本就看不上我们这种小门小户人家出来的女孩子。"秦妍说道，"现在，也就是做个朋友而已。哦，小寒，你怎么也住在落月山庄？我曾经听石烨说过，那位石大老板，从来都不喜欢孩子们吵闹，所以，他们在落月山庄虽然有房子，可是都不住在那边。"

"他和我父亲是故交。"林枫寒说道，"我这次来临湘城，看在故交的份上，照应一二。"

听林枫寒这么说，秦妍笑着，半晌，她才说道："那你别和石烨吵架，就算早些时候在学校有些不痛快，也都是小时候的事情了。如今我们都大了，你们两家又都是故交，何必呢？"

"我也不想吵架。"林枫寒笑笑。

"那好吧，等下我做一个和事佬，你可不要闹脾气哦。"秦妍笑着，竟然伸手在他额头上戳了一下。

林枫寒看着她软语轻笑，不禁心神微微一荡，连忙收敛心神，笑道："好，我不闹脾气就是。"

"你啊……"秦妍一边说着，一边向门口走去，口中抱怨道，"别人不知道，我难道还不知道，你表面上好说话，但性子可别扭了。"

"有吗？"林枫寒苦笑，他一直都认为，自己是很好说话的。

"有啊。"秦妍笑着，然后她用目光示意，问道，"那人——你保镖？"

"嗯！"林枫寒点点头。

谢轩很尽职，一直跟随他，距离不远不近，不会妨碍他和秦妍说笑，但也确保他的安全。

"小寒……"秦妍轻轻地叹气，说道，"可惜！"

"可惜什么？"林枫寒一愣，问道。

"可惜你我无缘。"秦妍低声说道。

"小妍，过去的事情，别再想了。"林枫寒说道。

"你有女朋友吗？"秦妍听他这么说，忍不住咬了一下嘴唇，但还是问道。

林枫寒正欲说话，但就在这个时候，一个白影突兀地出现，挡在林枫寒面前。

"哈哈……"

林枫寒被吓了老大一跳，定睛一看，顿时大喜，笑道："水灵？"

"我老远地看着像你。"白水灵身上穿着白色的宽松连衣裙，头上戴着一对漂亮的白色猫耳朵。

林枫寒伸手在猫耳朵上捏了一下，笑道："你怎么在这里啊？"

"哈哈，看古董啊。"白水灵见到他，极为开心，直接就把头上的猫耳朵摘下来，戴在林枫寒头上，笑道，"我就知道，你戴着肯定比我好看。"

"你表哥呢？"林枫寒也没有拒绝，笑着问道。

"他不在。"白水灵笑道，"他还在京城呢，我跟着我叔叔跑过来玩。"

"哦！"林枫寒见到白水灵，极为开心。

谢轩在看到白水灵的时候，忍不住握了一下拳头。这个女孩子，纯真美丽，可为什么他总感觉，她全身上下，都透着一股危险的气息？还有，刚才她出现的那一瞬间，那速度……他竟然没有看清楚。

不，刚才的速度太快了，快到几乎带着一层朦胧的幻影。

"你的妞？"白水灵看了一眼秦妍，笑呵呵地说道。

"你从什么地方学来这等俗话？"林枫寒低声说道，"秦妍是我同学，什么妞不妞的。"

"同学？"白水灵再次看了一眼秦妍，笑着问道，"什么学校的女孩子颜值如此之高？"

秦妍看着林枫寒和白水灵说笑，心中还真有几分酸涩的醋意，但听白水灵这么说她，她扑哧一声就笑了出来，当即问道："小妹妹，你在哪所学校读书？什么学校的颜值，如此之高？"

她可是一点也没有夸大，白水灵那是真漂亮，而且，她的身上似乎带着一股空灵脱俗的气息。

"我不告诉你。"白水灵冲着秦妍挤挤眼，笑道。

"林枫寒，你们要去哪里？"白水灵笑呵呵地说道，"我刚才看到那边有好多小葫芦，你帮我去挑一个好不好？"

"我约了人喝酒。"林枫寒说道。

"哼，男人就知道喝酒。"白水灵嘟嘟嘴，表示不满。

"我晚一点去帮你挑小葫芦好不好？"林枫寒连忙说道，在这里碰到白水灵，尤其，周绍光竟然不在，这让他心神舒坦。

在感情方面，他很纠结，他从来都没有否认过，自己喜欢黄绢，但是，他也非常喜欢白水灵……自从当初在金陵见到白水灵，她一身白色长裙，沐浴在夕阳西下的璀璨金光中，那种美，渗入骨髓……

以前碍于周绍光的缘故，他一直远离白水灵。

但是，自从石高风把他埋入古墓之中，自从他知道这种种破事之后，他也算是看破了，人生够苦，他怎么小心谨慎都是没用的。

既然如此，他又何必刻意地压抑自己呢？

"我跟你去喝酒。"白水灵笑道。

"好！"林枫寒笑着。

而白水灵已经挽着秦妍的手臂，然后，萌萌地和她交换了名字，两人似乎已经认识多年的闺蜜一般，姐姐、妹妹地叫着。

走到门口的时候，石烨果然在等他们。

让林枫寒诧异的是，石烨竟然认识白水灵。

"石烨，不会就是你约林枫寒喝酒吧？"白水灵似乎很诧异。

"水灵妹妹？"石烨看到白水灵，也是愣然。

"哼，我就知道，你也不是好人，喝酒居然不请我。"白水灵嘟着嘴，不满地说道。

"你什么时候来临湘城的？"石烨好奇地问道。

"昨天。"白水灵说道。

"走吧，既然如此，一起喝酒。"石烨说着，当即带着他们出来，走到外面，找了一家酒楼，进去要了酒菜。

由于不是饭店，酒楼的生意自然也很普通，石烨点了菜，问道："水灵，你要不要冰激凌？"

"要。"白水灵点头道。

"妍妍要不要？"石烨问道。

"要啊，既然水灵妹妹都要了，我不吃也想要。"秦妍故意说道。

"我要香草的。"林枫寒插嘴道。

石烨愣然，抬头看了他一眼，半晌，这才笑道："我以为，只有女孩子才喜欢吃冰激凌。"

"呵呵，你这么多年的资料，白做了？"林枫寒笑着摇头。

"我多少还是知道一点的，你不吃牛肉，所以，你放心，我绝对没有点牛肉之类的东西。"石烨说道。

"那就好，有心了。"林枫寒点头道。

很快，酒菜就送了上来，石烨关了包厢的门，倒了酒，冲着林枫寒举杯。

"说吧，水灵约我等下去挑小葫芦，我没有太多时间。"林枫寒端起红酒，和石烨碰了一下。

"小时候，我们确实是闹了一点矛盾。"石烨把红酒一饮而尽，说道，"你差点要了我的命。"

"年少轻狂，见谅。"林枫寒笑笑，轻轻地举杯，"现在，你敢把当年的话重复一遍，我依然要你的命。而且，这次我绝对不允许有任何意外。"

"这么多年过去了，你心里还是在意啊。"石烨笑着，但是笑容却在一点点地变冷。

"当然！"林枫寒点头道。

"呵呵。"石烨笑着，说道，"当年之事，我终究只是年少无知，而你，却差点真的要了我命，要不，一笔勾销？"

"呵呵……"这次，林枫寒只是笑着。

"你看，我们之间事实上也没什么冲突。"石烨说道，"而且，你心中所想，便是我心中所盼，何不合作？"

"合作哄骗他？"当石烨找他喝酒时，林枫寒就知道他想要做什么。

石烨可能不太了解木秀，但是，石烨肯定狠下功夫调查过他的一些事情，他自然也知道——林枫寒根本不想认石高风。

作为石高风的养子，他要是在落月山庄没有自己的眼线，那才叫奇怪了。

"事实上，这件事情还是很容易办的。"石烨给自己再次倒了一杯红酒。

"容易？"林枫寒微微皱眉，如果容易，他会被石高风要挟得死死的？

"现在科技发达，可不是靠着一份出生证明，就能证实得了父母的血缘关系。"石烨笑道，"你自己提出来，要去某某医院做一个亲子鉴定，我想，他是不会反对的。"

"为什么？"林枫寒问道。

"我想，父亲对此事，也是将信将疑吧？"石烨皱眉，说道，"如果做一个亲子鉴定，自然也就可以让他彻底放心。"

"医院你给我找？"林枫寒问道，"然后，你会买通医院，在鉴定书上做手脚？"

"对！"石烨笑道，"虽然今天还有别人在场，但是，我想，不管是妍妍还是水灵，跟她们没有丝毫关系，谁也不会多嘴。再说了，这件事情只是瞒着他一个人，甚至，我有百分之九十的把握，鉴定书根本就不用做手脚。"

"不知道你的把握从何而来？"林枫寒微微皱眉。

"你不可能是。"石烨冷笑道，"你不配。"

"是他不配。"林枫寒同样冷笑道，"第一，我很怕鉴定的结果，我也接受不了。

第二，他把我强行带回落月山庄的时候，已经请人做了鉴定了，我这个时候再提出来做鉴定，他不会同意的，因为你不懂。"

是的，石烨不懂，对于石高风来说，如果林枫寒确实是他的孩子，那么，对木秀就是致命的打击。

如果不是，他也想把林家最后的一点血脉留在自己名下，以示正统。

林枫寒想想，最早的时候，木秀容不下他，他也容不下木秀，还不就是因为这件事情？儿子见到老子在外面和别的女人生的孩子，自然是一肚子怒火。

而私生子见到正室夫人的孩子，自然也是羡慕妒忌恨。

他们从一开始争夺的就是这个，如今，他们都老了，自然也不会再有别的孩子，谁争到了林家的家主，就意味着，谁就是胜利者。

"你怕什么啊？"石烨冷笑道，"认下他，这辈子你都不用奋斗了。"

林枫寒笑笑，说道："石烨，你知道我父亲是谁吗？如果你知道，你了解一点，你就不用这么紧张。"

"林君临？"石烨说道，"听说一早跑去国外，天知道在哪个角落面窝着呢，一个连身份都没有的逃犯……"

"石烨，我又想敲一块玻璃砸你了。"林枫寒说道，"看样子，你真不能算是石老板的亲信，你不是号称是他最宠爱的养子吗？可你居然连这个都不知道？"

"你……"石烨顿时就有些脸上挂不住，表面上，石高风确实很宠他，对他的很多事情都很包容、很大度，甚至容许他闹闹小性子。

但是，石烨现在不是孩子了，他也知道，他根本就没有真正接触到石高风的生意。

石高风在京城的一切，都是石灿在打理着。石灿曾警告过他，如果他敢插手，石高风一准让他知道什么是后悔。

石烨从小就怕石灿，所以，他也不敢插手京城的生意。

国外，东南亚的一些生意，都是石悦和石怡这对孪生姐妹在打理，这对姐妹也不是好招惹的。

还有一些见不得光的生意，都是石恒在打理。说实话，石恒做的事情，他根本做不来，他有自知之明。

自己负责剩下的这么一点东西，据落月山庄传来的消息，石高风竟然想全部留给林枫寒。

或者说，今天的古玩交流会，就是一个开端。这不，石高风竟然让季史带着他进场。

如果只是一个进场的身份，根本就不用如此大费周章。

"家父有一个名字，叫木秀！"林枫寒说道，"宝珠皇朝的大老板，想来你这个层次，应该能够知道宝珠皇朝了。"

石烨抬头看着他，宝珠皇朝——那个号称只做最昂贵的珠宝的宝珠皇朝？

他确实有所耳闻，听说，在西方一些国家，那些还保持着古老传统的贵族们，都喜欢跑去宝珠皇朝订制首饰。

这家的首饰，无论做工还是用料，都是最精湛最华贵的。那位宝珠皇朝的大老板，在南非有着好些钻石矿，还有金矿，在缅甸更是勾结军阀，掌握着大量的翡翠矿的资源。

除此以外，他在世界各地都有资产，绝对是世界顶级大富商之一。

"我不贪图石先生的任何东西，但是，我也不想被人摆布。"林枫寒说道，"你的提议，实在是脑残至极。何况，我们本身就不能和平相处，我也不相信，你大度得能容忍下我……落月山庄这边，真的就是乱七八糟。"

"你说的这些，你以为我信？"石烨挑眉。

不，他不相信。他怎么可能是宝珠皇朝的少东家，这不合理，不科学啊。

如果他父亲真的是木秀，为什么放任他二十年不管？

"石烨，林枫寒的父亲，就是木秀。"白水灵说道，"姑妈亲口说的。"

"什么？"石烨愣然，半晌，他才问道，"你说的姑妈，是谁？"

"我叫她姑母，你应该叫她周姨。"白水灵说道，"你难道不知道，林枫寒是周姨的孩子？"

第四十八章 八字不合

石烨看了林枫寒一眼，诧异地问道："你是……周姨的孩子，这……这不是说，周姨根本就没有结婚？"

"哈哈……"林枫寒有些讽刺地笑了一下。她是用别人的身份存活于世，自然显示没有结婚，甚至她死后，墓碑上都没有他们林家任何记载。

"事实就是如此讽刺。"林枫寒笑笑。

石烨愕然地看着他，感觉还是有些没法接受……他知道那个女子和石高风的关系，甚至，他小的时候不懂，长大了，他还劝过石高风，把周姨娶了吧！男未婚、女未嫁，而且还有感情，没什么不合适的。

但是，他真的从未想到过，周姨竟然还有一个孩子。

"喂，你们喝酒要喝到什么时候啊？"白水灵说道。

"马上就好。"林枫寒笑道，"我等下就陪你去看小糊涂。"

"什么小糊涂，明明就是小糊涂……不对，就是小葫芦。"白水灵白了他一眼，不满地说道。

"成成成，看你的小糊涂。"林枫寒故意笑着，然后抬头，看着石烨道，"石烨，你找我到底什么事情，直接说。"

"我希望你离开落月山庄。"石烨听他这么说，直接说道，"古玩交流会结束之后，你就可以走了，回你的扬州，这是机票。"说着，他直接从口袋里面，摸出来两张机票。

林枫寒看了一眼，还当真就是用他和谢轩的身份证订的机票，两天后的晚上十一点多的飞机。

"谢谢！"林枫寒看了看机票，说道，"你倒有心了，居然拿到了我身份证号码。不过，我还不能走。"

"为什么？"石烨闻言，顿时就有些恼火，"你不是说……你根本就不想待在临湘城？"

"我自然不想留在这里。"林枫寒摇摇头，"但也不用你给我订机票，而且，想让我走，你得让他开口，你说没有用。"

"林枫寒，这就是他的意思。"石烨笑道，"否则，你以为我会给你订机票，我们可不是朋友。"

"嗯。"林枫寒笑道，"我们自然不是朋友。"

"他不好意思让你走，自然就让我用这个委婉一点的办法让你离开。"石烨故意凑近他笑道，"你不会认为，他想留下你吧？"

林枫寒歪着脑袋，导致他戴在头上的猫耳朵也跟着转悠了一下。

"他为什么不想留下我啊？"林枫寒就这么笑着反问。

"呵呵，你自己心里清楚。"石烨冷笑道。

"好吧，我承认，我这人不怎么讨人喜欢。"林枫寒拿起那两张飞机票，横看竖看，心中却有些讽刺，石烨不会以为——现在让他离开，石高风就会放手？如果当真如此，他也不至于一筹莫展。

想想，他要来古玩交流会，石高风可是坑蒙拐骗，也把小黑给留下了。找什么借口说，参加这种古玩交流会，还是不要带宠物的好，小黑又不是普通宠物。再说了，凡是玩古玩的，大都脾气怪异，别说带宠物，带什么应该都不会有人理会。

说白了，石高风就是怕他跑去扬州，所以，留下小黑，让他必须回落月山庄。

他就弄不明白了，难道石烨就没用脑子想想，居然购买两张机票，让他就这么离开临湘城？

"他让我离开？"林枫寒再次问道。

"对。"石烨很认真地说道。

林枫寒正欲说话，偏偏就在这个时候，他的手机响了。摸出手机一看，他瞬间就有一种哭笑不得的感觉。

这个时候他才想起来，早上出门的时候，石高风曾经一再嘱咐他，到了地方就给他打电话，结果到了之后，他就忘掉这件事情了。好吧，他一向喜欢一个人，真的没有出门给家里人报平安的习惯。

"小寒。"电话接通，石高风就有些恼怒。他一而再，再而三地让林枫寒到了星辉度假村给他电话，给他电话，给他电话……结果，林枫寒在家答应得好好的，一转身，出门了，他拿着手机等，他就是不打电话。

"嗯……"林枫寒说道，"是我。"

"我知道是你。"石高风恼怒道，"你说过给我打电话的。"

"嗯，我是说过给你打电话。"林枫寒老老实实地说道，"我到扬州就给你打电话，嗯，我等下让谢轩回来，收拾一下我的行李，你把我的东西还给我。当然，你给我的东西，我等下也会让他带给你……"

"小寒……"石高风握着手机的手都忍不住颤抖了一下，连忙问道，"你怎么了？你……在家不是好端端的……"

"你不是给我订了机票，让我回扬州吗？"林枫寒说道，"既然这样，属于我的东西，我自然要带走，还有小黑，你等下让谢轩把它带过来。"

"我什么时候给你订过机票？"石高风急忙说道。

林枫寒没有说话，直接挂断电话，然后把两张机票拍了照片，微信截图发了过去。

片刻，石高风的电话再次打了过来，这一次，林枫寒没有接他电话。

"我会走。"林枫寒拿起机票，拉过白水灵，就这么站了起来。但是，他脸上却带着几分嘲讽的笑意。

"走了，水灵，我们去看小葫芦。"林枫寒说道。

"好！"白水灵点头答应着，跟着他一起起身。

秦妍坐着没有动，然后，等林枫寒走了出去，她拿起另一只酒杯，给自己倒了一杯酒，冲着石烨举杯。

"按照我们原来的计划，不是如此。"秦妍开口道。

"按照我们原来的计划，确实不是这样。"石烨摇头道，"但是，计划发生了一些变化……嗯，妍妍，我今天是不是忒像一个小丑？"

"这倒不像。"秦妍笑道，"但是，你难道以为这样就能让他离开？"

"自然不行。"石烨摇头道，"我是故意的，并且也让父亲知道，最好，父亲能派人前来。如果他自己能来，那就更好了。"

"怎么了？"秦妍愣然问道。

"你一个女孩子，别问那么多。"石烨摇头道，"知道得太多，你也会有危险，妍妍，你自己小心。"

"我……"听石烨这么说，秦妍轻轻地叹气。

"妍妍，怎么了？"石烨已经站起来，正准备走，看到她轻轻蹙着的眉头，当即就有些情不自禁，伸手朝她眉心上点了过去。

"没什么，我只是不明白……"秦妍低声说道，"他原来在扬州一无所有，靠着爷爷在古街附近开了一个小铺子，过着吃了这一顿，就没有下一顿的日子，你不知道……"

"知道什么？"石烨问道。

"他曾经对我说过，他所有的衣服，都是别人穿过的，不要的，破的，旧的，他只有校服才是新的。"秦妍说道，"可就是这么一个人，这才多久，他竟然富甲天下。"

"他的事情，一直都是父亲的禁忌。"石烨低声说道，"我听二哥曾经说过一次，父亲曾经动手，想除掉他，但最后不知道怎么着，竟然从落月山庄传出消息来，说他是父亲的亲生儿子。父亲认为，这些年是自己对不起他，所以，对他诸般溺爱纵容。"

"所以，你就有些看不过去了？"秦妍笑笑。

"不是我看不过去。"石烨摇头道，"妍妍，你难道不觉得，这里面有诸多疑点？"

"似乎如此。"秦妍说道，"就像我不明白，他那位父亲木秀先生，对吧？"

"嗯，他是这么说的。"石烨说道。

"刚才你们说话的时候，我出去找人问了一声，听说——他可是真正的富甲天下啊，在西方诸多国家都有大生意，可不光是做珠宝生意。这样的一个人，为什么抛下老父幼子不顾？"秦妍说道，"这是其一。其二，他如果是木秀先生的孩子，怎么又和石先生扯上了关系？"

"不清楚。"石烨摇头道，"这些事情，父亲是从来不会说的。我跟着他这么多年，但我真的不知道，周姨竟然有一个孩子。上次你和我说，他是富春山居的主人，我怎么都想不明白，富春山居不是周姨的产业吗？周姨过世，继承者也应该是韶光啊？"

"你认识刚才那个女孩子？"秦妍问道。

"嗯，白水灵。"石烨点点头，说道，"韶光的女朋友。"

"可是，我看她似乎和林枫寒关系很密切啊？"秦妍皱眉，刚才白水灵出现的时候，直接就把戴在头上的猫耳朵摘下来戴在林枫寒头上，而林枫寒这么一个大男人，居然没有拒绝，一直戴着一对卖萌的猫耳朵喝酒。如今，就这么走出去了，他就不怕被人围观啊？

"去年过年的时候，我听韶光说起过一次，她和韶光之间似乎闹了一点矛盾，牵扯到别人。"石烨说道，"如今想想，可能就是他吧，一般的人，想来也不至于这么不长眼。妍妍，韶光可不是普通人。"

"我知道。"秦妍点点头，她知道，她一直都接触不到石烨那样层次的人。

要不是早些时候，石烨一直都在扬州上学，从小学到中学……

中学时期的少男少女们，情窦初开，那个时候，秦妍就长得很漂亮，追求者不计其数。

石烨也生得高大英俊，成绩极好，考试总能拿下全年级的前十名。他们相识是在一次作文大赛上，全校就五个名额，而他们两个都在，自然而然也因此相识了。

他们都是出生于良好的家庭，聪明智慧加上郎才女貌，很快，他们就相互走得很近很近。

秦妍轻轻地叹气，用林枫寒的那句话说，就是年少轻狂。

那个时候，他们也一样年少轻狂，恣意张扬着青春岁月，流金年华。

所以，他们很快相恋了。在五月初的时候，在栀子花开的季节里，她把她的第一次，就这么给了他。

可是，很快——高考来临了。

他们相约，一起考扬州大学，这没什么不好，至少作为扬州本地人，还是很不错的。

秦妍如愿考上了扬州大学，但是，暑假的时候，她接到了石烨的电话，说他要去京城上学了……

那一刻，秦妍觉得，她的人生瞬间就崩溃了。

她几次打电话找他，还跑去他们家找他数次，但是，紧接着，石烨就出国了。

秦妍上了扬州大学，她依然美丽聪慧，依然是众人追捧的对象。但是，这么多年，她从来都没有忘记过石烨。

大学四年，秦妍觉得，自己已经长大了，应该为将来的前途考虑考虑。陈旭华不错，是学校里女生心目中当仁不让的白马王子。陈旭华主动接近过她，曾经一度他们走得很近。但是，很快秦妍就发现，事实上，陈旭华的目标根本就不是她。

秦妍曾经在心中恶狠狠地鄙视过，那就是一个死变态啊，但是后来她很快就明白，他就是好奇……

那个时候，她也很好奇林枫寒。但是，林枫寒就是林枫寒，他容貌清俊，气质华贵，但是，他却一穷二白。

她现在还记得，陈旭华曾经说过，他从来没有见过比他更奇特的人。

一个一无所有，却总是挑剔、挑食的，这绝对不可能。一穷二白，却骄傲至极，这也极其矛盾。

她也曾经对林枫寒动过心……

"妍妍，你不会……"石烨突然问道，"你对他……有意思？"

秦妍低头没有说话。

"哈哈,这也没什么。"石烨笑道,"他长得英俊,你看看,白水灵放着韶光不要,如今,还不是和他混在一起?这男人嘛,容貌和钱包,缺一不可。你要是当年知道他拥有富春山居,是不是会考虑追一下?"

"如果当年知道他拥有富春山居,我想,扬州大学所有的女生,都会想法把他弄上床。"秦妍是已婚妇人,对此,倒放得开,直截了当地说道,"别说我们女人虚荣,既然生活在游戏中,我们自然就要遵守游戏规则。"

"说得对极了,生活原本就是如此。"石烨说道。

"你呢?"秦妍抬头看着他,问道,"当年为什么放弃我?"

石烨想了想,这才说道:"当年我们太小了,什么都不懂,我也曾经想过,如果能娶你,没什么不好。但是父亲说,我们不合适,妍妍,你现在也没什么不好,黄家也算是这临湘城首屈一指的富贵人家,难道你觉得还委屈了你?再说,当年,我们真的动过情,十六七岁的时候,不过是生理需要罢了。很多人都认为,那是纯真的爱情,但是,我却认为,那才是最不理智的冲动期,根本就没有感情的因素。"

秦妍轻轻地叹气,说道:"你说得对,那个年龄,不过是我们生理上已经成熟的标志,在本性的驱使下,对异性有了好感。但是,如果说到组建家庭,对于那个年龄的我们来说,太过残忍了。"

"是的,动物在一定的年龄阶段,也会寻找异性,开始筑巢产卵,繁衍下一代,这是自然规则,和感情没有什么关系。"石烨说道,"既然不适合,何必勉强?妍妍,我们都是聪明人。"

"是!"秦妍听到这里,当即站起来,转身向外面走去。

走到包厢门口的时候,秦妍站住脚步,转身,看着石烨,问道:"他……石先生真的会来?"

"我想,应该会来。"石烨说道。

"就因为林枫寒一个电话?"秦妍问道。

"是的。"石烨点点头

却说林枫寒带着白水灵走到外面,谢轩就跟了上来。白水灵搂着林枫寒的手臂,仰头,看着他,有些小鸟依人。

"怎么了?"林枫寒问道。

"你明明知道他是故意的，你为什么还让石先生知道？"白水灵问道。

林枫寒站住脚步，看着谢轩。

谢轩会意，连忙走了过去……

"把机票收好，后天快要到点的时候，记得把票退了，看看能不能退几块钱。"林枫寒笑呵呵地说道。

"少爷，这票不是我们订的。"谢轩很想说，恐怕退不了，而且，他就弄不明白了，为什么要退啊？他不回扬州，直接把票丢了不就得了。

"照我说的做就是。"林枫寒笑道。

"是！"谢轩答应着。

他只是一个保镖，主人说怎么办，自然就怎么办了。

"水灵，我们去看小葫芦。"林枫寒说道。

"好！"水灵点点头，但是，她也微微地皱眉。

等林枫寒陪着白水灵进去，他才诧异地发现，这地方的古玩交流会，居然划分了区域，比如说，刚才他和秦妍去过的那一片，都是金银器皿，包括铜器之类的东西。

而如今他们所在的这一片，竟然全都是字画，看着林林总总的各种字画，林枫寒瞬间就有一种眼花缭乱的感觉，但是白水灵却拉着他一溜儿小跑。

"你跑这么快做什么啊？"林枫寒有些无奈地说道。他就弄不明白了，白水灵穿着高跟鞋，那种很细很细的高跟鞋，她居然能跑得飞快，她就不怕摔着。

"我不想让你去看那些画上的美人。"白水灵幽怨地白了他一眼，然后用指头戳了他一下，说道，"你就是一个大大的呆头鹅。"

"我一点都不呆，我是喜欢你的。"林枫寒苦笑道，"很多人都说，做古玩生意的人都有一些怪癖，我一直不承认我有怪癖。但是，如果不是我喜欢的人，我是不会轻易让人把一对猫耳朵戴在我头上，我还一直戴着像个二傻子……"

"哈哈……"白水灵听他这么说，瞬间就开心了，顿时就笑了起来，"林枫寒，我和周家哥哥，没有婚约，他骗你的。"

"我知道，上次我问过。"林枫寒低声说道，"就算如此，他喜欢你，谁都知道。"

"我知道他喜欢我，他也对我极好。"白水灵轻声说道，"我也以为，我会嫁给他，但是人生啊……"

"怎么了？"林枫寒一愣，连忙问道，"水灵，你和他闹矛盾了？"

他知道，周绍光对白水灵那真心没得说，捧在手中怕摔着，含在嘴里怕化了，他不愿意、也不想追白水灵的缘故，就在于此，他希望她能幸福。

至于他和黄绢，当初在多宝阁初见黄绢的时候，她确实很惊艳，他也怀念黄绢把他压在身下，又咬又舔……

权衡利弊之后，林枫寒果断地选择了黄绢，幸福——选择很重要。

"家里找人看了八字，说是姐姐和他比较合，而我的八字和他相冲相克，还有……"白水灵低声说道，"算命先生说，我克夫克子，乃是寡妇命。"

"我靠，谁说的？"林枫寒勃然大怒，"水灵，哪一个算命先生说的？你告诉我，我……我去砸了他的摊子。"

这一瞬间，他真的愤怒了。

人家合男女八字，都是问姻缘的，一般的算命先生自然都是往各种好处说，然后图个喜钱。这狗屁倒灶的算命先生，竟然胡扯白水灵是"寡妇命"，这不是咒人家女孩子嫁不出去吗？

"家里长辈去问的，就这样了。"白水灵低声说道，"我姐姐是英国回来的硕士生，人长得漂亮，比我懂事。他开始是反对的，但见着姐姐之后，就同意了。"

"他……竟然同意了？"林枫寒瞬间感觉天雷滚滚，这不可能啊？当初他就多看了一眼白水灵，周绍光都想找他玩命，现在，他居然同意和别的女人结婚？

"是的，他同意了。"白水灵慎重地点头道，"所以，你不要担心他了。"

"不行，我要问问他，他……怎么可以如此对你？"林枫寒一边说着，一边就要摸手机。

白水灵摁住他的手，摇头道："林枫寒，不用了，我一直把他当哥哥，但是他的爱，太深了，我承受不起。如今，他放手，我也松了一口气，你看，这样没什么不好。"

"你……你这个傻丫头，这可如何是好？"林枫寒不禁跺脚。他原来以为，白水灵会嫁给周绍光，然后就像童话里面的公主一样，幸福美满。

现在，似乎一切都变了。

"没有他，不是还有你？"白水灵笑呵呵地说道，"我要把你泡到手。"

"你……"林枫寒摇摇头，说道，"你这小丫头，胡扯什么啊？"

"我喜欢你，我想追你，难道有错？"白水灵摇头道，"好吧，你如果不喜欢我，我们这次还可以像在苏州那样，痛痛快快地玩一场，然后各奔东西。"

"别胡扯，等我临湘城的事情处理好，我要去京城问个清楚，到底是怎么回事。"林枫寒说道。

"哈哈……"白水灵笑着，似乎愉快至极。

第四十九章　双耳瓶

林枫寒看了白水灵一眼，低声呵斥道："不准笑。"

"林枫寒，你现在这样，一点威严都没有。"白水灵看他头上戴着猫耳朵，还一本正经地板着脸教训她，她就忍不住想笑。

林枫寒伸手就要去摸那对猫耳朵，白水灵拉住他的手，低声说道："林枫寒，你戴着很好看，比我好看。"

"你个色女。"林枫寒低声笑骂了一声，"小葫芦在什么地方？"

"就在前面。"白水灵很开心，蹦蹦跳跳，拉着他向前跑去。

"水灵。"林枫寒跟着她，问道，"那个算命先生是不是你买通的？"

"呃？"白水灵整个人都僵了一下。随即，她转身，脸上洋溢着灿烂至极的笑容，说道，"林枫寒，我不知道你在说什么。"

林枫寒没有说话，只是跟着她向前走去，他有百分之八十的把握，那个所谓的算命先生就是白水灵自己找人买通的。否则，算命先生就算是脑残了，也绝对不会说她八字太硬，克子克夫，更不会说她是寡妇命。

白水灵喜欢他，林枫寒一直都知道。

男人见到一个美貌的女子，心中有些想法，这很正常。

但是，女人见到清俊的男人，同样也会有些想法，否则，古代那些养在深闺的女子，也不会不顾礼教大防，和一些男人私订终身。现在这个世界，就少了很多才子佳人的"佳话"。

林枫寒知道，他一张脸长得不错，别说现在，就算以前一穷二白的时候，在学校都有人对他表示过好感，只不过他从来不加理会。

那个时候的他，也没有吸引女生的必然条件，所以，一些女孩子在吃了闭门羹之后，自然而然也就放弃了。

"这里这里，林枫寒，你快过来帮我看看。"白水灵拉着他，走到专门卖文玩杂项的地方，指着一个小摊上各种蝈蝈葫芦说道，"你看，是不是很可爱？"

"是很可爱，和你一样可爱。"林枫寒说话的时候，已经向一溜儿蝈蝈葫芦看过去了。

"先生，帮你女朋友挑一个蝈蝈葫芦？"摆摊的竟然是一个年轻人，见到有生意，当即起身招揽道。

"嗯，我看看。"林枫寒一边说着，一边信手拿起一个画着芭蕉蝈蝈的小葫芦。这个蝈蝈葫芦似乎有些年代了，表皮光滑细腻，画工也不差。他看了一眼葫芦口的蒙心，仔细地观看了半晌。

"先生可真有眼力。"年轻人笑呵呵地说道，"这个蝈蝈葫芦可是有些年代了，还是从我爷爷手中传下来的。"

"传家宝啊？"林枫寒笑道，"你也拿出来卖？"

"呃？"年轻摊主只是这么一说，一般的顾客听人这么说，都不会说什么，哪怕没有购买的意图，也就笑笑罢了。

如今，林枫寒这么一打趣，他竟然不知道如何搭讪了。

"你爷爷玩过的？"林枫寒抬起头，看了一眼年轻的摊主，心中却暗叫了一声："可惜！"

年轻摊主笑道："先生，不瞒您说，我爷爷就是爱好这个，家里收集的这些小玩意儿，不计其数，真真假假，好好坏坏，都有。这不，他老人家玩腻了，我就拿出来骗几个钱，好给我女朋友添个戒指、项链什么的。"

扑哧，白水灵直接就笑了出来。

"你女朋友真幸福。"林枫寒笑道。

"哪里哪里。"年轻摊主叹气，然后，他凑近林枫寒，在他耳畔说道，"你这么漂亮的女朋友，哪里找来的？"

"我大中国找来的。"林枫寒笑道。

"我是问你，你怎么耍流氓找来的？"年轻的摊主问道。

"我这样的人，泡个妞用得着耍流氓？"林枫寒故意说道。

"哈哈，你这样的人，看着也就是被妞泡的。"摊主一边说着，一边偷偷瞄了一眼白水灵。

"对，葫芦哥哥，反正，是没有妞泡你的。"白水灵狠狠地白了摊主一眼，嘟着嘴，气鼓鼓的样子。

"哈哈……"年轻摊主大乐，笑呵呵地说道，"所以我努力赚钱泡妞啊，把我爷爷的蝈蝈葫芦都偷出来卖了。"

"正经说，这个小葫芦多少钱？"林枫寒看了一眼那个小葫芦，问道。

"三十万。"年轻摊主说道。

"留着回去孝敬你爷爷吧。"林枫寒口中说着，直接就把那个小葫芦放在摊位上。

这个年轻摊主虽然满口胡扯，开价却一点也不含糊。

然后，林枫寒又问了几个蝈蝈葫芦的价钱，和所有卖古玩的人一样，这个"葫芦哥哥"的货色，也是良莠不齐。林枫寒刚才一眼看上的那个，应该算是他这批货中最好的一个了，只可惜，那个蝈蝈葫芦有些瑕疵。

林枫寒对这些小玩意儿没有太大的兴趣，自然平时也没有收藏的爱好，但是这并不意味着，他就不懂得蝈蝈葫芦。

"这个呢？"林枫寒拿着一个景泰蓝的小葫芦问道。

这个不能算是蝈蝈葫芦了，只能算是赏玩型小葫芦。蓝色的釉色厚实，掐丝珐琅工艺，典型的缠枝莲纹……

"先生，这是道光年间的珐琅工艺，丰泽园的老物件。"葫芦哥哥说道。

"道光年间这东西很多。"林枫寒说道，"你直接开价。"

"十五万。"葫芦哥哥说道。

"葫芦哥哥，我还要留点钱，等下给女朋友买个冰激凌。"林枫寒叹气道，"你别把我冰激凌的钱都全部赚了去。"

"呃？"葫芦哥哥笑笑，问道，"猫哥哥诚心要，开个价！"

敢情他听林枫寒管他叫"葫芦哥哥"，所以，他直接管他叫"猫哥哥"了。

林枫寒摸了一下头上的猫耳朵，然后，那个高科技电子产品的猫耳朵彻底耷拉下去了。

"五千。"林枫寒叹气道。

"你为什么不等今晚抢啊？"葫芦哥哥愣了一下。他也不是第一次做生意了，讨价还价，那是常有的事情，可是林枫寒还的价，实在是太狠了。

"水灵，要不，我们今晚来抢？"林枫寒转身，一本正经地找白水灵商议着，晚上抢吧，这个比较靠谱。

"确定要抢？"白水灵问道。

"葫芦哥哥让我们晚上抢啊。"林枫寒说道，"要不，你考虑一下？"

"好耶。"白水灵歪着脑袋，想了想，这才说道，"如果抢比较靠谱，拣日不如撞日，现在不是很好？"

"小姑娘，你穿着高跟鞋，你还想抢劫？"葫芦哥哥刚才就是信口这么一说，他也没有想到，林枫寒居然真的找小姑娘商议，要不要考虑晚上抢。

"猫哥哥，正常开价好不好？"葫芦哥哥说道。

"好。"林枫寒点头道，"是你胡扯着开价的，否则，我也不会如此还价。"

"你都带着美貌小姑娘了，你就不能大方点？"葫芦哥哥哭笑不得。

真的，做生意的人，最喜欢看到男人带着一个美貌姑娘来了，尤其是热恋中的人。这个时候，男人的钱包，不是被大脑支配，而是被荷尔蒙支配。

为了在美女面前有一个"慷慨大方"的好评价，他们出手各种阔绰。

"敢情你就是看着美貌小姑娘做生意的？"林枫寒叹气，然后，他从旁边拿起刚才那只小葫芦，说道，"这个，和那个景泰蓝的，一起十二万。"

"先生，那是我爷爷的。"葫芦哥哥哭笑不得，这个价钱，还是有些偏低啊。

"反正你都偷出来了。"林枫寒说道。

"可是……"葫芦哥哥看了一眼那个蝈蝈葫芦，那可是清代乾隆年间的宫廷玩器，下面有年号，而且这个葫芦上面的图文，明显就是手工绘制的，这样的东西，可是价值不菲。

"葫芦哥哥，你这东西，你自己心里清楚。"林枫寒说道，"这是小姑娘不懂，就图个好看，如果是正经玩家，没有人会考虑你这个东西的。"

"我……"听林枫寒这么说，葫芦哥哥瞬间就明白过来，今天这是碰到行家了，想忽悠是不可能了。

"什么意思？"白水灵愣了一下，连忙拉扯着林枫寒的衣袖，问道。

她就觉得这小葫芦精致可爱，加上原来收藏过两个，她也查过一些相关的资料，所以，看到这玩意儿，就想弄几个玩玩。

但是，她确实不懂古玩，平时看到了，也就是看看热闹。今天反正林枫寒在，免费的鉴定大师，那是不用白不用。

如今听林枫寒这么说，白水灵瞬间就明白过来，那个画着好玩的小蝈蝈的葫芦，竟然有瑕疵？

　　"这个葫芦，原来被人弄脏了，为了把表面的污垢处理掉，所以泡过水，不是普通的清水，而是双氧水，然后，这个小葫芦还晒过，你看……"林枫寒一边说着，一边把那个小葫芦递给白水灵看，"这里有一个很浅的裂缝，如此一来，好玩意儿就打了折扣，自然也卖不出原来的价钱了。"

　　这一次，葫芦哥哥都想哭了，这东西确实如林枫寒所说，被人盘脏了，然后清洗过，结果却出了一点意外，不得已只能在太阳底下晒了一下。虽然处理得很好，可还是出现了细微的裂缝。

　　那个裂缝很小很小，如果不仔细看，根本就看不出来。但现在人家已经看出来了，还把其中的头头道道都说了出来，他自然是什么也不好说了。

　　"可那个景泰蓝的，真是道光年间的，还是丰泽园的。"葫芦哥哥说道，"两个十二万，实在有些低。"

　　"我感觉差不多了。"林枫寒说道，"你就没有什么精品的玩意儿？如果有，我不在乎花高价收的。"

　　"你手里那个就是精品。"葫芦哥哥垂头丧气。

　　"都被你玩坏了，还精品个猫啊。"林枫寒笑道，"这么着，我再加一点，你把这个东西让给我。"

　　林枫寒一边说着，一边从摊主的摊子上，拿过来一只黑黝黝的瓶子。

　　这个葫芦哥哥的摊子上，确实是以蝈蝈葫芦为主，但是，凡是卖古玩的，还真没有单纯只做一样的，所以在他的摊位旁边，放着几个花瓶。

　　这个黑漆漆的瓶子，就是其中之一，而这只瓶子是一个典型的双耳瓶。黑色的釉色，瓶口有一些紫色的斑纹，里面的瓷质也不怎么白，反而泛着一种灰蒙蒙的色泽。

　　表面的黑色，虽然看着光滑明净，可是瓷质本身却带着几分粗糙。这还不算，黑色里面还透着几分红，让原来的审美价值大大降低了。

　　"十五万，把这个瓶子一起给我，我带回去插花。"林枫寒笑道。

　　"这……"葫芦哥哥有些迟疑了，这个黑色的瓶子不值钱，他早些时候从人家手中收过来，不过花了二百块，据说确实有些年代了，但是这东西不行啊。

　　凡是懂得一些瓷器知识的人都知道，这个瓷质不行，釉色不行，本身不够美观，又没有确切的年代证明它出自某个名窑，这玩意儿自然就不值钱了。

林枫寒挑的这些东西中，那个景泰蓝的小葫芦确实是道光年间丰泽园的东西，放在市面上，市价五万左右。

至于另外那个蝈蝈葫芦，乾隆年间的东西，宫廷之物，如果没有泡过水，没有裂纹，那么绝对可以卖到三十万。如今，身价顶多就是八到十万，林枫寒开的这个价，差不多了……

他虽然有利润，可是利润空间不大。

"十六万，六六大顺。"葫芦哥哥想了想，咬牙说道。

林枫寒看了他一眼，嘴角浮起一丝浅浅的笑意，说道："转账，还是刷卡？"

"可以刷卡。"葫芦哥哥听了，当即取出刷卡器。

"可以开个小票不？"等刷好卡，林枫寒突然问道。

"你要那个干吗？回去报销？"葫芦小哥愣然问道。

"回去也找不到人报销。"林枫寒说道，"我怕你找我麻烦，所以，你还是开个小票给我。"

"哦？"葫芦小哥满腹狐疑，但既然客人索要小票，他还是拿出票本，给开了一张。

林枫寒先把两个小葫芦用旧报纸包裹好，递给水灵，笑道："景泰蓝的小葫芦倒没什么，但那个可爱的小蝈蝈，你看看就好，别接触水，别在太阳下暴晒，注意干燥。这玩意儿泡过一次水，就不太经得起折腾了。"

第五十章　枯木回春

白水灵嘻嘻笑着，说道："我不会把它泡水里的，我就看看，我不说话。"

听白水灵这么说，林枫寒和葫芦小哥都笑了起来。

蝈蝈葫芦不大，所以，白水灵就用旧报纸包着，然后塞进她那个红色的香奈儿包包里面。

林枫寒看了看那只黑色的瓶子，然后就从葫芦小哥的摊位上拿起旧报纸包裹了一下，问道："有盒子不？"

"真没有。"葫芦小哥摇头道。

"嗯，那好吧，银货两讫，告辞。"林枫寒说着，转身就要走。

"等等。"葫芦小哥突然一把拉住他，叫道。

"葫芦哥哥，还有什么事情？"林枫寒讶异地问道，"我们这生意已经做了，钱我已经付了，你不会说，你反悔了？"

"当然不是。"葫芦小哥摇头道，"一手交钱一手交货，落地无悔。"

"嗯，那就行。"林枫寒点点头。

"那个黑色的双耳瓶，什么来头？"葫芦小哥问道。

直到这个时候，葫芦小哥算是回过神来。白水灵是真心喜欢蝈蝈葫芦，毕竟，她长得很漂亮。刚才她就在自己摊子上看过，但看了一会儿，却没有买，也没有问过价钱，随即她就欢快地跑了。

然后，她就带着一个温雅俊美的男人过来了。而那个萌妹子的猫耳朵，居然戴在那个男人的头上，葫芦小哥看着就想笑。

葫芦小哥不傻啊，自然也知道，这个男人肯定懂得蝈蝈葫芦，懂得一些古玩知识。但是，林枫寒看着太年轻了，看起来就很好忽悠很好骗的样子，所以，他也没有放在心上。

但是，现在想想，葫芦小哥算是明白了，这个人可是此道高手，刚才他问价，问得虚实难辨。并且从他刚才的话中，葫芦小哥知道，葫芦泡过水，他爷爷还亲自做过手脚盘过，他都能看出来，可见，本身就眼力不凡。

好吧，这三样东西卖了，利润不错，可是……那个黑瓶子，到底是什么东西啊？那个瓶子，应该才是那个猫耳朵帅哥最想的东西吧？

"葫芦哥哥家的来头啊，"林枫寒指着他笑道，"这不是你刚才卖给我的？"

"我……"葫芦小哥有些崩溃，笑道，"猫哥哥，给一句准话，你老实告诉我，我今天是不是做了特傻帽的事情了？嗯……走了宝了？"

"这个黑瓶子是宝贝？"白水灵愣然，不解地问道，"林枫寒，是不是和那个水点桃花一样的宝贝？"

她可没有忘记，当初在苏州的时候，也是对蝈蝈葫芦有兴趣，结果林枫寒在购买蝈蝈葫芦的时候，顺便要了一个作为添头的杯子，然后一转手，他就把那个杯子卖了三百万。据说是"水点桃花"，买主是一个老头，对他还一脸的千恩万谢，似乎占了莫大的便宜。

白水灵一直都认为，林枫寒在这方面有点石成金的本事，那些看着不起眼的玩意儿，他总有法子告诉你，这是稀世珍宝，价值连城。

"水点桃花？"葫芦小哥愣然，随即忍不住拍拍胸口，说道，"妹子啊，你可不要吓唬哥哥，哥哥禁不起吓的。"

"她没有吓唬你。"林枫寒笑道，"葫芦哥哥，这东西和水点桃花可不同。那水点桃花虽然是现代瓷器，可是相当漂亮的，它毕竟是一代造瓷大师的心血啊。"

"还好还好。"葫芦小哥点点头，说道，"那这个黑瓶子到底是什么来头？可以说说吗？"

林枫寒目光一扫，远远的，正好看到一个熟悉的身影，当即笑道："说说自然无妨，但是，我可得先申明了，这东西，你可是卖给我了。"

"走了宝，我认栽。"葫芦小哥很干脆，说道，"刚才就说过了，落地无悔。"

"成。"林枫寒点头笑道："爽快。"

"那……这个瓶子？"葫芦小哥问道。

"就瓶子来看，我猜测应该是宋代定窑之物。"林枫寒笑道。

"宋代定窑？"葫芦小哥目瞪口呆，这定窑可是宋代五大名窑之一。

宋代定窑以烧制白瓷为主，同时也烧青釉和少量的黑釉，还有酱釉，就是紫定。

葫芦小哥想了想，那个不怎么好看的，黑色中泛着一点红的颜色，可不就是酱釉的颜色？

宋代定窑的紫定，不仅器形完好，还是花瓶，这……

葫芦小哥直接就甩了自己一巴掌，骂道："睁眼瞎啊！"

大概是听到"定窑"两个字，这个时候，旁边有人围了过来，想看个热闹，一个老者搭讪着问道："小伙子，我好像听你们说，定窑？哪里有定窑的名瓷，也让我们开开眼界？"

另外一些人，这个时候也跑过来凑热闹。甚至，连隔壁做鼻烟壶生意的也凑了过来。

"已经卖给那个猫哥哥了！"葫芦小哥哭丧着脸说道。

"小伙子，给我们看看。"老者笑呵呵地说道。

"看着像是定窑，可说不准。"林枫寒笑道。

"没鉴定的玩意儿，谁说的准啊。"老者笑道，"看看，大家还不都是图一个热闹。"

林枫寒听他这么说，当即就把那只瓶子拿出来，就放在摊位上。

老者小心地打开旧报纸，然后对着那只花瓶，上上下下地看着……

半响，他才说道："小伙子，不是我泼你冷水啊，这瓶子看着确实有些年代了，颜色也很像定窑的紫定，但问题就是，定窑的瓷器细腻光洁，这个釉色看着可不怎么像。"

"嗯！"林枫寒点点头。

"可不是。"葫芦小哥叹气道，"我收来也不值什么钱，看着像是民国旧仿，不仅颜色不正，瓷质本身还粗糙，所以能卖，我就便宜点卖掉了。结果这个猫哥哥说，这是宋代定窑的宝贝，我这心脏，实在有些不舒服。"他一边说着，一边还摸了摸心脏，表示自己确实很不舒服。

"我不是猫哥哥。"刚才没有别人，葫芦小哥叫着玩玩，他就认了。这个时候，众目睽睽之下，被叫作"猫哥哥"，他一下子就窘迫起来。

"小哥，你以什么断定它是宋代定窑的东西？"老者笑道。

"这位小兄弟，李老可是玩瓷的大行家啊。"旁边，一个中年人善意地笑道。

林枫寒也是笑着，说道："就是看着像，我也没有说一定就是。"

"那你为什么要买？"葫芦小哥皱眉问道。

从刚才林枫寒挑选蝈蝈葫芦开始，葫芦小哥知道，他绝对也是一个行家。但又一想，如果是行家，像李老那样的老人家，绝对不会买这样一个瓶子。

"这不，我刚才就说了，我要买回去插花啊。"林枫寒很认真地说道。

"如果是插花，景德镇的精品瓷器，比这个好看多了。"李老摇头道。

"景德镇的瓷器再好，没有这个妙用无穷。"林枫寒嘴角浮起一丝笑意，有意无意地向人群中看了一眼。

"妙用？"刚才说话的那个中年人问道，"这花瓶还有什么妙用？"

"插花的瓶子，自然要让花儿能存活更久、更鲜艳，最好能做到枯木回春。"林枫寒笑道，"这样的花瓶，用来插花，岂不妙哉？"

"小伙子，你不是开玩笑？"李老善意地笑道。

"没有。"林枫寒摇头道，"这个瓶子是不是定窑的，我不敢确定，但我可以确定，这个瓶子绝对是回春瓶。"

"林枫寒，这瓶子真的能让枯木回春？"白水灵睁大眼睛，好奇地问道。

"不信啊？"林枫寒笑着问道。

"不信。"白水灵摇头道，"这世上哪里有这种东西？"

"就是啊，这世上哪里有这种东西啊？"李老笑着摇头道，"我老头子活了一把年纪，还从来没有见过回春瓶呢。小伙子，你说这瓶子是回春瓶，如何证明？"

"这个很容易证明。"林枫寒笑道，"要证明这是宋代定窑的紫定，我确实没有法子，但要证明这个瓶子是回春瓶，却容易得很。"

"如何证明？"葫芦小哥连忙问道。

这瓶子可是他这里出售的，刚才李老质疑这瓶子的时候，他算是略略放心了。

毕竟，林枫寒说这瓶子是宋代定窑的紫定，只是他一个人的说辞，如果有买家想购买，就必须要鉴定是否真品。李老也算是玩了一辈子瓷器的人，他说这不是紫定，那么，这个瓶子就是一个普通的小土窑产品，顶多就值个三五万，他不算走了宝。

而林枫寒说，这个瓶子是回春瓶，葫芦小哥就当他开玩笑了。

这世上哪里有什么回春瓶？不过就是一些传说而已。

"水灵，你去把大厅中央的插花弄几枝过来。"林枫寒说道。

"然后就枯木回春了？"白水灵皱眉问道。

"你去弄来，很快你就知道了。"林枫寒说道，"你可以挑一些快要枯萎的，或者，你不怕麻烦，跑到外面挑些快要枯萎的花枝也行。"

"好。"白水灵听了，欢快地向一边跑去。

"葫芦哥哥，有清水不？普通自来水就行，弄点清水给我。"林枫寒说道。

"没事，我去洗手间给你装一些过来。"刚才那个中年人很热情，"我这就去。"说着，他就当真向洗手间跑去。

另外还有看热闹的人，竟然也有两三个人，跟着去了洗手间，大概怕那个中年人是林枫寒请的托儿。

很快，白水灵已经捧着几枝半开的香水百合走了过来。

这香水百合相当新鲜，一点枯萎的迹象都没有。

"隔壁有个花店。"白水灵解释道，"我不好意思去大厅里面拿，跑去花店买了，可以用不？"

"可以，反正也就是证实一下。"林枫寒笑笑，心中却暗道，"这花儿应该是刚刚送来的，太过新鲜啊，只怕效果没有那么明显了。"

很快，刚才那个中年大叔拿着一只可乐瓶子，装了一瓶子自来水过来，笑道："我可是在洗手间直接灌的水，还有这两位小哥做证，哦……现买的可乐，可怜我第一次买可乐不是喝的，而是倒掉的。"

众人闻言，都忍不住笑了起来。

一想，势必是中年大叔一时半会儿找不到装水的容器，所以，直接就买了一瓶可乐，把可乐倒掉，然后用可乐瓶子装了自来水。

林枫寒从中年大叔手中接过那瓶水，礼貌地道谢，说道："大叔，你下次买了可乐请我喝好不好？倒掉太浪费了。"

"如果这瓶子真能让枯木回春，我等下请你喝酒。"中年大叔哈哈笑道。

"成。"林枫寒点点头。

说话的同时，他已经小心地把水倒入那个黑色的双耳瓶中，然后，他从水灵手中接过那几枝百合，直接插在瓶子里面。

这个时候，人群中有人质疑，说道："小伙子，这花儿本来就是新鲜的，应该是刚刚运过来的，哪里能回春了？如果要回春，应该把它放在太阳底下晒一小时，然后再回春。"

"晒一个小时是没事，但是，你们有耐心等一个小时？"林枫寒笑道。

"这……这……大家快看。"就在这个时候，葫芦小哥突然惊呼道。

原来，那几枝半开的百合，这个时候，竟然以肉眼可见的速度迅速开放，就连青色的小花苞，如今也开始变成粉红色，然后开花……

百合是一种非常适合做鲜切花、插瓶的花卉，半开的百合，如果养在清水中，由于室温或者光照等因素，过个半天也会慢慢盛开，但是，像如今这样——前后不足三十秒的时间，以肉眼可见的速度开花，像是电视里面的特技效果，那是绝对不可能的。

"居然就这么开花了？"李老看得目瞪口呆。

众人也是议论纷纷。

"真的能枯木回春？"刚才那个中年大叔最激动，竟然一把抓过林枫寒，叫道，"这是观音娘娘的羊脂玉净瓶？"

"大叔，你见过观音娘娘的羊脂玉净瓶是黑色的？她老人家一准看不上这样的瓶子。"林枫寒笑道，"大叔，这瓶子就是窑变的产物，它表面粗糙，釉色发红不好看，都是窑变造成的。但是，窑变也给它带来了一些副作用，让它具备了促进植物生长的功效。"

中年大叔很激动，说道："小伙子，哦……不对，猫哥哥，这瓶子观音娘娘看不上没有关系，我看得上。来来来，我们去楼上包厢，谈谈价钱，嗯……什么价钱都好说。"

林枫寒还有些回不过神来，中年大叔连忙又说："来，这是我的名片。"

林枫寒低头看了一下名片——陈玉书，这是一个很普通的名字。

"猫哥哥，我和你说啊！"陈玉书一副和林枫寒很熟的模样，直接一只手就搭在林枫寒的肩膀上，笑道，"我老爹取我这个名字的时候，是准备叫陈玉树，嗯，玉树临风嘛！结果他年轻的时候忙啊，没空去给我报户口，我爷爷去的，就给写成了陈玉书……你看，我本来能玉树临风的，结果现在就是这样了。"

"这名字不错。"林枫寒点点头。

"猫哥哥，走走走，我们去楼上包厢坐坐？"陈玉书说道。

"可我没准备卖。"林枫寒很认真地说道。

"猫哥哥，你虽然长得很好看，但是，我也没有买你的准备，我想买那只漂亮的瓶子。"陈玉书说道。

虽然陈玉书的语气中带着几分调侃，但是林枫寒却没有在意。

"那个瓶子一点也不好看。"林枫寒说道。

那个瓶子太素了，真的不好看，就适合插花。如今，插了几枝百合花，看着倒精神起来了。

葫芦小哥趴在摊子上，似乎还没有回过神来。

"猫哥哥，那个瓶子比你确实是差了一点点。"这个时候，人群中又一个中年人说道，"但是，比那个自称玉树临风的人，却好看多了。你别跟那个自恋的家伙说话，我们去聊聊？"

中年人说话的时候，直接就推开众人，走了过来，随手递了一张名片给林枫寒，笑道："猫哥哥，我对你那个回春瓶也有很大的兴趣。要不，你看，这个价？"他一边说着，一边比画着。

"按照国际行情，欧元。"中年人说道。

林枫寒低头看了一眼名片，这人姓唐，叫唐少主。

每次人家比画手势向他报价的时候，林枫寒就一脸无奈，他不懂，他真的不懂啊……

而且每到这个时候，他就会怀念胖子。

所以，他习惯性地在人群中搜索着胖子的身影。

"这个时候，知道我这个胖子的好了？"马胖子突兀的声音，从他背后响起来。

"胖子！"林枫寒大喜，比刚才见到白水灵还要开心，当即转身，一把拉过马胖子，"你怎么在这里？"

"我约了人来这边谈点生意，这不，谈完了，跑来看看古董，长点见识，然后就听人说什么回春瓶，我好奇，过来看看。"马胖子说道。

林枫寒连忙把手中的两张名片塞了过去。

"嗯？"马胖子看了看，当即笑道："唐少主？唐先生？"

"嗯！"唐少主连连点头。

"四千万欧元，大叔给力啊。"马胖子看了一眼那只黑漆漆的花瓶，想起林枫寒上次说的事情，然后，他看了一眼林枫寒，问道，"小寒，给我一句话，卖不？"

林枫寒想了想，摇头道："我想留着送给我爸爸。"

"呃？"马胖子微微皱眉，当即点头道，"好吧，既然这样，你就留着吧。"

然后，他转而对唐少主和陈玉书说道："二位，不好意思，这花瓶我们不卖，想留着玩玩，等哪天手里紧了，再找二位谈谈？"

"你就不能现在就手里紧？"陈玉书明显就没有放弃，很热情地想邀请林枫寒喝酒、谈谈人生理想什么的，无奈林枫寒刚刚已经喝过两杯酒，这个时候一点兴趣都没有。

马胖子麻利地把百合花取出来，丢在一边，然后就把瓶子里面的水倒掉了，一点也不讲究卫生，然后他拿旧报纸包裹好，问道："小寒……猫哥哥哟……"

"我……"听马胖子也这么打趣，林枫寒大为窘迫。

"木秀先生都不在，你卖萌戴什么猫耳朵啊？"马胖子直接把猫耳朵从他头上摘下来，叹气道，"这么多人已经在围观你了，你还嫌不够拉风？"

"死胖子，不要动猫哥哥的耳朵。"就在这个时候，白水灵终于忍不住了，气鼓鼓地说道。

"水灵！"马胖子看到白水灵，轻轻地叹气。这丫头跑来临湘城做什么？还嫌这里不够乱？

"你戴着比较好看。"马胖子把猫耳朵递给白水灵，说道。

"胖子，你认识水灵？"林枫寒倒有些诧异。

"认识！"马胖子也不否认。

"当初不就是约了你，然后我表哥骗了一下这死胖子，他就一直惦记着。"白水灵说道。

"你还敢说，你让你表哥把我哄去魔都说是谈什么生意，生意呢？"马胖子瞪了白水灵一眼。

林枫寒把那只回春瓶递给跟随他的谢轩，谢轩接了，小心地捧在手中。

虽然陈玉书和唐少主都对那只回春瓶有兴趣，围观的众人中，也有人对那只瓶子有兴趣。

但是，刚才唐少主够狠，一下子就把价钱开到了八位数，而林枫寒又一口拒绝了，别人自然也就不说什么了。

陈玉书和唐少主都很热情，和林枫寒相互留下了联系电话，然后就告辞了，去看别的东西。

葫芦小哥垂头丧气。

众人眼见没有热闹看了，自然也都散了。人群中，林枫寒看到石烨和秦妍两个人也悄悄地散去了。

"少爷，这东西是宝贝，要不，我们先把它放在保险箱里面？"谢轩捧着那个瓶子，感觉就是捧着四千万欧元啊，问题就是，四千万欧元老大一沓，虽然重，但他没有心理压力啊。

这玩意儿，要是手一哆嗦，可就是砰的一声听个响。

"好的，你先把它存在保险箱里吧。"林枫寒说道，"我和胖子，还有水灵四处走走。"

"呃？"谢轩答应着，转身就要走，但随即又站住脚步，问道，"少爷，你不跟我一起？"

"如果你喜欢，那个青铜鬼玺送给你，这个不行，我要送给我爸爸。"林枫寒说道，"那个鬼玺的价值，应该和这个差不多。"

第五十一章　麻烦缠身

谢轩原本就是这么一问，毕竟这玩意儿太珍贵了，已经有人开价四千万欧元，这个林枫寒不想谈，如果他想谈，再涨点应该没有问题，毕竟，两家竞价啊。而他居然就这么相信自己，直接把东西丢给他了。

现在，谢轩听林枫寒这么说，他瞬间就有些回不过神来，什么意思啊？那个破破烂烂的青铜古印，丢在地上似乎都没有人捡的铜疙瘩，难道也值这个价钱？

"那玩意儿？"谢轩感觉有些回不过神来。

"是的，别闹，赶紧把东西给我存放起来。"林枫寒说道。

"什么鬼玺？"马胖子却好奇，问道。

"一个破破烂烂的青铜古印，我刚刚淘来的，准备卖掉。"林枫寒说道，"我最近穷，没钱。"

"你最近怎么就没钱了？"马胖子笑着问道。

"反正就是这么回事。"林枫寒说道，"晚一点我给你看。"

"好！"马胖子点头答应着，"那现在我们做什么？"

"四处看看，我看到那边有卖字画的，我们过去看看？"林枫寒说道。

"好。"马胖子无所谓，他反正就是看热闹的。

"你就惦记着画上的美人。"白水灵嘟嘟嘴，说道。

"画上的美人，也没有你好看。"林枫寒笑道，"要不，我给你画个画儿？"

"你会？"白水灵愕然，问道。

"应该可以吧？"对于白水灵的这句话，林枫寒几乎是硬着头皮说的。

"喂，你们可以走了吗？"葫芦小哥趴在摊位上，有气无力地说道，"别挡着老子做生意。"

"哦哦哦……"林枫寒听了，连忙招呼马胖子和白水灵，一起离开，免得挡着人家做生意。

离开那个摊位之后，马胖子这才问道："那个黑色瓶子，就是刚才那个二货卖给你的？"

"嗯。"林枫寒点头道，"人家可是一点也不二。"

"把那样的异宝廉价地卖给你，还不二？"马胖子一边走，一边笑道。

"他要不卖，我怎么赚钱？岂不是显得我二了？"林枫寒说道。

三人一边说笑，一边向字画展那边走去。

谢轩已经存好东西，走了回来，问道："少爷，我要回落月山庄给你收拾行李吗？"

"嗯？"林枫寒一愣，随即笑道，"你欠收拾吧？他这个时候正一肚子火气没处发泄，你跑去收拾行李，他先把你收拾了。"

"这不是要弄得像真的一样，让他以为你真的要回去吗？"谢轩笑道。

"不用，他不傻。"林枫寒摇头道。

"怎么回事？"马胖子并不知道刚才的事情，当即诧异地问道。

白水灵一边说着，一边比画着，把石烨找林枫寒的事情说了一遍。

马胖子听了，却忍不住皱眉，招呼他们走到一边的休息区，在沙发上坐下来，问道："小寒，你不是说石烨一无是处吗？"

"我知道，我就是弄不明白，他好端端的利用我忽悠石先生来这里做什么？"林枫寒说道。

"所以，这件事情有些不好办啊。"马胖子说道，"他这不是吃撑了脑残吗？"

林枫寒有些讽刺地笑了一下，说道："我也弄不明白，他为什么要让我来参加这样的古玩交流会。"

"不是你要来的？"马胖子皱眉，从理论上来说，林枫寒对这样的古玩交流会应该很有兴趣。

"我已经不想开博物馆了，对于古董，那也就是赚点钱，或者，有稀罕玩意儿，弄上手玩玩。"林枫寒说道，"我是糊涂了，但是，有一件事情我很清楚。"

"你清楚什么？"马胖子笑着问道。

"所有的事情都没有结束，只不过才开始而已。"林枫寒说道。

是的，一切才真正开始。

而这一次，他将成为主导者……

却说石高风在落月山庄等了半天，还没有等到林枫寒的电话，到了下午，他终究不放心，虽然吴贵传了消息回来，说林枫寒已经平安到达目的地，让他放心就是。

但是，他还是不放心，所以，到了午后，他就直接打了一个电话过去。

然后，让他想不到的事情就发生了，林枫寒竟然说，他要离开，他会让谢轩过来收拾行李。

石高风想了想，就知道其中绝对有问题，有人想让他去星辉度假村，而林枫寒既然愿意配合，他似乎还真的必须要跑一趟，否则，真要出了什么事情，岂不是很麻烦？

可是想想自己的安排，他跑一趟事小，只怕有些计划就没法执行了。

"邱野。"不管如何，石高风还是叫道。

邱野就如同应召兽一样，立刻就出现在他的门口。

"老板，您有什么吩咐？"邱野恭恭敬敬地问道。

"星辉度假村出了什么事情？"石高风问道。

"目前一切正常。"邱野微微皱眉，从目前反馈回来的消息，确实一切正常。

"烨儿那孩子呢？"石高风问道。

"昨天就过去了，今天还找小少爷喝过酒。"邱野说道，"老板您放心，就算三少爷和他有些不对劲，想来也不至于在这样的场合闹什么矛盾，这不是给您添乱吗？"

"烨儿不至于。"石高风摇摇头，石烨不至于给他闹出什么乱子来。但是，林枫寒难说——说不准他就有些恶趣味，想看着他手忙脚乱地收拾。

"老板，马先生也在星辉度假村，躬逢盛会，想来也会去看看热闹，而且，他知道小少爷要去，自然也会去找他。"邱野说道，"刚才吴贵通知我，他和小少爷在一起。"

石高风正欲说话，这个时候，他的手机响了起来。

石高风拿起手机，看了一下号码，顿时就微微皱眉……

这是一个陌生的号码，他没有备注——谁打错了？

任何人的手机号码，都有可能打错，所以，石高风也没有在意，本能地就想把电话挂掉。

但是，不知道为什么，他手指就这么划过了屏幕，接通了电话。

"喂！"电话接通，石高风说道。

"我以为你不会接我电话，礼尚往来啊，我上次也没有接你电话。"木秀笑道。

"是你？"石高风还真是有些奇怪，问道，"你怎么是这个号码？"

"你上次打的号码，是我东南亚用的一个号码，还有就是小寒的专属号码。那个号码，只对小寒一个人开通，或者就是小寒的朋友们，别人我一般都不接。"木秀笑道，"倒也不是故意不接你的电话，这个号码，你备注一下，以后找我，就打这个。"

"你可真的越来越大牌了。"石高风摇摇头，说道，"真他妈的穷讲究。"

"别废话，正找你有事。"木秀说道，"国际漫游还是挺贵的。"

"你可以别打给我。"石高风说道。

"两件事情，你给我听好了。"木秀直接说道，"第一，老乌去了临湘城，我猜他会找小寒的麻烦，你要是不在意，我也不在意哦！反正这隔着千山万水的，我想心痛一下，看不到，也没有那种感受，再说了，我已经心痛过了。"

"木秀，你说什么屁话？"石高风听他这么说，当即骂道，"那个死老头还活着，没事，这次就直接把他干掉了，一了百了。"

"你要是敢动他，你信不信小寒把你往死里收拾？"木秀冷笑道，"小寒可是管他叫姥爷，你可不要开玩笑。"

"既然这样，他还找小寒的麻烦？"石高风愣然问道。

"你二傻子啊？"木秀骂道，"你最近脑袋被门缝夹着了？"

石高风想了想，瞬间就明白过来，是的，林枫寒叫乌老头姥爷，而乌老头应该也对他极为喜欢，真如外孙子一样。但是，如今，他虽然没有正式对外宣布，林枫寒是他的孩子，可大家都知道了。

这些日子，他一早就散播出消息了，就差一个正式仪式了。

这世上任何不可思议之事，只要慢慢地被众人都接受，耳熟能详，假的也可能成为真的。

当初林枫寒说，他一时半刻接受不了，不愿意石高风召开记者招待会对外宣布他的身份。石高风答应着，但是，他却想办法通知了他身边所有的人，明着暗着，让人捉摸不定。

这么一来，所有的人，都会明着暗着提醒林枫寒 —— 他，就是石高风的孩子，渐渐的，他潜意识中就会慢慢地接受。

惯性无处不在，包括人的意识。

和林枫寒有关的事情很多人都知道，乌老头不可能不知道。

石高风和他有杀子之仇，那是锥心之痛，乌老头奈何不了他，肯定会找林枫寒的麻烦。

"他会去临湘城找小寒。"木秀的声音再次传了过来，"你帮我把他送来暹罗，不管你用什么法子。"

"少摆谱成不？"石高风问道。

"闭嘴。"木秀气得差点就把手机砸了，"如果老乌叔死了，我就告诉小寒，是你杀了他，你看着办吧！"

"行了行了，不就是一个死老头。"石高风骂道，随即，他放下手机，看着邱野问道，"那个乌老头，来临湘城了？"

"在星辉度假村。"邱野连忙说道。

"木秀，我知道了，我这就让人准备，把他打包发给你。我保证走国际航空，顺风顺水，签收记得给好评哦。"石高风说道。

"靠！"木秀再次骂了一句粗话。

"说第二件事情。"石高风说道。

"让你身边的人退下。"木秀很认真地说道。

石高风抬头看了一眼邱野，说道："邱野出去。"

"是！"邱野转身就向门口走去，还顺手给他把门关上。

"说吧。"石高风说道。

"老头子早些年有一个姘头，在临湘城。"木秀说道。

"你说话能不能不要这么难听？"石高风微微皱眉，他是真不满木秀这种口气。

"那你教教我，我应该怎么说？"木秀一边说着，一边忍不住松了一下脖子上的纽扣，心中莫名地烦躁。

乌老头的事情好办，只要他一句话就行。不过，乌老头这次瞒着他从美国跑去临湘城，他也恼火，好端端的事情，可不能坏在他身上。

好吧，让石高风给他一点苦头吃吃，他就知道厉害了。

可是，余下的事情呢？木秀越想越烦躁。

"喂，石高风，你知不道这件事情？"木秀问道。

"老子又不是死人。"提到这个，石高风也感到烦恼。

"当年我亡命天涯，然后，老头子把我的房产和古玩铺子，都给了古俊楠。我们家原来收藏的一些东西，给了国家，对吧？"木秀问道。

当年事情的具体经过他不太清楚，那个时候他已经在国外，连回家打探消息都不行。

"是的！"石高风说道，"由于东西没有找到，所以，父亲把房产和古玩铺子转移给我养父，家中一些珍藏品，全部上缴国家。"

"南彝鼎呢？"木秀问道，"我让人去各家博物馆看过，没有南彝鼎。这样的东西，绝对不可能被人昧下，对吧？"

"就是小寒小时候不小心碰破了脑袋的那个大家伙？"石高风皱眉问道，"放在院子里面那棵银杏树下的？"

"是的，那就是大名鼎鼎的南彝鼎。"木秀说道，"最古老的青铜鼎之一。"

"九州之鼎中的一个？"石高风愣然，他一直都以为，那是一只仿品啊。

"没错！"木秀说道，"那鼎，二十年前就失踪了，这是其一。"

"说其二。"石高风深深地吸了一口气，说道。

"其二，金缕玉衣也不见踪迹。"木秀说道，"那件金缕玉衣，另有玄妙之处，胸前的每一块玉片上面都刻着文字。我当年曾经抄录过一份，但具体记录的是什么东西，我不太清楚。那种文字实在太过古老，我没能全部翻译出来。当然，这份资料，当年已经烧毁。"

石高风愣了一下，金缕玉衣他只是听说过，从来没有见过，甚至他都怀疑这个东西是不是真的存在？

但如今从木秀的口中，他才明白，当年，他们家确实收有金缕玉衣。

"那东西哪里来的？"石高风问道。

"那是我的东西，你说哪里来的？"木秀冷笑道。

"你就不怕遭天谴？"石高风忍不住骂道。

木秀一开始做的生意，确实见不得光。当年南边的土夫子来给林枫寒贺寿，带过来的礼物竟然是大名鼎鼎的通灵宝玉，自然也就意味着，木秀和他们的关系非同寻常。

"我已经遭天谴了。"木秀淡淡地说道。

"那你现在找我说这个，什么意思？"石高风问道。

"对那玩意儿，我当年也没有在意过，甚至我还想，这不过是古代帝王死了，穿着入殓的衣服而已。我认为，那东西阴气太重，不吉利。"木秀继续说道，"但碍于它实在名声太大，我自然也不敢声张，所以秘密收藏着。"

"古董这玩意儿，大部分都是古墓中出土的东西，确实阴气太重。"石高风说道，"我就不怎么主张小寒做古董生意。"

"这东西，如今也不见了。当然，如果……如果……"木秀说道。

"如果什么？"石高风一愣，问道。

"小寒手中有一件残缺的金缕玉衣，就是他第一次出现在多宝阁，卖给古俊楠的。那个时候，古俊楠一脑残，砸了差不多自己所有流动资金的七成，才拿下那件残件。"木秀说道，"另外就是如意金钱，这玩意儿，想来你不陌生吧？"

"父亲的随身之物？"石高风微微皱眉。

"是的，我以为，是父亲临终的时候，把东西给了小寒。但是小寒却说，是他收来的，包括那件金缕玉衣，那孩子说什么，我真的都相信。"木秀苦笑。

"嗯……"石高风感觉，林枫寒就是一个单纯的人，都要他的小命了，他都不知道挣扎一下。

"我命人查过，扬州根本就没有他说的那个老婆子。"木秀继续说道。

"小寒在说谎？"石高风愕然说道。

"呵呵！"木秀忍不住笑了出来，说道，"石高风，这世上最了解我的人，果然不是至亲，而是仇人……要不是你闹出了这件事情，我可从来没有怀疑过那个孩子。"

"不……不会的，小寒那么纯洁的人……"石高风话刚刚出口，就有些后悔了，小寒怎么会说谎，这里面一定什么误会。

"如果不是那孩子说谎，那么就有另外一种可能性。"木秀说道，"事实上，我宁愿相信小寒对我们说了谎，不过就是孩子性情，闹着玩玩……"

"他……"石高风握着手机的手，忍不住颤抖了一下。

"是他！"木秀说道，"我在国外，诸事不便，虽然现在有种种迹象表明，都是他，可是……没有证据，你查查。"

"如何查？"石高风说道。

"第一，南彝鼎和金缕玉衣的下落；第二，富春山居那笔钱，如果不在小寒那里，势必就在他身上。"木秀继续说道。

"富春山居的事情，小寒已经查过，一无所获。我想追查，也不是那么容易的事情。"石高风说道，"他本身就在扬州，许愿又是扬州那边的人，最后都一无所获，何况是我。"

电话里面，木秀想想，这才说道："如果是他，如今时机已经成熟。石高风，这些年你真的白混了，为什么碰到他的事情，你就犯糊涂？"

"好，我明白了。"石高风说道，"但是，我想知道，如果查证出来，那又如何？"

"如何？"木秀冷笑道，"石高风，这次换成你的主场，你看着办。你如果能忍，我也忍了这口鸟气，他妈的！反正我现在的一切都在国外，眼不见，心不烦。"

"我一早就说过，换成是我，易位而处，我也一样容不下你。"石高风说道，"再见，不，我真的一点也不想见你，你既然在国外，这辈子就永远待在国外吧。嗯，流放，永世不要回华夏。"

木秀直接挂断电话。

他就知道，碰到这种事情，石高风一准会糊涂。好吧，这次，他卑鄙一点，他就看着，他什么都不做。

想想，上一次，他也什么都没有做……反正，这一次，他已经逃脱出去，轮不到他千里逃亡了。

第五十二章　古印鬼影

谢轩有些哭笑不得的是，马胖子原本租了一幢别墅，他的本意是邀请林枫寒和他一起住。但是，不知道他们那位少爷到底怎么想的，他不愿意搬，马胖子就没有办法了。他把门卡丢给谢轩，竟然自己搬过来，直接住进了 444 号客房。

白水灵是跟着她叔叔过来的，跟林枫寒玩了一会儿就告辞离开了。

临走的时候，她再次把那对猫耳朵戴在林枫寒头上，笑得一脸的开心。

傍晚时分，马胖子带着林枫寒和谢轩，跑去找了一家烤鱼馆，大家一边吃饭一边说笑，倒也其乐融融。

等吃完饭，林枫寒就跑去购买了一些乱七八糟的东西。马胖子看着好奇，问道："小寒，你买这些东西做什么？"

其中有一些东西，应该是专门用来清洗铜器的，包括去锈剂之类的药品。

"那个青铜古印需要清理一下，然后，你帮我联系一下，今晚十点是不是有拍卖会？"林枫寒说道，"帮我送去拍卖，我争取卖四千万欧元，晚上夜宵我请你。"

"呃……"马胖子听得目瞪口呆，谢轩感觉如同天方夜谭。

那个青铜古印，可是眼看着他买下的，花了二十二万，表面锈迹斑斑，连字迹都看不清楚。而现在，他居然说，他想卖四千万，还是欧元……

如果这话是别人说的，谢轩一准会说，你他妈的想钱想疯了，你为什么不晚上出去抢啊？比这个靠谱多了。

但是，这话是林枫寒说的，似乎、好像、有可能哦，他真的能卖四千万哦。

三人一起回到房间，林枫寒让谢轩煮点咖啡，同时嘱咐马胖子帮他联系一下今晚的拍卖会。他知道，这种拍卖，只要有关系，还是能临时加进去的，而马胖子绝对能办妥。

"我打个电话。"马胖子说道。

"好的，我处理一下那个青铜古印。"林枫寒说着，径自走进房间。

弄了一个盆子，林枫寒开始调配药水……事实上，不过就是去铜锈的药剂而已，外面市场上也有卖的。

"少爷。"谢轩看着极为好奇，问道，"我听人说，青铜器上面的铜锈，也是衡量青铜年代的一个重要标准，不能用这种药水清洗的。"

"是的。"林枫寒点头笑道，"确实，这种药水在清洗铜锈的时候，自然而然也会对铜器本身造成一些侵蚀，因而破坏古董。"

"那您还……"谢轩表示有些不理解。

"这不算纯粹的青铜器。"林枫寒笑笑，把那方青铜古印就这么放在盆子里面，任由药水浸泡着。

"少爷，您能不能跟我说说，"谢轩挠了一下脑袋，"这东西有什么好？"

"你等下就知道这东西的好了。"林枫寒笑着，就在外面的沙发上坐下来。这客房真的不错，超五星级，偌大的客厅，还有两个客房，真没什么挑的。

只不过，和马胖子他们租的那种独立别墅比起来，确实是差了一点点。

"好吧。"谢轩点点头。这个时候，他的咖啡已经煮好了，当即拿起杯子，给林枫寒倒了咖啡，放了糖和奶昔。

正好这个时候马胖子从外面进来了。

"马先生，您喝咖啡吗？"谢轩笑着问道。

"嗯，来一杯。"马胖子一边说着，一边在林枫寒身边坐下来，"搞定，他们一个小时后来验货，可以不？"

"可以！"林枫寒笑道，"希望他们的鉴定师够水准。"

"还好了。"马胖子笑笑，说道，"没有这个金刚钻，也不敢招揽这个瓷器活。"

"那就成，这东西非常稀有，我就怕他们没有见识过。"林枫寒一边说着，一边慢慢地喝着咖啡。

"得了吧。"马胖子笑道，"不是珍品，你能叫得起四千万的价钱？"

对此，林枫寒只是笑着。

"把那个稀罕的宝贝，给我看看。"马胖子一边喝着咖啡，一边说道。

"在里面泡着呢，你自己进去看吧。"林枫寒笑笑，凭感觉，应该还没有好吧，好歹也得泡个十来分钟。

"嗯！"马胖子听林枫寒这么说，当即站起来，起身向里面走去。

少顷，林枫寒就听见马胖子在里面叫道："小寒，这是什么东西啊？怎么看着脏兮兮的？"

"等下洗干净就不脏了。"林枫寒说道，"你别看了，出来喝咖啡，喝完也就差不多了。"

"哦！"马胖子听了，当即走了出来，慢慢地喝着咖啡。

林枫寒把咖啡喝完，转身向里面走去。

谢轩好奇，连忙跟了进去，马胖子端着咖啡杯子，一起走了进来。

"为什么拍卖会是晚上十点？"林枫寒抬头，看着马胖子，"都是像我一样的夜猫子？"

"估计是的。"马胖子点头道。

林枫寒拿着一副塑胶手套，把那个青铜古印从水盆里面捞了出来，然后拿过一块干净的毛巾，死劲地擦了起来。

表面的铜锈被药水泡过之后，用力一擦，纷纷落了下来。很快，白色的毛巾就变得脏兮兮的。林枫寒很不负责地把毛巾丢在地上，然后拿过另外一块。

"少爷，我们等下洗澡就没有毛巾了。"谢轩说道。

"没事，你等下打电话找客服再送几块过来，按照价钱给他们就是。"林枫寒一边说着，一般继续擦拭。

不过片刻时间，那个青铜古印竟然全部变了样子，不再像原来那么死气沉沉。

"这是什么材质？"马胖子看着林枫寒手中那个玩意儿，微微皱眉问道。

他不是没有见过青铜器的人，青铜，顾名思义，就是一种铜器，只不过是青色的，不是红铜也不是紫铜，更不是黄铜……

但铜器就是铜器，属于金属的一种。可现在，林枫寒手中的这个玩意儿，似乎隐隐带着几分透明，有着石料一样的感觉。

林枫寒看着差不多了，当即又用清水冲洗了一下，用干净的毛巾再次擦干，递给马胖子笑道："看看，事实上这东西还是很好看。"

"小寒，这不是青铜器啊？"马胖子把那方古印对着光看了半晌，说道，"怎么看着，似乎有些像翡翠？"

这东西在强光之下，依然是绿色的，但是色泽比较深，依然是那种铜绿色，但是却带着几分透明的光泽，可偏偏又带着金属特有的质感。

"这是青铜器。"林枫寒说道，"我曾经在古书上看到过一次，原来还以为是无稽之谈，没想到，早在夏皇朝和殷商时期，我国已经具备如此高超的炼金技术。"

"这是什么文字？"马胖子从口袋里面摸出手机，对着古印上面的文字仔细地看了看，说道，"为什么我看着头晕眼花？"

"很古老的文字吧？"林枫寒说道，"你别仔细看，那东西不能细看。"

"为什么？"谢轩很好奇，当即从马胖子手中接过来，对着光一看，叫道，"邪门。"

"哈哈……"林枫寒见状，忍不住笑了起来，"这就邪门了？来来来，我让你们见识一下更加邪门的事情。"

"还有什么更加邪门的事情？"马胖子好奇地问道，"这文字就和某些几何图形一样，如果盯着看，就会让人头晕眼花，嗯……"

"一样的道理，异曲同工而已。"林枫寒一边说着，一边从马胖子手中接过那方古印，然后走进洗手间，他取出手机，打开手电筒功能。

他把光柱对着那方古印，又把古印对着镜子。

"天啊……"谢轩首先忍不住惊呼起来。

镜子里面，自然是反照出来的古印上面的文字。马胖子和谢轩都不认识，林枫寒同样也不认识那些文字，甚至，他都有些怀疑，那是文字吗？或者就是为了制造这方古印雕刻的一些图案？但是，它们看着像是文字。

在镜子的深处，却有一个像龙，又不太像的鬼影。隐约之间，它就要从镜子里面扑出来，头角狰狞可怖，像是鬼魅一般。

"这鬼影？"马胖子皱眉问道，"光线折射和反射下的产物？"

"对。"林枫寒说道，"你可以这么理解，但也可以说，这就是一件神器。"

"天啊……"谢轩讷讷说道，"少爷，这太不可思议了。这……我不相信这是光线折射下的产物，绝对不信。"

"要不，如何解释？"林枫寒问道。

"神器，这就是神器啊。"谢轩讷讷说道，"少爷，这样的宝贝，你也要卖掉？"

今天他已经有了太多的震惊，那个看着毫不起眼的黑漆漆的瓶子——林枫寒说，那是宋代定窑的物件。

那就是紫定。

很多人都不相信，甚至还有玩了一辈子瓷器的鉴赏师也否认。可是，那个瓶子竟然能让枯木回春，那是仅仅存在于传说中的回春瓶。

"这个鬼影，事实上就是古印的印纽？"马胖子把玩着古印，顺便挪动了一下古印的方位，果然，他略略一动，镜子里面的鬼影也跟着动了起来。但不管放在什么角度，这个鬼影都模模糊糊、影影绰绰、狰狞恐怖……

"古代没有镜子和手电筒，这玩意儿是怎么被人发现的？"马胖子问道。

"有光滑的石壁就成。"林枫寒说道，"这东西是鬼玺，古代帝王用来祭祀鬼神的。"

林枫寒一边说着，一边关掉了手电筒，说道："如果是在古代，晚上——祭祀典礼开始，光照在光滑的石壁上，然后这个鬼影伴随着如同梦幻一般的文字出现。你说，会造成什么样的震撼效果？"

"少爷，我真有些被吓到了。"谢轩老老实实地说道，"我以为，鬼神真的出现了。这个，算是龙？"

"可能吧。"林枫寒抚摸了一下那个像龙，又有些像麒麟的印纽。如果不是嫌这个鬼玺阴气太重，他还真想留着玩玩。

算了，这等东西，还是卖掉算了，赚点现钱比较靠谱。

"小寒，你最近真的很差钱？"马胖子一把把林枫寒抓过来，问道，"他……石先生为难你了？"

"没有啊？"林枫寒不解地问道，"他最近还给了我一点钱，你不凑手？"

"我……那这样的宝贝，你为什么要卖掉？"马胖子说道，"你可以留着自己玩玩啊。"

"你喜欢这个鬼影？"林枫寒把玩了一下古印，问道，"胖子，我实话对你说，别的东西就算了，但这东西，阴气真的很重，你还是不要收藏为好。"

"为什么？"马胖子不解地问道。

"因为……因为……"林枫寒叹气，说道，"我多少有些知道古代的祭祀，一般祭祀鬼神，都需要献祭活人，而且大都是妙龄少女。这东西有如此神奇的效果，天知道因此献祭过多少人。这些人，可都是被活生生杀死的。"

马胖子听他这么说，仔细想想，确实，因为这么一方古印的存在，不知道多少无辜者被献祭给了所谓的鬼神，确实不吉利。

"既然这样，卖掉就卖掉吧。"马胖子说道，"你不说倒还罢了，一说，我还真感觉阴森森的。"

"可是……"谢轩挠了一下脑子，话到嘴边，终究没有说。

"你是不是想说，古董都是古墓中出土的东西，也不吉利？"林枫寒笑着问道。

"呃……少爷，我就是这么一说。"谢轩讪讪笑道。

"古墓中出土的东西，倒也算了，有些东西呢，是墓主人生前使用过的，或者就是比较喜欢的玩意儿，死后带着一起入葬。还有一些东西，那是专门为了殉葬而制作，并没有造成过杀戮，因此倒也没什么忌讳。"林枫寒解释道，"我不喜欢这方古印，就是因为它本身造成的杀戮太多。"

"也对！"马胖子说道，"你房间里那个白玉麒麟，我每次看到都想顺走。"

"你喜欢，你抱过去玩几天啊。"林枫寒倒不在意，笑道，"镇墓兽哦！"

"萌萌哒！"马胖子笑道，"我上次抱了一下，许愿骂了我两天。"

那尊白玉麒麟实在可爱，玉料上等，雕工精细，加上麒麟憨态可掬，并非那种穷凶极恶的造型。所以，不管马胖子还是许愿，都喜欢得不得了。

第五十三章　大道无痕

林枫寒诧异，问道："好好的，他骂你做什么？"

"你不知道，他一直在盘养那尊白玉麒麟。"马胖子说道，"你是玉主人，摸摸玩玩，没事，我这个外人，他嫌我摸了沾染晦气，哼！"

"哈哈……"林枫寒还真不知道，许愿居然如此天真。

"没事，胖子啊，我给你找找，看看能不能找到好玩的镇墓兽，弄一个给你玩玩？"林枫寒笑道。

"我要萌的。"马胖子说道，"我要找许愿炫耀。"

"成成成，一准萌。"林枫寒口中说着，心中却叹气，镇墓兽——顾名思义，就是辟邪所用，用来佑护死者的亡灵不受鬼魂所骚扰。

这样的东西，自然大都面目可憎，令人望而生畏，想找可爱的、卖萌的，实在难以寻找。

那尊白玉麒麟算是异类，或者说，正好符合现代人的审美观而已。

"小寒，我们不说那个，说这个……"马胖子一边说着，一边把玩着那方古印，问道，"这东西你怎么找到的？"

"买来的啊。"林枫寒笑道，"你问谢轩，我跟一个同学一起闲逛，然后买来的。"

"真的，谁瞎了眼了，这等东西也卖？"马胖子说道。

"马先生，我家少爷花了二十二万买来的，嗯……我怎么都感觉，这个价钱，我们家少爷就是骂人二货。"谢轩一边说着，一边把林枫寒和秦妍闲逛的事情，说了一遍。

"那个博山炉？"马胖子好奇地问道，"真的假的？"

"高仿品。"林枫寒笑道，"做工不错，手艺精湛。你上次不是说，要寻找一个好一点的香炉给我焚香玩玩，可以找那位大叔问问。"

"呵呵！"马胖子苦笑，古玩一行啊，这水真是太深了，把高仿品当真品卖，却又把真正的神器当作破铜烂铁。

林枫寒又和马胖子说了几句闲话，然后他就感觉有些困倦，当即靠在床上，蒙眬着要睡。

马胖子冲着谢轩摆摆手，两人走到外面说话。

古莫宇手中端着酒杯，靠在沙发上，他的对面，坐着石烨。

"为什么，石烨？为什么会这样？"古莫宇看着石烨，低声问道。

"我不知道。"石烨摇摇头，说道，"我知道的时候，已经是这样了，我以为……父亲会杀了他。不，这么多年，父亲都一直恨着，刻骨铭心地恨着，不知道为什么，一转身，他就成了父亲的孩子。父亲对他宠爱有加，诸般纵容，父亲还要把落月岛给他，为什么？为什么会这样啊？哦，你不知道，父亲前几年收藏了一块稀罕的翡翠，如今，可就挂在他脖子上哦。"

"我们全家……"古莫宇低声咆哮道，"我爷爷死了，我爸爸在美国被抓，判的可是无期。石烨，你知道什么叫无期吗？美国没有死刑，无期就是最重的刑法了，他一辈子都没有自由了。"

"而我……石烨，你知道我在美国欠了多少钱吗？我要是还不起钱，天知道有什么后果。"古莫宇说道，"我每天都过着东躲西藏的日子，我费尽心机，终于跑了回来。我想投奔他，可回国后，等待我的，竟然是这么一个结果。"

古莫宇说到最后，终于再也忍不住，把手中的红酒杯子，狠狠地砸在地上。

他是古俊楠的孙子，早些年，他也是含着金汤匙出生的。可是，似乎就在一夜之间，他还没有来得及准备，他们家庞大的家业就土崩瓦解，自己父亲因为恶意倒闭罪被起诉，外面欠着一屁股的债。

他从来没有涉及公司生意上的事情，因此算是躲过一劫。

自己爷爷凑了钱，连忙赶去美国，想把父亲保释出来，但是，他失败了。而且其中还一些别的事情，古莫宇不太清楚。

他这辈子，都没有经历过如此复杂的事情。

爷爷上了年纪，经不起打击，回来不久就病逝了。

公司倒闭，他们家欠下一屁股的债，他每天都要应付各种前来讨债的人群……

好不容易回来了，他想投奔石高风，石高风虽然给他安排了工作，可以让他衣食无忧，但是，这不是他想要的，古莫宇不想要这样的生活。

他出生于富贵人家，他受不了上班族的苦，所以，没多久，他就辞去了工作，整天和石烨厮混在一起。

石高风虽然知道，但也没有管过。

石烨虽然替石高风做一些事情，但是，钱却不在他手中，他没有钱……

虽然在表面上看起来，他确实很富有，他承认，他手中也有几百万的资产，和普通人相比，他是富有的。

可是，和那个叫林枫寒的人一比，他就瞬间不痛快了。

尤其是落月山庄传出消息来，说石高风有意把东海那座叫落月岛的私人小岛屿也给林枫寒的时候，石烨再也坐不住了。

"为什么他能坐享其成，而我们辛苦一场，就落得如此下场？"古莫宇看着石烨，说道，"石烨，我不甘心。"

"我也不甘心。"石烨晃着手中的红酒杯子，目光似乎没有一丝生机，"你知道吗？他刚才捡了大漏。"

"哦？"古莫宇挑眉，冷冷地问道，"大漏？有多大？值多少钱啊？"

"他花了几万块买的一个瓶子，说是宋代定窑出的紫定。"石烨说道，"莫宇，你也懂得一些古董知识，你可知道宋代定窑的瓷器代表着什么？"

"宋代定窑，五大名窑之一，名声可不在汝窑之下。"古莫宇冷冷地说道，"他走狗屎运了，嗯，不过，这是不是紫定，可不是他一个人说了算，难道就没有人质疑？如果季爷爷说，那个玩意儿是一个仿品，可就一文不值哦。"

"那玩意儿是不是仿品，已经无关紧要。"石烨叹气，心中有些羡慕林枫寒的好运。

"为什么？古董物品，难道不需要鉴定？"古莫宇说道，"我曾经听我爷爷说过，哪怕是博物馆的东西，都可能存在赝品，何况随便在古玩摊子上购买的一件瓷器。"

"那是回春瓶。"石烨说道，"他直接证实了，那个瓶子能枯木回春。"

"枯木回春？"古莫宇嗖的一下就站了起来，说道，"这不可能，这绝对不可能，这世上哪里有什么回春瓶，他一准作弊。"

"我也认为他是作弊的，这世上怎么可能会有回春瓶？"石烨说道，"但是，他把百合花插入瓶中，花儿瞬间开放，如同电视里面的快镜头……众目睽睽之下，水是别人给他放的，花是水灵从花店买来的。所以，当场就有人找他出价四千万，欧元，欧元哦……"

"他妈的！"古莫宇又有些想砸酒杯了。

但是这次，他终究还是忍住了，问道："他卖掉了吗？真他妈的走了狗屎运了，四千万欧元就这么忽悠到手，天啊……"

"没有，他说，他要送给他爸爸。哼，倒会讨好人。"石烨想，心中越发不舒服起来。

就在这个时候，有人轻轻地敲门。

"谁？"石烨问道。

"是我。"门口，有人轻声说道。

"进来。"石烨听那人说话，连忙说道。

吴辉推开门，走了进来，看了一眼古莫宇，却没有说话。

"莫宇是我表兄，有什么话直接说。"石烨说道。

"石先生估计要到午夜时分才能到来。"吴辉连忙说道。

"午夜？"石烨愣然，午夜……午夜已经来不及了。

"是的，落月山庄那边是这么说的，准备晚上十点出发。"吴辉连忙说道。

"为什么这么晚？"石烨愣然。

这一次，吴辉只是摇摇头，他也弄不明白，石高风可以不来，也可以等明天再来，或者就是现在动身……可是，他偏偏要等到晚上十点过后……

从落月山庄到星辉度假村，可是有两个多小时的车程，所以，等他到达这边的时候，应该已经十二点多了。

"石公子，现在怎么办？"吴辉问道。

"现在？"石烨认真地想了想，这才说道，"他今天不是捡漏得了什么回春瓶吗？既然这样，就让他再出一次风头，吴辉……"

石烨说着，当即冲着吴辉招招手。吴辉会意，当即凑近他。

石烨在他耳畔低声吩咐了几句："你放心，季爷爷那边，我也会安排好，到时候你配合我们行动就成。"

"是！"吴辉点头，然后转身向外面走去。

林枫寒也不知道睡了多久，迷迷糊糊，似乎听见外面有人说话，顿时就醒了。

这个古玩鉴赏交流大会，由于规模很大，所以，自然也有实力不凡的鉴定大师做证。虽然只有两天，但是两天都有小型拍卖会，随时会有新增拍卖品。如此一来，自然也就给鉴定师造成了一定的压力。

比如说，今天马胖子联系他们，说是有一样东西要拍卖。

那么，不管如何，作为主办方，总要派人过来看看。

在电话里面，马胖子已经说过是一件青铜器，所以，派来鉴定的人也是青铜器专家。

可是，当这两个专家看到东西的时候，瞬间就有些哭笑不得了。

如果不是碍于马胖子大房地产商的身份，这两个鉴定师和评估师，包括负责拍卖的赵经理，都要转身而去。

这玩意儿是青铜器吗？这玩意儿就是一个现代仿品，而且还仿得不咋的啊……说是大夏皇朝或者殷商时期的东西，那个年代，有这样的青铜器吗？

两个鉴定师，一个姓钱，一个姓孙，脸色都有些不好看。

赵经理算是一个八面玲珑的人，从来都是见人说人话，见鬼说鬼话，因此，他首先赔着笑，说道："马先生，这古印很好。"

"这古印确实很好。"马胖子自豪地点头，林枫寒的眼力和运气，都是逆天地好。

"可是，这东西实在不怎么像青铜器。"赵经理说道。

"呃？"对于赵经理的这句话，马胖子不知道如何解释。

这东西，如果单纯让他看，他也觉得不怎么像青铜器。

"马先生，说了您别在意，这东西，倒有些像是现代翡翠之类的东西。"赵经理赔着笑，说道，"要不您当珠宝卖？"

"我……我靠！"马胖子忍不住低声骂了一句。

"这是古董。"谢轩插嘴说道，"不是翡翠。"

"可是……"赵经理苦笑，转身看了一眼那两个鉴定师。

"马先生，我们有专业的鉴定师。"赵经理说道，"钱老师，赵老师，麻烦两位看看。"

"不用看。"孙老师冷笑道，"我可是专门做青铜器鉴定的，还真的没有见过这种青铜器。这玩意儿，明明就是某种不入流的玉石雕刻而成，出来招摇撞骗。马先生，您是不是被人骗了？"

孙老师说得很不客气，最后一句，大概还是顾忌马胖子的身份，故意遮掩，打了一个圆场，给人一个台阶下。

"我是不是被别人骗了，真的不重要，重要的是……请两位老师认真看看。"马胖子说道。

"这东西，有看的必要吗？"那位姓钱的师傅，刚刚四十出头，这些年一直混得顺风顺水，看到这个青铜古印的时候，他有些恼恨。今天一个下午，已经够忙的了，原本还指望晚上能休息一下，没想到，居然还有人要临时送拍。

好吧，他认了，作为一个鉴定师，能看到一些稀罕的古董，也是一种阅历，更是一件值得庆幸的事情。

可是这个大房地产商人，实在让人无语得很，这东西是青铜器？

"怎么就没有看的必要了？"谢轩有些恼火，握拳说道。

"小伙子，你别闹，这东西真不是青铜器。"赵经理劝解道，"马先生想收藏一些青铜器皿，估计是让人骗了。晚上看看拍卖会吧，听说，今晚的拍卖会上，有一尊不错的方尊……"

众人说话的声音有些大，林枫寒在里面就被吵醒了。然后，他穿着拖鞋，揉着眼睛，从里面走了出来。

"胖子，怎么了？"林枫寒看见外面的客厅里面，多了四个他不认识的人，当即皱眉问道。

"那个青铜古印。"马胖子指了一下放在桌子上的青铜古印说道，"他们不承认那是青铜器。"

"不是我们不承认。"赵经理连忙说道，"马先生，主要是……这东西真不是青铜器。"

"理由？"林枫寒抬头看了一眼赵经理，说道，"你说这不是青铜器，有理由吗？"

"从来没有见过青铜器是这样的。"钱老师仰首说道。

"哦？"林枫寒点点头，说道，"你没有见过，怎么就能说，这不是青铜器？"

"那你怎么能证明，这就是青铜器？"听林枫寒这么说，孙老师也有些恼怒了。

"好吧，你们说它不是青铜器，那就不是青铜器好了。"林枫寒笑笑，说道，"别的青铜器贵金属多，这个青铜器的金属比例不对，确实不能算是青铜器……但是，两位老师都是古董鉴定师，想来对断代还是有些眼力的，请看看，这是什么年代的？"

他知道，马胖子约了拍卖行的人过来看青铜鬼玺，这四个人，自然就是拍卖行的人。按照拍卖行的规矩，一般都需要两个或者三个鉴定师鉴定真伪之后开始评估，并签订拍卖合同。

"小伙子，你别开玩笑好不好？"孙老师摇头道，"这东西明明就是现代某种石料做旧……"

"咦？"就在这个时候，孙老师却拿起了青铜古印，对着光看了一眼。随即，他的心神就被那几个字迷惑了，忍不住惊呼出声。

"孙老师？"赵经理连忙说道，"你怎么了？"

"为什么会这样？"孙老师低声说道，"这字，宛如行云流水——一气呵成，自然之间，带着一种韵味。不，这是道，这就是我那位老师说的道，大道无痕……"

孙老师一边说着，一边贪婪地用手指抚摸着那几个字，一脸的痴迷。

林枫寒忍不住笑了起来，那个青铜古印确实看着不怎么像青铜器，也难怪别人质疑。

但是，那几个字，可是古代匠人呕心沥血之作，自然完美无缺。只要是略略懂得一些古董知识的人，都知道它的好。

"天啊……"孙老师看了片刻，连忙小心地把青铜古印放下，然后倒在沙发上，愣愣地出神。

"老孙，您这是怎么了？"钱老师诧异地问道。

"你自己看，那个字……"孙老师低声说道。

"哦？"钱老师听他这么说，当即拿起青铜古印，对着上面的字仔细地看了起来。

"奇怪，为什么我头晕眼花？"钱老师说道。

"用心看。"钱老师低声说道。

孙老师又仔细看了看，皱眉道："这字，真的有些古怪，似乎想宣泄什么……我总感觉，它们似乎不是字。"

"你们还不知道这东西的好处呢？！"谢轩忍不住冷笑道。

"这东西还有什么好处？"赵经理连忙问道。他是人精，自然看得出来，那位孙老师似乎认为这古印上面的字，有些不同凡响。

刚才进来的时候，他们就已经看过，古印上面的字，那是一个都不认识。

字都不认识，那这字代表的意思，谁也不知道。可为什么孙老师又认为，这字好呢？还说什么"大道无痕"？

第五十四章　青　金

　　谢轩看了一眼林枫寒，因为林枫寒一直都没有说话，所以，他也不便自作主张。

　　"你演示给他们看，我懒得动。"林枫寒走到马胖子身边，坐了下来。

　　"就是这位林先生要送拍的？"赵经理连忙招呼道，同时又介绍了一下另外三个人，两个鉴定师，一个评估师。那个评估师姓冷，人如其名，进来后就没有说过一句话，赵经理介绍，他也就是略略颔首，没有多说什么。

　　"是的！"林枫寒点点头，说道，"谢轩，你让他们看看。"

　　"是，少爷。"谢轩答应着，拿起那个青铜古印，向里面走去。

　　赵经理和冷评估师都坐着没动，但孙老师非常积极，连忙跟着走了进去。

　　那个钱老师见状，也一起跟了进去。

　　"两位不进去看看？"马胖子笑着问道。

　　刚才林枫寒没有醒的时候，那两个鉴定师，外加那个赵经理，直接就把那个青铜古印说成现代高仿品。那语气，似乎马腾骗了他们一样。

　　"不用了，我反正不懂。"赵经理有些尴尬地笑道，"马先生，刚才不好意思，我是不懂的。"

　　"没事，不懂就不要装懂就是。"马胖子直截了当地说道，"希望里面那两位懂行，哼！"他还真有些不痛快了。

　　"胖子，那玩意儿看着确实不像青铜器。他们说得也不错，别的金属比例比较高，那东西，不能算是青铜器。"林枫寒说道，"我决定了，不把它当青铜器拍卖。"

　　"啊？"赵经理愣了一下，问道，"林先生，你几个意思？"

　　"两个意思。"林枫寒竖起两根手指，笑道，"第一，我照常送拍，第二，我刚才说得有误，这古印不能算是青铜器，要算别的贵金属。所以，评估师，麻烦你把价钱提高一些。"

"呃……"冷评估师看了林枫寒一眼,这才说道,"这要看两位鉴定师怎么说了。当然,如果林先生想拍卖一点别的,我可以给您评估一个高价。"

"拍卖什么?"林枫寒愣然。

"我听说,林先生这里有一个回春瓶。"冷锋说道。

这个评估师姓冷,单名一个锋字,一般来说,拍卖估价,也就是鉴定师按照市价评估,然后和卖家一起协商一个起拍价而已,并不需要专业的评估师、评估市场和拍卖者的心态等。

但是,由于星辉度假村这边的古玩交流会,档次真的实在太高了,每次都会冒出一些幺蛾子事情。

这次古玩鉴赏大会的主办方,就特意请了评估师。

"冷先生消息倒灵通得很。"马胖子笑道。

"这不,一个下午,就听人说这个东西了。"冷锋淡淡地笑道,"刚才赵经理说,我还没有回过神来,看到林先生,这才明白过来。"

"为什么你看到我就明白过来了?"林枫寒不解地问道。

"我只是听人说,捡漏得到那个回春瓶的是一个帅哥外加一个大胖子。"冷锋摊摊手。

"喂喂喂,你们……快点进来看。"就在这个时候,钱老师大声叫道。

"怎么了?"冷锋和赵经理齐声问道。

"快来!"孙老师也大声说道。

出于好奇,赵经理和冷锋一起走了进去。

马胖子在林枫寒耳畔低声笑道:"你说,会不会吓到他们?"

"不会。"林枫寒笑道,"光影之下的幻影,没什么好怕的,再说了……"

"再说什么?"马胖子笑着问道。

"这世上最可怕的,绝对不是鬼,而是人。"林枫寒冷笑,这世上哪里有什么恶鬼,有的,只是恶人。

过了大概三四分钟,赵经理战战兢兢地捧着那个青铜古印,小心地放在桌子上,说道:"这古印里面,竟然有一只凶兽!"

"光影之下的产物而已。"林枫寒笑道。

"不不不。"孙老师连连摇头道，"林先生，你可能误会了，这东西，绝对不是光影之下的产物，可能你也不知道这东西的来历……"

"哦？"林枫寒愣然，不解地问道，"还请孙老师赐教。"

"我曾经听一个老学究说过，上古时期有诸多凶兽，它们神通广大，常常出来吃人。因此，上古大贤们，就把它们的生灵封印在器皿之中，让它们再也不能出来害人。"孙老师说得一本正经。

林枫寒苦笑，类似的传说，他也听过不少，但是，他真不相信有这样的事情。

"老师，还有这样的事情？"马胖子一脸诧异地问道。

"你可不要不相信，我原来也不信的。"孙老师说道，"可是，我们这不是亲眼看到了吗？这文字，我们都不认识，但是，我想，这一准就是古时候的大贤们用的封印文字。"

"哦？"马胖子故意说道，"孙老师，你小说看多了？"

"算了，跟你们说了你们也不信。"孙老师说道。

"孙老师，这玩意儿怎么理解，那是您个人的事情。"林枫寒说道，"您可以断定年代不？"

"这……"孙老师迟疑了一下，说道，"我看着像是殷商时期的物品，可是为什么，这不算青铜器啊？"

"不知道了吧？"马胖子笑呵呵地说道。

"嗯。"孙老师点点头，说道，"我确实不知道，从理论上来说，这应该是青铜器皿，或者就是石器。"毕竟，在殷商时期，铁器和别的金属制品还没有出现，剩下的就是石器了。

孙老师和钱老师刚才在里面仔细地研究过，这东西你要说它是石器吧，它又带着金属特有的质感，你要说它是金属吧，它又似乎有些透明，看着像石器。

两人商议了一下，也没能商议出什么名堂来，最后不了了之。

但是，等下送拍，总要说清楚啊，所以，这两位鉴定师，如今也有些烦恼。

这东西，毋庸置疑，确实是一件宝贝。两人经过反复鉴定，确定不是现代仿品，其年代大概应该是在殷商或者大夏皇朝时期。

更准确的年代，他们两个也吃不准，除非动用"碳十四"测试一下。

"叫我一声马老师，我告诉你们哦。"马胖子这个时候可嘚瑟了。

真的，刚才这四个人都鄙视他，直接就把他当作一只大大的肥羊，被某个无良古董商人欺骗的小可怜。

"马先生如果知道，我叫你老师又何妨？"孙老师倒大度，挥手笑道，"马老师，请指教。"说着，他还像模像样地抱拳行礼。

"哈哈……"这个时候，马胖子嘚瑟至极。

林枫寒只是笑呵呵地看着。

"来来来，小寒，告诉他们，这玩意儿到底是什么？"马胖子大手一挥，直接说道。

"我不说！"林枫寒看着马胖子，笑道。

"呃？"马胖子一愣，说道，"小寒，不要这样……说嘛！"

"你都没有叫我林老师，我为什么要告诉你？"林枫寒故意说道。

"哈哈……"林枫寒一说，众人都忍不住大笑出声。

"哈哈……"孙老师连眼泪都笑了出来，叹气道，"也不知道从什么时候开始，我们这一行，见面就喜欢叫什么师父、老师……这不，让人笑话了。"

"林先生，林老师，老朽孙泉，诚心求教。"孙泉抱拳笑道。

"孙老师客气了，我就逗逗那个胖子。"林枫寒笑道。

"喂，作为一个人宠，你还想逗人了？"马胖子一边说着，一边推了他一下，"正经说吧，你不说，人家评估师没法评估。等下赵经理还要跟你签订一个拍卖合同，别卖关子了。"

"我从来都不卖关子的。"林枫寒笑笑，说道，"事实上很简单，这方古印里面，青铜的比例不高，而是融合了别的贵金属。"

"哦？"孙老师皱眉，又小心地端详那方古印半晌，这才问道，"能不能请教林老师，这别的贵金属，又是什么金属？为什么融合之后，竟然有着美玉一般的光泽？"

林枫寒一点也没有夸张，这方古印的年代实在太过久远，风蚀土埋，看起来陈旧不堪，但依然带着美玉特有的质感，隐约呈现半透明的色泽。

如果是现代熔炼铸造出来的，岂不是光华夺目，熠熠生辉？

这样的东西，如果做成器皿或者首饰，美丽非常。

可是从古至今，却从来没有人见过。

"应该是青金。"林枫寒说道。

"青金？"钱老师皱眉，说道，"青金石我是知道的，但青金……这是什么东西？从青金石中提炼的？"

"这个我不知道。"林枫寒摇头道，"我也只是在古书上见过关于青金的记载。当然，青金是不是从青金石中提炼出来的，你们不要问我，我也不知道。除此以外，这方古印里面，还有别的金属……"

"合金？"马胖子一听，顿时眼睛一亮，连忙问道。

"是的，用现代的说法，就是合金。"林枫寒笑道。

"合金能做得这么漂亮？"钱老师一边说着，一边不断地摩挲着那方古印，"这玩意儿如果做成首饰，挂在美女的身上，都是极好看的。如果是崭新的，应该比黄金好看。"

林枫寒想了想，终究没有说出来，这东西确实很好看。如果是崭新的，做首饰也好看，而且坚硬无比，不易变形。

"林先生，青金也算是金的一种？"钱老师问道。

"嗯。"林枫寒点头笑道，"是的，青金青金，自然也是金的一种。"

"难道还有别的金？"冷锋问道。

"一直都有传说，黄金、赤金……"林枫寒笑道，"事实上，青金也有，但后来青金似乎就成了青金石，大概这种金比较稀少。"

"嗯！"听林枫寒这么说，赵经理首先点头，说道，"只不过，赤金，不都是纯金吗？"

林枫寒笑着摇头道："赵经理，古代没有纯金的说法，因为提炼技术不成熟，自然没法把金子全部提纯，至少达不到现在千足金的纯度。甚至，古代金银器皿的鉴定，金含量的多少就成了一个重要的衡量标准。"

孙老师和钱老师都是金属器皿鉴定的高手，闻言都点头不已。

"黄金既然没法提纯到千足金，哪里有赤金的说法？"林枫寒说道，"所以说，古代的赤金，应该是指一种颜色偏于红色的金子，而不是纯金。青金，就是一种颜色偏于绿色的金子，而不是后来的青金石。只不过，古代交通封闭，加上文字没有彻底普及，以讹传讹，有些东西就不为众人所接受。"

"对对对。"孙老师听到这里，拊掌称赞，"正是这个道理，听林先生一席话，真是……"

"胜读十年书？"马胖子笑着问道。

"哈哈……"孙老师连忙笑道。

"这方古印，青金应该占五分之三，青铜只有五分之一，剩下的五分之一，是我从来没有接触过的一种金属。"林枫寒说道。

"还有你不知道的东西？"马胖子诧异地问道。

他一直都以为，只要是古玩，就没有林枫寒不知道的。

"我又不是神仙。"林枫寒笑笑，说道，"好了，该说的我都说了，请评估一下价钱，可以送拍不？"

"自然自然，能拍卖这等瑰宝，是我们星辉拍卖行的福气。"赵经理连连点头道。

"我是一个评估师，以前评估的东西，都是根据市场价来定的，这……"冷锋有些为难。他说的也是实话，以前评估物件，都是根据市场行情来评估的，然后他再根据出席的拍卖人员，给卖家一个综合评价。

今天这方古印，孙老师说那是封印上古神兽的古印，里面有着麒麟的残影。真的，他刚才也见过，确实面目凶残，头角狰狞。

林枫寒又说，这古印中，青铜只有五分之一，青金占了五分之三，另外还有五分之一，乃是未知金属……

如此一来，这个评估就难说了。

"刚才谢先生说，林先生这方古印，想出售四千万欧元？"赵经理考虑了一下措辞，这才说道。

"嗯。"林枫寒点点头。

如果不是这次遭遇巨变，有幸找到这样的异宝，他会考虑留着自己玩玩，而不是这么大方地卖掉。

尤其是那方古印中，那未知的五分之一金属，他有很大的兴趣研究研究。但是想想，还是算了，这东西，他可以肯定，就是大夏皇朝或者殷商时期祭祀鬼神所用的鬼玺。

"想卖到这个价钱，就需要一些噱头。"赵经理说道，"人文和传说？"

"这是古代君王用来祭祀鬼神、沟通天地的鬼玺。"林枫寒说道，"别的，你们看着办吧。"

"林先生，您看这么办可好？"冷锋考虑了一下，这才说道，"我们把起拍价定在一千八百万，每次加价不能低于一百万，你看可好？"

"你们交易，也是欧元？"马胖子问道。

"是的，马先生。"冷锋连忙说道。

"一千八百万太低。"马胖子挥手说道，"起拍价定在三千万。"

赵经理听他这么说，顿时微微皱眉。这个起拍价，实在是太高了，弄不好就会冷场，只怕拍卖师想把气氛调节起来，热场都有难度。

"三千万实在是太高了。"冷锋皱眉说道，"虽然这方古印有诸多奇异之处，但是，三千万欧元，真的太高了。再说，这东西又不是回春瓶。"

"没事，你们就按照三千万的起拍价开拍就是。"马胖子笑道。

"这要是流拍怎么办？"赵经理微微皱眉说道。

"流拍证明我和这东西有缘，我就养着这怪兽呗。"林枫寒笑道。

"既然林先生不介意，那么就按照三千万起拍好了。"冷锋听他这么说，当即笑道，"只要林先生不在意流拍，那么自然一点问题都没有。"

"嗯。"林枫寒点点头，心中却寻思着，如果流拍，大不了就留着自己玩玩，反正，他也不差钱。

"林先生。"赵经理说道，"我做一份合同，您签一下？"

"好！"林枫寒点头，正常送拍都是这样，这种规矩他还是懂的。

"林先生，按照拍卖行的规矩，如果送拍，我们抽取一定比例的点。"赵经理说道。

"嗯，你们家几个点？"林枫寒说道，拍卖行的规定，他是知道的。

"八个点。"赵经理说道。

"没问题。"林枫寒点点头。但是他计算了一下，如果四千万卖出去，八个点，佣金可是不便宜啊。

"如果流拍，我们也要收起拍价两个点的佣金。"赵经理再次说道。

"你穷疯了，流拍你也收钱？"谢轩忍不住插嘴道。

"我们星辉拍卖行一直都是这个规定。"赵经理说道，"所以，在做合同之前，我先说明白，不过……"

"不过什么？"林枫寒问道。他知道拍卖行的一些规定，但是，流拍收这么高的佣金，确实是高了。

"林先生，我们想拍卖您那个回春瓶。"赵经理说道，"如果您愿意送拍，今天您的佣金，可以尽数免除。"

第五十五章　拍　卖

　　林枫寒皱眉，想了想这才说道："可是，那个瓶子我真的不想卖，我要把它送给我爸爸，想来他会非常喜欢。"

　　"小寒，赵经理的意思只是送拍而已。"马胖子说道。

　　"什么意思？"林枫寒有些糊涂，说道，"假拍？"

　　"谈不上假拍，林先生不要说得这么难听。"赵经理讪讪笑道，"任何一家拍卖行，都是需要一些噱头的，我们老板认为，林先生那个回春瓶……"

　　"我那个回春瓶，就是噱头？"林枫寒说道。

　　"对。"赵经理点头道。

　　"哦！"林枫寒想了想，说道，"你的意思就是，我把回春瓶给你们拍卖一下，然后我自己砸钱买回来，但钱是不用支付给你们的，对吧？是这个意思吗？"

　　"自然。"马胖子点头道，"赵经理会安排人跟你竞价，甚至把原来的起拍价抬高很多倍，同时也算是变相地炒作了你的回春瓶，让它身价百倍。"

　　"是这样吗？"林枫寒问道。

　　"是的，林先生，这件事情对您也是有利的。"赵经理连忙说道，"我昨天听人说，您想送给令尊作为礼物？"

　　"是的，所以我不想卖。"林枫寒说道。

　　"嗯。"赵经理点点头，说道，"林先生，您想想，您是拿着一个其貌不扬、丝毫没有名气的花瓶送给令尊好，还是让我们炒作一番，然后送给令尊好呢？到时候，您说是花了大价钱，从某某拍卖会上所得，这个花瓶价钱不菲。"

　　林枫寒想了想，又想了想，说道："如果这个花瓶是拍卖会拍到的，他……估计会揍我。就算他不揍我，他也会笑话我……"

说到这里，林枫寒都有些委屈了。

"呃？"赵经理原来准备了一套冠冕堂皇的说辞，被林枫寒这么一说，他顿时就语塞了。但他终究是八面玲珑的人物，略略一想，当即说道，"林先生，您是担心您在拍卖会砸了大价钱，令尊会抱怨您胡乱花钱？没事的，这种事情，作为老人终究免不了念叨几句，但是，他心里还是开心的。"

马胖子听赵经理这么说，顿时扑哧一声就笑了出来。

"马先生，您笑什么？"赵经理被他笑得有些尴尬，当即问道。

"小寒要是砸几个钱，倒也罢了。"马胖子说道，"只要他砸得开心，想来他那位父亲大人也不至于笑话他，主要是这件事情实在太二了。"

"怎么就二了？"赵经理连忙说道，"马先生，您可不要这么说。我和您说，古董这东西，价钱本来就是炒作起来的，否则，这些破旧之物，能有什么用？"

林枫寒听他这么说，心中隐隐一动，当即说道："你的意思就是我把回春瓶给你们拍卖一下，然后我今晚送拍的东西，不管拍出什么价钱，或者流拍，你们都不收任何佣金？"

"是的，我们老板就是这个意思。"赵经理连忙说道，"如果林先生同意，我是要把这一条写到合同里的。"

"好！"林枫寒说道，"我同意明晚拍卖回春瓶。"

"嗯。"赵经理点点头，说道，"那我做份合同。"

这个赵经理也是做实事的人，当即就拿出电脑，给林枫寒做了合同。双方签字之后，他就拿出一只小小的密码箱，小心地把那个青铜古印放了进去，又说道："林先生，您说这是什么来着？鬼玺？"

"是的，鬼玺，用来沟通天地和祭祀鬼神所用。"林枫寒说道。

"好的！"赵经理笑道，"合作愉快！"

"合作愉快。"林枫寒点点头，赵经理收拾东西，告辞离开。

"喂……"等赵经理走到门口，林枫寒突然叫道，"赵经理？"

"怎么了？"赵经理连忙站住脚步，说道，"林先生还有什么吩咐？"

"没有……"林枫寒想想，突然就感觉有些委屈，当即说道，"能给我一张你们拍卖会的门帖吗？我想参加你们今晚的拍卖会，看看热闹。"

赵经理听得目瞪口呆，而马胖子也是一脸惊愕。

"怎么回事？"赵经理愕然问道。

"我想看你们家今晚十点钟的拍卖会。"林枫寒说道。

"林先生，凡是正式收到请帖，前来参加古玩鉴赏交流大会的人，都有门帖啊。"赵经理说道，"您持门帖过去就是了。"

"可是……"林枫寒看了一眼马胖子，说道，"胖子，你有吗？"

"我有。"马胖子点头道。

"我没有。"林枫寒摊摊手。

"这……"赵经理也是第一次遇到这样的事情，当即问道，"林先生，这没有道理啊，那您是怎么来参加这样的古玩鉴赏交流大会的？我们都有严格的规定啊？嗯……谁带您来的？"

"季史。"林枫寒说道。

"哦？"赵经理一愣，随即赔笑道，"原来是季老爷子带来的，既然这样，我等下让人补送一张过来，您看可好？"

"多谢。"林枫寒点点头，心中却把石高风问候了一番。早知道，他就应该让他弄一张请帖给他，让他以古玩商的身份来参加，而不是让那个什么季老头，不负责任地把他带进来。

那老头把他往这里一丢，就再也没有理过他。

赵经理办事速度很快，不到十分钟，就派人把请帖和拍卖会的门帖一起送了过来。

等人走了之后，谢轩却皱眉，问道："少爷，这参加拍卖会，还需要门帖？那我怎么办？"

"拍卖场所治安很好，不用担心你家少爷的安全。"马胖子说道，"到时候，你在外面等着就是了。"

"好吧。"谢轩还是有些不放心。

"没什么事情的。"林枫寒说道。

晚上的时间过得很快，眼看就要十点了，马胖子招呼林枫寒一起出了房间，乘电梯直奔二楼。

在二楼的拍卖厅门口，马胖子要去洗手间，让林枫寒略略等等。

林枫寒就站在门口等马胖子，却意外地看到一个熟人——吴辉。

"林先生啊，幸会幸会！"吴辉和林枫寒打招呼，笑得一脸灿烂。

"幸会。"林枫寒冲他点点头，笑着问道，"你把明妃带来了吗？什么时候我们谈谈？"

"谈美人？"吴辉眼睛滴溜溜地一转，低声说道，"林先生，这里有一个不错的会所，要不，等拍卖会结束了，我们去走走？"

"谢谢！"林枫寒哭笑不得，这个吴辉，真是一个色鬼。

"我只对明妃有兴趣。"林枫寒说道，"如果你有意让出来，我们可以谈谈。"

"呃……"吴辉有些尴尬地笑着。

"你上次说的青铜器呢？"林枫寒问道。

"那要等明天啊。"吴辉笑道，"今天哪里有什么青铜器啊？哦哦哦，不对，瞧瞧我这个记性，我跟你说……"

吴辉一脸神秘地凑近林枫寒，低声说道："今天的拍卖会上，有一件压轴的宝贝，就是青铜器。"

"真的？"林枫寒一脸的讶异，刚才赵经理也说过，今晚会有青铜器拍卖。虽然国家严禁私人买卖青铜器，但是这种高档的古玩鉴赏大会，如果没有青铜器，简直就是缺了"典"，称不上完美。

"怎么不是真的？"吴辉笑道，"我可是打听过了，确实有青铜器，而且大名鼎鼎。"

"大名鼎鼎？"林枫寒愣然，问道，"还有什么来历不成？"

"真有来历。"吴辉一脸神秘地说道。

"说说。"林枫寒的胃口，还真被他吊了上来，当即问道。

"四羊方尊。"吴辉凑在他耳畔，低声说道。

"什么？"林枫寒一愣，顿时就失声叫了出来。

四羊方尊，这不可能啊？不是收藏在国家博物馆吗？失窃了？

哦，不对……

林枫寒陡然想到了一个可能性，他来临湘城的时候，曾经在路上收过一尊四羊方尊，当时他就判断，这玩意儿可能是一对。

而且，当时他收购的四羊方尊，明显就是生坑，也就是说，刚刚出土不久的玩意儿。

如今，这拍卖会上出现另外一尊四羊方尊，是不是意味着，另外一尊被人弄到这里来拍卖了？

"小寒，怎么了？"这个时候，马胖子走了过来，好奇地问道。

"没什么。"林枫寒这个时候已经镇定下来，笑道，"我只是听吴先生说到这次拍卖的物品中，有一尊四羊方尊，甚为好奇而已。"

"四羊方尊？"马胖子一愣，正欲说话，却看到林枫寒冲他使了一个眼色，当即笑笑，说道，"小寒，在这种古玩拍卖会上，出现任何东西都不稀奇，别大惊小怪。"

"对对对，走走走，我们进去。"吴辉笑着招呼。

三人一起走了进去，谢轩就站在门口等着他们。虽然林枫寒嘱咐，让他不用在门口等，如果困了，可以先回去睡觉，或者，跑去吃个夜宵什么的也行。再不济，去逛逛高档会所什么的，看看美人……

谢轩听得一脸尴尬。

吴辉很热情，和林枫寒、马胖子坐在一起，而林枫寒对他手中的那幅《昭君出塞图》有兴趣，几次询问，吴辉总是笑着……

林枫寒想想，也就不再说什么了，他这次运气极好，收到了青铜鬼玺加上宋代定窑的紫定回春瓶，已经心满意足。想那《昭君出塞图》既然是吴辉所爱之物，他也不便强买买卖，己所不欲勿施于人，如果谁想强行购买他那幅《貂蝉拜月》，他也一样不痛快。

仔细想想，那天吴辉在黄家，无非就是被自己要挟，不得不敷衍一下，可没有说，就要把《昭君出塞图》卖给他。

所以，林枫寒便不再问。

很快，拍卖会就正式开始，等拍卖师走上台的时候，林枫寒再次愣了一下……

这个拍卖师他认识，正是多宝阁的拍卖师朱槿，朱槿长得很漂亮，曾经一度追过他。

但由于她原来是多宝阁的人，和古俊楠还有些亲戚关系，林枫寒自然是能远离就远离了。

古俊楠过世不久，朱槿就借口回老家，从此离开，再也没有出现在扬州。

林枫寒也没有想到，她居然跑来临湘城，居然成了星辉拍卖行的拍卖师。

拍卖师事实上是一个相当有前途的职业，尤其是像朱槿这么年轻漂亮的拍卖师。

第一件物品，不过是一件明代的瓷器，还谈不上多么好。但是，在朱槿的煽情之下，很快就以一个略高的价钱拍卖出去。

让林枫寒有些意外的是，第二件就是他那个青铜鬼玺。但是宣传的时候，却被宣传成了司命鬼玺，也不知道这个名字是怎么想出来的。

然后就是简单的介绍，接着，前台的灯突然熄灭。

正在众人诧异的时候，一盏灯亮起来。随即，大家就发现，对面的墙壁上竟然出现了一只狰狞怪兽，看着像龙，又像麒麟，但又都不太像。

这还不算，还有一个个的文字，谁也看不懂，却有让人头晕目眩的感觉。

林枫寒必须得承认，这个拍卖行弄的玩意儿，比他直接弄一个手电筒，对着镜子更有杀伤力。

加上还配了一段不知道什么年代的古典乐曲，就更加扣人心弦。

至于那个青铜古印的材质，更是被宣传成了天外陨石，独一无二。

林枫寒原来判断，那个青铜古印是夏皇朝后期，殷商早期的东西，但是拍卖行却直接断定为夏皇朝的东西了。

起拍价三千万，这个价钱报出来，确实就冷场了。

但是，不足三十秒就有人出价了，林枫寒看到大屏幕上，有数字闪过，三千二百万……随即，就像是炸了锅一样，从三千万到四千万，仅仅不足一分钟而已。

"胖子，你做什么？"林枫寒这个时候突然发现，马胖子在频频出价。现在的价钱，已经是四千四百万，而现在出价最高的，就是马胖子。

"我想领养那只怪兽。"马胖子咬牙说道。

"不准。"林枫寒低声喝道，"你想要，你为什么不和我说？"

"我不想和你说。"马胖子一边说着，一边再次摁下了遥控报价器。

这个时候，出价已经高达四千六百万，再也没有人出价了。主持拍卖的朱槿连问三遍，没有人出价，当即敲下了拍卖槌。

"你个二傻子……"林枫寒气急了，虽然价钱比他预计的高了一点，可是，他却一点兴趣都提不起来。他想赚别人的钱啊，不是赚马胖子的钱啊。

"我喜欢那个怪兽。"马胖子说道，"我第一眼看到就喜欢。"

"那你为什么不和我说？"林枫寒低声说道，"你要，你拿去就是了，你居然……"

"哼，我喜欢砸钱的感觉。"马胖子仰着脑袋，一脸嘚瑟。

"你个死胖子。"林枫寒已经彻底不知道说什么才好。

他说要出售这个青铜鬼玺的时候，马胖子可是一点也没有表现出来，他喜欢这个玩意儿，他想……

他甚至还一脸热情地帮助他，联系星辉拍卖行，然后跑来砸钱刷存在感。

"乖，大爷我现在心情很好，不要吵。"马胖子乐呵呵地笑道。

林枫寒翻了一个白眼，完全不知道说什么才好，而这个时候，又有东西陆续拍出来。一块宋代的玉佩，拍出了二百五十万欧元的高价，问题就是，他看了一眼，那块玉佩真的不咋的，和他身上那块"枫叶麋鹿"的玉佩相比，差太远了。

"要是你身上那块玉佩拍卖，这种场合，估计可以到这个数。"马胖子冲着林枫寒比画了一下，低声说道，"虽然有些危险，但五百万左右肯定可以有。"

"嗯。"林枫寒点点头，说道，"应该可以，我这个比较好。"

林枫寒一边说着，一边用手指摸索了一下挂在腰上的那块"枫叶麋鹿"的玉佩。

"什么玉佩？给我看看！"吴辉插嘴说道。

"嗯？"林枫寒笑笑，指着挂在腰上的玉佩说道，"等下离开这里再看吧。"

吴辉低头看了一眼，然后他就摸出手机，打开手电筒的功能，凑在林枫寒身边不断地看着，口中还念叨着："这是古玉，这可是真正的羊脂白玉……瞧瞧，这颜色，真的如同美人的肌肤……"

"羊脂不是指美人的肌肤。"林枫寒低声说道。

但就在这个时候，林枫寒所有的注意力，都被拍卖台上的一样东西吸引住。

那是一幅画，画幅有些大，根据介绍，长度有二米八，宽度大概有六十厘米的样子，上面写着"贵妃夜宴图"，分作三个部分。

第一部分，似乎就是宾主相间，在月色下，几个美人相约嬉戏，远处楼台轩榭，近处美人相约，每一个美人都是仪态端庄秀美，衣履风流妖媚。

第二部分，就是一个穿着大红长裙的美人，旁边是一丛如同火焰的牡丹花。美人在花下吹箫，旁边还有几个美人，似乎正在凝神聆听。

最后一部分，一个帝皇打扮的男子，靠在卧榻上，两边都有力士，一个女子，正跳着霓裳羽衣舞。

云想衣裳花想容？

第五十六章　云想衣裳花想容

这幅画有题词，就是李白大名鼎鼎的《清平调》，而这幅画的作者，赫然就是画圣吴道子，绢本设色。

林枫寒的目光盯在放大的屏幕上，盯着其中的一幅……

"这是半妆吗？这难道就是半妆？"林枫寒心中讷讷念叨着。

随即，他忍不住轻轻地摇头，不对，不会是半妆。爷爷说，不可能有半妆，这手段太过高明了……

这幅画的起拍价是二十五万欧元，但是，当朱槿报出这个价钱之后，下面就有人开始叫嚣了。

"这是把我们当二傻子啊？"一个人大声说道。

"每一年都要弄几个这样的东西，恶心我们不成？"另外一个人大声叫道。

"我们可不都是二傻子，跑来这里就是图个真，每年你们都要弄几个假的出来忽悠人做什么啊？"人群中，有人的大声叫道。

"对，刚才的都还好，这算怎么回事？"有人说道。

"赶紧撤下去。"有人叫道。

"这幅画是怎么回事？"林枫寒看了一眼吴辉，低声问道。

"呵呵，这算是星辉拍卖行的特色了。"吴辉笑道。

"还有这种特色？"马胖子笑道，"每一年都要来一次？"

"不是每一年，只要是星辉拍卖行开拍，总会出现一两样这样的东西。借着各种名家的噱头，弄一样东西上来，开一个不算高的价钱，大家都知道是假的，是连现代仿品都称不上的玩意儿。"吴辉笑道。

"这还算是好的，去年弄的是宋徽宗的画，苏东坡的词，被人差点骂死。"吴辉又低声笑道，"你想想，谁傻了也不会买这样的东西啊！"

林枫寒想想也是好笑。

而这个时候，众人乱哄哄地叫了一场，朱槿还是宣布了开拍。

二十五万，感觉就是一个二百五的价钱。

下面有人纷纷叫嚣，让朱槿赶紧撤下去，不要浪费时间了。

甚至，有一个人还戏称，让朱槿拍一下自己，都比拍这玩意儿有趣……

林枫寒默默地拿起拍卖器，摁下一个二十六万的价钱，然后默默等待。

朱槿接连问了三遍，自然是没有人加价了。这玩意儿，在众人心目中，已经是假得不能再假了。天知道不是现代某个小画家吃撑了画出来的，虽然画上的几个美人长得不错，看着很好看。

但是，能来星辉拍卖行参加这样的拍卖会，自然都是一些有身份的人，美人平时见得多了，相比较之下，有这个钱，还不如去找一个活色生香的美人呢。

林枫寒觉得自己事实上就是一个二傻子而已。

"小寒，你买这个做什么？"马胖子诧异地问道。

"美人很好看。"林枫寒认真地说道。

"可是，那是假的啊？"马胖子低声说道。

"我说，那个鬼玺不好玩，你不是也想买下来玩玩？"林枫寒说道，"我喜欢那个美人，我管它真的假的？谁画的重要吗？"

马胖子伸手摸向林枫寒的脑袋……

林枫寒一把推开他的手，说道："我没病。"

"我看着你有病，病得很严重。"马胖子叹气道，"小寒，你是不是受什么刺激了？"说着，他还故意看了看吴辉，说道，"欲求不得？"

吴辉知道他的意思，当即笑道："人生总会有欲求不得的事情，这个正常。"

"得了，幸好也不贵。"马胖子笑笑，既然都已经拍下了，他自然也不会再说什么，只要他开心，砸点钱也无所谓。

接下来的几样东西，都很不错，只不过，起拍价都超过林枫寒的估价，因此他自然也没有兴趣竞价，只是看着。

让林枫寒感到出乎意料的是，星辉拍卖行果然有本事，竟然不知道从什么地方弄来一只宋代定窑的白瓷小碗。在灯光下看起来，那只白瓷小碗似乎格外漂亮，他不知道是不是心理作用，反正，他总感觉，这东西似乎比他原来见过的白瓷都要漂亮一点。

这么一想，林枫寒突然发现，他收藏的众多瓷器中，竟然没有真正的白瓷。

"我竟然没有收藏过白瓷……"林枫寒叹气道。

"你收藏的好东西难道还少？"马胖子看着他一脸幽怨的样子，低声说道，"收藏收藏，总要机缘巧合，你只是没有机缘巧合收藏过白瓷而已！"

"我……"林枫寒想想，他唯一收藏的白瓷，就是那只明代的龙凤纹白瓷碗，看起来倒还不错。但是那东西，不要说马胖子心里有一个疙瘩，就连他自己心里都有些不痛快。

这个定窑的小白瓷，起拍价不是太高，林枫寒参与了两轮的竞价之后，终于败下阵来，叹气道："我就是一个穷人。"

"超过你心里的价位了？"吴辉低声笑道。

"嗯。"林枫寒点点头，笑道，"超过太多了，我刚才还准备拍下来，这个时候……"说到最后，他摊摊手。

"林先生，我可以冒昧地问一个问题吗？"吴辉突然低声说道。

"啊？"林枫寒一愣，说道，"什么问题？太过专业的问题，你可不要问我？"

"不是。"吴辉笑道，"不是关于古玩的问题，就是我比较八卦……纯粹满足个人爱好。"

"嗯？"林枫寒笑道，"你想问什么？"

"你和石先生是什么关系？"吴辉低声说道。

对于这个问题，林枫寒竟然不知道如何回答，他和石高风，算是什么关系？

"你的八卦之心太强了。"林枫寒说道，"是人总会有些隐私。"

"好吧。"吴辉笑笑，便不再说什么。

随即，又有两样拍卖品拍卖出去之后，今晚的压轴戏就开始了。林枫寒一眼看到那个大家伙青铜四羊方尊的时候，顿时就呆住了。

刚才吴辉一脸神秘地对他说的时候，他还以为，这青铜四羊方尊可能是现代高仿品。毕竟，刚才那幅《贵妃夜宴图》就被人认为是现代仿品，还是仿得不好的仿品。

那么，青铜器出现仿品，真是太正常不过了。

但是，当那尊青铜四羊方尊被送上拍卖台的时候，林枫寒几乎不用看就知道，这尊青铜四羊方尊是真的，而且还是殷商盛期的物品。

跟他在扬州收的那尊四羊方尊相比，唯一不同的是，他那尊出土不久，没有经过处理。而这尊，却经高手处理过，看起来不是生坑，而是盘养很久的东西。

当然，那也都是骗人的，毕竟，林枫寒这种行家，只要看一眼，就知道这是人工处理后的结果，并非真正的熟坑。

"林先生，你看这四羊方尊怎么样？"吴辉凑近林枫寒，低声说道。

林枫寒强行压下心中的震惊，这个星辉拍卖行，果然有些本事，连这种东西都敢弄出来拍卖。

所以，他听吴辉问，就有些心不在焉地说道："不错，很好。"

但是，他话刚刚出口，吴辉突然大声嚷道："什么？高仿品？"

他这么一叫，顿时所有人的目光都集中在他们这边。

"你……你做什么？"林枫寒被吴辉吓了一大跳，你胡说八道什么？

但是，让他怎么都想不到的事情却是——吴辉嗖的一下就站起来，说道："等等……"

"小伙子，你要做什么？"拍卖台左边的坐台上，就是今晚坐镇的三个大鉴定师，其中两个是林枫寒见过一面的钱老师和孙老师，另外一个老人，就是季史。

钱老师站起来，指着吴辉说道："小伙子，凡是送拍的东西，可都经过层层把关。虽然我们不敢保证，百分之百没有高仿品鱼目混珠混进来，但我可以保证，这尊青铜四羊方尊，器形端正，制作精美，加上我们拍卖行的权威鉴定，绝对就是真迹。"

"可是……"吴辉故意看了一眼林枫寒，这才说道，"我这位朋友提出质疑，表示这尊四羊方尊乃是赝品，我朋友可是大古玩商人，还从来没有看走眼过。"

林枫寒听了，满腹狐疑，但是他也知道，不能让吴辉继续胡说八道，当即站起来，一把拉过吴辉，低声说道："你胡说八道什么？"

"林先生，你不用在意，星辉拍卖行是很有信誉的拍卖行，你有什么疑惑，完全可以说出来。"吴辉大声说道。

听吴辉这么说，众人都忍不住窃窃私语，很多人已经信心动摇。毕竟，四羊方尊名头太大，而且，仅有的一尊四羊方尊，好端端地放在国家博物馆里，世上哪里还有什么四羊方尊？

有些急躁的人，已经开始质疑星辉拍卖行：这个四羊方尊，是不是就和刚才的《贵妃夜宴图》一样，明显就是现代高仿品，用来欺骗顾客啊？

"林先生，我们尊重您乃是扬州的古玩商人，但是，请您也不要质疑我们星辉拍卖行的信誉问题。"孙老师站起来，拿着麦克风，大声说道。

"没有，没有。"林枫寒连忙说道，"我这个朋友胡说八道。"说着，他忍不住看了一眼吴辉。

马胖子也看了看吴辉，他们三个人就坐在一起。林枫寒根本就没有说这尊四羊方尊乃是赝品，不知道吴辉发什么神经，居然质疑人家的拍卖品。

重点就是，他质疑就质疑了，却把林枫寒拖下水。

如今，被吴辉这么一嚷嚷，林枫寒自然是说不清楚了。

而下面的众人，被吴辉这么一说，原来对四羊方尊有兴趣的人，现在却都三缄其口，不再说话。

甚至，有些专门等四羊方尊的顾客，已经撂下拍卖器，站起来向外走了。

"林先生，你不会是故意来捣乱的吧？"这个时候，从里面走出来一个姓管的经理，一脸的怒意。

"没有！"对于管经理的质疑，林枫寒很无奈，也不知道如何解释。

更让他束手无策的是，吴辉还大声嚷嚷，指责星辉拍卖行最后的压轴宝贝就是赝品、高仿品……

还有一些不明情况的顾客，更是嚷嚷着起哄，一瞬间，场面就有些不可控了。

管经理的质疑，众人的叫嚣，乱成一团，林枫寒无奈地看着马胖子。

"胖子，怎么办？"林枫寒低声说道。

"那东西是不是真的？"马胖子低声问道。

"应该是。"林枫寒小声地说道。

"不要着急，等他们闹完了再说。那个姓吴的小子，什么来头啊？"马胖子问道，"这是给你找麻烦啊！"

林枫寒点点头，他就算再傻也明白过来，吴辉就是要给他制造麻烦啊。

但是吴辉的目的何在，他却猜不出来。

"没事，先让他们闹着，天塌下来，还有人顶着，你怕什么啊？"马胖子冷笑道。

这个吴辉，大概是活得不耐烦了，哼！

马胖子口中说着，心中却想道：这个吴辉，到底是谁的人？这可是明目张胆地得罪人。

对于管经理的指责，林枫寒很无奈，他几次张口想说，能不能让他看看青铜四羊方尊……可是，他还没有来得及说话，吴辉就抢着捣乱。几次之后，管经理差点就要叫人把他轰出去。

"各位少安毋躁。"就在这个时候，坐在鉴定师前台的季史拿着麦克风站了起来，大声说道。

季史在临湘城古玩一行，名气相当大，因此在场的人，几乎都认识他。听他说话，顿时都住口不语。

"各位少安毋躁。"季史拿着麦克风，说道，"小管，你也不要吵闹，你们不是常常说，顾客是上帝，这不——就是上帝提出来，你们拍卖行拍卖的东西，可能有问题，想验证吗？"

"季老爷子，这事您看看。"管经理连忙说道，"要不，您给看看，也给我们拍卖行一个公道？"

"这古玩一行，真真假假，实在是防不胜防，有客人提出疑惑，这也很正常。"季史叹气道，"这东西我也没有看过，如今看着也有些疑惑。要不这样，我老头子当众看看，然后说说我的观点，再行拍卖？诸位意下如何？"

听季史这么说，众人连连点头，有人大声说道："有季老爷子看了，我们买得也放心。"

"对对对，这青铜器起拍价可是三千万欧元，如今既然有疑问，还请老爷子看看。"众人七嘴八舌地说道。

"好好好！"季史站起来，放下手中的麦克风，"既然这样，小林，你过来陪我一起看看？"

林枫寒很不想蹚这个浑水，无奈如今被吴辉闹了一下，加上季史又点名让他看，他只好走了上去。

"来吧，一起看吧。"季史抬头看了他一眼，笑道，"有疑问的东西，终究还是要看看的。"

第五十七章　高仿品？

管经理早就找人送来了手电筒、放大镜之类的东西，递给季史。

季史接了，就认真地看了起来，上上下下，察看得非常详细，甚至，他还刮了一点铜锈，尝了一下味道。足足过了大概十五分钟，季史这才放下放大镜，揉揉眼睛，叹气道："我这老头子终究是老眼昏花了，这么明显的破绽，居然没有发现。唉，幸亏小林提了出来。"

林枫寒一愣，抬头愕然地看着季史。

"季老爷子，您给一句准话啊。"人群中，有人大声问道。

"对对对，季老爷子，到底怎么回事？"又人问道。

不知道什么时候，吴辉竟然抢到了前台，就站在林枫寒身边，大声嚷嚷道："我朋友不会看错的。"

"你朋友算个屁啊？"

"对，你别打岔，让季老爷子说。"

"季老爷子，赶紧说说，如果真是殷商时期的四羊方尊，我还准备拍回去喝酒呢。"有人大声笑道。

"哈哈！"季史打了一个哈哈，笑道，"这要真是殷商时期的四羊方尊，你们拍回去了，也舍不得喝酒，加上放了这么多年的东西，喝酒也不好啊，好酒都变了味了。"

"没事没事，我们就喜欢这种古味儿。"有人善意地笑道。

"那么你们谁有兴趣，把这四羊方尊请回去喝酒吧。"季史笑道，"这要是古董，我老头子可要骂你们了。不过，这尊没事，谁要喝酒，我老头子第一个赞同。"

听季史这么说，林枫寒顿时愣了一下，这不可能啊……

这尊四羊方尊，明明就是殷商时期的东西，而且制作精良完美，价值连城，为什么季史居然判断它是现代仿品？

他一边想，一边就直接伸手向四羊方尊上面摸了过去。

手指接触到那尊四羊方尊的瞬间，林枫寒几乎就可以肯定，没错，这尊四羊方尊和他在扬州无意中收到的那尊明显就是一对。虽然制作工艺有些差别，羊首和花纹也有些差异，但是，制作风格几乎完全相同，他又伸手向四羊方尊的底部摸了过去。

果然，他摸到一个小小的像文字一样的标识。

对，他收的那尊四羊方尊，也有这个标识，这尊他虽然没有仔细看，但是那一尊，他可是认真看过的。

何况，他收的那尊四羊方尊，明显就是刚刚出土的生坑。

"季老爷子，您给一个准话。"管经理赔着笑，走了过来。

"小管啊，这东西……唉，就是一个高仿品，做得非常完美，几乎可以以假乱真，小林说得没错的。"季史叹气道，"我老头子老眼昏花，开始可没有看出来。"

"老爷子，这真的是高仿品？"人群中，有人问道。

"嗯！"季史点头道，"我这就开一张工艺品证书，谁有兴趣，想买回去喝酒，你们自己协商。"

林枫寒张张口，想说话，马胖子不知道什么时候走到他身边，伸手一把捂住他的嘴巴，把他拉到一边。

季史速度很快，立刻就开出了一张证书，证明那尊殷商时期的青铜四羊方尊就是现代高仿品。

众人都是冲着真品来的，既然季史都证明，那四羊方尊就是现代高仿品，自然谁也没有兴趣了。

买个高仿品，何必来这里呢？什么地方买不到啊？

这四羊方尊乃是今天拍卖会的压轴戏，如今出了这样的事情，管经理连忙向众人致歉，然后就宣布散场。

可就在这个时候，突然，整个拍卖厅一片黑暗。

"怎么回事？"有人急忙问道。

"停电了？"林枫寒也愣了一下。

但想想，不管科技怎么发达，偶尔电源跳一下闸，那是再正常不过了，所以，他一边想，一边伸手去摸手机……

"别动！"就在这个时候，林枫寒的耳畔，传来一个熟悉的声音。

林枫寒听那个声音，顿时大喜过望，低声叫道："姥爷……"

"跟我来。"乌老头说话的同时，已经直接拉着他，向一边走去。

石高风靠在车座上，伸手抚摸着小黑，小黑就趴在他身上，一脸享受的模样。

"小黑，我带你去看小寒。"石高风笑着。

"老板，您歇歇，从落月山庄开车过去，两个多小时呢。"邱野坐在副驾驶上，笑道。

"嗯！"石高风点点头，靠在车座上，闭目养神。

也不知道过了多久，他恍惚听见手机响，似乎还有邱野压低声音说话。所以，石高风睁开眼睛。

由于是晚上，外面路灯都已灯火通明，但是车内却一片黑暗。

石高风习惯性地摸了摸小黑，抬头看到邱野正在打电话。

"怎么了？"石高风问道。

"没什么。"邱野连忙说道，他有些迟疑，这件事情，要不要先瞒一下石高风？他那么在意林枫寒……

"说，什么事情？"石高风冷冷地喝问道。

"老板，不过就是孩子们闹着玩，没事的。"邱野连忙说道。

"石烨做了什么？"石高风直截了当地说道。

"据说……据说……"下面的话，邱野有些不知道该怎么说，真的，石烨怎么会想到走这么一步昏着儿？他真的以为，把人玩死了，他还能平安无恙？或者说，他能找一个替罪羊，平息石高风的怒气之后，自己还能像以前那样？

"据说什么？"石高风问道。

"停车。"邱野对着车窗轻轻敲了三下，说道。

给他开车的人，自然都是用惯了的老人，当即放慢速度，靠边停车。

邱野打开车门，换到后座，就坐在石高风身边，然后在石高风耳畔低语了几句。

石烨原来就是石高风一手养大的，这两年又都一直跟着石高风，他相信这个司机很忠诚，但是他不敢保证，这个司机就不会对石烨通风报信。

而且，邱野不敢确定，石高风和林枫寒之间将来如何……林枫寒也不是好说话的人，至少他不懂得哄哄石高风，天知道将来有一天他会不会和石高风彻底闹僵，而让石烨胜出。

所以，邱野也怕啊，凡事留一线，江湖好相见。

"既然这样，他还让我跑去星辉度假村做什么？"石高风说道，"看热闹？"

"大概是想撇清关系。"邱野笑道，"老板，您也不要生气，这种事情，就当历练历练。"

"嗯……"石高风不置可否地答应了一声，历练？这种事情也算是历练吗？

而且，让石烨这么一搞，只怕有些事情就麻烦了。想到这里，石高风莫名地烦躁起来。

"还有多久到达星辉度假村？"石高风问道。

"老板，顶多还有十分钟。"司机连忙说道。

"快点。"石高风说道。

"是！"司机答应着。

就在这个时候，石高风的手机响了，他摸出来看看，竟然又是木秀打过来的。

接通电话，石高风直接问道："怎么了？你那边是白天还是黑夜？"

"黑夜。"木秀说道，"我在暹罗。"

"嗯……"石高风答应着，他在暹罗就在暹罗好了，没事打电话骚扰他做什么？

如今大伙儿捅破了那层窗户纸，木秀忒不要脸了，华夏什么事情，都是一个电话打过来，让他直接办了，似乎，他就是天生给木秀办事的人。

"你到星辉度假村了吗？"木秀问道。

"还没有。"石高风说道，"快了。"

"事情有变，你快点。"木秀皱眉道，"我有些担心小寒……"

"怎么了？"石高风愣了一下，连忙说道，"他身边有人照应，应该不会出事。"

"有别人掺和进来了。"木秀说道，"情况有些复杂，我隔着老远也不了解情况，但是……"

"但是什么？"石高风问道。

"我就是担心小寒。"木秀说道，"你做事从来都不靠谱，我不放心。"

"我做事就算不靠谱，我也不会拿小寒开玩笑。"石高风微微皱眉，正欲说话，但是，那边木秀就在这个时候挂断了电话，挂得干脆利落。

这一刻，石高风再次有了砸手机的冲动。

黑暗中，乌老头死劲地拉着林枫寒，向外面走去。

林枫寒想招呼一下马胖子，但是，好像在停电的一瞬间，马胖子就不在他身边了——他有些糊涂。

　　乌老头拉着他，出了拍卖厅，外面已经来电了，只是跳了一下闸而已。

　　乌老头拉住他，径直走进电梯，然后林枫寒看到他摁了一个数字：13。

　　"姥爷，我们去十三楼做什么？"林枫寒诧异地问道。

　　他今天来的时候，就听人说起过，十三楼并非客房。这地方，三楼和十楼都是客房，再往上就不是客房了。

　　"我在那里租了一个房子。"乌老头说道。

　　"好！"林枫寒听他这么说，就没有再多说什么。

　　电梯一路向上，到了十三楼的时候，门开了，乌老头径自把他拉出电梯，顺着走廊，向一边走去。

　　"姥爷……"很快，林枫寒就发现，乌老头根本就没有在十三楼租什么房子，因为十三楼根本就没有房子出租。

　　而乌老头已经打开一扇窗户，看着下面，半晌，他才说道："小寒，你知道我为什么找你吗？"

　　"呃？"林枫寒一愣，想起博物馆的事情，上次被石高风威胁，他已经打消了开博物馆的念头，至少目前为止，他没法开博物馆了。

　　"姥爷，博物馆有些麻烦，还需要再等等，您老不要着急。"林枫寒连忙说道。

　　"博物馆的事情，我不着急。"乌老头冷笑道，"逼急了，我大不了把所有的东西一把火烧了。没什么大不了，不过是一些破铜烂铁外加碎纸破布。"

　　"呃……姥爷，您别这样。"林枫寒连忙说道，"小寒会努力想办法的。"

　　"是吗？"乌老头转身，看着林枫寒，冷冷地说道，"小寒，你还准备骗我？"

　　"我……"林枫寒愣然，他不准备开博物馆的事情，他就和许愿说了一声，让他暂且拖延一下。而且，他这些日子也正在想办法，如何帮乌老头处理那批货。

　　因此，听乌老头这么说，他就有些不明所以。

　　"姥爷，我没有骗您啊！"林枫寒连忙说道，"我最近遇到一些麻烦，所以博物馆的事情暂时搁置了。"

　　"你所谓的麻烦，是不是就是找到亲爹了？"乌老头的声音一下子提高了很多分贝。

　　林枫寒一愣，随即就回过神来，呆呆地看着乌老头。

"小寒，告诉姥爷，外面的传言都是假的，你是木秀先生的孩子。"乌老头说道，"对吧？是不是？"

"是！"林枫寒点头，连忙说道，"姥爷，您别听那些乱七八糟的话，都是骗人的。"

"他待你不错？"乌老头一边说着，一边陡然一把抓过林枫寒的手腕，举了起来。

"姥爷……"林枫寒被他抓得有些生痛，不禁微微皱眉。

"你知道这颗宝石的来历吗？"乌老头冷笑道。

"呃？"林枫寒呆住，这颗红宝石还有什么来历不成？石高风戴在他手上，他觉得好看，因此就一直戴着了。

"这颗宝石，早些年是上海滩青帮老大杜月笙收藏的，后来不知道怎么着，落在了你爷爷手中。而后，你爷爷把这颗宝石送给了古莺儿，作为定情之物。"乌老头冷冷地说道，"虽然这颗宝石如今已经重新镶嵌了，但是我还是一眼就认出来了。如果传言都是假的，他不会把这等东西都给你。"

"我……我不知道。"林枫寒讷讷说道。

"你家的那点破事，我都知道。"乌老头冷笑，说道。

"是……"林枫寒想起来，木秀曾经对他说起过，乌老头和他爷爷林东阁，从小一起长大的，自然而然，他的事情，他也都知道。

乌老头说话的同时，已经伸手向林枫寒身上摸了过去。

林枫寒不知道他要做什么，很快，乌老头就直接把他钱包摸出来，然后打开……

"你居然把他的照片放在钱包里面？"乌老头抬头，看着林枫寒，说道，"以前你可是一直都带着君临的照片。怎么，这才几天啊，君临真的白疼了你这么久！"

第五十八章　葫芦里的药

林枫寒跺脚不已，石高风真是害他不浅。他趁着他睡觉，偷偷从他身上换走了木秀的照片，然后换成了自己的。

事后，他讨要了几次，都没有结果。而且石高风还要挟他，如果他胆敢把照片丢了，他一准找某些人的麻烦。为了避免节外生枝，林枫寒想想也就是一张照片而已，而且上面还有萌萌的小黑。

所以，林枫寒也没有怎么着，可是，他怎么也想不到，乌老头会来找他。

林枫寒仔细想想，那天在古玩街的时候，很多人围观，说不准那个时候，乌老头的人也在……

"姥爷，您听我解释，不是这样的，他不是我父亲。"林枫寒连忙说道，"我爸爸是木秀先生。"

"哦？"乌老头松开手，看着他，说道，"小寒，这话是你说的？"

"嗯！"林枫寒点头道，"不信您打电话找我爸爸问问？"

"倒也不用了，你帮我做点事情就成。"乌老头冷冷地说道，"我刚刚从美国跑回来。"

"好好好。"林枫寒松了一口气，他还真怕乌老头。毕竟，他的两个儿子都是被石高风所杀，这个时候，他不找石高风的麻烦，找谁的麻烦啊？

"姥爷，您要我做什么，您只管吩咐，小寒一定给您办得妥妥当当的。"林枫寒连忙许诺道。

"是吗？"乌老头看着他，当即从口袋里面摸出来一只小小的葫芦。那个葫芦是上好的景泰蓝烧制，大小和蝈蝈葫芦差不多，但是林枫寒知道，那不是蝈蝈葫芦。

"小寒，这葫芦里面的药，是美国新近研究的剧毒。"乌老头说道，"无色无味，

一一二

这么一小瓶，足够毒死两头非洲大象。"

林枫寒低头看着手中的葫芦瓶子，心中已经明白了，乌老头要他做什么了。

"小寒，告诉我，是谁逼得木秀先生千里逃亡？"乌老头低声说道。

"是他。"林枫寒握着那只葫芦瓶子，低声说道。

"是谁让小寒变成了孤儿？"乌老头再次问道。

"是他……"林枫寒心中酸楚，有些东西，不被人翻腾出来，他还能忍着。可一旦被人翻出来，就好像已经结痂的伤口，再次被人撕开，血淋淋，痛得慌。

"小寒，你奶奶怎么死的？"乌老头再次问道。

"奶奶？"林枫寒呆住了，奶奶怎么死的？病死的？那个时候，他还小，记忆有些模糊，但是，如果不是因为他，奶奶不会死。

"那一年，黑麟在我身边渐渐萎靡下去，它不再跑，不再跳，小寒摸它，它也不理我……"林枫寒闭上眼睛，靠在墙壁上，努力地回想，"有一天，我再也找不到黑麟了，奶奶说，黑麟死了，被爷爷扔掉了。小寒好怕好怕，好怕自己也死了，被爷爷扔掉……"

林枫寒说到这里，顿了顿，然后继续说道："后来，奶奶也渐渐萎靡下去，据说是生病了。人家都说，生病要去医院，但是奶奶从来没有去过……后来，爷爷把奶奶也扔掉了，我怕！"

"小寒，这一切的悲剧，都是谁造成的？"乌老头一把抓起他胸前的衣服，咆哮着……

"是他！"林枫寒低声说道。

"他现在叫什么名字？"乌老头再次问道。

"石高风……"林枫寒讷讷说道。

"对，他现在叫石高风。"乌老头说道，"小寒，想想奶奶，想想木秀先生，你要不要为他们报仇？"

林枫寒低头看着自己手中的那个葫芦瓶子——这是穿肠毒药。

乌老头的意思很明显，就是想借他的手，把这药掺在石高风的饮食中……

石高风对他有没有提防之心，林枫寒很清楚，如果由他下手，成功的概率很高。

"小寒，杀了他，一切结束。"乌老头在他耳畔低声说道，声音带着几分诱惑。

"不……"林枫寒也不知道哪里来的力气，陡然挣扎了一下，说道，"姥爷，我做不到……"

"小寒，传言都是真的？"乌老头的手，一下子掐住他的脖子，然后他怒吼道，"你真是他的孩子？"

"我……"林枫寒想说话，但乌老头的手却越收越紧，压迫得他根本就说不出话来。

"小寒，你别怨我，我以为你是君临的孩子，我对你百般疼爱，可是，你居然是他的孩子？哈哈……那个逼着君临千里逃亡，有家归不得的王八蛋的孩子？"

"小寒，枉费君临这么疼你，为了你一句话，他苦守了二十年，竟然是这么一个结果……"

"小寒，我要报仇，他杀了我两个儿子啊，两个……我幼子是跑去扬州接你，被人偷袭杀死，小寒，你知道吗？"乌老头一边说着，一边手上用力。

林枫寒只感觉呼吸越来越难，忍不住死劲挣扎。但是，乌老头虽然一把年纪了，却从小练武，加上这些年他四处走南闯北，做的就是土夫子、淘沙客之流，更和江湖上一些人交往，拳脚功夫可是一点也没有落下。

而林枫寒从小读书，林东阁对他管教极为严厉，除了读书，就不准他沾染别的东西。如今的林枫寒可真是手无缚鸡之力的书生，哪里是他的对手？

"小寒，我第一次见到你的时候，我真的很开心，我没有孩子，这些年我做梦都盼着想要一个孙子，你叫我一声姥爷，我就把你当亲孙子疼着，我……我恨不得把全天下的好东西都搬过来给你，可是……"乌老头说到这里的时候，手上继续用力。

"小寒，你别怕，我很快就来陪你……"乌老头再次说道。

但是，林枫寒却感觉，乌老头的声音距离他越发遥远起来，似乎遥不可及。

恍惚中，似乎有人死劲地推着他，摇着他……

"小寒，小寒……你醒醒。"

那声音，为什么那么像石高风？哦……对，还有小黑，凭感觉，小黑似乎一直在他身上蹭着……蹭着……伴随着焦急的嘎嘎声。

"小黑……"林枫寒努力地睁开眼睛，却看到石高风近在咫尺的脸。

"嗯……怎么是你？"林枫寒捂着脖子，想说话，却感觉咽喉疼痛难禁，声音也嘶哑难听。

"给我打，留那老头一口气就成。"石高风扶着林枫寒，转身对跟随过来的几个保镖说道。

林枫寒一个激灵，陡然回过神来……石高风来了，正好救了他。

自然，他获救了，乌老头就倒霉了，碰到石高风身边的高手，乌老头可是够倒霉的。

一瞬间，林枫寒连忙扶着石高风站住，却发现乌老头蜷缩在地上，黑色的衣服能包裹一切，可是在明亮的灯光下，还是能看到他身上斑斑点点的血污。石高风的几个保镖，也不知道从哪里找来的橡胶棒，正对着乌老头身上招呼。

"住手……住手……"林枫寒急忙叫道，"你们住手……别打！"他口中说着，急忙就要冲过去。

"小寒。"石高风连忙扶住他。

"我……我没事……"林枫寒捂着脖子，感觉除了嗓子哑了，并没有什么大碍。刚才他被乌老头掐住脖子，导致呼吸不畅，差点一命呜呼，这个时候缓过一口气来，倒没什么大碍。

"你让他们住手。"林枫寒说道。

"好好好，你们暂且住手。"石高风吩咐道。

那几个保镖都是他的亲信，既然他叫"住手"，自然都停手了。但其中一个人，却摸出一只黑黝黝的枪，扣上扳机，对准了乌老头的脑袋。

"你要做什么？"林枫寒看着石高风，低声说道，"杀人是犯法的。"

"今晚已经发生了凶案。"石高风的声音有些冷。

"发生了凶案？"林枫寒揉揉咽喉部位，不解地看着他。

石高风一步步向乌老头走去，邱野连忙扶住林枫寒。

林枫寒正欲跟上去，不料脚下一滑，似乎踩到了什么圆的东西。低头一看，正是那只景泰蓝的葫芦小瓶子。

当即弯腰，小心地把那只葫芦瓶子捡起来，握在手中。

石高风走到乌老头面前，抬脚就对着他头上踹了过去。

乌老头被他重重地踹了一脚，痛得闷哼一声，却咬牙说道："背后偷袭，算什么英雄好汉？"

"我本来就不是什么英雄好汉。"石高风倒也不在意，冷笑道，"老乌，二十年不见了，我不是什么英雄好汉。你呢？你就是英雄好汉了？你要报仇，我理解。对，你的两个儿子都是我杀的，可是，你要报仇找我啊，你找小寒做什么啊？"

对于石高风的这句话，乌老头装作什么都没有听到。

一一五

"老乌啊，你说，我要是把你的手筋、脚筋都挑断了，再送给木秀，是不是很好玩？"石高风冷冷地说道。

"你……"林枫寒还是第一次听他说如此血淋淋的事情。

他一直都知道，石高风手段狠辣，许愿曾经不止一次暗中提醒他。但是，自从石高风把他从古墓中带回来之后，就对他诸般迁就纵容，甚至，他性子上来，甩他一巴掌，他都只是笑笑。

渐渐地，林枫寒感觉，他也不过如此，普通人而已！

但是今天，他算是见识到了。

"你放了他！"林枫寒连忙叫道。

"小寒让我放了他？"石高风抬头，看着林枫寒，然后，他的目光落在他手中那只葫芦瓶子上。

刚才进来的时候，他已经发现那只葫芦瓶子，他也多少猜到了，那只葫芦瓶子里面装了什么药……

"对，你放了他。"林枫寒肯定地说道。

"可是，他刚才差点杀了你。"石高风摇头道，"谋杀未遂，天知道放了他，这样穷凶极恶的人，会不会再次做出危害社会的事情。而且，他可是有着众多前科的人，如果全部翻出来，够枪毙他个十次八次的。"

"老子有什么前科？"乌老头勃然大怒，冷笑道，"别把这些子虚乌有的罪名栽给我。今天落在你手中，老子认栽，要杀要剐，悉听尊便。"

"嗯，倒还真有几分气势啊！"石高风看了他一眼，然后慢慢地走到林枫寒身边。

"小寒，把你手中的瓶子给我。"石高风说道。

林枫寒低头看了一眼自己手中的小葫芦药瓶，当即摇头。

"给我。"石高风再次说道。

"不！"林枫寒说道。

"小寒，这东西有毒。"石高风直接拉过他的手，把那只小瓶子抢了过来，拔开瓶塞嗅了一下，他不禁微微皱眉。

"小寒，这死老头是不是让你把这剧毒掺在我平时的饮食中？"石高风盯着林枫寒，问道。

林枫寒只是看着他，没有说话。

"对，老子就想毒死你。"林枫寒不说，乌老头却无所谓，大声说道。

"嗯，如果是小寒，他让我吃，就算明明知道有毒，我也会吃。"石高风点头道，"死老头，这药，你可弄不到……谁给你的啊？"

"你管得着吗？"乌老头哼了一声，说道。

"我是管不着。"石高风再次看了一眼那只很漂亮的景泰蓝葫芦瓶子，叹气道，"这只瓶子，可不是普通的造瓷大师能制造出来的，唉……"

林枫寒刚才看到那只葫芦小药瓶的时候，就发现这虽然是一件现代工艺品，但是，这个造瓷者的水准实在很好，景泰蓝也做得极其好看。

正如石高风所说，这不是一般人能弄得出来的东西。

"老头啊，这药死贵死贵的，既然你都弄了出来，要不，也别浪费了？"石高风说道，"你尝尝，我先看看效果。"

石高风说着，居然当真就直接走了过去，一把扯过乌老头的头发，然后用力地捏住他的嘴，就要强行把药灌下去。

"住手！"林枫寒陡然大声喝道，无奈他嗓子沙哑，越着急想说话，却越说不出话来。

"你……你……放了他……否则，我从这里跳下去。"林枫寒看着打开的窗户，一边捂着嗓子，一边死劲地咳嗽。

"小寒……"石高风一惊，发现窗户竟然全部被撬开了，林枫寒就站在窗口，顿时大为着急。

石高风本来也不准备杀乌老头，不过怨恨他伤了林枫寒，吓唬吓唬他，却没有想到，没有吓唬到乌老头，却吓到了林枫寒。

"小寒，别别别……"石高风连忙说道，"我放了这死老头就是，你快过来，别闹……"

他一边说着，一边就向林枫寒走去……

第五十九章　疑团重重

林枫寒站在窗口，咬牙道："你放他走。"

"呃？"石高风愣然，放他走？

"姥爷，你走！"林枫寒说道。

"我走不了的，你别枉费心机了，他也不会真的杀我。"乌老头冷冷地说道，"如果他要杀我，就不会说这么多废话了。"

"小寒，我不会杀这个老头，但也不会让他走，死罪可免，活罪难逃。"石高风一边说着，一边向林枫寒走去。

林枫寒对乌老头的那句话表示有些狐疑，认真思索……但这个时候，石高风已经走到他身边，一把把他拉到安全处。

而旁边的几个保镖，老早就冲了上去，把所有的窗户都严严实实地关上。

林枫寒闭上眼睛，只感觉疲惫不堪，为什么他们都闹成这样了，十三楼居然就没有一个人上来看看？难道他们的动静还不够大？非要等到有人跳楼了，才会有人上来？

"为什么？"林枫寒低声问道。

"小寒，这个问题你不应该问我，而是应该去问问你的木秀先生。"石高风看了一眼手中那只瓶子，叹气道，"今天他打电话给我，说是老乌来临湘城了，让我把他送去暹罗。但是我可只保证，把这老头留口活气送过去，没有保证不少什么零件。"

"我生气了。"林枫寒推开他，转身向电梯边走去。

原本趴在石高风肩膀上的小黑，拍拍翅膀，一个俯冲向林枫寒飞去，走前还不忘嘎嘎叫了两声。

"小东西，见到小寒就跑了。"石高风笑着摇头。

"老板，您赶紧……去追少爷，他……真的生气了。"邱野跺脚叫道，"别又闹出什么乱子来。"

"想来不会。"石高风摇头，看了一眼手中的药瓶子，冷笑道，"他这个时候要打电话给木秀，我就不去了，省得我难受。"

"嘿嘿！"这个时候，乌老头却讽刺地笑了一声。

石高风转身，看了一眼乌老头，然后走到他面前，蹲下，看着他，半晌，这才说道："你让小寒把这毒药哄我吃了？"

"对。"乌老头反正是死猪不怕开水烫，直截了当地说道。

"小寒不肯，你就动了杀机？"石高风一把扯过乌老头的头发，狠狠地甩了他两巴掌，说道，"这是你的主意？"

"要不，你以为是谁？"乌老头被他打得满口是血，却依然冷笑道，"可惜，你来得早了一点，否则，赶过来，正好给他收尸，也怪我，终究有些下不了手。"

"对，你说了那么多的废话。"石高风冷冷地说道，"据说，坏人都是话痨死的。"

"那你还和我说什么？"乌老头听他这么说，不知道为什么，他突然想起了木秀，当即冷笑道，"你也想话痨死？"

"我本来就不想杀你。"石高风说道，"我和你磨磨嘴皮子，不过是给小寒一点时间而已。"

"你果然不是他。"乌老头摇摇头，轻轻地叹气。

乌老头的这句话，说得没头没脑，但是石高风却听懂了，想了想，他问道："如果是他，他会如何？"

"他不会让小寒接触这些肮脏的事情。"乌老头说道。

"孩子终究是需要长大的。"石高风听了，忍不住轻轻地叹气。

如果没有必要，石高风不会逼迫林枫寒看这些事情。可是，如今事情已经眼睁睁地摆在他面前，他不得不看。

将来，他可能还要面对比这个更加残酷的事情。

"就当是锻炼吧。"石高风说着，当即站起来，对邱野说道，"先把他关起来，余下的事情，等这次古玩鉴赏交流会结束后再说。"

"老板？"邱野有些迟疑，原来不是说，抓住这个老头，打一顿就直接把他送走吗？现在怎么变成关起来了？

一一九

"把他送去落月山庄。"石高风说着，转身就向电梯口走去。

林枫寒抱着小黑，走进电梯之后直接摁了四楼……他打开444客房的门，直接倒在沙发上。

但是，林枫寒诧异的是——马胖子和谢轩居然都没有回来。

林枫寒微微皱眉，想起石高风刚才的那句话，难道刚才停电后，还发生了别的事情？

摸出手机，直接拨打了一个电话给马胖子。

很快，电话就接通了，马胖子的声音带着几分焦急："小寒，你在哪里？"

"客房。"林枫寒简洁地说道，"你们在哪里？"

手机里面，马胖子听到他的声音沙哑，似乎说话都困难，当即皱眉问道："小寒，你怎么了？你的嗓子……"

"有些不舒服。"林枫寒直接说道，"出了什么事情？"

"小寒，你不知道吗？那个老头……那个老头死了……"马胖子在电话里面说道。

"谁……谁死了？"林枫寒大惊，难道说，石高风真的杀了乌老头？石高风不是吓唬他？

"季史，就是那个大鉴定师，死了……"马胖子说道，"就在停电的一瞬间，他死了。"

"什么？"林枫寒大惊，季史死了？怎么会？那老头虽然一把年纪了，可是精神很好啊，刚才还好端端的，他一个转身，差点就被人掐死。可是，他没有死成，这个老头却死了。

"除此以外，还有一些别的事情。"马胖子说道，"小寒，你既然到房间了，就别出来了，先休息吧，我把事情处理好就回来。"

随即，马胖子就挂断了电话，林枫寒握着手机，不知道为什么，他突然想起今天中午，谢轩和三胖儿说的话……

隐隐之间，林枫寒总感觉有些不对劲。

"药不是普通的药，装药的瓶子，也不是普通的瓶子，呵呵……"林枫寒有些讽刺地笑了一下，这是暗示他……今天乌老头所做的种种，都是木秀一手策划的？

想到这里，林枫寒轻轻地摇头，那只瓶子可能真是木秀无聊中弄出来的玩意儿。那个药也有可能真是出自他的手，但是，林枫寒可以肯定，这件事情绝对不是他做的。

"姥爷被人利用了。"林枫寒在心中轻轻地叹气。

可是转念一想，季史那个老头，又怎么无缘无故地死了？

谢轩和那个三胖子，鬼鬼祟祟的到底想做什么？还有季史，他既然是资深的鉴定师，他为什么把明明是正品的宝贝，说成是现代高仿品？

诸多疑团，都一一浮上心头。

可偏偏就在这个时候，他居然听到门口有人说话的声音……

今天晚上，海大富把季史的十八代祖宗问候了十八遍。这老头死就死了，好死不死的，还偏偏就死在他的地方，这不，临死还坑了他一把。

他是真的不知道，那个叫林枫寒的人，竟然是这位贵人失散多年的亲生儿子。

众所周知，这位贵人可是没有孩子的。据说，他早些年曾经爱上过一个女子，后来那个女人得病死了，他这么多年都没有再次娶妻。

可是现在，他那个失散多年的亲生儿子回来了，这不，没事还跑来古玩鉴赏交流大会。但是，那个该死一千次的季史，把人给带了过来，居然暗示他，让他随便安排一间房间就好，并且季史一再表明态度，自己和那个孩子一点关系都没有。

对，他可没有忘记，他中午请季史吃饭，那老头还是这么说的。

想想，海大富就恼火。如今，那位石大老板还自己赶了过来。

石高风的车子开进星辉度假村时，就有人通知了海大富，他连忙就让人准备房间，然后自己赶紧过来招呼。但是，石高风先去了星辉大厦的十三楼，随即，就这么下来，来到了 444 客房。

"小寒，开门。"石高风伸手在门上敲了几下。

林枫寒抱着小黑，就这么倒在沙发上，装作没有听到。这个时候，他一肚子怒火，还找不到人发泄。

想想，老乌想找他报仇，发泄发泄，他认了，可是那只葫芦瓶子，那个药……

越想，他就越窝心，更让他难受的是——乌老头以前多疼他啊！是的，乌老头说得没错，他是把他当亲孙子疼，第一次见面就把价值不菲的"合德蝠镯"戴在他的手腕上。随即，又把碧玉西瓜、萌萌的镇墓兽白玉麒麟送给他，那可都是价值连城之物。

而如今却因为石高风的缘故，乌老头和他反目了。

林枫寒想心中有些刺痛，这个时候，他一点也不想见到石高风。

"小寒，开门啊。"石高风没有理会海大富，继续敲门。

林枫寒依然装作没有听到，这里不是落月山庄，想来他也不至于脾气上来，一脚就把门踹开吧？

哼！

"小黑，开门。"石高风叫道。

小黑从林枫寒身上爬起来，抓过他的手指轻轻地咬着。

"不准开。"林枫寒知道，小黑很聪明，他坐车的时候，它会给他拉个安全带什么的。这么多日子以来，想来小黑也学会开门、关门之类的简单的事情了。

不知道小黑有没有听懂这句话，歪着脑袋，学着林枫寒平时的模样。

"小黑，乖孩子，给爸爸开门，等下爸爸请你吃好吃的哦。"石高风再次说道。

"他……他……"林枫寒怎么都没有想到，石高风平时都是这么逗小黑的，当即就欲开门找他理论。

随即，他再次在沙发上躺下来。

"小寒，你再不开门，我就踹门了。"石高风再次敲门叫道。

"不开。"林枫寒抱着小黑，低声说道，"说不开就不开。"

海大富是人精，他立刻打电话通知前台，这里是他的地盘，客房自然都有备用房卡。

很快，备用的房卡就送了上来。

"石先生，备用房卡。"海大富连忙递了上去。

"给我把门打开就好。"石高风说道。

"好好好！"海大富听了，连忙答应着，用房卡开了门。

然后他推开门，让石高风进来……

林枫寒依然躺在沙发上没有动，海大富跟在石高风身后，一起走了进来。

"小寒！"石高风走到他身边，在他面前蹲下来，目光落在他的脖子上……这个时候，林枫寒原来白皙的脖子上，已经出现了乌青的指印。

石高风伸手摸了摸，问道："疼吗？"

林枫寒没有说话，只是看着天花板。

石高风无奈，伸手摸摸小黑，小黑比画着，冲着他嘎嘎叫了两声。

"你是说……是小寒不让你开门的？还是你想开门放我进来？"石高风说道。

小黑再次比画着。

"得，我知道，请你吃好吃的。"石高风笑着，"但是你总要帮我哄哄小寒啊，他可真生气了。"

一二二

"我生你的气，没有生小黑的气。"林枫寒终于忍不住，说道。

一说话，他就感觉嗓子实在痛得慌……

"小寒，你生我的气，你总得先告诉我，我做错了什么？"石高风说道，"这乱七八糟的事情，是我一个人能折腾出来的吗？"

"呃？"林枫寒听他这么说，不禁皱眉。是的，这乱七八糟的事情，绝对不是他一个人能折腾出来的。

而就在这个时候，林枫寒的手机居然响了。

刚才他躺在沙发上，就随手把手机丢在一边，这个时候手机响了，石高风看了一眼来电显示——木秀的电话。

林枫寒依然躺在沙发上，完全没有接电话的打算。

"小寒，木秀的电话，你也不接？"石高风诧异地问道。

"不接！"林枫寒摇摇头，说道。

看着手机铃声快要响完了，石高风的手指划过手机屏幕，接通电话，然后点了免提。

"小寒……"木秀的声音，一如既往地清亮、温和。

"是我，不要装。"石高风直接说道。

"小寒呢？"木秀有些诧异，问道，"他的手机怎么在你这里？"

"这不是明摆着的废话吗？"石高风直截了当地说道，"说，什么事情？"

"他怎么样？"木秀问道。

"还活着。"林枫寒淡淡地说道，"谢谢关心！"

"我靠！"木秀立刻就明白了，这是连他也怪上了啊！他承认，这次的事情，确实是他的过错，但是……

"石高风，把人给我送过来。"木秀说道，"现在，立刻，马上。"

"我不是你的奴仆，什么事情都要听你的。"石高风冷笑道，"我是答应把人给你，但是，我没有说，我现在就把人给你。"

"你留着他做什么？"木秀有些恼怒，说道，"好吃好喝供着啊？"

"反正现在我不会把人给你。"石高风说道，"他敢跑来闹事，就应该想到后果。"

第六十章　权威鉴定？

木秀无奈，当即大声叫道："小寒？"

"过几天我把姥爷送去机场。"林枫寒说道，"我会给他买好机票，是送去你哪里，还是美国？"

"我这里！"木秀说道，"你说的过几天，到底是几天？"

"反正不会让你等二十年。"林枫寒说道。

"小寒，你不会真生气吧？"木秀愕然。

林枫寒那个"过几天"，和石高风刚才的话一样的意思。这三天五天也是几天，十天八天也是几天，八十天一百天，也是几天。

"有些……"林枫寒说着，再次在沙发上躺下来，说道，"我嗓子受伤了，没事不要打我电话，我要睡觉了。"

"再见。"石高风果断地挂断电话，然后看着林枫寒说道，"小寒，我可没有同意放人。"

林枫寒忍不住笑了一下，说道："你如果想留下他，就证明你居心叵测。"

"呃？"石高风愕然，问道，"居心叵测？什么意思？小寒，你明说，我有些不懂。"

"那个老头又不是好看的女孩子，你留下做什么？留下他，无非就是要挟我而已。"林枫寒冷冷地说道。

"成成成，你说怎么办，就怎么办。"石高风摇摇头，表示无奈。

"好了，你可以出去了，我要睡觉了。"林枫寒说着，当即就抱起小黑，向里面房间走去。

"小寒，我住这里。"石高风笑道。

林枫寒原本已经抱着小黑，向自己房间走去，闻言，当即站住脚步，皱眉说道：

"你住这里，我住什么地方？"

"石先生，我已经命人把聆风楼准备好了，要不，您带着公子去住那边？您看，这边太小了，您和公子两个人挤着也不方便，不如搬去那边。"海大富终于找到机会说话了。

"哈哈……"门口，传来马胖子的笑声。

林枫寒转身，就看到马胖子走了进来。

"胖子，你回来了？"林枫寒见到马胖子，当即说道。

"小寒……"马胖子的目光落在他的脖子上，然后他走过去，直接就伸手摸了过去，问道，"这……谁掐的？石先生，你……"

"不是我。"石高风连忙说道。

"谁做的？"马胖子恼恨不已。他一眼就看出来，林枫寒脖子上的伤痕，明显就是有人用手死劲地掐出来的，能掐到这种程度，那是直接要人命的，"简直就是欺人太甚。"

"没事，过几天就好了，死不了。"林枫寒淡淡地说道。

这等伤，过几天自然就好了，但是心里的那根刺，再也拔不掉了。

"胖子，我们搬去聆风楼。"石高风冲着马胖子使了一个眼色，说道，"你看，这地方太小了，可是不符合你胖子的身份哦。"

"我是租了别墅的，但是你家小寒闹脾气，我就陪着他住在这边了。"马胖子笑道，"你要搬，我求之不得。"

"胖子，你怎么说话呢？"林枫寒对马胖子的措辞很不满。

马胖子想了想，刚才那句"你家小寒"让林枫寒听着有些反感。

石高风却开心得很，笑道："没事，我们一起搬。"说着，他径自走进去，直接就动手给林枫寒收拾行李，口中问道，"谢轩呢？"

"他出去办点事情，过会儿就会回来。"马胖子说道，"我等下给他电话。"

石高风愕然，看了一眼马胖子，问道："你的事情？"

"我的事情。"马胖子肯定地说道，"要不，你指望小寒能有什么事情？在临湘城，我可是人生地不熟，只有被人欺负的份儿啊。"

"马总，瞧您说的。"海大富拍拍胸口，说道，"以后马总来临湘城，有什么事情，找我老海。"

马胖子有些讽刺地笑了一下。

这海大富可是标准的看人下菜单，前几天他来的时候，他可是端着架子，一副"老子高高在上，不屑与你交往"的样子。

如今，看到他和石高风相熟，立刻就开始攀交情了。

石高风帮林枫寒把几件衣服收拾好，他的行李不多，毕竟就两天而已。林枫寒就坐在一边，一直看着。

"小寒，我们去聆风楼？"石高风从门口拿过林枫寒的鞋子，蹲下，开始给他换鞋。

海大富愣愣地看着石高风，这个人，还是他认识的那个石高风吗？

刚才林枫寒躺在沙发上，他蹲在地上跟他说话的时候，海大富就感觉奇怪。而后，他居然给他收拾行李，这不，还亲自动手给他换鞋。

林枫寒依然没有动，任由他给自己把鞋换好，这才说道："你说去哪里就去哪里，反正，我反对也是无效的。"

海大富亲自送石高风等人去了聆风楼，这地方自然和那边单独的客房是不同的，是独立的小别墅，说不大，那也是相对而言的。事实上，这边的规模很大，开窗还可以看到偌大的人工湖。

石高风看着林枫寒似乎很困倦，当即先把他安排好，看着他换了睡衣睡下之后，他抱着小黑，向楼下客厅走去。果然，他下去的时候，马胖子还在和海大富不知道说着什么。而这个时候，邱野也过来了。

"老板，准备了夜宵，您要吃点吗？"邱野连忙问道。

"嗯！"石高风点点头，说道，"让人送来这边吧，我也不想动。"

"好！"邱野答应着，连忙去准备，海大富听了，也连忙过去帮忙张罗。

马胖子深深地叹了一口气，说道："小寒睡下了？"

"我看他很困倦，就让他先睡了。"石高风说道，"确实不早了，都快要两点了。"

"嗯！"马胖子点点头，说道，"石先生也够辛苦的。"

对于马胖子的这句话，石高风只是笑笑。

"两件事情。"马胖子说道。

"说吧！"石高风看着放在桌子上的热茶，当即端起来，轻轻地喝了一口。

"第一，那个季史……怎么死的？"马胖子直接问道，"你让他把小寒带来古玩鉴赏交流大会，却让他故意刁难小寒，为什么？"

"我没有让他故意刁难小寒。"石高风愣了一下，说道，"马先生，你这误会从何而来？”

海大富匆忙从外面走了进来，摸了一下头上的冷汗，低声说道："石先生……我……我可以说话吗？"

"谁把你嘴巴堵着啊？"提到这个，石高风也是一肚子的火气，"你不是在门口接季老的吗？怎么就让下人做了这等安排？"

石高风本能地认为，是海大富那边的人疏忽造成的，开始他也没有在意。事实上，星辉大厦的客房相当于五星级豪华大酒店的套房了。

"季老爷子来的时候，曾经暗示过我。"海大富低着头，战战兢兢地站在石高风的面前。

"哦？"石高风挑眉，问道，"怎么暗示你了？"

"他说，林先生是他一个故交的孩子，有些不懂事，让我不用在意。"海大富连忙说道，"除此以外……"

"除此以外……"石高风冷笑道，"还有以外？"

这一次，海大富看了一眼马胖子，然后凑近石高风，在他耳畔低语了几句。

"哼。"石高风听完，顿时忍不住"哼"了一声。

"想来您那位少爷也在？"马胖子冷笑道，"您没有公开过小寒的身份，您的人，自然都是唯他马首是瞻。他要刁难一下小寒，众人自然都是听着。"

"马总！"海大富哭丧着脸说道，"我也不知道啊，而且，我也没有敢为难公子爷啊，我……我就是给他安排了一个……一个……"

"一个曾经闹过凶杀案，死过人的客房而已。"马胖子冷笑道，"那个房间，死过人？对吧？"

"我……我……"海大富连忙擦了一下头上的冷汗。

石高风恼恨之下，拿起桌子上的茶杯，对着海大富就砸了过去。

海大富也不敢躲避，被茶杯砸在脸上，鲜血伴随着茶水，一起滚落下来。

"我不在乎死过人的房间。"就在这个时候，林枫寒的声音从楼上传了下来。随即，他就穿着一身睡衣，从楼上走下来。

"小寒，你不是睡了吗？"石高风见了，连忙起身，扶着他在沙发上坐下来，说道，"你今天也累了，应该好好歇歇。"

"我刚才吃了药，觉得好困倦，这个时候药性过了。"林枫寒摇摇头，说道，"胖子，有咖啡吗？只怕我一时半刻还睡不了。"

"怎么了？"石高风连忙问道，"都这个点了，你还喝什么咖啡啊？你有什么事情，说一声，我去给你办。"

林枫寒看了一眼海大富，问道："你的人？"

"嗯。"石高风点点头。

"小寒你也傻啊。"马胖子笑道，"如此规模庞大的度假村，没有人罩着，哪里能支撑得起来？加上这个度假村的名字，你想想还不知道？"

"星辉？"林枫寒表示有些糊涂。

"群星捧月。"马胖子简单地说道。

"哦……"这一次，林枫寒只是简单地答应了一声。

"小寒，说吧，什么事情？"石高风拿过茶杯，亲自倒了一杯茶，捧着，递给他道，"今天的很多事情，都是我的错，是我安排不当。"

"我刚才确实很生气。"林枫寒说道，"但是现在想想，我气死也于事无补，我就想知道，季史是怎么死的？"

海大富用衣袖擦了一下头上的血和茶水，连忙说道："少爷，是这样的，您听我说……"

"嗯，你说？"林枫寒抬头，说道。

"那季史是上了年纪的人，今天晚上还喝了一点酒，这也怪我不好，中午他来了，我招待招待，总要喝一点酒吧？"海大富说道。

"嗯！"林枫寒点头道，"你继续说下去。"

"晚上他是和几个古玩鉴定大师一起喝的酒，然后吹牛说谎，一直到拍卖会开始……"海大富说道，"也不知道怎么着，这不，停电的时候，老人家有些激动，就心肌梗死身亡了。善后的工作我已经做好了，少爷不用担心。"

"心肌梗死？"林枫寒皱眉，那老头是心肌梗死？

"是的，心肌梗死。"提到季史，海大富就一肚子的火气，要不是他，他能得罪眼前这位？

"找法医鉴定过了吗？"林枫寒再次问道。

"少爷，这……"海大富说道，"季老爷子就是普通的病逝，我已经报警，警察也来了，也带了医生，确实就是这个结果。"

"好吧！"林枫寒叹气，说道，"人老了，总会突然猝死……我表示理解，现在问第二个问题。"

海大富连忙说道："少爷请吩咐。"

"不是问你。"林枫寒说道。

"问我？"石高风苦笑道，"小寒，那事情真不怨我，我……我开始都不知道他来了临湘城啊，还是木秀打电话通知我，我才知道他来了临湘城。"

"我不是问这个。"林枫寒摇头道，"那个老头，季史。"

"嗯？"石高风愕然，怎么还是季史的事情？

虽然季史猝死，他也有些怀疑，但是，既然人都死了，他也不想说什么。至少有些事情，他不想让林枫寒知道。

"鉴定水准如何？"林枫寒问道。

"少爷，季老爷子是临湘城最有名的鉴定师。"海大富连忙说道。

"也就是说，他鉴定的东西，具备极高的权威性？"林枫寒问道。

"是的！"海大富说道，"每次这边的大型古玩拍卖会，都会请他坐镇，就是怕闹出高仿品、赝品之类，毕竟，拍卖会上，众人都是砸了大价钱的。虽然我不敢保证，一定都是正品，但也尽量避免高仿品出现在拍卖会上。"

"对，参加拍卖会，就是图个真，你这么做，没错。"林枫寒从石高风手中抱过小黑，轻轻地叹气道，"权威鉴定啊！"

小黑比画着，冲着林枫寒嘎嘎叫了几声。

"我等下就去睡觉啦。"林枫寒笑笑，为什么连小黑都管他睡觉啊？

这小东西在古墓中的时候，会管他吃东西，现在连他睡觉都要管了。他真不知道，到底是谁养了谁？

"小黑，你别管小寒睡觉了，你等下偷偷跑出去吃东西吧？"石高风笑呵呵地问道，"来来来……过来。"

小黑拍拍翅膀，飞到石高风身边。

第六十一章　弄真成假

　　"海先生。"林枫寒说道，"那个青铜四羊方尊，卖给我如何？"

　　"呃？"海大富忍不住看了一眼石高风，然后这才说道，"少爷要那高仿品做什么？"

　　"它仿得很逼真的。"林枫寒说道，"我想买回去研究研究。"

　　"少爷，您等一下，我这就去打电话让人给您送过来。"海大富说着，当真转身就去打电话。

　　而这个时候，邱野订的夜宵也送了过来。

　　"小寒，吃一点粥。"石高风拿着碗，给林枫寒盛了一碗粥，送到他面前。

　　"石先生，您早晚把小寒的脾气惯坏了。"马胖子叹气道。

　　"我脾气坏，那是被你们养成的。"提到这个，林枫寒忍不住笑道。

　　"你本来就脾气就不好。"马胖子摇头道。

　　"嘿嘿！"林枫寒一边喝粥，一边忍不住笑了一下。

　　"小寒，你这个时候，不是应该折腾着去找一份工作吗？"马胖子突然说道。

　　"我找工作做什么？"林枫寒愣然，说道，"我最近不差钱，我今天还赚了某个冤大头四千多万欧元呢，够我败一阵子了。"

　　"我靠！"马胖子听他提到这个，突然就给自己一巴掌，骂道，"叫你贱！"

　　石高风看着好玩，忍不住笑着问道："怎么回事？小寒，你捡漏得到什么东西，然后高价卖给马先生了？这……杀熟可不是什么好习惯……你要是缺钱，你跟我拿啊。"

　　"我弄了一个青铜古印，应该是大夏皇朝末年或者殷商早期的东西，反正，也不是什么好东西，我嫌那东西煞气太重，不喜欢，就委托拍卖。结果胖子像是吃错了药，又花钱买了下来。"林枫寒说到这里，忍不住摊摊手。

　　"我越看那东西越喜欢。"马胖子认真地说道，"我很少有喜欢的古董，小寒，

一三〇

你不觉得古印里面的大龙萌萌的吗？"

"萌个屁。"林枫寒没有好气地说道，"那就是一个鬼影，还萌萌的，有我家小黑萌吗？"说到这里，他感觉嗓子很不舒服，忍不住捂着咽喉，轻轻地咳嗽。

"白话说多了。"马胖子笑道。

"胖子，我劝你把那个东西卖掉吧。"林枫寒说道，"你看看我脖子上，就是折腾了一下那个东西，就遭受无妄之灾。"

"小寒，器物没有什么煞气不煞气的，都是一些骗人的谎话。"石高风在他背上轻轻地拍着，说道，"人心才是最具有煞气的东西，你今天倒也不是无妄之灾。"

这个时候，海大富从外面打完电话回来了，一脸为难地看着林枫寒。

"少爷！"海大富擦擦头上的冷汗，说道，"那尊四羊方尊，被人买走了。"

"什么？"林枫寒一愣，忍不住急忙问道，"谁买……"

他原本脖子就受伤，说话就不怎么利索，这个时候一着急，竟然说不出话来，捂着喉咙，痛苦不堪。

"小寒，你别急，别急，你慢慢说……"石高风见状，连忙说道。

"因为已经鉴定是赝品，所以，有人要买，就很便宜地卖掉了，也没有登记姓名……"海大富说道，"少爷，您别急，我这就去帮您查查，明天一早给您答复，可以不？"

"好，速去，最好能给我买回来，价钱贵一点不要紧。"林枫寒这个时候缓过一口气来，连忙说道。

"好。"海大富答应着，连忙就走了出去。

"小寒，既然都已经鉴定是高仿品，你这么紧张做什么？"石高风说道，"被人买走就买走了，这要真是四羊方尊，我是没有法子。但是，一个高仿品还不容易？找找人，总会弄出来的。"

"那不是高仿品……"林枫寒说道。

"小寒，我正要问你呢。"马胖子说道，"那个青铜四羊方尊，到底是怎么回事？"

"我……"林枫寒张张口，竟然不知道从何说起。

"吴辉和你是怎么认识的？"马胖子问道。

"黄家有个婚宴……"林枫寒当即简单地说了一遍。

"你不是很讨厌这种热闹的、乱糟糟的场所吗？"马胖子问道，"你好端端的，没事跑去参加人家婚宴，这不，还闹出事情来？"

"我不知道。"林枫寒摇头道，"这不，我想看看画，那画……"

"那画是高仿品？"石高风皱眉，随即，他就说道，"小寒，那老头不会贼心不改，赔了一只手，居然还敢揭层？"

"就是揭层的。"林枫寒说道，"我一看就知道。"

"那只黄鼠狼自然是看不出来了。"石高风笑道。

"哈哈……"林枫寒听他说得有趣，当即笑道，"他那个名字，真是有趣。"

"反正就是这么回事，后来他带着那幅《昭君出塞图》跑去找我，你是知道的。"林枫寒说道。

"我知道！"石高风点点头。

"他给我看了画，却说不卖。"林枫寒说道，"就是这样，喂……"

"叫我？"石高风问道。

"嗯，你不是很有权势吗？我今天很想仗势欺人。"林枫寒想想就郁闷。

"少爷，那个吴辉，在拍卖会上突然就说……四羊方尊乃是高仿品？"邱野这时候插嘴问道。

"是的，我从来都没有说过，那个四羊方尊是高仿品。"林枫寒点头道。

"这件事情无非就是给少爷您添点乱，不想却歪打正着？"邱野再次说道。

"不知！"林枫寒摇摇头，他真的不知道，季史为什么断定那尊四羊方尊就是高仿品。如今，还让人廉价地买走了，想想，他就心痛不已。

"我想，他也就是想添点乱。"邱野说道，"这也容易，我去帮您查查，好端端的他又知道您和老板的关系，没有必要得罪您。"

"还等你现在去查啊？"马胖子冷笑道，"我一早就命人跟踪他了。"

"你让谢轩跟踪他了？"林枫寒问道。

"我是只让谢轩跟踪他，但谢轩有没有做别的，我就不知道了，他又不是我的人。"马胖子叹气道，"石先生，您应该把令郎领回去，好好管教管教。"

"管教小寒？"石高风愣愣地问道，"你上次不是说，你要倾尽所有找我拼命？"

"您要是敢动小寒，站在朋友的立场上，我肯定找您麻烦。"马胖子说道，"但如果是石烨，我求之不得啊。想想上学的时候，玻璃是您家小寒砸的，架也是您家小寒打的，站讲台的人是我，赔钱的人是我，回去我还挨了老子一顿揍。石先生，这么多年了，您好歹也付点玻璃的利息钱给我啊。"

第六十二章　黑暗势力

石高风好奇地问道："我家小寒还会砸玻璃打架啊？有出息！"说着，他还冲着林枫寒竖起大拇指，叹气道，"小寒，你都会砸玻璃打架了，你怎么就不带……"

"你要是敢说，我今晚就执行一下家法。"林枫寒看了他一眼，当即把一盘虾子拉到面前来，卷着袖子，直接就动手剥。

"我说不说都是这么回事，你就不能反抗一下？"提到这个，石高风就有些纠结，真的，他承认，是他错了。

如果林枫寒能反抗一下，挣扎一下，也不至于遭受这样的活罪。

他也不用像现在这样，每次想起来都撕心裂肺……他很痛苦，同时他也知道，几乎，那个女人的黑暗力量，都聚集在临湘城，只要林枫寒一声令下，他想活埋他，做梦吧……

林枫寒既然有能力接掌富春山居，有能力接管林家，那么，他一样也掌握着那个女人留下的最后的东西。

林枫寒剥了一个大虾，递给了小黑，抬头看着石高风，问道："你要吃虾吗？"

"求你，饶了我吧！"石高风叹气道，"对了，小寒，为什么胖子说你要找工作啊？"

"从理论上来说，他这个时候应该考虑找一份工作。"马胖子笑道，"折腾着我给他找一个体面点、能拿得出手的工作，当然，他还应该恶补英语。"

林枫寒一边剥着虾子，一边说道："他常年待在国内，英语只有这种程度，我也不用担心他几国语言混着用。当然，他如果敢混着用，炫耀他博学，我收拾行李滚蛋就是，我又没有必要非得跟他交流。最重要的一点就是，我在他面前，不用冒充什么好孩子，我可以砸个玻璃找人打架玩，哼！"

"我……"马胖子目瞪口呆，当即摇摇头。

石高风挪了一下位置，他多少有些明白是怎么回事了，当即低声问道："马先生，你偷偷告诉我，他……都闹了什么趣事？"

"没什么，就是折腾找一个体面的工作，然后恶补英语。"马胖子笑道，"石先生，您英语如何？"

"勉勉强强。"石高风老老实实地说道，"正常可以交流。"

"那不错了。"马胖子说道，"小寒英语也不错，在国外生活没有问题，但是……"

"算了，别和某个变态比，他从小很多东西都能过目不忘。"石高风说道。

林枫寒抬头，忍不住看了他一眼，木秀居然能做到真正的过目不忘？

"看一遍就能记住？"林枫寒问道。

"据说，千字以内的文章，他只要诵读一遍，就能一字不误地记住。"石高风说道，"我承认，他是天才。"

"难怪。"林枫寒点点头，说道，"问你一个问题。"

"什么？"石高风连忙说道。

"知道半妆吗？"林枫寒问道。

"半妆？"石高风愣了一下，说道，"你好端端的问这个做什么？"

"知不知道？"林枫寒问道。

"知道！"石高风点头道，"理论知识我都知道。"

"如何破？"林枫寒剥了一个虾子，递给石高风。

"我不吃行不行？"石高风看着那只白白嫩嫩的大虾，不知道为什么，他很想吃。

"算了，忘了你不能吃。"林枫寒直接把那只虾子吃掉，说道，"不吃没事，告诉我怎么破？"

"小寒，求你别闹。"石高风苦笑道，"我要是连半妆这种高难度的东西都知道怎么破，我会落得如此下场？你看看我……"

"你现在难道不好？"林枫寒摇摇头，继续低头剥虾。

"小寒，你就不能吃点别的？"马胖子实在看不下去，当即皱眉道，"你应该吃点肉，你看看，你最近瘦成什么样子了？"

林枫寒看了一眼放在他不远处的青椒牛柳，当即一脸嫌弃地推给马胖子，说道："吃了吐掉，还是不行。"

"可以吃点猪肉。"石高风说道，"要不，我明天让人给你炖个骨头汤？"

林枫寒继续剥虾子，这才说道："鼎，事实上就是古代的大锅子……"

"你不提这个要紧吗？"石高风彻底抓狂。

"你告诉我，如何破半妆，我就不闹。"林枫寒抓过面纸，擦擦手，端起旁边的红酒杯子，喝了一小口，说道，"我已经不耻下问，你告诉我要紧吗？"

"我真不知道……"石高风摇头道。

"爷爷当年怎么教你的，你现在教我一遍就行。"林枫寒说道，"我没有指望你能做。"

"父亲没有教我。"石高风说道。

"小寒，怎么回事？"马胖子插嘴问道，"那个半妆，你不会？嗯……半妆是什么啊？"

"一种作伪古画的技巧。"石高风说道，"也可以说，是妥善保存古画的一种技巧。"

"我现在想知道，他妈的怎么破？"林枫寒说道，"你别给我说那些有的没有的，给我想想……"

"你爷爷没有教你？"石高风试探性地问道，从理论上来说，这不可能啊。

"没有！"林枫寒摇摇头，他终于明白，素贞诀的最后一篇到底是什么了。

"小寒，那什么半妆不会就不会了。"马胖子大手一挥，说道，"连你都不会的东西，这世上想来没有人会了，反正你已经够牛了。你看看，你今天可是赚了胖子四千多万啊，还是欧元，胖子我得忽悠着卖多少房子才能赚回来？这不……买了你的东西，你还笑话我是二傻子！"

"必须要会！"林枫寒端起红酒，一口气把杯里的酒全部灌了下去，说道，"我今天买了一幅画，就是半妆，如果不会，那幅画就是废品。"

"什么画？"石高风诧异地说道，"拿过来给我看看？"

"小寒……"马胖子愣然，半晌，他陡然一把抓过林枫寒，把他摁在椅子上，叫道，"那个……那个……《贵妃夜宴图》是真迹？"

"对，就是那个！"林枫寒点头道，"那幅画是真迹，但是，那幅画被人上了半妆，导致的结果就是看起来非常新颖，让你们都以为，那是现代仿品，还是现代仿得不太好的东西。我现在要做的事情就是——给那幅画卸妆，让它恢复原来的真实面貌。但是，我不会。"

"那画……小寒，那画可是画圣吴道子的画的啊。"马胖子呆呆地看着他，那幅画太好玩了，甚至，送上拍卖台就被人一直吐槽一直骂，所以，林枫寒拍下来，他还取笑过他。

但是，林枫寒却说，他今天脑残了，他就喜欢那个美人了。

马胖子想想，好吧，千金难买心头好，他喜欢就行了，所以也没有说什么。

现在林枫寒却告诉他，那幅画，竟然是……真迹？

"那画上的题词，可能也是李白的真迹。"林枫寒说道，"当然，我没有细看，所以做不得准。"

"这……这如果是真的，岂不是无价之宝？"一直站在旁边的邱野说道。

"所以说，必须要知道如何破解半妆，否则，我说那个是真迹，谁信？"林枫寒一边说着，一边就要倒酒。

邱野连忙走过来，给他斟酒，直到这个时候，他终于有些明白，为什么石高风对林枫寒一筹莫展。

确实，他可以不贪图他的任何东西，今天一天，他已经赚得实在太多太多了。

刚才他偷偷询问了一下，林枫寒那个司命鬼玺竞拍的时候相当激烈，就算马胖子不拍下，也会有别人拍走……他一样可以赚得盆满钵满。

这还不算，他还听说，林枫寒今天还淘到了一只宋代定窑的紫定。

紫定本身就是名器，这姑且不说，那只瓶子，居然还是什么回春瓶，价值连城啊。

现在，他居然还说——他淘到了一幅画圣吴道子的真迹《贵妃夜宴图》，上面还有"诗仙"李白的题词。

这些似乎都是传说中的东西，他居然在同一天收入手中。这如果是别人对他说的，他绝对喷他一脸，开什么玩笑啊，别胡扯，这不可能的，这世上有这样的东西吗？

马胖子试探性地问道："小寒，如果不能破，那怎么样？"

"不怎么样。"林枫寒笑道，"就是你们口中说的现代仿品，还仿得不咋的。"

"连你都不会，还有谁会？"马胖子摇头道，"你爷爷真是的，这么重要的东西，为什么不教给你？还是你看漫画去了，没有好好学？"

"爷爷没有教过我。"林枫寒轻轻地叹气，真的，半妆，他就只是知道，根本不知道如何"做妆"和"卸妆"。

"小寒，他一定会。"石高风突然说道，"当年他特喜欢书画，他摸玉诊金术学得不怎样，但是，素贞诀却相当好。"

"我知道他会！"林枫寒说道，"可是，我现在拉不下脸去问他。"

"得，我给你问，否则你今晚就闹着不睡觉了。"石高风苦笑，当即摸出手机，拨打木秀的电话。

第一个电话，竟然没有人接，第二个电话，终于有人接了……

"喂，高风？"黄靖的声音从手机里面传了过来，说道，"这么晚了，你打电话找他做什么？"

"这么晚了，黄靖叔叔，你怎么在我爸爸房间里？"林枫寒问道，石高风为了让林枫寒听到，直接开了免提，所以出于好奇心，他忍不住就问了一声。

"他不想接电话，把手机塞给我了。"黄靖说道，"有事？"

"让他接，请教一点技术性的问题，他应该还没有睡吧？"石高风笑道。

"倒想好好睡觉，但是，你折腾的破事，能让人睡觉吗？"黄靖说道，"高风，我小时候就穿过你的衣服，睡过你的枕头，让你给我抄过作业，现在感觉，就像是上辈子欠你的债。"

"可见，这抄作业就是要不得的，抄了就是一辈子的债啊。"马胖子唉声叹气。

"胖子，你什么意思啊？"林枫寒忍不住说道。

"说吧，什么技术性的问题？"这个时候，木秀的声音从手机里面传了过来。

"表弟啊，我就是想请教一下半妆怎么破？"石高风笑呵呵地问道。

"呃？"木秀愣了一下，他原来以为，这个时候石高风找他，一准就是兴师问罪，所以他一点也不想接他电话。

可是他怎么都没有想到，石高风居然真的问了一个技术性的问题。

"半妆？"木秀想了想，说道，"你问这个做什么？小寒？小寒……"最后，木秀的声音直接提高了好几个分贝，"真生气了？"

"怎么破半妆？"林枫寒从石高风的手中接过手机，说道，"老爸，我今天淘到一幅画。"

"半妆？"木秀有些诧异，问道，"什么画值得用半妆？"

"您猜。"林枫寒说道。

"天下第一人？"木秀皱眉道。

"不是。"林枫寒摇头道，"再给您一次机会。"

"我不猜，如果是半妆，我现在教你也没用，你直接带过来，我给你破。"木秀说道，"你不会半妆？"

"嗯！"林枫寒老老实实地说道，"爷爷没有教我。"

"哈哈……"电话里面，木秀似乎极为开心。

"老爸，我不会半妆，您笑这么嘚瑟做什么啊？"林枫寒有些难受，怎么感觉木秀似乎就是在嘲讽他。

"作为一个父亲，总要能教一点手艺活给自己的孩子，对吧？"木秀叹气道，"摸玉诊金术你可是学得比我好，那玩意儿才是发家致富的根本。这东西只要学好了，一口气还在，就不愁没有出头的日子——只要这个世界的规则不变。"

马胖子轻轻地叹气，他是目睹过林枫寒在缅甸翡翠公盘上的手段，所以，他明白木秀这句话的意思，对，只要一口气在，他哪怕穷到极点，一样可以翻身。

"半妆这玩意儿，没什么用，而且耗费很庞大。"木秀说道，"但是，既然你想学，或者说，机缘巧合，你碰到了半妆，那么……你来吧，我教你。"

"好的，不过我要再等等。"林枫寒说道，"等天凉一点，我去您那边度假。"

"嗯，我也不主张你现在过来。"木秀笑道，"等我把这边的事情处理完，小寒，我要给你一个惊喜。"

"什么惊喜？"林枫寒不解地问道。

"除了流金湾，我再送你一个独立的地方。"木秀笑道，"快了，顶多还有三个月，就差不多了，到时候你过来。"

"老爸，您最近都在做什么？"林枫寒愕然，独立的地方？这世上哪里还有什么私人独立的地方？就南太平洋那么几个岛屿，或者，南海或者东海上一些无人的岛屿。但是要拿下这些岛屿，也势必和周围的国家建立良好的关系，并非很容易的事情。

石高风在东海就有一座岛屿，叫落月岛，虽然他说不大，但是林枫寒打听了一下，还是有些咋舌，够大了。

但是那座岛屿还是隶属于华夏，他只是租用而已，租期有些长罢了。

"不告诉你。"木秀笑道，"我说过，我要给你一个惊喜。如果告诉了你，还算什么惊喜啊？小寒，这是爸爸今年给你准备的生日礼物。早些休息，晚安！"

说着，木秀就这么挂断了电话。

"他最近在做什么？"林枫寒看着石高风，问道。

"他准备在金三角那里弄一块地。"石高风说道，"就这样……"

"那地方不是很乱吗？"林枫寒皱眉。

"小寒，那地方的气候和暹罗是一样的，风景很秀美。而且，那个地方，据检测，听说有大量的金矿，否则，你以为他会没事吃撑了跑那地方去弄一块土地？"马胖子说道。

"哦……这样啊！"林枫寒想想，还是有些担心。钱嘛，够花就是了，要那么多做什么啊？

"我吃饱了，我想睡觉了。"林枫寒再次喝了一点酒，抱着小黑站起来。

"好好好，早些睡。"石高风对马胖子使了一个眼色，然后起身送林枫寒上楼。看到他盥洗过后，径自睡下，他才算放心，当即再次下楼。

"石先生，这大晚上的，您还不睡？"马胖子靠在椅子上，轻轻地叹气，"还有什么吩咐？我可是一个胖子，我要睡觉了。"

"没什么吩咐，我就是想问问，谢轩到底干什么去了？"石高风问道。

"您不是已经知道了？"马胖子说道，"我让他去盯一下石烨。"

"嗯！"石高风点点头，说道，"既然这样，天色不早了，你也早些休息。对了，你也住这里吧，和小寒做个伴。"

"我知道，我本来也没准备去住别的地方。"马胖子点点头，当即起身，向楼上走去。

石高风带着邱野，却转身向门外走去。

"石先生，这么晚了，您还忙活什么？"马胖子已经走到楼梯口，看着石高风出门，当即问道。

"那个死老头，伤了小寒，我不能不问问。"石高风说道，"小寒不睡，我就不能审问。"

"不管这个社会如何发达，私刑的影子，总是无处不在。"马胖子说道，"石先生，别怪我没有提醒您，小寒可是把他当亲姥爷，您注意点。"

"我知道！"石高风说道。

"您知道，您还问什么？找不自在？"马胖子皱眉说道。

"胖子，你有所不知。"石高风摇头道，"那个老头如果是想找小寒报仇，我认为很正常，对吧？我和他可是死仇，真正的不死不休，他两个儿子都是我杀的。"

马胖子听他说这句话，突然就很想骂人，真的，有这么说话的吗？这年头就算有人做了坏事，也都会找一些光明正大的借口遮掩一下。

石高风倒好，说得如此赤裸裸。

"我开始也以为，他真的要找小寒报仇。"石高风说道，"但是，我发现小寒脖子上的伤痕，外面看着青紫乌黑，很严重，但是，根本就没有真的伤到他。否则，他这个时候连话都说不出来了，更别说喝酒、聊天、找我发脾气了。"

"呃？"马胖子皱眉，问道，"什么意思？"

"开始我看到小寒的伤，我真的动了杀机。"石高风冷笑道，"我可不是什么正人君子，敢动我的小寒，我就敢直接做了他。如果不是小寒以死相逼，我刚才就废了那老头了……但是现在我想想，似乎有些不对劲。"

"哦？"马胖子挑眉，问道，"怎么不对劲？"

"木秀就小寒一个孩子，就算小寒是我的亲骨肉，他也不会这个时候放弃，如果他放弃，他就不是林君临了。当年我和娉娉相爱，他就算赔上自己的一生也要抢一下不属于自己的东西，这就是他的本性。所以，他断然不会容忍乌老头跑来找小寒的麻烦，乌老头这要是真的失手，或者说——我没能如期赶到，可怎么办？"石高风说道，"他可是特意打了电话通知我——乌老头要找小寒的麻烦哦！"

"试探试探您的态度？"马胖子愣然。

"我的态度不用试探了，至少不用用这个法子试探。"石高风摇头道，"他试探的是小寒的态度，所以，小寒生气。"

"小寒会伤心的。"马胖子叹气，低声说道，"小寒一直敬他爱他……"

"那未必是他的意思，可能是乌老头自作主张。"石高风说道，"所以，我要去问问，另外，我还有一些别的事情要问问他。"

"别的事情？"马胖子挑眉。

"季史。"石高风说道，"谁都知道，季史是我的人。如今就这么不明不白地死在星辉度假村了，我得问问，是谁做的。"

"您怀疑那个老头？"马胖子愣然，说道。

"不，那个老头忙着找小寒的麻烦，不会是他，他分身乏术。"石高风说道。

"既然这样，谁没事找他麻烦？他都一把年纪了，还能活多久？"马胖子摇头道。

"所以我才需要瞒着小寒。"石高风笑道。

"呃？"马胖子想了想，又想了想，这才说道，"石先生，您什么意思？难道您竟然怀疑小寒？"

"我不敢确定是小寒主使的，但我可以保证，杀了季史的人，绝对就是他的人。"石高风叹气道，"胖子，你根本就不了解小寒。"

"不会，小寒不会做这种事情。"马胖子断然摇头道，"石先生，小寒一直都很单纯，他是高贵的。他……他怎么可能会做这种事情呢？"

　　"富春山居的黑暗势力，最近几乎全部集中在临湘城。"石高风摇头道，"开始我以为是小寒在临湘城失踪，导致他们全部聚集过来，但后来我发现，他们似乎有所行动。"

第六十三章　顺手牵羊

马胖子想了想，摇头道："我去睡觉！"

"嗯！"石高风点点头，看着马胖子回房，他转身向外面走去。

邱野不着痕迹地跟了上来。

"有事？"石高风问道。

"另外一半，有消息了。"邱野说道，"南边刚刚传来的消息。"

"说！"石高风低声说道。

"确实是三少爷联合老李做的，想弄点零花钱，准备把东西送去金陵。但是，在镇江的地面上，出了一点问题，于是，就被送去了扬州，准备等过一段时间再说。"邱野说道，"但是，在扬州地面上，那东西失窃了。"

"呵呵！"石高风气极而笑，问道，"谁这么不长眼？"

"问了，据说是一个捡破烂的老头顺手牵羊牵走了。"邱野说道。

"这个成语用得好，可不就是羊？"石高风讽刺地笑道，"那个小偷抓到了吗？"

"抓到了。"邱野苦笑道。

"东西找到就好。"石高风说着，转身就要走。

但是，邱野却跟了上来。

"怎么了？"石高风一愣，他是聪明人，他自然知道，邱野这话说得吞吞吐吐，就意味着东西没有找到，"那个小偷都找到了，难道顺藤摸瓜，东西居然还没有找到？"

"是！"邱野老老实实地说道，"那个小偷说了，当初东西弄出来，他就找了一个人卖掉了，当破烂卖掉的，据说是一个开着宾利的年轻人。"

"开宾利的年轻人，还有如此眼力？"石高风一愣，问道，"扬州那边的大古玩商人？"只有如此，东西吃进去了，才不会轻易吐出来，他手下的人才会束手无策，不得不跑来告诉他。

否则，他的目标只是找到东西，花点小钱没事，余下的事情，根本就不用告诉他了。

那玩意儿，落在识货人的眼中，就是无价之宝，想再次买回来，几乎是不可能完成的任务。

重点就是，那个年轻人还开得起宾利，那个车标就代表着尊贵、奢侈、土豪。

"什么来头？"石高风问道。

邱野低头看着自己的脚，几乎不敢看石高风的脸色。老半天，他才弱弱地说道："宝典的主人。"

"宝典？"石高风感觉，这个名字似乎有些熟悉，在什么地方听人说起过。

"扬州不是许愿的地盘吗，让他去问问？"石高风说道，"既然是捡漏了，按照道上的规矩，花点钱买回来吧。但让许愿过去递个话，凡事不可做绝，赚点钱就好。"

"老板，真的这么说？"邱野愣然，他打一个电话通知许愿，让许愿按照大老板的意思，过去递个话倒没事，但是，如此一来，那主可就什么都知道了。

"怎么回事？"石高风愣然问道，"我已经准备按照道上的规矩砸点钱买回来了，还要怎样？别不识好歹。"

"老板，那是宝典的主人。"邱野再次说道。

"我管他是谁？"石高风冷哼了一声，转身就向外面走去。

走了几步路，石高风突然站住脚步，问道："你刚才说什么？宝典？"

"是的！"邱野几乎是硬着头皮说的。

这东西，除非就是石高风出面找他讨要，否则，如果想瞒着，就只能装死人，认栽了。

"扬州最大的古玩商人？"石高风有一种哭笑不得的感觉。

"是的，他应该算是扬州最大的古玩商人了。"邱野苦笑道，"那辆车，已经被撞掉了，送去了原厂返修……东西在蕴秀园的地下车库，如果……如果……"

"如果什么？"石高风已经明白邱野的意思，说道，"派个人摸去蕴秀园，把地下车库撬开，把东西顺走？也牵一次羊？然后，让他找我闹？丢了普通东西就算了，丢了这个东西，他能认？到时候，他还不得让许愿敲锣打鼓满天下寻找？"

邱野苦笑。

"老板，那怎么办？"邱野小声地说道。

"怎么办？认栽。"石高风老老实实地说道，"这要是换个人，就算了，他……我找不自在啊？难怪他想那尊青铜四羊方尊？简直……简直……"

石高风说了两个"简直"，却不知道如何形容……心中已经有些后悔，早知道，就不应该让他来看什么古玩鉴赏交流会。

"最近烨儿真的闹得有些不像话了。"石高风说着，大步向前面走去。

就在他走到星辉大厦门口的时候，却看到石烨站在门口，恭恭敬敬地等着他。

"怎么了，这么晚还没有睡觉？"石高风站住脚步，看着石烨，问道。

石烨赔着笑，说道："爸爸，您来了，我还没有去跟您问好，哪里就敢睡觉。刚才看见爸爸谈论正经事情，就没有过去打扰。"

"嗯！"石高风点点头，说道，"既然这样，天不早了，早些休息吧。"

"爸爸！"石烨看了一眼石高风，低声说道，"那个老头是什么人？"

"一个老朋友了。"石高风笑笑。乌老头把动静闹得这么大，石烨又跟着他多年，临湘城的很多事情，都是他在打点，他要是不知道，真是白瞎了。

"爸爸，季爷爷死了。"石烨低声说道，"尽管医生都说，他是死于心肌梗死，但是……您也知道，这是不可能的。"

"我知道不可能。"石高风说道，"他不是自然病死，应该是被杀。"

"我有些线索。"石烨说道，"季爷爷死了，我就立刻派人调查了。"

"哦？"石高风微微挑眉，说道，"你查到了什么？"

石烨看了一眼邱野，没有说话。

"邱野跟着我多年，有什么事情直接说。"石高风说道，"是不是富春山居最近有动静？"

"是！"石烨连忙点头道，"原来爸爸您知道啊？最近沈冰一直待在临湘城，另外，富春山居的黑暗势力，都在蠢蠢欲动。爸爸啊，您知道……"

"我知道什么？"石高风故意装糊涂。

"富春山居是林枫寒的。"石烨连忙说道，"我怀疑……"

"小寒？"石高风笑道，"有证据吗？说说！"

"目前还没有。"石烨连忙说道，"但是爸爸您想啊，他这次在临湘城吃了大亏，心中不知道怎么怨恨呢，他不能把爸爸您怎样，肯定会找别人的麻烦。"

"他找你麻烦了？"石高风问道，"我刚才听说，你们小时候就认识？"

一四四

"嗯，爸爸，我小时候一直在扬州上学，和他一直都是同学，小时候还……"说到这里，石烨突然打住。

"我刚才听马胖子说，你们小时候还打过架？"石高风笑道。

"是的！"石烨说到这里，当即把 T 恤的领口拉下。在灯光下，邱野和石高风都能清楚地看到，就在脖子下面一点的位置有一道伤痕，不大，但也不小。

"他拿玻璃刺的，差点要了我的命。"石烨说道。

小时候，林枫寒骨子里就透着一股狠劲。所以，石烨一点也不相信，如今那个笑得一脸温和的林枫寒，真的是高贵的，温雅的，纯良无害。

小时候能一言不合，就砸了玻璃要人命的人，长大了，他能纯良无害到什么境界？

石高风伸手在他伤口上摸了一下，不禁皱眉，如果是砸破玻璃刺伤的，那么，很有可能玻璃也会伤到林枫寒自己。

"我怎么不知道？"石高风皱眉问道。

"他手上也划伤了。"石烨说道，"我被送去了医务室，当天下午我没有上课，第二天听说……"

"听说什么？"石高风问道。

"听说，是马胖子砸破了玻璃，不小心伤了我和林枫寒，然后他认真地写了检讨，还赔了钱，这件事情就没有然后了。"石烨说道，"爸爸，但是我知道的……当初我是和他打架了，和马胖子可是一点关系都没有。"

"马家胖子还真是乐于给他顶事。"石高风笑道，"小时候的事情，过去了就过去了，算了。"

石烨欲言又止。

"我知道，你觉得委屈。"石高风伸手摸摸石烨的脸，叹气道，"你这孩子，从小就不在我身边，你放心，是你的就是你的，别人抢不走的……过几天就是我的生日了，虽然我不开记者招待会，对外正式宣布什么，但等我生日，我需要宣布一个重要的事情。"

石烨闻言狂喜不已，但随即又有些忐忑不安，问道："是关于我吗？"

"当然，如果和你没有关系，我现在告诉你做什么啊？"石高风笑道，"放心吧，早些休息，我要处理一点私事，别跟着我了。"

"是！"石烨听了，连忙答应着。

邱野满腹狐疑，石高风的这个生日晚宴，一早就筹备了，虽然他没有明说，但是，邱野知道，他就是对外宣布林枫寒是他的亲生儿子，确定林枫寒的地位。

如果不是林枫寒一再反对，他是准备挑一个日子，召开记者招待会对外宣布的。

可如今，石高风竟然说，他准备对外宣布一个和石烨有关的重要消息。难道说，他终究最后还是选择了石烨？

不不不，这不可能！

邱野想到这里，连忙摇头，如果石高风放弃林枫寒，他这个点还忙活什么？不如好好睡觉，何必呢？

不就是死了一个季史？八旬老者，心肌梗死……虽死不算夭，没什么遗憾了。

原本邱野认为，他能轻易猜透石高风的心思，但是，今天他发现，他越发猜不透他的心思了。

石高风走进星辉大厦，海大富就带着几个人跟了上来。

"那老头现在在什么地方？"石高风直接问道。

"就关在十三楼。"海大富连忙说道。

"带我去看看。"石高风说道，"今天的事情你办得不错。"

"谢谢老板！"海大富自然知道石高风指的是什么事情，当即带着几分谄媚的笑意，躬身道，"能为老板办事，那是我的荣幸。"

"哈哈！"石高风笑了一下，直接走进电梯。海大富连忙跟了进来，等邱野也走进电梯，然后摁下了十三楼。

十三楼，一个独立的房间里面，乌老头被铁链锁在一张椅子上。

门打开，他就看到石高风走了进来。

石高风拉过一张椅子，坐在乌老头的对面。

"聊聊？"石高风笑了笑，说道。

"我和你，没有什么好聊的。"乌老头摇摇头，虽然沦为阶下囚，他却一点也不在乎。

"好吧，我也不想和你聊什么。用小寒的话说，你又不是美貌大姑娘，我和你聊什么啊？"石高风摇头道。

"有美貌大姑娘，你也不能聊人生理想。"乌老头一脸的鄙夷。

石高风这次就没能忍住，抬脚，对着乌老头的胸口狠狠地踹了过去。

乌老头双手被绑在椅子上，直接就被他一脚踹得连椅子一起倒在地上，他却忍不住大笑："怎么了，踩着你的痛处了？"

"没事，我有小寒。"石高风镇定了一下心神，笑道，"让自己心爱的女人，给自己生了孩子，此生无憾，和某些人比较起来，我算是人生赢家。"

"自我安慰的本事倒不小。"乌老头就这么倒在地上，看着他，说道，"既然这样，你这大半夜的，跑来找我做什么？"

"今天的事情，你的意思，还是木秀的意思？"石高风摸出香烟，点了一根，抽了一口之后吐出烟雾。

"我的意思，我现在后悔得不得了。"乌老头老老实实地说道，"我就应该听他的，跑去埃及看看金字塔。如果可以，我应该去把胡夫的老底刨了，我没事跑来找你刷什么存在感，我找不自在啊？"

"木秀不知道？"石高风问道。

"开始应该不知道，但是我跑了，他应该就知道了。"乌老头老老实实地说道。

"这个瓶子是怎么回事？"石高风摸出那只很漂亮的景泰蓝小葫芦瓶子，问道。

"这东西确实是他的，我想让小寒误会，就是他的意思。"老乌老老实实地说道，"但是，小寒不同意。"

"他不是不同意，而是他一直都知道，木秀不会做这种事情。"石高风冷笑道。

"为什么？"乌老头愣然问道，"他应该恨你。"

"对，他是恨我。"石高风点头道，"我不死，他食不甘味，睡不安枕。反之，我也一样，但是，我们折腾了这么多年，相互之间彼此了解，这种事情，他绝对不会做。如果我就这么死了，他如何有杀我的快感？老叔，这种事情，你不懂的。"

乌老头仔细想了想，突然笑道："也对，我也糊涂了，你这种人，要是让小寒用耗子药毒死了，你算是死得其所。他妈的，君临这辈子都得纠结死，他怎么会做这种事情？"

"终于聪明了一点点。"石高风冲他竖起大拇指，说道，"好了，我们来聊聊别的？"

"别的？"乌老头愣然，问道，"我就是跑来找你麻烦的，我和你，有什么别的好聊？"

"这些年，你日子过得很逍遥啊？"石高风说道。

"逍遥个屁啊？"乌老头骂道，"老子两个儿子都死了，老婆子受不了打击，疯了，没过两年，也死了。如果说这叫逍遥，你也逍遥一把好了。"

"妈的！"石高风扬手就是一巴掌，对着他脸上甩过去，骂道，"你怎么说话呢？你敢咒小寒？"

"他妈的，老子是咒你，不是咒小寒。"乌老头挨了他一巴掌，一肚子的火气，忍不住破口大骂。

"闭嘴。"石高风被他骂得有些恼火，"我正经问你呢。"

"问什么？"乌老头说道。

"当初，君临跑了，魔都那边，谁给他管事？"石高风问道，"你别告诉我，他跑了，千门就土崩瓦解了。"

对于这个问题，乌老头立刻就闭上嘴巴，一个字都没有说。

"老叔，这个点小寒睡觉了。"石高风叹气道，"念在故往的情分上，我也不想对你动刑。嗯，你也一把年纪了。"

"二十年过去了，你怎么这个时候想起来询问这等事情？"乌老头皱眉道。

"原来我没想管，时过境迁，没有了君临，千门难成气候，不过是一些跳梁小丑。"石高风说道，"事实也一如我所料，二十年了，我没有见千门有任何行动……但是今晚，我隐约又看到了某个人的影子啊。"

"那你去查啊，你来问我做什么？"乌老头说道。

"我这人做事，一向讲究快狠准。"石高风笑道，"既然有终南捷径，何必绕弯子？"

这一次，乌老头没有说话。

"老叔，当年是大乌和小乌负责千门诸多事情，如果不是这个缘故，我当年也不会杀他们。"石高风哼了一声，站了起来，说道，"你恨我，合情合理。"

"那你还问什么，你以为我会告诉你？"乌老头冷笑道，"谅你也不敢杀了我。"

石高风再次一脚踹了过去。

乌老头痛得整个人都蜷缩成一团，但是，他却一句话也没有说。

"这些年，你生意做得不小吧？"石高风说道，"你在南边怎么闹，我也没有管过……"

"你他妈的还要怎么管？"提到这个，乌老头一肚子的火气，骂道，"你逼得我跑去找小寒，害得那孩子为难？你还没有管过，你盯着我盯得还不够？"

第六十四章　不堪重用

石高风看了乌老头一眼，对跟过来的邱野使了一个眼色。

邱野走过去，把乌老头拉起来，然后让他坐在椅子上。

石高风在他对面的椅子上坐下来，说道："当初乱糟糟，你接掌了千门？"

"算是吧！"乌老头抬头看了他一眼，说道，"君临跑了，很多人都说，他已经死了……千门有一部分人出去另立门户，你知道，我没有那个能耐，管不住。"

"嗯，倒也是。"石高风点点头。这个时候，他一根烟已经抽完，当即又摸出一根，点燃，说道，"你接管了一部分？"

"嗯！"乌老头说道，"我接管了南边的淘沙客，我本来也就是做这个行当的，不是什么好人。于是，就继续做了这见不得人的勾当，偷偷摸摸。"

"大部分正如我所料。"石高风说道。

他早就料到，没有林君临的千门，很快就会四分五散。如果那个时候，他刻意打压的话，倒有可能导致他们为了外敌，不得不联合起来。

那个时候，他一来也腾不出手找千门的麻烦，二来嘛，就如他所料，没有了林君临的千门就这么销声匿迹了。

"那就是还有小部分，出乎你的意料之外？"乌老头呵呵笑道。

"是的，还有小部分，出乎我的意料之外。"石高风倒不在乎他的嘲讽，说道，"比如说，小寒那个孩子，就是出乎我的意料之外的事情。"

"你不是应该嘚瑟吗？"乌老头冷笑道。

"我这个时候确实很嘚瑟。"石高风说道，"好吧，说正经的，你别嘲笑我，告诉我，你的销售渠道？"

乌老头看了他一眼，说道："石高风，江南有一句土话，你可知道？"

"说来听听？"石高风说道。

"光棍只打九九，不打加一。"乌老头冷冷地说道，"我落在你手中，要杀要剐，我认，但是这种事情，你说什么，我也不会告诉你。"

"你不说，我多少也明白了。"石高风冷笑道，"你可真有本事，居然能通过那人，让我做了冤大头。"

"你当初的货，一部分是从我这边走的，另外一部分，就是富春山居？"石高风说道，"由于娉娉的缘故，这些年我对富春山居的事情，从来都是睁一只眼闭一只眼，甚至，他们把事情闹大了，我还要给他们擦屁股。"

"你既然都知道，你还说什么？"乌老头笑道，"就是这样，不管怎么说，娉娉可是我干女儿，我要从她那边走点货，还不容易？"

石高风站起来，向外面走去，虽然他心中还是有些不明白，但是，从乌老头的口中，他算是明白了，他这边果然也不干净，难怪弄出这等事情来。

"邱野。"走到外面，石高风站住脚步，叫道。

"老板，您有什么吩咐？"邱野连忙问道。

"把那个老头，连夜送回落月山庄，等我回去后再做处理。"石高风说道。

邱野连忙答应着。

林枫寒第二天醒来的时候，已经快到中午了，起床简单地盥洗之后，就看到小黑趴在他床上打滚。

"小黑，你怎么了？"林枫寒小心地把小黑抱起来。

小黑冲着他叫了两声，还用小爪子比画着……

"饿了？"林枫寒笑道，"我也饿，没事，我带你去找吃的。咱们现在又不在古墓中，不愁饿肚子。"

说着，他抱着小黑转身，随即，他却呆住了。

"你什么时候进来的？"看着石高风，林枫寒皱眉，他什么时候无声无息地站在他身后了？

"刚刚进来，准备看看你醒了没有，叫你起床吃饭。"石高风一边说着，一边从他手中抱过小黑，小心地抚摸着，说道，"看，小黑都饿了。"

"我也饿，正准备出去找你。"林枫寒说道。

午饭依然是海大富找人准备的，送到聆风楼来。昨天石高风吩咐过，要给林枫寒炖骨头汤，他可没有忘记，今天早早就让人准备好了。

"小寒，喝点汤。"石高风亲自端着一碗汤，送到林枫寒嘴边。

"嗯！"林枫寒喝了一口，感觉这骨头汤炖得还不错，当即点点头，笑道，"味道不错，原汁原味。"

"自然，添加太多调料的汤，味道反而不美。"海大富连忙说道。

"今天有什么好玩的？"林枫寒坐下来，笑着问道。他如今算是知道了，如今这边可都是海大富负责，那么，有什么事情，直接问他就是了。

"还是和昨天一样，谈不上有什么好玩的，不过……"海大富微微皱眉，感觉有些奇怪。

"怎么了？"石高风正拿着西瓜，一片片地喂小黑，闻言好奇地问道。

"老板，您知道的，那个神秘的老头，每年总会带着一个青铜鼎过来斗古，这几年可从来没有间断过。"海大富道，"这次我们还是像以往一样，发了请帖给他。前不久他还答应得好好的，这不，昨天没有来，我让人打电话询问，结果那个老头的电话停机了。"

林枫寒听他这么说，好奇地问道："我前不久也听说过那个青铜鼎，那个鼎什么来头？"

"据说是最古老的九个青铜鼎之一，他是这么说的，但这几年，谁也验证不了。"海大富说道，"他每年都带过来凑凑热闹，那老头眼光不错，前几年没有少赚钱。"

林枫寒皱眉，说道："既然是赚钱的买卖，从理论上来说，他今年也会来，对吧？"

"是的！"海大富说道，"这几年我留意过，除了少爷您，还真没有谁比那个老头更会捡漏，更会赚钱。我每次都感觉，我这个古玩鉴赏交流会，简直就是专门给他准备的。"

"这和我有什么关系？"林枫寒笑道，"你说就说呗，别拉扯上我。"

"少爷，您是我见过的，在我们这个古玩鉴赏交流会上最赚钱的人。"海大富说道，"您说，您昨天那个司命鬼玺，买来多少钱，然后一个转手，你就卖了四千多万欧元。这还不算，还有那个宋代定窑紫定的回春瓶，那可是无价之宝……就冲这两样，我星辉拍卖行忙上几年，也没有你一天赚得多。"

"那是运气好。"对于海大富的这句话，林枫寒只是笑笑。

"我家小寒就是会赚钱。"石高风笑笑，看着林枫寒那只手，他突然想起昨天石烨说的话，当即拉过他的手，摸了一下。果然，在他右手虎口处有一道伤痕，由于是在掌心，没有落下太过明显的痕迹，如今几乎看不出来了。

林枫寒却有些恍惚，石高风和木秀确实是不同的，如果是木秀，听到别人说这句话，他顶多就是笑笑。是的，这么多年，他从来都没有指望他能赚钱……

哪怕他在缅甸公盘上拿下标王，哪怕他在缅甸公盘赚得盆满钵满，木秀除了感慨以外，他没有一句赞美。

对于他来说，也许他本身就太会赚钱了——因此，他也没有指望过林枫寒会赚钱。

许愿有一句话说得没错，他就希望他成为一个纨绔子弟，一个没钱就找他伸手要的纨绔子弟。

"那老头没来，如今还联系不上了？"林枫寒问道。

"是的，少爷。"海大富恭恭敬敬地说道。

"可惜可惜，我对青铜鼎，还是有很大兴趣。"林枫寒说道。

"小寒，鼎那东西，就算了吧。"不知道为什么，提到鼎，石高风心里就有些不痛快。

"那好吧，不管那个老头和大锅了，还有什么别的好玩的？"林枫寒摸摸小黑，笑着问道。

"古玩交流会是没什么好玩的，除非就是淘换淘换。少爷说不准今天的运气比昨天还好，能淘到宝贝。"海大富笑着奉承道。

"这个讲究机缘，我要是天天都有这运气，老早就发财了。"林枫寒说道，"和昨天一样？"

"嗯！"海大富点头道，"还是和昨天一样，晚上又是拍卖会。少爷，您可是答应过我们，那个回春瓶给我们拍卖的。"

"我是答应给你们拍卖，可我不卖。"林枫寒说道。

"我知道，明白！"海大富笑呵呵地说道，"您要留着送给我们老板，我可不敢给您卖掉，要不……老板还不得宰了我？"

"我什么时候说要送给你们老板的？"林枫寒看了一眼石高风，皱眉说道。

"呃？"海大富愣然，昨天林枫寒可是当众说，那个紫定的回春瓶，他要送给自家父亲，这不……他最近和他们老板刚刚相认，而且，他们老板生日在即，这孩子想寻找一个稀罕的玩意儿，送给父亲做寿礼。这回春瓶不但够尊贵，而且寓意也极好，自然是最好的寿礼了。

今天海大富看到石高风在，还准备卖个好，可怎么都没有想到，林枫寒居然就当着石高风的面否认了，弄得他顿时就下不来台。

"我知道那个瓶子不是送给我的。"石高风倒不在意，就这么笑笑。林枫寒要是把那个回春瓶送给他，他还有些担心了。

"老海，你下去吧，让我和小寒吃饭，说说闲话。"石高风挥挥手，示意海大富出去。

"是！"海大富连忙答应着，走到外面，正好看到邱野在外面的客厅沙发上坐着，当即走了过去，直接在他对面坐下来。

"老邱，咱们认识不少年了吧？"海大富直接说道。

"算起来，大概有七个年头了。"邱野把手中的报纸放下来，说道，"一般用这句话做开场白，都是兴师问罪的，可我想想，我最近好像没有得罪过你吧？"

"你倒聪明啊！"海大富冷笑道，"那位林公子，是我们大老板的亲生儿子，你明明知道，也知道他要过来，你就不能偷偷地通知一声，你存心看我出丑？"

"我没有在他面前留个好印象，你以为，我会通知你，让你去献殷勤讨好？"邱野哈哈笑道，"既然我已经把人得罪了，那么，我自然让你也把人给得罪了。"

"这么说，这件事情也有你的份？"海大富恼恨地说道。

"明摆着的废话。"邱野冷笑道，"再说，老板认他，他可从来没有承认过老板，将来之事尚且难说。当年我们还不是都把那个女人当女主人，可是，最后呢？"

"那个不能一概而论！"海大富摇头道，"老邱，你这个心思动得有些歪了。"

"我们老板最近的心思，我有些猜不透。"邱野低声叹气。

"季老……到底是怎么个情况？"海大富皱眉道，"什么心肌梗死，糊弄糊弄别人就算了，我老海不糊涂。"

"你既然不糊涂，还说什么？"邱野冷笑道，"你难道以为，我们老板那位亲生儿子，就是省油的灯？"

"那位少主子，什么来头？"海大富准备不再绕弯子，直接问道。

"富春山居的主人。"邱野淡淡地说道，"当然，这不是重点，重点就是——我把他得罪得很彻底。"

他可没有忘记，当初把林枫寒埋入古墓，他是亲自参与的。

对林枫寒，他很看不透……不管是谁，遭遇如此巨变，好歹都会闹上几天，但是，他似乎没有。

从古墓出来，他首先想到的是恢复身体，然后虽然和老板闹了一点别扭，但是，他感觉，那就是在老板的纵容下，闹着玩玩。

而后，邱野认为，他似乎已经认命般接受了他们老板。

直到这个古玩鉴赏交流大会开始，直到季史死在了星辉度假村，邱野才突然明白过来，那个看似温雅纯良的人，可未必就是一只乖乖的大白兔。

"那个女人的孩子？"海大富跟着石高风有些年头了，自然也知道周蕙娉跟他们老板之间的关系。

"嗯！"邱野点点头，说道，"他名义上的父亲，可不是我们老板，而是我们老板的大仇人。"

"我想知道的就是那个人。"海大富问道。

"木秀先生，宝珠皇朝的大老板，论身份地位、根基背景，绝对不会比我们大老板逊色分毫。"邱野说道。

"这不是明摆着的废话？"这次，终于轮到海大富说这句话了，"如果他不如我们大老板，怎么够资格做我们老板的仇人？老板分分钟就灭了他了。"

海大富说完这句话，站起来就往外面走。

"你去哪里？"邱野问道。

"等下把钱划过来给我们那位公子爷，然后把他那只紫定的回春瓶请过来，我好不容易求着他，他才同意送拍一下。"海大富说道，"另外，还有那幅美人图，得给他送过去，别的客人，让别人去安排就是。但他的事情，我还是赶紧一点吧，我已经把人得罪了，总得找个机会弥补弥补。呵呵，你别在我面前装。"

"我没有装，我很苦恼。"邱野说道，"你坐下吧，我有事和你说。"

海大富听他这么说，当即走了过去，再次在他对面的沙发上坐下来，说道："什么事情？"

"你星辉这边，管着老板多少钱？"邱野问道。

"你这个内务大总管，管什么户部尚书的事情？"海大富听他问，先是一愣，随即笑道。

"你倒会给自己升官？"邱野说道，"没错，我是内务大总管，但是，你可不是户部尚书，你顶多就算是户部侍郎。"

"这种事情，你还是别打听了。"海大富想了想，凑在邱野耳畔，低声说道，"我管着多少钱，我不能告诉你。但是，我可以很负责地告诉你，我没有富春山居有钱……我指的只是临湘城这地面。"

邱野嘴唇动了动，这一瞬间他很想骂人，真的！

"很崩溃？"海大富说道。

"是的，我很崩溃！"邱野低声说道，"我们大老板做了一点事情，可是……他既然有着如此的金钱、权势，他……他就不能……"

邱野很想说，他就不能挣扎一下，反驳一下，或者，他逃跑啊？木秀不是在国外吗？他买张机票逃啊。

蝼蚁尚且贪生怕死，何况是人？他难道就一点也不怕死？他们怎么安排，他就逆来顺受？

那个漆黑、寂静、密封的空间，他到底是如何撑过了八天？

邱野曾经无数次地想过，如果是他，他绝对撑不过五天，绝对撑不过。哪怕有一些食物果腹，也是一样，不死也得疯掉。

他要天生就是这么逆来顺受的脾气，天生就是软弱的，从来不知道反抗的人，他也认了。

一个软蛋，得罪就得罪了吧。

但是，种种迹象表明，他真不是一个软弱的人。他骨子里透着一股常人没法理解的阴狠，这一点，他非常像他们的大老板。

"大老板做了什么？"海大富问道。

"你不告诉我，我为什么把内务告诉你？"邱野看了他一眼，笑道，"反正，你知道我已经把人得罪了，而且，我有些不了解，我们老板想做什么。对了，你觉得老三怎样？"

"老三？"海大富一愣，问道，"石烨？"

"嗯！"邱野点点头。

"不怎么样。"海大富说道，"你管内务，而他又不是跟着大老板长大的，所以你可能不太了解，他……还是算了。"

"怎么说？"邱野问道。

"不堪重用。"海大富说道，"有些小聪明，但……"

海大富比画了一下，说道："我也不知道怎么向你解释，一句话，老板这几年不敢把一些事情交付给他，不是没有道理的。算了，不说这个，我还有事，先走了。"

第六十五章　暗藏杀机

海大富走到门口，迎面就碰到了马胖子。

"马总，早。"海大富热情地招呼着。

"海先生。"马胖子站住脚步，问道，"小寒起床了吗？"

"起来了，吃饭呢。"海大富笑道，"马总吃过饭了吗？"

"就是过来蹭饭的。"马胖子笑道，"吃饭居然不叫我？"

"哈哈！"海大富打了一个哈哈，当即寒暄两句，看着马胖子走了进去。

马胖子径自走进聆风楼的小客厅，就看到林枫寒和石高风都在，桌子上放着各种菜肴，还有香米饭。那只小怪猫，就趴在林枫寒的身上。

"胖子，快来！"林枫寒看到马胖子，连忙招呼道。

"我这不是来了。"马胖子笑道，"你吃饭也不招呼我？"

"我以为你出去吃好的，不带我呢。"林枫寒笑笑，一边说着，一边招呼马胖子。

马胖子自然也不和他客气，平时他们都住在一起，也不用寒暄客套，就在他身边坐下来。

"胖子，我问你一件事情。"林枫寒说道。

"什么？"马胖子不解地问道。

"我的行李箱你给我丢什么地方了？"林枫寒问道。如今，马胖子已经在临湘城弄了一套别墅，自然就不住酒店了，原来酒店的客房已经退掉。

石高风原本正在低头吃饭，看到马胖子进来，他只是象征性地招呼了一声，但这个时候听林枫寒这么说，他陡然抬起头，看了看他。

"我给你带去我那边了。"马胖子说道，"怎么了？"

"能不能抽个空，给我送去落月山庄？"林枫寒说道。

"没事，我明天就给你送过去。"马胖子点点头，口中说着，却忍不住看了看石高风。

果然，石高风也正好看向他。

林枫寒吃得不多，喝了一点汤，吃了一小碗米饭。他抱着小黑，然后，顺手就拿起石高风搁在一边的手机。

"密码是你的生日，今年的阳历日子。"石高风看了他一眼，说道。

"哪一天？"林枫寒说道，"没事设什么密码啊？"

"呃？"石高风笑笑，当即把密码告诉他，这才想起来，林枫寒的手机都是不设密码的。

然后，他就看到林枫寒拿着他的手机，彻底扒拉了一遍。

"小寒，你找什么？你直接说！"石高风皱眉，现在的手机和以往不同，以往嘛，手机就是打电话而已，为了通信便利。现在，手机开发了各种软件，很多事情都只需要在手机上操作就可以了。

如此一来，手机就成了生活中不可缺少的一部分，而且牵涉到了个人隐私。

林枫寒把他的手机拿过去，他也没有在意。

"没有，我就是好奇。"林枫寒说道，"我想看看，你们的手机，是不是与众不同。"

"有什么与众不同？"石高风诧异地问道。

"我就是想看看，你平时是不是也玩玩小游戏什么的？"林枫寒老老实实地说道。

"木秀玩不玩？"石高风好奇，终于忍不住问道。

"玩，他玩超级赛车，嗯……"下面的话，林枫寒没有说。反正，木秀在现实生活中开车是手残党，游戏里面也是手残党。

"你真无趣！"林枫寒翻了一会儿，没有在石高风的手机里面翻到什么好玩的东西。他放下手机，抱着小黑站起来，向外面走去。

"小寒，你去哪里？"石高风连忙问道。

"出去走走，你放心，谢轩在外面等我。"林枫寒说道。

"好的！"石高风听他这么说，当即再次坐下来，给马胖子倒了一点酒。

"石先生，礼下于人，必有所求。"马胖子端着红酒杯子，轻轻地摇晃了一下，说道，"是不是您从来都没有想过让小寒离开？"

"我跟他分别了这么多年，如今好不容易重聚，我怎么舍得他离开？"石高风说道。

"他就是去扬州住上几日而已。"马胖子说道，"您要是实在不放心，不如跟着过去。"

"我问过他，他不同意。"石高风摇头道。

"不同意？"对于石高风这句话，马胖子有些表示不明白，这是几个意思？

"让木秀不能回华夏，我总需要付出一点代价。"石高风苦笑道，"除非他点头同意，否则，我不能去扬州。"

"为什么？"马胖子愣了一下，半晌，这才说道，"现在您要去，谁也不能把您怎么着。"

"不是！"石高风摇头，如果谁也不能把他怎么着，他老早就去了。但是，那人手中还是握着他的把柄。

"好吧，您有不得已的苦衷，您不能去扬州，所以，您也不希望小寒去扬州？"马胖子说道，"是这个意思吗？"

"嗯！"石高风点头道，"我也想去扬州，老父已死，我想回去祭祖，还有我的母亲、养父，都葬在扬州……"

"这件事情，您求求小寒啊！"马胖子说道，"他心软，您求求他，说不准他就同意了。"

"我求过他了。"石高风摇摇头，说道，"算了，我就是让你帮我想想法子，如何留下他？"

"为什么您一定要留下他？"马胖子皱眉。

这一次，石高风没有说话。

马胖子想了想，终于说道："您怕？"

"我能不怕？"石高风老老实实地说道。

"如果您不找小寒的麻烦，那么，您在暗，他在明，甚至，只要您忍了，这辈子你们可能都不会有什么交集了，对吧？"马胖子说道，"您为什么突然就想到要杀小寒？二十年都过去了，您都忍了，何必呢？"

"怎么可能没有交集？"石高风苦笑道，"因为他先动手了，所以，我才忍耐不住，想找小寒的麻烦。"

马胖子毕竟是聪明人，想了想，瞬间就明白了：木秀都光明正大地把手伸到了国外，那么，在华夏根基稳定的情况下，石高风自然也想去某些地方刷一下存在感。

然后，这两人就碰上了……

仇人相见，分外眼红。石高风吃了大亏，不能把木秀怎么着，就想动林枫寒。

"当初想杀他，也不是纯粹因为木秀的缘故。"石高风再次说道，"你应该已经猜到了。"

马胖子想了想，已经明白过来，当即说道："富春山居有如此规模，想来石先生功不可没。"

"嗯！"石高风点点头，说道，"按照我们原来的协议，如果娉娉去世，富春山居百分之五十的股份归我。但是，她病危的时候，反悔了……而且，直到她病危的时候，我才知道另外一些事情。"

"什么？"马胖子问道。

"君临有富春山居的股份，更要命的是，他留下了遗嘱，林枫寒二十五岁就可以接管他的一切资产。"石高风有些无奈地说道，"也就是说，不管娉娉最后的决定如何，他都会进入富春山居。"

马胖子想了想，说道："就算如此，也不至于让您动了杀念吧？"

"这半年时间，我所有在富春山居的高层全部被清洗，能明着换的人，还算是幸运的，不能明着换的人……"下面的话，石高风没有说。

但是马胖子已经明白了，不能替换的人，已经全部不存在了。

马胖子闭上眼睛，从一数到十，再从十数到一，这才睁开眼睛，看着石高风，说道："石先生，我不相信。"

"事实如此。"石高风说道，"小寒是我的孩子，我没有必要抹黑他。"

"小寒的母亲病逝的时候，您为什么不动手？"马胖子皱眉道，"如果您那个时候动手，小寒不能这么顺利接管富春山居。"

"我动过手。"石高风叹气道，"马先生，你不会真的不知道，周子赛怎么死的吧？算起来，他可是小寒的亲舅舅。"

马胖子想了想，点头道："小寒在金陵的那场车祸，不是意外？"

"不是！"石高风摇头道，"杀周子赛，算是给我一个警告吧。她说，将死之人，一切都无所谓，她哪天闭了眼，自然一切随便我了。但她活着，我敢做什么呢？那么，她就把二十年前没有做的事情，现在做了。"

石高风说到这里，顿了顿，再次说道："在她的葬礼上，我再次见到了小寒。他长得真像他的妈妈，尤其是笑的时候，脸上有一个好看的酒窝……我观察了他几天，发现他整个人似乎都变了。"

"整个人都变了，什么意思？"马胖子愕然问道。

"小时候，他不是这样的。"石高风摇头道，"马先生，我请你来，不是找你询问小寒的种种。不管如何，他现在都是我的孩子，我就是想知道，我该如何留下他？"

对于这个问题，马胖子略略想想，说道："您可以试探一下，他要是没有太过激烈的反应，那就没什么问题。您可以留下他，到时候我再劝劝他。"

"好，多谢！"石高风就是盼着马胖子能劝劝林枫寒。

林枫寒走出聆风楼，谢轩就跟了上来。

"少爷，这大热天的你往什么地方去？"谢轩原本以为，林枫寒是准备去看古玩交流会，结果他却向星辉大厦后面走去。

"随便走走。"林枫寒说道，"你如果有事，可以不用跟着我。"

"我的任务就是跟着少爷。"谢轩说道。

"哈哈！"林枫寒笑着，向后面一家会员制咖啡馆走去。

这个地方的咖啡馆，价钱贵得忒离谱，还未必好喝。林枫寒走到门口，一个侍应生迎了上来，尽管这个侍应生脸上带着笑意，但是，谢轩却发现，这个侍应生似乎并不欢迎他们。

"先生，我们这边是会员制。"侍应生微微躬身，礼貌地笑着。

"哦？"林枫寒点点头，说道，"我知道，我有约，115 室。"

"好的，您跟我来。"侍应生听林枫寒这么说，连忙把他们两个带到一个包厢前，敲了敲门。

很快，包厢的门就推开了，谢轩看到开门的人，当即愣了一下。随即，他连忙站立一边。

"小寒，快进来。"沈冰招呼林枫寒。

"嗯！"林枫寒走了进去，沈冰看了一眼谢轩，却没有招呼他，而是直接把包厢的门关上了。

谢轩有些自嘲地笑笑，保镖真不是一个好做的职业，辛苦不说，他这种不是亲信的人，还真不受待见。

给林枫寒做保镖，真是一个苦差事，石高风那边的人，明显就不待见他。原来他们属于对立面，曾经动过手，如今他跟着林枫寒，同样也不受待见。

很多事情，林枫寒都很好说话，但是，不能触及他的底线。

"吃过饭了吗？"沈冰习惯性地问道。

"吃了。"林枫寒笑笑。

"好可爱的小猫咪。"沈冰看了一眼趴在林枫寒怀里的小黑，笑道，"这猫咪还穿着衣服，谁做的？"

"你什么眼神？"林枫寒笑道，"这是衣服？"

"呃？"沈冰这个时候仔细一看，忍不住骂道，"我靠，这……这是翅膀，这不是猫咪？天啊……"他一边说着，一边就忍不住伸手要去摸。

小黑向林枫寒怀里靠去，伸出小爪子，做了一个鄙视的手势。

"天啊……小寒，你居然教它鄙视人？"沈冰看得目瞪口呆，说道。

"是它自己学会的，我可从来不教它鄙视人。"林枫寒笑道。

"真可爱，它似乎也不怎么怕人？"沈冰一脸好奇地盯着小黑看着。

"嗯，它一直都不怕人的，否则，它怎么会把我这个人随便捡回去养着？"林枫寒笑笑，在一边的椅子上坐下来。

小黑似乎听懂了他的话，在他胸口蹭着，用小爪子抱过他的手指，轻轻地啃着玩。

"说吧，怎么回事？"沈冰说道，"我问了一声，可是所有人都对我吞吞吐吐。哼，这是真欺负我们富春山居没人了。"

"我想知道，这些年他和我母亲……"林枫寒低声问道，"沈冰，你知道？"

"我知道，我一直都知道。"沈冰点头道，"他的人，都习惯叫他老板，管周姨叫老板娘……"

"这些年，他们都在一起？"林枫寒愣愣地问道。

"是的，这些年他们都在一起。"沈冰说道，"在京城的时候，他们关系密切，虽然没有对外公布，可是，终究大家都知道。我算是周姨的养子，他们那边的人，见到我，也都会叫一声表少爷。"

"以前的事情，也就是这样了。"林枫寒叹气，现在不是追究谁的责任，他当即说道，"我想知道，我有多少资产？"

提到这个，林枫寒心中就有些苦涩，还有些酸楚。两年前，他因为吃不起方便面而烦恼，考虑要不要把爷爷的宝典转卖掉，出去找份工作，否则，他早晚饿死。

如今，他富甲天下，根本弄不清楚他到底有多少资产。

沈冰听他这么问，当即从一边拿过一个公文包，递给他道："除了富春山居，还有几处房产，蕴秀园，京城的宜春四合院，另外就是你在扬州的御枫园。你的私人收藏和海外账号，到底有多少钱，我不知道。对了，你在京城还有一座四合院，只是没有宜春四合院那么大。"

林枫寒翻了一下资料，大概是看不到实际的数字，所以，他也谈不上有多么在意，问道："我让你办的事情，能办不？"

"小寒，你何必呢？"沈冰叹气道，"你那件事情，根本就没法办好不好？大笔资金挪动，根本就瞒不了人……你知不知道你到底有多少钱？"

"那我怎么办？"林枫寒呆呆地问道。

"等等再说。"沈冰摇头道，"小寒，你要知道，富春山居那可是周姨一生的心血。"

"我知道！"林枫寒点点头，说道，"也是我爷爷的心血，我不能就这么败了。"

"等等再说吧。"沈冰说道，"周姨说，很多事情，看着似乎山穷水尽，事实上，熬一下，总会过去的，你别着急。"

"嗯！"林枫寒点点头。

"我会尽量帮你做好一切准备。"沈冰说道，"如果真到了那么一天，这些身外之物，能舍弃的，就舍弃吧，生不带来死不带去。"

"好！"林枫寒听他这么说，当即端起咖啡杯子，轻轻地喝了一口。咖啡淡淡的苦涩，带着浓香在舌尖静静地弥漫开来。

"许先生说得没错，哄哄他吧，如果能两面周全，那是再好不过了。"沈冰说道。

"那是不可能的。"林枫寒摇摇头，说道，"算了，暂且就这样吧。你说得对，要处理这件事情，也需要时间。"说着，他就抱着小黑，站起来向外面走去。

"我最近都在这边。"沈冰说道，"要不，你去富春山居住几天？"

"好，等这边事情了了，我去住几天。"林枫寒笑笑，说道，"我有些想念你的手艺，想想，那些自称大厨的人，比你差远了。"

"哈哈……"这次，沈冰忍不住就笑了起来。

"能把你养得这么挑剔，总得有些能耐。"沈冰笑道，"还是周姨手艺好，我不过是学了几分而已。"

"你是想说，我挑嘴不是没有缘故的？"林枫寒笑道。

"嗯，挑嘴都是有缘故的。"沈冰说道。

下午，林枫寒去看了看古玩，没有找到什么特别好的东西。博物馆的事情如今已经搁浅，普通的东西，他根本就不准备上手，虽然，这次的古玩交流会，还是有一些好东西的。

第六十六章　古玉和婆婆

到了晚上，林枫寒吃过晚饭，就回房洗澡，换衣服睡觉。石高风有些诧异，问道："小寒，你不看晚上的拍卖会了？"

"看啊，到时间你叫醒我。"林枫寒说道。

"好的！"石高风听林枫寒这么说，当即笑道。

晚上九点四十分，石高风把林枫寒叫醒，然后亲自给他换了衣服。

"小寒，要我陪你去吗？"石高风给他扣上衬衣的纽扣，然后问道。

"你不去？"林枫寒有些诧异，问道。

"不去，我对这些东西没有兴趣。"石高风说道，"不瞒你说，小时候因为这些玩意儿，我没少挨打，所以，不管是真的还是高仿品，我看着就郁闷。"

"既然这样，你早些休息，昨天晚上你又没有好好睡觉。"林枫寒笑道，"我喜欢，我去看。"

"好，你什么时候也学会关心我了？"石高风笑道。

"这些日子，你天天把我当小孩子宠着。"林枫寒笑笑，说道，"我吃饭、睡觉，你都亲自伺候着，我偶尔说一句话哄你开心而已。"

"好吧！"石高风笑笑，说道，"去玩吧，如果没钱，找邱野或者海大富要。"

"好！"林枫寒点头，出门的时候，他看到马胖子已经在门口等他。

"我以为你也不去看呢。"林枫寒笑道。

"我对古玩还是有兴趣的。"马胖子笑道，"昨晚那个司命鬼玺，我就很喜欢，大龙萌萌哒。"

"萌个鬼。"林枫寒想想就郁闷，他是不喜欢那东西，他想赚人家的钱，不是赚马胖子的钱。这死胖子看上了，就不能说一声？他如果提前说一声，给他就是了。

结果，那个死胖子等送拍以后，和一群人竞价刷了一下他"钱多人傻"的形象。

"哈哈！"马胖子听他这么说，忍不住大笑出声，笑道，"胖大爷我有钱，任性。"

"你有钱就任性吧。"林枫寒也不知道说什么才好，当即两人一边说着，一边向星辉大厦走去。

刚刚转过聆风楼，林枫寒就看到一辆劳斯莱斯，停在星辉大厦门口。

"小寒，我和你说，如果要说坐着最舒服的车，这个绝对是首选。"马胖子轻轻扯了一下林枫寒，低声说道。

"这种车，国内不太多见。"林枫寒低声说道，"跑车就算了，房车，真的不多见。"

由于他晕车，马胖子就曾经说过，弄一辆劳斯莱斯的房车，坐着比较舒服，请个司机给他开车就是了。

但是，林枫寒一直反对，认为那车太过招摇。

这个时候，司机已经打开车门——林枫寒看到，一个满头银丝的老婆婆，头上插着一根翡翠步摇，在司机的服侍下走下车来。

老婆婆的身上，穿着宝蓝色苏绣缠枝莲纹上衣，下身是宝蓝色的长裙，虽然一把年纪了，不但没有显得苍老，反而更透着一股韵味。

林枫寒愣然，这件衣服，他仿佛曾经见过……

没错，他一准见过的。

很多年前的记忆，宛如一股溪流，轻轻地在心头流淌。他的耳畔，似乎隐约传来若有若无的小曲……那是扬州特有的小调，绮丽妩媚，尾音在湖水上飘荡，摇曳飘散。

"奶奶？"林枫寒在心中讷讷叫道。

不，这不是奶奶，他亲眼看见奶奶已过世，亲眼看着奶奶的骨灰入葬。奶奶的坟墓，就在扬州的某个公墓……

奶奶已经死了二十多年了。

那个时候，奶奶还很年轻，据说，奶奶很漂亮。但是，幼年的记忆，他不太明朗，连奶奶的脸都模糊了。

家里没有奶奶的照片遗存，就连奶奶的墓碑上都没有照片。

从父亲的口中得知，爷爷并不喜欢奶奶，不过碍于父母之命，不得不娶。他喜欢的人是古莺儿。

可是不知道为什么，多年之后，林枫寒居然再次见到这个类似于奶奶的人。

如今，那个老婆子已经在保镖的护持下，向星辉大厦走去。

　　"小寒，你怎么了？"马胖子见到林枫寒神色异常，当即好奇地问道。

　　"没什么。"林枫寒这个时候已经回过神来，笑道，"刚才那个老婆婆，不知道什么来头，好生华贵。"

　　"这个简单。"马胖子笑道，"你记一下车牌号，等下问问石先生，不就知道了？或者，你找海先生问问。"

　　林枫寒听他这么说，当即点点头，偕同马胖子一起向星辉大厦走去。

　　这个时候，那个老婆子已经在保镖的陪同下进入电梯。

　　而林枫寒和马胖子走到门口的时候，正好看到海大富从里面走出来……

　　"马总，小少爷，你们可来了，我还以为，你们两个不来了呢。"海大富笑道，"我正准备过去请你们俩。"

　　"我对古玩有兴趣，焉有不来的道理？"林枫寒笑道，"海先生，刚才那个老婆婆是谁？"

　　"啊？"海大富一愣，笑道，"你是说，刚才进去的孙婆婆？"

　　"她姓孙？"林枫寒笑着问道。

　　"是的！"海大富低声说道，"小少爷，我和您说，这临湘城最有钱的人，肯定就是我们大老板。我们大老板会做生意，大伙儿都知道。"

　　"你别尽夸你们老板。"林枫寒笑道，"我现在是问那个孙婆婆。"

　　"第一是我们大老板，第二就是那个孙婆婆。这个孙婆婆，可是我们临湘城的大富婆。"海大富笑道。

　　"她做什么生意的，如此富有？"马胖子诧异地问道。

　　他还真不知道，在临湘城有这么一个隐形的大富婆存在。

　　"古董！"海大富低声说道，"这个老婆子，可是正宗做古董生意的，我偷偷和你们说——不说我们这临湘城内，就是这北边一带，提到古董生意，可都要看看这老婆子的脸色。"

　　"这么厉害？"马胖子不禁咋舌。

　　林枫寒也是暗暗吃惊不已，由于古董生意一直都不怎么上得了台面，从清末开始一直都是偷偷摸摸，如此一来，古董一行就有了自己的体系和一些规矩。

　　想在一个行业里面做到江湖老大的地位，那可不是一件容易的事情，单独一个地方就算了。

在扬州，林枫寒也算是古董一行的翘楚，一来他眼力非凡，二来他有许愿扶持，三来还有马胖子这种大富商捧场。

可这个老婆子，居然能在北边的古董一行有如此大的影响力，林枫寒还真是吃惊不已。

"那你这边？"林枫寒试探性地问道。

"我这边，自然也少不了她的捧场。"海大富连忙笑道。

"原来你是下来接这个老婆子的。"马胖子笑道，"还说是去请我们？"

"哈哈……"海大富连忙打了一个哈哈，笑道，"我这不也准备去请你们嘛！"

"得，我不矫情，我要来看看。"林枫寒笑道，"你请不请我都要来。"

"快上去吧。"海大富一边说着，一边带着他们走到电梯口，伸手摁了电梯。

林枫寒和马胖子走了进去，径直进入拍卖会，在自己的位置上坐下来。

这个时候，林枫寒发现，那个老婆子就坐在拍卖会最前排。由于他在后面，自然看不到那个老婆子的脸。

今天的拍卖会，倒是精彩纷呈，东西不算太多，但都是难得的精品。他那个紫定的回春瓶，是今晚的压轴戏。

马胖子一边看，一边低声念叨："疯了……"

"怎么今天不任性一场了？"林枫寒小声地问道。

"任性个屁啊！"马胖子低声说道，"你自己看看，这还有性价比吗？"

"古玩这东西，什么时候有性价比？"林枫寒笑道，"用你那个表妹夫的话说——就是破烂而已。"

"我知道这些东西值钱，像昨天那玩意儿，你说是青金的，是一种未知的贵金属，加上那个大龙的影子，看起来萌萌哒。我感觉，我入手研究研究，还是很好玩。"马胖子低声说道，"可是这些东西，我真看不出个好。"

马胖子一边说着，一边指了一下拍卖台上的东西。那是两块青铜编钟，唯一值得一提的就是，这两块青铜编钟上面都有字，能证明确实是西周时期的物品。可惜，只有两片，还保存得不太好，其中一块已经有些锈蚀残破。

可是，就算这样，这两片青铜编钟竟然拍出了二百三十万欧元的高价。

"小寒，为什么青铜器这么贵？"马胖子低声说道。

"华夏文明的特色。"林枫寒说道，"四大文明古国，只有我大中华，文明圣火从未断绝，以前没有，现在不会，将来也不会。"

林枫寒说这句话的时候，语气中带着难掩的自豪："事实上炒作炒作，价钱高了，能被世界人民接受，才更能体现它的价值，从而被更加妥善地保存……否则，如果大伙儿都认为，这就是破铜烂铁不值钱，谁会小心保护？"

"似乎有些道理。"马胖子笑道，"听你这么说，我感觉我那个司命鬼玺，算是捡漏了。"

"你要不忌讳，好好收着吧。"提到这个，林枫寒轻轻地叹气。

"我从来不忌讳这些。"马胖子冷笑道，"小寒，我告诉你，哪一块土地下面没有埋过人？忌讳？怎么可能！"

"好吧！"林枫寒点点头，如果不是因为他曾经被石高风埋入殷商时期的古墓中，他也不会忌讳这些东西，那个司命鬼玺他根本不会考虑出手。

"小寒，你似乎也有两块这样的编钟？"马胖子低声说道。

"嗯。"林枫寒笑道，"我的那个成色比这个好一点，如果送拍，只怕价钱会比这个高一点。"提到这个，他有些无奈，那些东西可都是乌老头送给他的。

是的，乌老头说得没错，叫了他一声"姥爷"，他就把自己当亲孙子疼着，恨不得把天下所有的好东西都搬到他面前。

现在，他们却面临反目成仇的危机。

两人说着闲话的时候，宋代定窑的紫定回春瓶已经送了上来，简单的介绍之后就开拍了。

林枫寒有些意外的是，底价就定了三千五百万欧元。他认为，这个价钱，足够让无数人望而却步。

但是，开拍的情况却空前激烈，尤其他发现，陈玉书居然也在这里。

一轮竞价之后，价钱已经飙到五千万欧元，他原来还准备装模作样叫一下价钱，给自己的宝贝助助威。但是后来发现，这纯粹多此一举。

最后这个紫定的回春瓶，以五千六百万欧元的价钱成交，从此奠定了它不可动摇的身价。

甚至，那个看着像是酱釉的颜色，不怎么好看的瓶子，都被人认为那是一种特色。

马胖子私下里找林枫寒吐槽，瓶子本身不光滑的因素，都被人说成了一种美。反正，他是没感觉有什么美感。

他承认，这个瓶子确实很神奇，可问题就是，它真的不好看啊。如果它好看一点，引起别人注意，林枫寒也不至于能捡漏。

林枫寒一直盯着坐在第一排的那个老婆子。他发现，回春瓶送来之后，那个老婆子也频频叫价，最后大概是由于价钱太高，她才放弃。

回春瓶是最后的压轴戏，拍完自然就结束了，于是，众人都相继离开。

"小寒，我去一下洗手间，你等我一起走。"马胖子说道。

"好！"林枫寒点点头，看着马胖子站起来离开，他却没有动。

他发现，坐在最前面的老婆子，大概是怕人多，因此也没有动。等人走得差不多了，她才站起来，起身向外面走去。

就在老婆子站起来的瞬间，明亮的灯光之下，林枫寒终于看到了她的脸。

而在那一刻，他如同雷击一般……

这个老婆子，他竟然见过，他还认识，还苦苦寻觅过。如今，他终于找到这个老婆子了，可是……她和他印象中的那个人，截然不同。

林枫寒顾不上多想，站起来向那个老婆婆追去。

这个时候，老婆子的保镖随从都已经过来了。

"婆婆。"林枫寒急忙叫道。

老婆子听人呼唤，当即站住脚步，而她的一个保镖，却挡住了林枫寒，不让他靠近。

"小伙子，你是叫我吗？"老婆子问道。

"是的，婆婆，您还认识我吗？"林枫寒在距离老婆子三步之遥的地方站住，含笑着问道。

"小伙子长得怪俊的，可我不记得了。"老婆子有些迷糊，想了想，摇头道，"来来来，你到婆婆跟前来，给婆婆看看。"

"好！"林枫寒听她这么说，当即向她走去。

她的保镖退后几步，让出路来，但站在老婆子跟前，一脸的警戒。

老婆子又仔仔细细看了看林枫寒，问道："你是谁家的孩子啊？"

"婆婆，您真的不认识我了？"林枫寒有些诧异，难道他认错人了？听海大富说，这个老婆子生意做得极大，是临湘城的大富婆。

是的，想来是他认错人了，这样的人，怎么可能跑去扬州？

"婆婆这两年老了，记性也不好了，实在记不得。"老婆子摇头道，"小伙子你直接说，你是谁家的孩子啊，可不要逗婆婆。"

"呃？"林枫寒听她这么说，有些茫然，他是谁家的孩子啊？没事跑来和这个老婆子攀什么亲戚？

"婆婆，您还记得吗？"林枫寒试探性地问道，"两年前，您在扬州，曾经出售过两件玉器？"

"孩子，婆婆虽然年纪大了，记性也没有了，但是，婆婆还记得，我去扬州，大概还是五年前，也不是去出售玉器的，而是去收点破铜烂铁。"老婆子叹气道，"你认错人了吧？我就算糊涂了，但如果有你这么俊的外孙子，我一准还记得。"

"是！"林枫寒心中有些苦涩，当即低声说道，"婆婆，对不起，我认错人了。"

"没事！"老婆子说着，转身就欲离开。

林枫寒却呆呆地站在原地，是的，这个老婆子姓孙，很富有，古董生意做得极大。

这几点，都很符合，但是，这个老婆子非常富有，她如果有好东西，断然不会轻易出售。

不管是金缕玉衣的残件，还是那枚清代乾隆的如意金钱，可都是万中选一的珍宝，只要略略懂得一些古玩知识的人，都不会贱卖。

老婆子原本已经走开了一段距离，突然，她站住脚步，转身看着林枫寒，问道："孩子，你过来。"

林枫寒一愣，连忙走了过去。

"你也是做古玩生意的？"老婆子看着他，问道。

"嗯，淘换淘换，赚几个小钱。"林枫寒说道。

"想淘一点玉器玩玩？"老婆子问道。

林枫寒一愣，当即顺着她的话题说道："自然，如果有好的东西，我自然想淘一点上手。"

"什么才算好的东西？"老婆子低声问道。

"比如说，这样的。"林枫寒一边说着，一边撩起衬衣的下摆，把那块"枫叶麋鹿"的宋代羊脂白玉佩露了出来。

那老婆子低头看了一眼，似乎有些诧异，点头道："宋玉？果然是好东西！"

"是的，我喜欢这样的东西，成色看着不太破旧，好看。"林枫寒说道，"重点是干净，我不喜欢脏兮兮的东西。"

第六十七章　老佛头

老婆子想了想，笑道："这话听着耳熟，我似乎听谁说过……哦，对了，我那个干女儿就说过类似的话。"

"您的干女儿？"林枫寒笑着问道。

"是的，我老婆子也不知道做了什么孽，这辈子这个肚子不争气。这不，羡慕人家有孩子，就认了一个干女儿。"老婆子笑道，"来来来，孩子，我们一边走，一边说。"

老婆子说话的同时，竟然伸手携着林枫寒的手，一起走入电梯。

她带的保镖连忙跟了过来，给她摁了电梯。

对于老婆婆的这句话，林枫寒没敢接话。毕竟，不是熟人，这等比较隐私的话题，还是不要说的好。

许愿有一句话说得极对，凡是做古玩生意的人，多少都有些怪癖，天知道这个老婆子有没有什么怪癖。

林枫寒诧异的是，在电梯里面，老婆子什么也没有说，但是她一直拉着林枫寒的手，不让他离开。

出了电梯，老婆子拉着林枫寒，向星辉大厦后面走去。

"婆婆，我们这是去哪里？"林枫寒问道，他觉得必须要问问了。

这个老婆子一直拉着他，根本就没有放他离开的打算。

"这后面有一家茶楼，茶就罢了，但是茶点很不错。"老婆子说道，"天不早了，我们去喝茶、吃点东西，聊聊古玉。"

"好！"对于老婆子的提议，林枫寒直接一口答应下来。

老婆子带着他，直接去了一家茶楼，要了一个包厢。林枫寒看见，她的保镖都恭恭敬敬地站在包厢外面。这个时候，一溜儿的茶点都送了上来，每一样都精致至极。

"这个包子极好，你尝尝？"老婆子指着一碟菜包子说道。

"好的！"林枫寒也没有客气，直接用筷子夹了一个菜包子，尝了一口，然后他就有些诧异。

各地的饮食习惯，终究还是有些不同的，而这家茶楼的包子，竟然是典型的淮扬菜系……

"好吃吗？"老婆子问道。

"嗯，不错！"林枫寒点点头。

"这家茶楼的大厨，原来是扬州人。"老婆子说道，"所以，做的淮扬糕点特别正宗。"

"嗯！"林枫寒依然只是点点头。

"我以前那个干闺女，就特别喜欢淮扬菜。"老婆子轻轻地叹气。

林枫寒笑笑，说道："老婆婆，现在交通发达，想吃淮扬菜，直接去吃就是。"

"是啊，为了淮扬菜，她嫁去了扬州。"老婆子低声叹气，说道，"当年她说要嫁去扬州，我还劝过她，可是她不听啊，不听……这孩子，就是拗。"

"婆婆，您这是想闺女了。"林枫寒问道。

"是的，想！"老婆婆说道，"本来还不想，可是，看到你，就想了……"

"我？"林枫寒愣然，不解地说道。

"是的，你和我那个闺女长得有些像。这不，刚才你说话的时候，还带着几分江南的口音，南方人说话，又软又糯，很好听。"老婆子再次说道。

林枫寒这个时候才想起来，是的，刚才他说话的时候，确实带着一点扬州口音，难怪了。

"婆婆，您要是想闺女，可以去扬州看看您闺女啊。"林枫寒连忙说道。

"死了！"老婆子低声说道，"我那个闺女，一早就过世了。"

"啊？"林枫寒大惊，却不敢再说什么。

"孩子，吃点东西，我们说说古玉，不说这些话。"老婆子笑道。

"好哇！"林枫寒连连点头，说道，"婆婆，您收藏着什么好玩的古玩，给我说说，让我也长长见识。"

"嗯？"对于林枫寒的这句话，老婆子想了想，当即从手上褪下一串手串，递给他道，"孩子，来，考考你的眼力。"

　　林枫寒看到这串手串的时候，顿时神色一动，那是一串青翠欲滴的翡翠珠子。每一颗珠子的直径大概十七八毫米，浑圆饱满，颜色纯正，比正阳绿还要绿上几分，正是传说中的帝王绿——绿中极品。

　　林枫寒连忙小心地接过来，对着光一看，他不禁再次感慨，他可是真正见过翡翠的人，不管是"枫清影寒"的翡翠玉佩，还是他现在身上那块"富甲天下"都是翡翠中的极品，可谓价值连城。

　　但是看到这串珠子，他却不得不感慨万分……

　　林枫寒用手摩挲了一下，心中终于明白，为什么他看到这串翡翠珠子，会如此震撼！

　　这串珠子竟然是手工一点点磨出来的，没有丝毫机械的痕迹，每一颗珠子，都凝聚着玉雕工匠们的心血。虽然只是简单至极的浑圆，但是，大道至简，越简单，反而越难。

　　这串翡翠珠子不是现代之物，林枫寒能清楚地看出岁月的痕迹，这是一串老手串。

　　这还不算，在这串翡翠珠子上，还有一颗老大的佛头。

　　佛头是一颗老珊瑚珠子，颜色是火焰红，包浆饱满润泽。

　　当然，林枫寒诧异的不是这个红珊瑚的佛头，而是这个佛头他似乎见过……

　　对，他不光见过，早些年的时候，这个佛头，应该是戴在他身上的。林枫寒用手指小心地擦了一下，他可以肯定，这个佛头，就是当初他身上戴的那颗。

　　很多年前，他还是尊贵的小寒殿下，他的脖子上挂着一块羊脂玉。那块玉，就是传说中的通灵宝玉。

　　由于宝玉本身不大，所以，曾经的林君临，现在的木秀先生，寻觅了一个红珊瑚珠子，和通灵宝玉串在一起，挂在了他的脖子上。

　　林家遭遇变故，林枫寒记得，大概在他六岁的时候，爷爷从他脖子上取走了通灵宝玉。

　　去年年底的时候，他继承了爷爷的种种遗物，在银行的保险柜里面，他找到了当年的通灵宝玉。但是，这颗红珊瑚珠子却不见了。

　　由于有通灵宝玉在，这颗红珊瑚珠子就被他忽略了，因为这是自己小时候戴过的东西，所以，他哄着木秀戴在身上，说是权且把他带在身边的意思。

"孩子，可知道这串珠子的来历？"老婆婆的声音，就在这个时候传了过来。

"嗯？"林枫寒想了想，问道，"西太后的？"

"对！"老婆子冲她竖起大拇指，笑道，"可不就是西太后的宝贝。"

"我一直以为，大红大绿搭配在一起不好看，今天发现，我竟然错了。"林枫寒笑道，"这帝王绿的翡翠，碰到火珊瑚，真是太完美了。"

"孩子，这红和绿，可是自然之色。"老婆子笑道，"哪里就不好看了？"

"自然？"林枫寒愣了一下，然后他拍拍脑袋，笑道，"我也糊涂了，可不是嘛，大自然中的花儿，可不就是这样的？"

"对对对。"老婆子笑道，"花儿的颜色越鲜艳，叶子越青翠碧绿，就越好看，越名贵……不管什么品种的花儿，都一样。"

"嗯！"对此，林枫寒连连点头。

"婆婆……"林枫寒张张口，想询问，这手串卖不卖？但是话到嘴边，他还是忍住了。

还是不要问了，他们这种人，又不差那么几个钱，随身的饰物，根本就不会考虑变卖。

"来来来，喝茶！"老婆子一边招待林枫寒喝茶，一边开始和他胡扯，说起中华玉文化的传承。

林枫寒本来也是此道高手，一瞬间，当真有酒逢知己的感觉。

马胖子从洗手间出来，就发现林枫寒不见了，但是，他也没有怀疑，当即直接下电梯出去。走出星辉大厦的时候，他就开始有些抱怨了，好端端的，跑那么快做什么，都嘱咐等他了。

这不，天色不早，作为一个胖子，这个点如果不吃点东西，他晚上别指望睡觉了，满身的脂肪都会一个劲地提醒他——饿。

马胖子想约林枫寒去吃夜宵，然后回房睡觉。

但是，他走到聆风楼门口，就看到石高风坐在客厅里看报纸。

"石先生，小寒呢？"马胖子问道。

"小寒不是和你去拍卖会了吗？"石高风也愣了一下，说道，"怎么了？"

"呃？"马胖子呆住，林枫寒竟然没有回来？他跑到什么地方去了？

"我出来准备约他吃夜宵，一个转身，人就不见了。"马胖子说道，"我以为他先回来了，因此过来看看。"

"没有。"石高风说着，连忙就摸出手机打电话。

但是，让石高风想不到的事情发生了，林枫寒的手机关机了。

他当即就把邱野叫过来询问，当然，一问之下，他就明白了，林枫寒竟然和孙家那个老太婆跑去茶楼喝茶了。

"孙老婆子是谁？"马胖子很诧异。

"临湘城最大的古玩商人。"石高风说完，直接带着马胖子向茶楼走去。

"您在临湘城，居然还让一个古玩商人如此坐大？"马胖子有些诧异，这个古玩商人什么来头，竟然在石高风的眼皮子底下坐大？这还不算，从石高风慎重的态度来看，这个老婆子似乎很不简单啊。

石高风看了马胖子一眼，只是笑笑，却不解释什么。

两人走到茶楼门口，孙婆子的保镖挡住了他们的去路。

"去通知一声……"石高风淡淡地说道。

"石先生，稍等。"保镖说着，走到茶楼门口敲敲门，大声说道，"老板，石先生来了。"

"嗯？"孙婆子看了林枫寒一眼，说道，"孩子，你和石高风是什么关系？"

对于这个问题，林枫寒不知道如何回答。

"你姓林？"孙婆子问道。

"是的！"林枫寒点点头，说道，"婆婆您认识我？"

"你父亲是林君临？"孙婆子含笑着问道。

"嗯。"林枫寒点点头。

"我就说，为什么我看着你眼熟，可不，这眉眼之间还真像。"孙婆子叹气道，"想当年，你父亲可是华夏国鼎鼎有名的大古玩商人，手里不知道存着多少好东西呢，哦……小时候，我还抱过你。"

"真的？"林枫寒诧异地问道，"您怎么会抱过我？"

"你周岁的时候，我和你父亲有些生意上的往来。"孙婆子说道，"所以，我自然也带着贺礼去贺寿……嗯，就是这颗珠子。"

孙婆子一边说着，一边就指着林枫寒手中把玩的那串翡翠珠子，笑道："就是那颗佛头，是不是很好看？"

"啊？"林枫寒这个时候终于明白过来，为什么他看着这颗珠子这么眼熟。没错，这颗珠子当年确实是戴在他身上的。

只是后来不知道怎么回事，再次辗转到了孙婆子的手中。

"后来，你们家出了事，这颗珠子就再次流落到市面上，婆婆我啊，就再次收了回来。"孙婆子笑呵呵地说道。

"您一直跟我爸爸有生意上的往来？"林枫寒问道。

"嗯。"孙婆子点头道，"以前有，现在也有，去年我还听他说起过你，只是没有见过。"

"那您就没有对我爸爸提起过？"林枫寒说到这里，指了一下包厢的门口。

"孩子，那是你们家的家事，我作为一个外人，不该管。"孙婆子低声说道，"再说，我也一样和他有生意上的往来，同在临湘城，低头不见抬头见。站在我的立场，我可不希望他们兄弟闹得鱼死网破，还连累我们这些生意人。当年你父亲的事情，南边古玩市场的很多人都受到牵连。"

"生意人，求的只是利。"孙婆子再次说道，"事实上，人活在世上，求的也就是利。"

"是！"林枫寒点点头。

"孙先生，高风求见。"这个时候，门口传来石高风的声音。

"嗯，石老板客气了，进来吧，一起喝杯茶。"孙婆子这才答应着。

林枫寒有些诧异地看了一眼孙婆子，对女性称呼先生，并非没有，古往今来都有。比如说，在民国时期，对宋庆龄众人皆称之为"先生"，那是一种尊称。

如今，石高风居然也称呼这个孙婆子"先生"，可见，这老婆子果然不简单。

石高风推开包厢的门，带着马胖子一起走了进来。

"石老板，请坐，请坐，喝茶。"孙婆子热情地招呼着。

"嗯，好！"石高风就在林枫寒的身边坐下来。马胖子瞪了一眼林枫寒，却没有吭声，也在一边坐下来。

"这位小朋友是哪家的孩子啊？"孙婆子看了一眼马胖子，笑着问道，"石老板，您的孩子？"

"孙先生，不要开玩笑。"石高风看了一眼马胖子，笑道，"这是大名鼎鼎的马氏房地产公司的大老板。"

"啊？"孙婆子点点头，然后，她笑眯眯地问道，"喜欢古董不？要不要收一点好玩的东西？"

"老婆婆，您家有什么？"马胖子原本是不准备说话的，但是，听孙婆子这么说，他就打蛇随棍转，直接问了。

"你喜欢什么？"孙婆子含笑说道，"金银器？"

"我想要一尊清代的老金佛，最好能大一点，乾隆或者康熙年间的，盛世的东西比较好，到了慈禧手中，东西就有些没落了。"马胖子直接说道。

"胖子，你要金佛做什么？"林枫寒愣然，不解地问道。

"回去供着啊，现代流行啊。"马胖子一本正经地说道。

"可是，我怎么从来没有听你说起过？"林枫寒皱眉问道。

"你又没有，我跟你说什么？"马胖子说道。

"好吧！"林枫寒摇摇头，是的，他没有金佛，唯一的一尊，款式也不是他喜欢的。当初许愿想要，就直接请走了，他也没有在意。

他还真不知道，马胖子居然也想要一尊金佛。

想想，似乎很多生意人都供奉着一尊金佛，有钱的，就是纯金的，没钱的，镀金或者黄铜的都有。要不，瓷的也行，反正，确实是时下流行。

"金佛我倒有几尊，什么时候有空，我们聊聊？"孙婆子笑道。

"我最近都在临湘城。"马胖子说道。

"好，那约个时间，婆婆请你喝茶？"孙婆子笑道。

"成！"马胖子爽快地答应了。

林枫寒看着马胖子和孙婆婆相互交换了手机号码，让他有一种怪异至极的感觉。

"石老板，你这大半夜的，找我老婆子有什么事情？"孙婆子问道。

"没什么，小儿半夜不归，我过来寻找而已。"石高风说道，他对古董一点兴趣都没有，从来只卖不收，自然也不会照顾孙婆子的生意。孙婆子心知肚明，当然也不会问。

"小儿？"孙婆子看了一眼林枫寒。

"石先生，请注意你的措辞，不要老是想占我便宜。"林枫寒瞪了石高风一眼，说道。

"这孩子不是君临的孩子吗？"孙婆子说道，"石老板，这……君临可还活着呢。"

"好吧！"石高风笑道，"我从来都喜欢抢劫，这不，我欺他不在国内，想抢一下这个孩子而已。"

"成，你家家事，我懒得问。"孙婆子笑道，"既然这样，天也不早了，我也困了，就这样吧。"

孙婆子说着，当即站起来，说道："孩子，过几天来婆婆这里玩，婆婆给你看看我的收藏，有好看的古玉哦。"

"真的？"林枫寒一听，顿时大喜，连连点头。

孙婆子说着，当即就埋单，和林枫寒告辞。

"婆婆，这个……"林枫寒看了一眼自己手中的那串翡翠手串，连忙递过去。

"孩子，你今年多大了？"孙婆婆突然问道，"应该二十好几了吧？"

"嗯！"林枫寒点点头，说道，"二十六了。"

"我记得，你生日要到冬天，是小寒那天，很冷。"孙婆子说道，"我老了，到了冬天就懒得动，这个手串，就当婆婆送你的生日礼物吧。"

"不！"林枫寒一愣，连忙就要拒绝。

"这颗火珊瑚珠子，当年就是送给你的。我记得，君临特意找人用绳子和通灵宝玉串在一起，挂在你脖子上。"孙婆子说道，"是这样吗？"

"是！"这一次，林枫寒点头道。

"可惜通灵宝玉不知道去了哪里。"孙婆子摇头，轻轻地叹气，"这样的稀罕玩意儿，一旦丢了，再想找回来，就不那么容易了，所以，这手串你拿着玩玩吧。"

"可是……"林枫寒想拒绝，这么贵重的礼物，他不太好收。

"现在好像不管男男女女，都喜欢弄个手串。"孙婆子笑道，"你也弄个玩玩，正好。"说着，她不由分说，就这么戴在林枫寒右手上。

林枫寒想拒绝，可就在这个时候，他的目光落在孙婆子的右手上。孙婆子虽然一把年纪了，但保养得极好，右手的中指上，带着一枚鸽子蛋那么大的同样是老料的翡翠戒指，通体晶莹剔透。当然，这不是吸引他注意力的关键，关键是——她的手腕上，竟然有一道细细的伤痕。

当然，那个伤痕也是老伤，绝对有很长的年代了……

林枫寒记得很清楚，当初把金缕玉衣残件卖给他的老婆子，右手上也有这么一道浅浅的伤痕。

当初他说不收，老婆子情急之下，曾经抓住他的手，就像现在这样，如此近的距离……

"好了，我走了，过几天来找婆婆玩。婆婆那里有个好玩的玩意儿，你要是喜欢，婆婆就送你了。"孙婆子说着，带着保镖，转身就走了。

马胖子等孙婆子走出去，当即一把抓过林枫寒，说道，"那老婆子是你亲外婆？"

"我都不知道我亲外婆长什么模样。"林枫寒笑道。

"那老婆子脾气一向很古怪。"石高风说道，"没想到，小寒居然投她的缘。"

林枫寒看了他一眼，转身就走。

"喂喂喂，小寒。"石高风连忙追上去，说道，"怎么了？生气了？"

"嗯。"林枫寒点点头，径自向聆风楼走去。

石高风招呼马胖子，他落后了几步，问道："什么意思？"

"他怨您对人介绍——他是您儿子。"马胖子说道，"您也太心急了，短期之内，只怕他没那么容易接受您。现在这样他不反感，已经很好了。"

第六十八章 《九歌》之乐

林枫寒在聆风楼住了一个晚上，第二天一早，他还没有睡醒，石高风竟然非常野蛮地叫醒他，然后不顾他一脸的迷糊，直接把他塞进车里。

"你这么急着赶回去做什么啊？"林枫寒很不满，打着哈欠。

"有些事情，你在车上继续睡觉。"石高风说道。

"马胖子不回去吗？"林枫寒说道，"要不，你先回去，我再玩玩？反正胖子也在。"

"不准！"石高风直接吐出两个字。

"喂，你什么意思啊？"林枫寒不解地问道，"我还在生你的气，你知道吗？"

"我知道！"石高风不管他反对与否，直接命司机开车——回落月山庄。

"有些事情急需安排，晚了就来不及了。"石高风等车子发动之后，这才说道。

林枫寒很无奈，既然他要回去，还不管他的意图，他也没有法子。他要有法子，又能把他怎么着？否则，也不至于被活埋了还没有反驳之力。

想想，这趟临湘城的行程算是收获颇丰，他收到宋代定窑的紫定回春瓶，殷商时期的司命鬼玺已经卖掉，钱已经打在他的银行账号上。这还不算，还有那半妆的《贵妃夜宴图》。

由于是半妆，没有卸掉，他可以带去给木秀先生，据说，他早些年极其喜欢字画。

如果没有碰到石高风这档子事情，林枫寒会非常开心。

伸手摸着小黑光滑细腻的皮毛，林枫寒靠在车座上，继续睡觉。

回到落月山庄之后，石高风去忙什么，他不知道，也不想知道。由于晕车，下午他就有些不适应，略略吃了一点饭，直接就睡觉了。

到了晚上，他直接去落月楼找石高风。

石高风正好在书房看书，看到他走进来，当即抬头，问道："小寒，有事？"

"我姥爷呢？"林枫寒直接问道。他回来之后，就直接问过邱野，但是，邱野却含含糊糊，不肯说，所以没法子，他只能跑来问石高风。

"呃？"石高风只是看着他。

"你别告诉我，你没有把他带回落月山庄。"林枫寒说道。

"我把他带回来了。"石高风点点头，这种谎话骗不了人，他自然也不会说。

"我要见他。"林枫寒说道。

"小寒，我暂时不会放他。"石高风说道。

"我知道，你暂时不会放他。"林枫寒冷笑，"你要是直接放他，我倒有些意外了。"

"为什么？"石高风挑眉。

"那不符合你一贯的作风。"林枫寒有些讽刺地笑笑。

"是的，那不符合我一贯的作风，不能木秀说放人，我就必须要放人。"石高风说道。

"对，我也赞同这一点。"林枫寒点点头，说道，"我现在就要见他。"

"你要见他做什么？"石高风愕然，问道。

"那是我的事情。"林枫寒说道。

石高风站起来，走到一边，倒了一杯茶给他。然后，他就这么趴在桌子上，凑近林枫寒，低声说道："小寒，你要见他，那是你的事情。现在，人在我这里，就是我的事情。"

"你……"林枫寒微微皱眉，说道，"不能通融？"

"总得给我一个理由。"石高风笑呵呵地说道。

"理由？"对于石高风这句话，林枫寒想了想，说道，"只要一个理由就行？"

"嗯，只要一个理由就行。"石高风笑道，"哪怕你编个理由骗骗我，我也认了，谁让你是小寒呢。"

"我要开博物馆，大部分是因为他。如今，他的东西没有给我，我却因此被你要挟。"林枫寒说道，"这个理由够不够？"

"够，我说过，只要有一个理由就行。"石高风说道，"走吧。"

林枫寒点点头，跟着石高风出了落月楼，向后面的山坡走去。这地方既然叫落月山庄，自然是有山坡的，而出乎林枫寒意料的是——在山坡的山坳深处，竟然有一座小楼。

等走到近前，林枫寒算是明白过来了，这座小楼应该算是监狱。

两个保镖看到石高风，当即恭恭敬敬地开了门，请他们进去。

乌老头被石高风送到落月山庄之后，就被关进了一个独立的房间，外面有重兵把守，里面也戒备森严。

"把门打开。"石高风站在门口，说道。

"是！"一个保镖摸出钥匙，打开了房门。

林枫寒看了一眼，房间里只有一张床和一个厕所，乌老头脚上锁着一根铁链子，铁链子的另一头，拴在房间的墙壁上。

灯光亮起来，乌老头本能地用手挡住眼睛。

"姥爷？"林枫寒连忙走了过去。

这个时候，乌老头已经能够适应屋内的灯光，当即松开手，看着林枫寒。

"我想跟姥爷单独聊聊。"林枫寒转身看着石高风，说道。

"好！"石高风点点头，说道，"我在外面等你。"说完，他就直接转身向外面走去，等石高风走了出去，林枫寒就在乌老头的床上坐下来，看着他……

乌老头走到他面前，就在他身边坐下来，问道："他准备关我多久？"

"不会关几天。"林枫寒说道，"等他生日宴之后，我就亲自送你走。"

"他生日宴准备做什么？"乌老头问道。

"不知道。"林枫寒摇摇头。

"那你知道他现在要做什么吗？"乌老头说道。

林枫寒想了想，点点头，他自然知道石高风要做什么。就像刚才，石高风事实上就是希望林枫寒找他闹个脾气而已。如果非要说一个理由，那么，因为林枫寒是石家大公子，所以才被乌老头仇恨，并且差点被他杀死。

如此一来，他去找乌老头，自然是理直气壮。

乌老头伸手摸了一下他脖子上的乌青指印，低声说道："他好像一早就算准了，我不会杀你。"

"何以见得？"林枫寒愣然。当时他可是真的感觉，乌老头要杀死他的。

"当时他来了，站了大概一分钟才出现。"乌老头低声说道，"你当时在我手中，一分钟足够了……"

"姥爷，说这些都没有意义了，我也不知道，事情怎么会弄得这么乱七八糟。"林枫寒说道，"我以为，一切都结束了，我可以再次回到从前，从此富贵平安。"

"那你现在准备怎么办？"乌老头问道，"他……你应该知道，木秀先生不会就这么善罢甘休。"

"我知道！"提到这个，林枫寒心中很苦涩，不管木秀会不会做，别人也会逼他去做。

"小寒，你别被他的表象欺骗了，他心狠手辣外加不要脸，什么事情都做得出来。"乌老头说道。

"他的不要脸，我已经领教过了。"林枫寒说道。

"哈哈……"乌老头低声笑着。

"姥爷，那个博物馆，只怕我们的计划要搁浅了。"林枫寒低声说道。

"怎么了？"乌老头低声问道。

林枫寒当即把石高风要挟他的话，直接说了一遍。

"那倒没什么问题。"乌老头说道，"大不了能卖的就卖，不能卖的，就放着……哼，我原本让你开个博物馆，不过是怕这些珍贵的东西一旦流失，就再也没有了。如今既然这样，那也不用为难了，反正那些东西也不是我家的。"

"姥爷，看看您说的。"林枫寒听着，哭笑不得，"有您这么形容的吗？"

"要不，还能怎么说？"乌老头摇摇头，说道，"小寒，我没有那么高尚的思想，我也没有读过什么书，小时候，我和你爷爷一起长大……我两个儿子，又和君临以及他一起长大，一起玩，再然后……"

再然后就没有然后了，林枫寒心里很清楚。

"人啊，怎么都是一辈子，到老了，唯一放不下的，就是这个。"乌老头说道，"小寒，不瞒你说，我知道他还活着，我是真的准备回来杀他的。"

"我想知道，木秀先生的意思。"林枫寒说道。

这才是他今天前来的真正目的。

"小寒，我知道他很无耻，很不要脸，但是，我从来都不了解你那位父亲。"乌老头说道，"从理论上来说，他心里装着的仇恨，比我还深。尤其是这次，他竟然如此对你，但是，他……竟然忍了。"

乌老头说到这里，顿了顿，继续说道："当初他收到你那份快件的时候，我也在。当时我们就知道，你肯定出事了，否则，你怎么会好端端地把这样的东西邮寄给他。我就按捺不住，立刻就要回来找你，但是，他说……他说……"

"他说什么？"林枫寒问道。

"他说，你既然不予抵抗和挣扎，那么，就意味着仇家很厉害，我们必须要谋定而后动。那个时候，他就问黄靖……那人还活着，并且已经东山再起。"乌老头说道。

林枫寒想了想，说道："黄靖叔叔一直都知道？"

"当年国内的事情，都是他料理的，他怎么会不知道？"乌老头说道。

乌老头看着他久久不说话，当即低声说道："小寒，这次我走了，就再也不回来了。"

"啊？"林枫寒愣然，连忙问道，"姥爷，这是为什么？"

"这个地方，徒让我伤心。"乌老头低声说道，"不如远离，眼不见，心不烦……木秀先生说，不去看，不去想，人会活得好过一点。虽然我没有他的豁达，但是他说，他可以送我去美索不达米亚……"

"您去那个鸟不生蛋、乌龟不靠岸的地方做什么？"林枫寒开始还愣了一下，但随即就明白过来，那地方如今是美军控制，他那位父亲大人要送一个人去玩玩，倒没什么，可那地方不太平啊。

"小寒，你错了，那地方怎么就鸟不生蛋、乌龟不靠岸？"乌老头笑道，"那地方虽然现在很乱，可是，那地方也是四大文明古国的起源之地，资源可是很丰富的。"

"得，姥爷，您就是看着人家的墓葬很丰富。"林枫寒低声笑道。

"小寒，我和你说，姥爷这次去了一次开罗。嗯，那地方不错，姥爷探了几个点，都有货。"乌老头笑道，"我让你爸爸给我想想法子，弄点人给我，我要去挖。"

"姥爷，您还有别的追求吗？"林枫寒哭笑不得。

"别的追求？"乌老头叹气道，"你知道。"

"当我没说！"林枫寒说道。

"小寒，我第一次给你的那只镯子，你还收着吗？"乌老头问道。

"嗯。"林枫寒点点头，笑道，"随身戴的东西，我都不会卖。"

"那就好！"乌老头笑笑，当即凑近他，在他耳畔低声说了几句话，然后说道，"将来你看着情况办理吧，二十年过去了，我都认了。现在我也不想说什么了，死者已逝，纵然杀了他，也是如此。再说了，木秀先生说得对，杀敌一千，自损八百，真的没什么意思……这不，我这辈子还没有去国外刨过坑，这次，我一准要去国外刨一下。"

"您上次去开罗，还没有刨？"林枫寒有些诧异，以乌老头的性子，既然已经找到地头，他居然没有挖？

"这不是你老子说的吗？国外随便挖土不犯法。"乌老头说道，"所以，我准备等事情办好了，准备充足，光天化日去挖啊。"

"开罗也不是随便挖土不犯法的。"林枫寒摇摇头。

"我不跟你胡扯，你出去吧。"乌老头说道。

"好！"林枫寒答应着，起身，向外面走去。

林枫寒走到外面，石高风就迎了上来，而小黑居然飞过来，用小爪子摩挲着他的脸，不断地看着。

"怎么了，小黑？"林枫寒有些讶异，说话的同时，他连忙抱着小黑。

小黑用小爪子比画着，比画了两次，林枫寒算是明白了，忍不住看了看石高风，说道："你没事胡说八道做什么？"

"这小东西居然找你告状？"石高风也没有想到，他信口胡扯，说乌老头超级凶悍，会揍他的小寒。小黑居然信以为真，看到林枫寒出来，立刻就抱着他上下查看。

"没事，没事！"林枫寒抱着小黑，说道，"我好着呢。再说了，姥爷怎么会打我呢，明显就是某个坏人胡说八道。"

"我就是那个坏人。"石高风笑道，"你直接说就是。"

"你本来就是坏人。"林枫寒一边说着，一边向外面走去。

"喂，石先生。"走出小楼，林枫寒站住，"许愿过几天是不是要过来？"

"嗯！"石高风笑道，"我特意打电话通知他来的，怎么了？"

"没事，我等下打电话，让他给我把一件礼服带过来。"林枫寒说道，"他既然要过来，就顺便让他给我带过来了。"

"我给你定制了礼服。"石高风说道，"不用从扬州带了。"

"不要。"林枫寒摇摇头，说道。

"你又生我气了？"石高风微微皱眉，心中思忖着，不会是那个老头胡说八道，导致他又生气了？

"没有！"林枫寒摇头道，"我就想，你要过生日了，我也没什么礼物送你，所以，等你生日那天，我抚个琴，算是给你祝寿，你看如何？"

"真……真的吗？"石高风简直不敢相信自己的耳朵，结结巴巴地问道。

"真的。"林枫寒说道，"所以，我让许愿给我把礼服带过来，要那种复古长袍。如果你现在找人给我定做，只怕是来不及了，那衣服是纯手工缝制，一时半刻好不了的。"

"嗯！"石高风连连点头，说道，"事实上你不用给我送什么礼物。"

这一次，林枫寒只是笑笑。

石高风原来以为，林枫寒会趁机要求他放了乌老头，至少，也别把他关在那个小楼里面。但是，林枫寒竟然什么都没有说。

回到枫影楼之后，他还是和以往一样，每天吃饭、睡觉、看书，然后就开始练习古琴。

石高风的生日在九月底，天气已经不那么炎热，早晚时分都是凉风习习，很舒服……在这之前，他去了一趟京城，来去也就是三天。他原来准备约林枫寒一起，但是，林枫寒拒绝了，说他身体不好，晕车严重，就不跟着他闹了。

这天他回到落月山庄的时候，已经是晚上八点多钟，邱野带着人，开车去机场接他。

车子刚在落月楼前停下来，石高风就听见荷塘深处传来优雅的琴声。

"小寒在抚琴？"石高风下车之后，就站住脚步。

"是的，少爷这些日子，日日都在练琴。"邱野说道。

他也有些奇怪，最近，林枫寒午后一直在练琴，常常要到深夜……据说，是为了给石高风贺寿做准备。

"在水月亭？"石高风问道。

"嗯！"邱野点点头。

石高风已经向弯弯曲曲的木质小桥走去，如今，已经是九月底，荷花已经凋谢，只剩下没有来得及拔去的残荷。荷塘深处，水月亭上，林枫寒穿着一件宝蓝色的衬衣，手指扣在琴弦上，专心致志。

小黑就趴在他旁边，认真地听他抚琴。

石高风看着他的背影，不知道为什么，他觉得这场景似乎有些熟悉。没错，很多年前，在另外一个地方，那人——一袭黑衣，在荷塘深处抚琴，琴声穿林涉水，分外雅致。

那个时候他心里真的很羡慕，他也认为，那人和娉娉是天造地设的一对。他们有共同语言，郎才女貌，琴瑟相和。

哪怕他心里极不喜欢那个人，但是，有些事情他还是必须要承认，那人是真正的天才。

"知道这是什么曲子吗？"石高风看了一眼邱野，低声说道。

邱野摇摇头，说道："不像时下流行的音乐，从来没有听过。少爷已经弹奏几天了，这里上上下下都说好听。但是，却没有人知道这是什么曲子。"

"你当然不知道，这首曲子就几个人知道而已。"石高风低声说道，"这就是当年大名鼎鼎的《九歌》。现在是大司命，等下就是少司命了！"

"《九歌》？"邱野愣了一下，说道，"就是屈原作的那首《九歌》？"

"是的！"石高风说道，"《九歌》的歌词，被传承下来，成了楚辞中的一部分，但是乐曲却没能得到传承。这首乐曲，还是二十年前在一套出土的青铜编钟上发现的。他是一个奇才，翻译出来之后，整理出了现在的《九歌》。喏，就是小寒现在弹奏的曲子。"

"寒少爷最近天天都在练习这首曲子。"邱野说道，"最近他下午都不午睡，晚上也要到深夜。"

"这么勤快？"石高风有些讶异，说道。

"是的！"邱野说道。

"我去看看！"石高风向荷塘深处走去。

九月底的天气，晚风有些凉，近水的地方，也有些冷清……

石高风径自走到林枫寒面前，伸手，扣在琴弦上。

林枫寒抬头，看了他一眼，笑道："回来了？怎么也不打电话给我，让我去接你？"

"哈哈……不敢劳驾。"石高风笑道，"小寒，我们聊聊？"

"请坐！"林枫寒指着旁边的竹椅，一边说着，一边站起来，给他斟了一杯茶。

"小寒，按照常理来说，礼下于人，必有所图，对吧？"石高风说道。

"我不明白你这句话的意思。"林枫寒端起茶盅，轻轻地喝了一口茶。

"不明白？"石高风笑笑，说道，"抓那个老头，留着不放，也有你的意思，并非我一个人的意图。"

"嗯！"林枫寒点头道，"我是想关他几天。"

"我答应过你会放了他。"石高风再次说道。

"是的，你放不放他，我都会让你放了他。"林枫寒说道，"这不是重点。"

"那你如此煞费苦心地给我奏琴庆寿，到底是为什么？"石高风说道，"我思来想去，还是想不明白，所以，请明示。"

林枫寒的手指扣在琴弦上，轻轻地说道："难道我做任何事情，都需要有目的？"

"就仅仅只是为了庆寿？"石高风皱眉问道。

"是的！"林枫寒点头道，"就是为了庆寿。"

第六十九章　蕴秀成炎

小黑飞过来，抱着林枫寒的手，啃着玩。林枫寒伸手轻轻地抚摸着它……

"庆祝一个并不属于你的生日。"林枫寒补充了一句。

"你想做什么？"石高风说道，"只要不过分，我都乐意配合。"

"什么都不做。"林枫寒笑道，"到时候，我就隔着帘子，奏一首《九歌》。你也可以炫耀一下这首古曲的来历，当然，如果你能把那套编钟找来就更好了。"

"编钟？"石高风听他这么说，顿时就有些明白过来，当初出土的那套编钟，可是难得的青铜器精品。两千多年过去了，音质依然清幽绵长，清脆悦耳。

但是，那套编钟后来就不知所踪。

"小寒，你想要那套编钟？"石高风问道。

"嗯。"林枫寒点头道，"去年过年的时候，父亲曾经跟我提过这个，颇为遗憾。那套编钟丢失了，否则，如果能弄出来，没事请个精通古乐器的乐师，利用古琴配乐，演奏一下《九歌》，岂不美哉？"

"确实极美。"石高风说道，"如此高雅之事，倒符合你一贯的作风，但是……我没有那套编钟。"

"没有那套编钟也成，我最近对青铜器有些兴趣。"林枫寒笑道，"那只羊……"

"呃？"石高风听他这么说，顿时满腹狐疑，难道，他竟然知道了？

"什么羊？"石高风皱眉问道。

"石先生，我查过，那尊四羊方尊，本身就是星辉拍卖行之物。换一句话说，本身就是你的东西。"林枫寒说道，"对吧？"

"星辉拍卖行的东西，未必就都是我的东西。"石高风说道。

"为什么？"林枫寒皱眉问道。

"小寒，你直接说。"石高风说道，"和你说话，猜测你的心思，我也很累。"

"这么说吧，那尊四羊方尊，确实是殷商盛期的酒器，造型优雅，线条流畅而完美，简直就是殷商时期青铜器的代表作，为什么季史要说它是高仿品？"林枫寒问道。

"因为它就是高仿品。"石高风笑道，"我哪里知道这些事情，既然你和季史都说它是高仿品，就算它是真品，也必须是高仿品。"

"我没有说它是高仿品。"林枫寒摇头道，"那个吴辉……也是你的人？"

这一次，石高风没有说话。

"你既然知道他家的底细，还让他们家跑来临湘城发展，自然就意味着，吴家也是你的人。"林枫寒说道，"所以，他有底气拿着一幅唐寅的《昭君出塞图》跑来找我炫耀，然后告诉我，他不卖，不卖给我看个屁啊。"

"这个不值钱，过几天我让他给你送过来。"石高风笑道。

"我要那只羊。"林枫寒说道，"你上次不是问我，想要什么吗？我就想要那只羊。"

"那只羊不是我的。"石高风笑着摇头道，"我可以给你问问。但是，我不能保证，就一定能找回来。"

"嗯。"林枫寒顺从地点点头，心中却叹了一口气，看样子，姥爷说的也不靠谱啊。

在石高风的心目中，只怕自己根本就没有那么重要……

"小寒，你为什么执着地想要那只羊？"石高风试探性地问道。

"我喜欢。"林枫寒直接说道。

"好吧，我一定帮你问问。"石高风说道，"你放心。"

"谢谢！"林枫寒道谢。

"练琴不用这么辛苦，这玩意儿，喜欢就玩玩，何必执着？"石高风笑道，"反正你也不是靠这个吃饭。"

"也是！"对于这个问题，林枫寒点点头，说道，"小时候学过，好多年没有弹奏了，手都生了。今天还好一些，如果是前几天，根本不堪入耳。"

"我不在意。"石高风笑道，"你有这个心，我已经很开心了。小寒，你……原谅我了？"

"没有！"林枫寒摇头道，"可他们都说，我应该学着接受你。"

"学着接受我？"石高风笑道，"谁说的？"

"胖子，还有许愿。"林枫寒说道，"事实上我很笨，很多事情都不知道怎么处理。

小时候，遇到事情，我就问胖子，后来，胖子转学走了……我也渐渐长大，遇到的问题越来越多，我没法处理，就只能不说话。"

石高风听他这么说，顿时想起来，当即说道："小寒，我听说……你小时候有自闭症？"

"嗯，据说那就是自闭症。"林枫寒说道，"后来也不知道怎么着，就慢慢好了，现在，我废话挺多的。"

"我还没有吃晚饭，陪我一起吃吗？"石高风说道。

"好！"林枫寒点点头。

这个话题，就这么过去了，石高风和林枫寒心里都有事情。

接下来的几天，林枫寒依然每天练琴、看书、睡觉……余下的事情，他竟然一概不管不问。甚至，石高风发现，他都没有跑去小楼再看望乌老头。

他原来还特意嘱咐过，如果林枫寒要去，就让他直接去好了，不要拦他。

更让石高风觉得离谱的是——他甚至都没有提出来，要给乌老头送一点日用品，让他过得舒服一点。

对此，石高风也觉得很奇怪。

但是，林枫寒终究不是他养大的，他感觉一点都不了解他。

很快，就到了石高风的生日，宴会安排在晚上。但是，他的几个养子，一大早就过来给他贺寿。石高风也像往常一样，给他们准备了红包。

当然，今年的红包，他多准备了一份，那是给林枫寒的。

早上九点都过了，林枫寒依然没有来。石高风微微皱眉，这边，邱野已经问过，是不是可以吃长寿面了。

按照习俗，今天一家人得一起吃一顿长寿面。

石烨顿时就有些坐不住，当即就说了林枫寒太过自大之类的话。

石高风也没有在意，又等了一会儿，知道他已经起床。但是，很显然，他根本就没有来落月楼的打算。

石高风无奈，只能嘱咐邱野安排石烨、石灿等人吃面，他带着红包，向枫影楼走去。

得，他就不能对那个孩子抱太大的希望。前几天还一脸卖萌讨好，这不，今天一大早，就放了他鸽子。

他不指望他贺寿了，他带着红包过去看他吧。

走到枫影楼，就有侍候的用人告诉他，寒少爷已经起床，正在书房。

石高风径自向书房走去，刚刚走到门口，就看到小黑从里面飞出来。

"哈哈，小黑，过来给我抱抱。"石高风见到小黑，连忙一把抱住它，笑道，"小寒呢？"

小黑用小爪子指指，石高风抱着小黑走了进去，就看到林枫寒靠在一边的躺椅上，正在发呆。

"小寒……小寒……"石高风叫了两声，他才答应了一下。

"大清早的，有什么事情？"林枫寒问道。

"昨天你答应过，今天一早过去吃早饭，结果我等到你现在。"石高风一边说着，一边从口袋里掏出一个红包，递给他道，"我是不指望你给我拜寿了，但是红包还是要给的。"

林枫寒用手捏了一下，红包里面薄薄的一层，估计是支票。

打开看看，果然是一张现金支票，数额不小，另外还有一枚黄金铸造的小铜钱，上面写着——富贵如意。

林枫寒用手摸了一下，发现做工虽然简洁，却相当精细。

"你的孩子，都是这样的东西？"林枫寒问道。

"没有，他们都是一个小铜钱。"石高风淡淡地说道，"这么多年你都不在我身边，除了钱，我也不知道还能给你一点什么？"

"谢谢！"林枫寒也不和他客气，把支票收好，然后摩挲着那枚小铜钱。

"石先生。"林枫寒叫道，"这个铜钱的款式我看着有些熟悉。"

"仿照那枚如意金钱。"石高风说道，"我记得，第一次在落月山庄见到你，那枚如意金钱还在你身上，后来我就没有见过。"

"是啊！"提到这个，林枫寒轻轻地叹气，"我得了那枚如意金钱，喜欢得不得了，宝贝似的戴在身上。去年春上去金陵，遭遇车祸，就把它撞碎了。"

石高风有些后悔，似乎问了一个不该问的问题。

"前不久在落月山庄见到你，我以为，一切都应该结束了。"林枫寒低声说道，"但是欠木秀先生的东西，我这辈子也还不了了。所以，我把那枚如意金钱还有一些别的东西，发了一封航空快递给他。"

"还有什么别的东西？"石高风凑近他，低声问道。

"你猜。"林枫寒抬头,笑道。

"猜不出来。"石高风摇头道。

"那边有给你的生日礼物,你自己去看吧。"林枫寒说道。

"给我的生日礼物?"石高风有些诧异,当即向一边的书桌走去……

书桌上放着新写的字帖,墨迹淋漓,还没有完全干透。

石高风只是看了一眼,立刻就认出来,这是临摹大书法家王羲之的《丧乱帖》,开篇就是——羲之顿首:丧乱之极,先墓再离荼毒……

石高风认认真真地看了两遍,他承认,林枫寒的字写得很好。但是,他临摹这个帖子,却改了一个字,把"先"字改成了"吾"。

"小寒,你就不能放过我?"石高风走到他身边,连说话的声音都带着几分颤抖。

"这几天,我天天都在练习抚琴,想好好地给你庆寿。"林枫寒说道,"我想……等你生日过后,我就准备回扬州,最近天开始渐渐地冷了,我去扬州待一个月,处理一下生意上的事情,然后飞巴黎,阿绢在巴黎等我。到冬天的时候,母亲过世就足足一年了,我准备找阿绢商议一下,明年春上就办一下我们的婚事。"

"呃?"石高风虽然知道,他和黄绢算是两情相悦,已经到了谈婚论嫁的地步,但是,他却不知道,他们的婚事这么近。

"去年年底的时候,父亲说过一次,从姑奶奶到现在,流金湾也有差不多百年的历史了,却从来没有对外开放过,所以,他想把婚事放在流金湾举办。"林枫寒继续说道,"可现在呢?你就不能让我安心一下?你说,你会对我补偿,难道这就是你补偿的结果?"

"小寒,我做什么了?"石高风愕然问道。

"你自己看吧。"林枫寒说着,当即就把一封快递推到他面前。

石高风的目光落在那封快递上,应该是从扬州邮寄过来的,但是,却不是直接邮寄到落月山庄,而是邮寄到富春山居的临湘城分部。他记得,昨天晚上的时候,沈冰来过一次。

林枫寒还邀请沈冰,让他今天过来玩。

自然,沈冰过来,带了什么东西给林枫寒,他也没有过问。直到现在,他才知道,原来沈冰竟然带来了一封快递。

快递的寄件人一栏,同样没有写地址,但是有一个画押。

他见过那个画押，当初发给他的资料的快递上面，也有这么一个画押。

石高风急忙拆开快递，看了看，下一秒，他就变了脸色。

"为什么？"林枫寒说道，"我什么地方得罪你了？"

"我……我……"石高风呆呆地看着那份快递，竟然不知道说什么。

"你知道，对吧？"林枫寒说道，"那张支票，算是补偿？"

"我不知道。"石高风讷讷说道。

"那好，你现在去给我查清楚，告诉我，谁做的？"林枫寒站起来，一把抓过石高风，说道，"我告诉你，不管是谁做的，这件事情没完。"

"小寒，做这件事情的无非就是那么几个人。"石高风想了想，已经冷静下来，当即说道，"可能是我的人，但是也可能并非我的人，而是别人故意一把火烧了蕴秀园，然后嫁祸给我，挑拨离间。"

"我不想听这些废话，我今天就想知道，你如何处置石烨？"林枫寒冷笑道，"烧了我的蕴秀园不说，这个人……你是自己处置，还是我来帮你处置？让我动手的话，拔萝卜总免不了要带出一点泥，到时候你可不要怨我。你把他养在扬州这么多年的目的，竟然就是因为我？"

第七十章　曲成弦断

对于这个问题，石高风自然不知道如何解释，不能解释的事情，当然就什么都不说了。

"当年的事情，谁对谁错，我不想解释什么。"石高风皱眉道，"但是，对于石烨的事情，我今晚就给你一个解释。"

"好，我等你。"林枫寒把那枚黄金小铜钱递给他，说道，"这个还给你，这辈子我都不可能富贵如意。"

"小寒……"石高风低声说道，"这是我给你的红包……"

"不用，我不收你的红包。"林枫寒摇摇头，说道，"拿走。"说着，他直接把那枚铜钱甩给他。

石高风无奈，当即拿起那枚小铜钱，转身向外面走去。

邱野迎了上来……

"蕴秀园是怎么回事？"石高风直接问道。

"啊？"邱野愣了一下，他自然知道蕴秀园的事情，他还特意嘱咐过许愿和马胖子，暂时不要告诉林枫寒，他也设法瞒住大老板，等老板生日过了，再做打算。

"说！"石高风陡然怒喝道，"怎么了？你也不想做了？"

"不……"邱野听石高风这么说，顿时吓得一哆嗦，连忙说道，"老板，不是……不是的……"

"不是什么？"石高风冷笑道，"告诉我实情？"

"蕴秀园失火。"邱野说道。

"谁做的？"石高风问道。

邱野这次没有吭声，石高风站住脚步，抬头，看着枫影楼前面的几棵枫树。如今天气渐渐地冷了，枫叶似乎也不是那么精神。

"烨儿做的？"石高风问道。

"是！"邱野老老实实地说道，他一直都弄不明白，石高风对石烨和林枫寒，到底更在意谁？他跟着石高风有些年头了，自然也知道，事实上石烨根本不是他养子这么简单。

否则，石高风不会一而再、再而三地容忍石烨挑衅林枫寒。

在上次的古玩鉴赏交流会上，石烨让吴辉跳起来，诬陷林枫寒，指认那尊青铜四羊方尊乃是赝品，就是想借用季史打压一下林枫寒的气焰。

但是不知道哪一个环节出了错，或者这就是他们老板的意思，季史竟然也说，那尊青铜四羊方尊乃是赝品。如此一来，不但没能打击到林枫寒，反而更加成就了他的名声。

"为什么不告诉我？"石高风皱眉说道，"什么时候的事情？"

"前天午夜。"邱野低声说道，"事情发生之后，就有人通知我，我当时就关照许先生和马先生，先瞒一下小少爷，凡事等您生日宴过后再说。"

"你是好意。"石高风说道，"但是，既然是他做的，他肯定会让人在今天设法通知小寒，甚至，他亲自告诉他的可能性都有。他那点心思，我难道还不知道？他就盼着小寒今天跟我翻脸，尤其是当着众多宾客，造成根本没法挽回的局面。"

"那……怎么办？"邱野呆呆地问道。

"怎么办？"石高风摇摇头，说道，"你那边，还是按照原来的计划行事。"

"是！"邱野答应着。

"邱野，你的任务，只是负责正常回禀就成，这种事情，我自然会处理。"石高风说道，"以后你要是再擅自做主……"

邱野没有等他说完，连忙说道："老板，没有以后了。"

"好！"石高风点点头，向前面走去。

走到落月楼门口，他就看到了石烨……

"烨儿，陪我走走。"石高风说道。

"是，爸爸！"石烨闻言大喜，连忙说道，"爸爸，您不进去吃点面？"

"早上起来吃了一点东西，这个时候不饿，等下再吃。"石高风一边说着，一边向旁边的荷塘走去。

石烨连忙跟了上去。

　　"烨儿，我今天要对外宣布一件大事。"石高风走到荷塘前，笑道。

　　"什么大事？"石烨连忙问道。

　　"关于你的。"石高风笑得一脸温和。

　　"嗯……真的？"石烨听他这么说，顿时大喜。

　　"我这么多孩子，就是你知道我的心意。"石高风笑呵呵地说道，"我本来还迟疑呢，要不要这么快宣布，但是这次的事情，你做得很好。"

　　"啊？"石烨闻言，更是大喜过望。

　　"一把火烧掉蕴秀园，真的是大快人心啊。"石高风哈哈笑道。

　　"爸爸知道了？"石烨先是一愣，随即他有些回不过神来，他居然不生气？哦，对！对于父亲来说，一把火烧掉蕴秀园，自然是一件大快人心的事情。但是，林枫寒知道了，难道会不生气？

　　"知道，你这孩子，做了这等事情，居然还瞒着我。"石高风笑道，"有什么好隐瞒的，不就是烧掉了蕴秀园。"

　　"林枫寒没有生气？"石烨试探性地问道。

　　"生气？这不，一早就找我闹脾气了。"石高风摇摇头，说道，"我也懒得哄他，真以为自己是谁啊？惹得我脾气上来，今晚就赏他一顿家法。"

　　"是，他脾气太坏了，父亲就不应该事事迁就他。"石烨连忙说道。

　　"嗯，对。"石高风的眸子里面，闪过一丝冰冷的杀机，"来来来，烨儿，你跟我来。"

　　石高风一边说着，一边向落月楼走去。

　　石烨连忙跟了过去，石高风径自走进自己的房间，在书桌下面的抽屉里面，捧出一只漆器镶嵌螺钿的首饰盒，递给他道："打开看看？"

　　石烨闻言，连忙小心地打开，首饰盒里面装着一只王冠，由祖母绿宝石和钻石镶嵌而成，奢华闪耀。

　　"哇！"石烨顿时就惊呼出声。

　　"好看不？"石高风笑道。

　　"好看。"石烨说着，就想拿着在头上试戴一下。

　　"别乱动。"石高风从他手中接过那只王冠，比画了一下，却没有给他戴上，说道，"等晚上吧。"

　　"好好好……"这个时候，石烨已经乐得快要找不到北了。

"不要出去胡说八道。"石高风嘱咐道。

"是，爸爸，我知道！"石烨连忙说道。

"好了，你去吧，我也要休息一下。"石高风挥挥手，说道。

"是！"石烨答应着，转身走出房门。

石高风的眸子更加阴冷……这个孩子，真的一次又一次让他失望。这不，古玩鉴赏交流大会上明争暗斗就算了，失败了，他居然像地痞无赖一样，跑去捡一块砖头砸了人家的玻璃。

这一把火烧了人家的房子，和小孩子捡一块砖头砸破人家的玻璃又有什么两样？

这么不上台面的事情，他居然也做得出来！

他能理解林枫寒的恼火，这是真正的无赖手段啊，估计他做梦都没有想到。

蕴秀园对于林枫寒来说，有着特殊的意义，虽然他很不喜欢蕴秀园，甚至，在某种程度上，谁一把火烧掉它，他确实很想拍手叫好。

但是，他绝对不赞同这种做法。

他今天能一把火烧掉蕴秀园，将来是不是也能一把火烧掉落月山庄？

石高风打了一个电话，安排了一下。

一切似乎还是照常进行，晚上不到六点，许愿就来了。由于有林枫寒的那层关系，许愿也不算是外人，他特意关照过，让许愿早点过来帮忙。

"石先生，千秋大喜。"两人见面之后，自然就寒暄了几句。

"同喜同喜。"石高风笑笑。

由于宴会的时间定在晚上六点，在听风楼的大厅内举行，也就是上次的那个大厅。

没多久，宾客陆续前来，纷纷道贺，石灿作为石高风的长子，这个时候自然是忙着招呼客人。

邱野小心地走了过来，低声说道："老板，我特意安排了几个乐师，有古筝、琵琶、二胡以及箫管之类的演奏，就在帘子后面。"

"好，这等事情，你去安排就是，我去看看小寒。"石高风说着，就径自向枫影楼走去。

刚刚走过去，就有用人告诉他，少爷在卧房更衣。

石高风径自走到卧房门口，门没有关，他走了进去，房间里面开着灯，晚上六点的时候，已经非常明亮。

"客人来了吗？"林枫寒看到石高风走进来，当即问道。

"嗯！"石高风点点头，看了一眼林枫寒，心中有些诧异。他居然换了那身黑色的长袍，按照他们原来的安排，这衣服是他抚琴祝寿的时候穿的。

蕴秀园被石烨一把火烧掉，石高风以为，林枫寒恼火，自然不会再给他抚琴祝寿，不找他的麻烦就谢天谢地了。

"那过去吧，我从来没有在人前表演过，还是有些紧张。"林枫寒说道，"趁现在人还没有到齐，我压力小一点。"

"如果你紧张，那就算了。"石高风连忙说道。

"我练了这么多天。"林枫寒冷冷地说道，"难道，你要取消我的表演资格？"

"呃？"石高风一愣，连忙说道，"不是，我是……算了，听你的。"

"那现在过？"林枫寒看了他一眼，伸手抱过小黑，说道。

"好！"石高风本来就是过来请他过去的，自然不会反对什么。

似乎一切都是按照原来的安排，有条不紊地进行着……林枫寒趁着众人不注意，走进了听风大厅，然后隔着一层帘子，开始抚琴。

屈原的《九歌》分作九章，到大司命结束的时候，有几个高音，石高风静静地听着。但是，他没有想到，弹奏最后一个高音的时候，琴弦嘣的一声，竟然直接断裂。

石高风一愣，正在抚琴的林枫寒也愣了一下，看着那根断裂的琴弦，与此同时，他右手的两根手指也破了，鲜血滴落在琴弦上。

"爸爸，这个乐师水平不怎么样啊。"石烨就站在石高风身边，当即故意大声说道。

被石烨这么一嚷嚷，众人都忍不住向帘子后面看去。

林枫寒这个时候也呆住了，他根本就没有想到琴弦会断，自然也没有备用琴弦。琴弦断了，也没有人过来给他应急送一根备用琴弦，所以，他低头看着那根琴弦，用手抚摸了一下断裂处……

果然，在断裂处有浅浅的印痕，这琴弦应该是被人动了手脚，否则，不会几个高音都撑不起来，直接断裂了，还伤了他的手。

琴音一停，整个大厅都安静下来，林枫寒轻轻地叹气。既然没有人给他换琴弦，他也没有抚琴的雅兴了，当即就抱着小黑，转身从旁边的侧门走了出去。

邱野这个时候已经回过神来，连忙安排一个善于弹奏琵琶的女子上台表演。

林枫寒走出迎风楼，不知道为什么，今天他一直感觉不舒服，头痛得厉害，这个时候就更加不舒服了。所以，他也没有急着回去换衣服，反正，这样的宴会，他就等石高风做一个决定而已，没什么大不了。

要是他今天舍不得，那么，过几天自己找人帮他做了。

想到这里，他有些讽刺地笑笑，顺着听风楼向荷塘里的落月亭走去。

刚刚走到落月亭坐下来，他就听到石烨冷冷的笑声。

"你跟过来做什么？"林枫寒抬头，借着周围的灯光，抬头看着石烨。据说，石烨长得很像那个女子。

那个把自家爷爷迷得神魂颠倒，弄出私生子的女子。

他承认，石烨的长相确实不错，如果换作女孩子，自然也是极美的。

"我就是想告诉你，无论你怎么努力，一切都是徒劳。"石烨冷笑道。

"请明示。"林枫寒说这句话的时候，习惯性地歪了一下脑袋。

"就算你是父亲的亲生儿子，那也没用。"石烨冷笑道，"你是那个女人生的，可惜，她始终都没有嫁给父亲，所以，说起来你算是一个私生子……私生子哦，还不如我这个养子的身份。再说了，你还是他那位仇人养大的，嘿嘿……你以为父亲会不在意？"

"可能吧！"林枫寒点点头，说道，"我知道他会在意。"

"你知道就好，所以，你想借着他生日，抚琴庆寿，讨好他？"石烨说道。

林枫寒没有说话，讨好？他确实是想讨好他一下，但不是为了这个，而是另有所图。

想想，自家姥爷可是一直在他手里呢，只要石高风一日不放姥爷，他就一日不得安心。

当然，如果他强烈要求，石高风自然会顺从他的意思，就这么放了乌老头，但是，天知道石高风会不会背后下狠手。

这件事情，木秀先生可是一再关照过，如果他放了乌姥爷，必须让他亲自送他去机场，看着他登机，否则，会有变故。

乌姥爷对石高风恨之入骨，上次他去看他，他表现得太过平静了，平静得让林枫寒心里只打战。

"被我说中了？"石烨凑近他，冷笑道，"可惜，你水平不怎么样啊，这不，搞砸了？"

"砸了就砸了吧。"林枫寒低头看了一眼手指上的伤口，血迹已经干枯。不过是一点点伤痕而已，并没什么大碍。

"就你这个水平，"石烨冷笑道，"你也就只配做个乐师哄人开心开心。"

"你要是没事就进去吧，里面宾客满堂，你出来找我说什么废话？"林枫寒摇摇头。

"我是想知道，你什么时候回扬州啊？你死赖在临湘城有意思吗？"石烨冷哼了一声，说道，"真够不要脸的，一边说，你不想认他，一边却死赖在落月山庄，俨然以为自己就是少主子？"

"就这几天，我就会离开落月山庄。"林枫寒面无表情，淡淡地说道。

石烨听他这么说，转身就向落月亭外面走去。

而在落月亭的下面，莲藕深处，静静地站着两个人。

许愿看着脸色有些阴沉的石高风，低声说道："石先生，您什么意思？您为什么能容忍他……这么欺辱小寒？"

"他的模样，长得有些像我母亲。"石高风低声说道，"我的母亲一辈子都活得很苦，末了，还让人吊死在自家屋子里面。外面所有人都说，母亲是伤心我这个儿子而自尽的。但是我知道，她是被人杀死的。"

许愿没有说话，只是看着他。

"你知道那个用绳子勒死我母亲，然后再伪装成她自杀的人是谁吗？"石高风问道。

"谁？"许愿算了一下时间，那个时候，林枫寒还小，才五六岁而已。

"你如此聪明，想想还不知道？"石高风说道，"那个人，就在我手中，我那天真的想杀了他。如果不是小寒以死相逼，我绝对杀了他。"

"那个乌老头？"许愿有些发呆。

"是的，就是那个乌老头。"石高风低声说道，"小寒护着他，我也不便动手。再说了，这等小事，想来小寒自然也会应付。"

"你居然等他应付？"许愿愣然。

"嗯？"石高风转身看了他一眼，问道，"难道不是？"

"他果然是您亲生的。"许愿哭笑不得，笑道，"您就不能学学木秀？"

石高风笑了一下，问道："怎么学？"

"看样子我上次和您说了，您就没有当回事啊。"许愿笑道，"木秀可是一直把他当孩子啊。"

"由着他任性胡闹？"石高风问道。

"如果您把他当孩子，他未必会任性胡闹，但是您最好不要抱着让他历练历练的心态，否则……"许愿说道。

"否则怎样？"石高风问道。

"我知道一些马胖子不知道的事情，我一直都想不明白，多年之后，已经成为大房地产商的马胖子，在见到他之后，竟然欣喜如狂。甚至，因为我的一句戏言，他就真的给他安排洋房别墅……"许愿轻轻地叹气，说道，"我不知道到底哪里不对劲，但是我发现，凡是接近他的人，都喜欢逗他。"

"我偶尔也喜欢逗他。"石高风笑道，"他要不是我的孩子，我也不想历练他，可他将来终究需要面对一些事情，一些不得不面对的问题。你说，这要是将来遇到仇家，人家想要他的命，他就这么配合着？想想，我就难过。"

"石先生，那是因为您。"许愿说道，"您听我一句劝，真的不要抱着历练的心态，弄不好，会出大事。"

"好！"石高风点头道，"以后我会注意，你去给我哄他换衣服，好歹你也是玉奴，偶尔伺候一次你家主人。"

"哈哈……"许愿轻笑，说道，"我这就去。"

"这边有一条小路，你绕过去，那边就是落月亭。"石高风说道，"我先进去，你速度快点，就说——我承诺他的事情，就在此刻，让他快点，否则会错过好戏哦。"

"你要做什么？"许愿愣然问道。

"给你二十分钟，速度！"石高风说着，转身就向一边走去。

许愿愣了愣，想了想，还是想不明白石高风准备做什么，当即转身，顺着他刚才指的那条小路，借着莲叶的遮掩，向落月亭走去。

但是，许愿想不到的是——从他那边到落月亭，不过三四分钟而已，可他走到落月亭，已经人去亭空。

"小寒？"许愿忍不住叫了一声，随即，他加快脚步，向岸边走去，心中再次骂了一声石高风。历练？历练个屁啊，人家可是林东阁那个老狐狸一手养大的，人家可都学得很精通。这样的人，你还让他历练？

他不历练历练你，就应该谢天谢地了。

当然，这话许愿是一个字都不敢说，要不是这次林枫寒出了一点意外，他翻阅了一些他以前的资料，否则，他也以为他那个主人一身书卷气，温文华贵，不沾俗世尘埃。

　　许愿走到岸边，找了一个侍者问了问，才知道林枫寒已经去了枫影楼，他当即也连忙向枫影楼走去。

　　等他进入枫影楼，他就看到，林枫寒已经换了一身银绿色的衬衣，同样颜色的裤子。由于是礼服，他正对着镜子打领结。

　　听到脚步声，林枫寒从镜子里看到许愿从外面走了进来，连忙说道："许愿，你来得正好，这个领结我老是打不好，你帮我弄一下。"

　　"好！"许愿听了，连忙走过来，帮他把领口的蝴蝶结摆正。

　　"小寒，今天可不怎么像是你的性子。"许愿一边给他扣上蝴蝶结，一边试探性地问道。

第七十一章　荒唐寿宴

林枫寒含笑着问道："怎样才算我的性子？"

"我以为，你会闹闹脾气。"许愿挑眉说道。

"不过是客居他乡，他也不是我父亲，我闹什么？"林枫寒轻轻地笑道，"今天如果是木秀先生，我一准连琴都砸了，然后让他哄我，不哄我不理会他。"

小黑飞到他身上，对着他领口那个蝴蝶结不断地摸着，似乎极有兴趣。

"哦！"林枫寒笑道，"你要啊？我也给你绑一个？"

小黑听了，连连摇头。

"这小东西越来越可爱了。"许愿笑道，"既然不闹脾气，那么我们现在过去？"

"嗯！"林枫寒点点头，跟着许愿一起走了出去，径直走进听风楼。

"小寒，为什么这地方叫落月山庄？"许愿问道。

"他母亲原来住的一座小楼就叫落月楼，临近湖边，景色很好，我还有些印象。"林枫寒说道，"你去和他们说闲话，我找一个地方坐坐，我今天一直不舒服，脑袋昏沉沉，还有些痛，等下你跟他打声招呼，我早些回去睡觉。"

"怎么了？"许愿皱眉问道。

"没什么，老毛病了。"林枫寒说道，"我已经吃了两次止痛药了，但是似乎没什么效果。"

"好！"许愿毕竟跟林枫寒住在一起有些时日了，多少有些明白，他的偏头痛似乎是从小落下的病根，发作的时候就是头痛，根本就没有特效药，唯一的药就是止痛药。可很多止痛药对他似乎都不管用，管用的就是一种很廉价的止痛药。

林枫寒像上次一样，走到角落里面，在沙发上坐下来。

靠在沙发上，大概是药物的作用，没多久他就开始昏昏欲睡。他每天午后都有午睡的习惯，今天也想睡，无奈却一直睡不着。

不，他昨晚就没怎么入睡。

小黑看他想睡觉，当即趴在他怀里，找了一个舒服点的地方，窝了进去。林枫寒伸手抚摸它，它就用小爪子抱住他的手，啃着玩。

摸着小黑身上的温热，林枫寒原来的烦躁渐渐退去，竟然就靠在沙发上，昏昏睡去。

但是，他刚刚闭上眼睛没多久，就听见石高风的声音通过麦克风传了过来……

"感谢诸位前来祝贺在下的生辰，今天我有两大喜事要宣布。"石高风拿着麦克风，大声说道。

"什么喜事？"众人一听，连忙纷纷问道。

"第一呢，大伙儿也都知道，烨儿这孩子不是我亲生的。当年我在扬州无意中捡到他，也曾经四处寻找过他的亲生父母，可终究没有寻到，这不，养在名下这么多年了。"石高风一边说着，一边看了看石烨。

石烨闻言，连忙走了过去，叫道："爸爸，您这个时候说这个做什么？"

"唉，这孩子啊，一养就是二十多年啊。"石高风拉过石烨，含笑说道，"如今长得和我一般高了，也长得俊。"

众人听了，都纷纷祝贺石高风，又夸石烨。

林枫寒摸摸小黑，索性就靠在沙发上，继续睡觉。

"但是就在前不久，烨儿这孩子的亲生父母找到了我。"石高风大声说道。

"什么？"石烨愣然，他的亲生父母？

"李师傅年事已高，这么多年，都在苦苦寻找孩子，前不久在临湘城无意中碰到，然后就联系上了我。为了确保万无一失，我偷偷用烨儿的头发做了亲子鉴定。"石高风说到这里，石烨的脸色已是一片苍白。

不，不是这样的，为什么会是这样啊？早上石高风还说，有一个关于的他的重要消息，要在今晚的寿宴上宣布……

他一准是要对外宣布他是继承人的啊？怎么突然说这个？他哪里冒出来的亲生父母？

"来来来，有请李师傅。"石高风大声说道。

外面，已经有用人带着一对看起来各种土得掉渣的老年夫妇走了进来，男的年约五十开外，却长得很健硕，女的驼背，龅牙，身高大概只有一米五。走进大厅，他们就开始东张西望，畏畏缩缩，怎么看怎么土得掉渣……反正，在石烨眼中，他们就是土得不能再土了。

"来来来，烨儿，这是你的亲生父亲李明鹏，这是你母亲张翠。"石高风连忙给石烨介绍道。

"爸爸，怎么会这样？"石烨连忙一把抓过石高风的手，叫道，"不是，不是……不是这样……您才是我亲生父亲啊。"

"所有人都知道，你和石灿等人都是我的养子。"石高风轻轻地推开石烨，说道，"当年我自己的孩子丢了，所以我心态不好，四处收养别人的孩子。当然，你们也可以当我做善事。这不，如果你们都是孤儿，我收养就收养了，比如说石灿，对吧？"

"是的。"石灿走过来，扶着石高风，笑道，"我们都很感激您，要不是您收养，我们不可能有富足的童年，享受良好的教育，所以，我愿意尽我所有孝敬您。"

"这也罢了。"石高风拍拍石灿的手，看了一眼石烨，说道，"烨儿，如今你亲生父母找了来，我自然不能将你据为己有。嗯，既然你的亲生父母要带你回去，那么，我和你就再也没有任何瓜葛。"

"石先生，我咨询过法律专家，这……我们是不是需要支付您抚养费？"那个叫李明鹏的人，结结巴巴地说道，"我们家实在有些困难，这钱……"

"李师傅，你放心，我也不差那么几个钱，抚养费我就不要了，但是烨儿在我这边的任何东西，都不能带走。人，你们可以带走，从此以后，你们一家团聚。"石高风大声说道。

林枫寒原来已经靠在沙发上，准备继续睡觉，反正所有人的注意力都不在这边。

但是当石高风说出这么一番话之后，他瞬间就有一种哭笑不得的感觉……

真亏石高风想得出来，石烨怎么可能是李明鹏的子嗣？这纯粹就是胡扯，而这么损的事情，也只有石高风做得出来。

"来来来，大家给点掌声，祝贺一下烨儿一家团聚。"石高风大声说道。

众人虽然都不明真相，但还是纷纷鼓掌。

李明鹏夫妇更是对石高风千恩万谢，两人甚至拉着石烨一起跪在地上给石高风磕头，感谢他这么多年对石烨的抚养之恩。

石高风制止了一下乱糟糟的众人，然后四处找了找，终于在角落里找到林枫寒。

"各位，我刚才说过，这是第一件喜事。"石高风大声说道，"现在我要说另外一件喜事。"

"石先生，还有什么喜事？"这个时候，一个平时和石高风关系很好的中年人连忙问道。

"我刚才不是说，二十多年前，我亲生儿子走失，遍寻不着，这才导致有些心态不正常吗？"石高风大声说道，"老天爷开眼啊，我终于找到他了。"

"您找到他了？"大家乱糟糟地问道。

石高风把手中的麦克风递给邱野，然后从用人手中接过一杯红酒，向角落里走去，众人也都跟着一起走了过来。

"小寒……"石高风把手中的红酒递了过去。

"你……你胡说八道什么？你答应过我，不说的！"林枫寒有些恼火，要不是极力控制着，他又忍不住要砸酒杯了。

"好好好，不说，还不是喝了几杯酒，就没有管住嘴巴。"石高风哈哈笑道。

"你……你无耻！"这一次，林枫寒没能忍住。

"小寒，说这话你就不对了。"石高风一边说着，一边看了看站在另外一边的石烨，笑道，"常言说得好，子不嫌父贫，我是不如你养父有钱，在南海没有岛屿，也不会给你修建流金城，但我也会尽我所有，好好疼你，你放心。"

林枫寒很想说，放心个屁啊！

"李师傅，你说对吧？"石高风看了那个一身老土的李明鹏，故意问道。

"对对对，做儿子的，怎么能嫌老父亲穷？"李明鹏连忙说道。

"邱野，把小寒的礼物拿过来。"石高风吩咐道。

邱野连忙捧着一个漆器首饰盒走了过来，送到林枫寒面前，然后打开……

众人都很好奇，连忙凑过去看，石烨知道，首饰盒里面就是那只王冠，用九颗大祖母绿宝石镶嵌而成，每一颗宝石都有手指粗细。

石高风把那只王冠拿起来，给林枫寒戴在头上。

小黑看着有趣，直接飞到林枫寒的头上，伸出小爪子，摸着王冠。

"你也想要？"石高风抱过小黑，笑道，"要不，爸爸也找人给你做一个？"

林枫寒有些发呆，他突然想到木秀那只黑色大猫，它身上就挂着上好的翡翠挂件……

石高风今天的所作所为，实在不怎么像他一贯的作风。

小黑人模人样地伸出小爪子，摸摸石高风的脑袋，然后又摸摸自己的脑袋。

"怎么了？"石高风愣然，对小黑的这个动作，他表示没有看懂。

小黑嘎嘎叫了两声，冲着林枫寒比画了一下。

石高风回过神来，伸手向林枫寒的额头摸过去，一摸之下，他陡然惊呼道："小寒，怎么了？你不舒服？"

"估计是昨晚着凉了，有些感冒，我已经吃过药了。"林枫寒笑笑。

"要叫医生吗？"石高风在他身边蹲下来，问道。

"不用了，等下回去洗个热水澡，喝一点姜茶就好。"林枫寒说道。

"没事就好。"石高风轻轻地叹气。今天的林枫寒，总让他感觉有些怪异，不应该是这样的啊？他不是应该找他闹脾气的吗？

对众人的恭维奉承，林枫寒有些不适应，而且他今天确实一直不舒服，所以，略略站了一会儿，他就和石高风说了一声，他不舒服，想早点回去了。

石高风点头，想想，终究不放心，许愿自告奋勇，送他回房。

走到听风楼外面，就看到石烨一脸阴沉，挡住他的去路。

"做什么？"林枫寒问道。

"做什么？"石烨冷笑道，"林枫寒，你以为你已经赢了吗？我告诉你，你会后悔的。"

"你从来都不是我的对手。"林枫寒摇头道，"所以，我和你之间，不存在输赢和胜负的问题。至于后悔，那是我的事情，和你一点关系都没有。"

石烨还准备说话，这个时候，李明鹏走了过来，扬手就给了石烨一巴掌，骂道："小兔崽子，你胡说八道什么啊？还不向小少爷道歉？"

"呵呵……"林枫寒忍不住笑了出来。

"你……你是什么东西？你居然敢打我？"石烨被李明鹏一个巴掌直接打糊涂了。他做梦都没有想到，李明鹏居然还甩他一巴掌。

"我是你老子，老子打儿子，天经地义。"李明鹏一把扯过石烨的耳朵，叫道："还不给小少爷道歉，小兔崽子，你以为你是什么东西？敢这么对少爷说话？"

"算了，不用道歉。"林枫寒笑笑，带着许愿，向枫影楼走去。

"瞧瞧人家，这才叫大度。"李明鹏扯着石烨的耳朵，大声说道。

"你……你给我放手。"石烨想挣扎，却发现李明鹏的一双手粗糙不堪，布满老茧，却相当有力。

"孩子他爹啊，我们也回去吧，这孩子，终究不是我们养大的，有什么不好，我们回去好好教导教导。"林枫寒的身后，传来张翠的声音。

"这算什么事情？"许愿跟着林枫寒走进枫影楼，问道。

"石烨跟他有些渊源，他不愿舍弃，可石烨本身又不会做事，所以……"林枫寒摊摊手，说道，"我又逼着他必须要办理，他没法，就想到这个迂回的法子，想保全石烨。"

"石烨不会领情。"许愿说道。

"是的，他绝对不会领情。"林枫寒说道，"如果他不再做什么，那么这件事情就到此为止，我不会再问。但如果他敢再有所行动，那么对不起，当年要不是胖子……"

说到这里，林枫寒住口不语。

"当年？胖子？"许愿皱眉，问道，"小寒，你还瞒着我什么？"

"没什么，反正就是这么回事。"林枫寒一边说着，一边向里面走去，对着镜子照了照，然后伸手把头上的王冠取下来，"正经宴会，你跑来跟着我做什么？"

"小寒，你有多少资产？"许愿突然问道。

"啊？"林枫寒愣了一下，然后他问道，"做什么？你要抢劫？"

"抢劫倒不至于，但我好奇。"许愿叹气道，"曾经有人对我说，你以前穷得要讨饭，一天两顿方便面都吃不起。"

"嗯，那个时候确实吃不起。"林枫寒笑笑，说道，"不过，我发现方便面似乎有助于治疗头痛，以前吃方便面，好像发作的频率没有这么高。"

"那是你以前没有这么多烦恼。"许愿说道。

"穷开心，穷开心，不是没有道理的。"林枫寒笑道，"你去前面玩玩吧，我实在困得很，想睡一会儿。"

"那好，我不打扰你休息。"许愿看着他径自在床上倒下来，想了想，还是说道，"小寒，石烨跟着石高风多年……"

"嗯？"林枫寒闭上眼睛，说道，"我知道，我会防着点，想来他也不至于乱来。"

"我想他也不至于乱来，除非他真的是猪脑子。"许愿说道，"小寒，我要说的不是这个。"

"我知道，你出去，我困得很。"林枫寒挥挥手，让许愿出去。

许愿见他实在支撑不住，当即走了出去。

林枫寒迷迷糊糊睡到半夜的时候，感觉似乎有人靠近他，还有谁摸了一下他的脸。他只以为是小黑，当即摸了一下，叫道："小黑，不要闹，让我睡觉。"

但是随即他就感觉不对劲，睁开眼睛，就看到昏暗的灯光下，石高风就坐在床边。

"这大晚上的你不睡觉？"林枫寒从床上爬起来，叹气道，"跑来我这边做什么？"

"过来看看你！"石高风一边说着，一边打开床头灯。

"客人都走了？"林枫寒看着趴在枕头上的小黑，当即把它抱起来。

"嗯！"石高风点点头。

"那早些休息吧。"林枫寒说道。

"小寒，你今天有些怪怪的。"石高风低声说道。

"我怎么就怪怪的了？"林枫寒皱眉，这话，他似乎听不懂啊。

"你不是应该找我闹闹脾气？"石高风说道。

"啊？"林枫寒愣然，找他闹脾气？他没事也懒得找他闹脾气，闹闹，总是希望达到什么目的。既然他已经心知肚明，不可能达到什么目的，那么还闹什么？

"如今，客人都走了。"石高风看了他一眼，说道，"石烨我让李明鹏夫妇带走了，该做的事情，我都做了。"

"嗯！"这一次，林枫寒只是点点头。

"就这样好吗？"石高风问道。

"后天日子不错。"林枫寒说道，"适合出行。"

"小寒？"石高风微微挑眉，说道，"你要做什么？"

"我订了两张机票，一张是给姥爷订的，他去港城，然后转机去暹罗。"林枫寒说道，"我去魔都，看看蕴秀园。"

石高风愣愣地看着他，半晌，他才说道："好吧，你什么时候回来？"

"暂时不会回来。"林枫寒说道，"年底去一趟京城，给母亲上坟，然后就直接去流金湾了。"

"好，既然这样，你早些休息。"石高风说着，当即站起来，向外面走去。

林枫寒再次在床上倒下来，睁着眼睛看着天花板，却怎么也睡不着。

石高风很爽快，第二天直接从后山的小楼里面放了乌老头。

林枫寒开始收拾行李，别的就算了，唯独小黑的托运，让他很无奈。最后，石高风找了一只皮箱，有些大，他命人把皮箱戳了几个小孔，里面还放了一些水果和饼干。

林枫寒先让小黑适应一番，告诉它，飞机只有两个多小时。

对那只皮箱，小黑倒一点也不排斥，甚至，它还表示，它愿意老老实实地趴在皮箱里面。

第二天晚上，石高风不放心，过来帮他收拾行李。

"小寒，多带几件衣服。"石高风看着林枫寒只收拾了两件衣服，当即皱眉说道。

"不用的！"林枫寒摇摇头，这两年他添置了很多衣服，根本就穿不了。衣柜里面有很多衣服，有的连吊牌都没有剪掉。

"东西多了，不好拿。"林枫寒摇头道，"留在这里，下次我来就不用带了。"

石高风听了他这句话，心中颇为开心，笑道："那你什么时候回来？"他心里很清楚，一旦林枫寒明天坐上去魔都的飞机，他可能这辈子都不回来了。

离开华夏之后，他有可能不会再回来了，这句话，不过是哄哄他而已。

"好了，东西都收拾好了，你们出去吧。"林枫寒看着帮忙收拾东西的用人，当即嘱咐他们出去。

等用人都退了出去，石高风看着他，问道："小寒，你有什么要和我说的？"

"这个……"林枫寒从脖子上拿下那块"富甲天下"的翡翠玉佩，递给他道，"我要走了，你把那块'枫清影寒'的玉佩还给我吧？你那张照片，我带走了，有你，有小黑……"

"那块玉佩留在我这边吧，等你下次来的时候，我再给你。"石高风说道。

"非要如此？"林枫寒微微皱眉。

"嗯，我不想现在给你。"石高风说道。

林枫寒想了想，当即说道："既然如此，就留着吧！"

由于落月山庄距离机场有些远，第二天早上五点多钟，林枫寒就起身了。谢轩拎着行李，吴贵给他们开车，送他们去机场。

石高风站在落月山庄的门口，目送着他们的车子远去……

"老板，事实上你可以留下他。"邱野说道。

"怎么留下他？"石高风用手指抚摸了一下那块"枫清影寒"的翡翠玉佩，低声说道，"这些日子，我想了很多法子，但似乎都不妥当。原本还可以留他再住上一段日子，但是，蕴秀园被烨儿烧掉了，他就有借口离开了，而我却没法阻拦。"

第七十二章　失　踪

邱野想了想，问道："他还会回来吗？"

"估计不会了。"石高风摇头道。

吴贵把车子一直开到机场，然后就忙着给他们拎行李、兑换登机牌、托运行李、等等。

林枫寒还好，只是去魔都，但是乌老头已经做好了不回来的准备。林枫寒给他大包小包买了很多东西，除了给乌老头自己的，还有托他带给木秀的东西。

快到上午八点半的时候，乌老头的那班航机已经开始检票，林枫寒陪着乌老头向安检口走去。

但就在这个时候，吴贵突然走了过来。

"少爷。"吴贵急忙说道，"您托运的那个皮箱有问题，机场要求开箱检查。"

"什么？"林枫寒愣了一下，问道，"哪一只皮箱？"

"就是装小黑的那只。"吴贵说道，"谢先生在那边看着，不让他们胡来。我过来通知您一声，您过去看看吧，可不要让他们伤到小黑。而且，这机场乱糟糟的，我们也怕一旦开箱，让小黑飞掉怎么办？"

那个小东西，可是他们老板和林枫寒的心肝宝贝，如果出了问题，他们可担当不起。

"小寒，你快过去看看。"乌老头一听，连忙说道，"可不要让他们伤了小黑，那东西比你爸爸养的猫可爱多了。"

林枫寒有些迟疑。

"我这都马上登机了，行李都托运好了，你担心什么啊？"乌老头笑道，"你这孩子，姥爷这么多年都是独来独往，又不是没有坐过飞机的老人家。"

"对，我知道您老人家见多识广。"林枫寒笑笑，说道，"那我过去看看小黑。"

"嗯，去吧，没事，到了港城我就打电话给你。"乌老头说道。

林枫寒也很担心小黑，当即点点头，就向一边走去。果然，走到行李托运处，对方要求开箱检查，虽然说明是宠物，可是人家要求用装宠物的特制的箱子，还有一些别的要求。

林枫寒折腾了好一会儿，他们才同意用那个皮箱托运小黑 —— 开箱之后，小黑不断地卖萌，连负责托运的众人都被萌到了。另外，林枫寒还砸了一点钱，才算搞定。

但是，就在这个时候，机场突然警声大作，林枫寒吓了一跳，连忙问道："怎么回事？"

吴贵连忙打听了一下，然后告诉他，一个老人被枪杀了。

林枫寒一听，不知道为什么，只感觉自己的心似乎都被人狠狠地揪了一把，当即顾不上多想，急忙向一边跑去……

场面很混乱，林枫寒看到乌老头倒在地上，满脸都是鲜血，已经有机场的保安赶了过来……

至于那个凶手，竟然是古莫宇，林枫寒没有见过他，但是沈冰跟他说起过这个人。

这个时候，他已经被机场保安控制起来。但是，就在古莫宇看到林枫寒的瞬间，他忍不住放肆地大笑："林枫寒，我古家算是满门灭绝了，但是，我也不会让你好过。"

林枫寒缓缓向古莫宇走过去，他这个时候已经开始后悔。沈冰曾经问过他，要不要把这个人处理掉？但是他想，既然古莫宇能跑回来，木秀没有说什么，就等于默许了，他又何必再生事端。

"为什么？"林枫寒看着古莫宇，问道。

"为什么？"古莫宇病态地叫道，"从你爷爷不知廉耻，勾搭了我姑奶奶开始，为什么我们家就没有安生过？完了，我什么都完了，我也不会让你好过……"

"那你为什么不杀我？"林枫寒大吼出声，既然是为报仇而来，为什么那颗子弹不是射穿他的脑袋？

"我会把你留给别人。"古莫宇大笑道，"如果没有这个老头，你也不过如此，呵呵……"

林枫寒扑上去，他这辈子都没有这么恨过，就在他的眼皮子底下，姥爷却被人杀死了。

如果说这世上有谁曾经无私地疼过他，那么唯一的一个人，就是这个乌老头，他千里迢迢地赶回来，就是想要报仇。可是，自己没能让他报仇，反而给他留下了创伤。

他想着，只要去国外，时间就可以抚平一切伤痕。但是，乌老头走不了了，他永远地留在临湘城了……

林枫寒感觉，有人上来死劲地拉着他，有人冲着他说话，冲着他大吼大叫……

但是，他却感觉声音距离他越来越遥远，遥远到似乎再次回到那个黑漆漆的古墓中，一切都是死一般的沉寂，最后连意识都离他远去。

落月山庄，书房。

"老板！"邱野推开书房的门，径自走了进去。

"我不是说过，今天不要过来打扰我吗？"石高风靠在老板椅上，闭着眼睛，直接说道，"有什么事情明天再说。"

"老板，出大事了。"邱野连忙说道。

"大事？"石高风睁开眼睛，问道，"天塌了？"

"差不多！"邱野抹了一把头上的冷汗，低声说道，"乌老头在机场被人杀死了。"

"死了就死了！"石高风挥挥手，但是，下一秒，他陡然呆住，乌老头在机场被人杀死了？那小寒呢？他的小寒呢？

"小寒呢？"石高风嗖的一下就站起来，问道，"你刚才说什么？乌老头被人杀了？谁干的？"

"表少爷。"邱野战战兢兢地说道。

"啪！"石高风直接把书桌上的烟灰缸狠狠地砸在地上，古莫宇杀了乌老头，林枫寒就在机场。

"你……你还愣着做什么，还不赶紧去机场善后？"石高风看着地上四分五裂的烟灰缸，在略略愣住之后，随即就回过神来。既然人已经死了，现在最重要的就是先把林枫寒带回来，不能让林枫寒在伤痛的情况下，做出不可收拾的事情来。

另外就是赶紧处理乌老头的后事，众目睽睽之下，这件事情是瞒不住的。古莫宇自然是死刑，已经不是他考虑的范畴了。

"老板，你不去？"邱野说道，"刚才吴贵打电话来说，小少爷晕了过去，情况不妙。"

"什么？"石高风只担心林枫寒在一怒之下，做出出格的事情来，到时候不好收拾。

如今，听说他竟然晕死过去，顿时大急，叫道："还愣着做什么？备车！"

林枫寒一直到半夜才算清醒过来，问了一声，得知乌老头的遗体被运了回来，石高风在听风楼设了一个小灵堂，已经有往来宾客过来凭吊。他急忙起来，换了丧服赶过去。

这三天时间，林枫寒真如同乌姥爷的亲孙子一样，一直在灵前答谢往来宾客。

三天过后，乌老头的遗体火化，然后入葬。

石高风请了一个先生看了墓穴和下葬的时辰，但是，任谁也没有想到，下葬的时候，老天不作美，大雨倾盆。

众多前来参加葬礼的宾客，都全身湿透，好不容易葬礼结束，宾客都散去了。石高风摇头叹气不已，想想，自己当年杀了乌老头的两个儿子，如今却筹办了这个老头的丧事，最后还要出钱出力给他老人家买墓地。

此刻，林枫寒就在墓碑前坐了下来。

"小寒！"石高风从邱野手中接过雨伞，挡在林枫寒头上，"葬礼已经过了，这雨越下越大，咱们回去吧？"

"回去？"林枫寒讷讷念叨了一遍，他应该回哪里去啊？

"去年的时候，你的人盯得太紧了，姥爷跑去找我，我说，来御枫园玩玩吧。结果姥爷说，他不喜欢御枫园，他喜欢墓地，约我在墓地相见，还说，墓地比较有安全感。"林枫寒轻声说道，"他说，那地方是一个人最终的归宿。可是，我一点也不喜欢墓地，他是我姥爷，他想要去墓地，我就去了墓地。"

"我爷爷的骨灰就葬在那里，我还特意买了鲜花和水果，说好要上坟的。"林枫寒说到这里，微微顿了顿，然后继续说道，"那天早上天气就不怎么好，天气预报说有小雨，结果到了下午，就下起了大雨……天气预报都是骗人的。"

"小寒，天气预报都是骗人的，我们回去吧？"石高风说道，"回去后，你想要和我说说闲话，怎么说都不要紧。"

九月底的天气，平时还好，但是一下雨，还是有些冷飕飕的，这个季节很容易感冒。

林枫寒没有理会他，说道："我和他在墓地磨蹭了半天，把我饿得不行，他就把我给爷爷准备的祭品吃掉了，还让我吃，我不吃。他说，如果我爷爷在世，好东西也会留给我吃。"

林枫寒说到这里，目光落在乌老头墓碑前的托盘上，里面放着一些瓜果。他直接伸手拿过一只香蕉，把皮扒开，咬了一口，然后继续说道："我不知道我吃爷爷的东西，爷爷会不会生气。但是，我知道，我吃姥爷的东西，姥爷一准很开心。"

　　邱野凑在石高风的耳畔，低声说道："老板，直接把少爷带回去吧？再这么淋下去，一准会生病。"

　　雨越来越大，而且天色也黯淡下来，这可是墓地，他一点也不想在这样的地方待着。

　　"可是……"石高风微微皱眉。

　　"反正就是这么回事了。"邱野说道。

　　石高风想了想，确实，乌老头死了，还是古莫宇杀的，林枫寒绝对会找他闹脾气——死猪不怕开水烫。

　　所以，他听了邱野的建议，直接命人动手，强行把林枫寒拉上车，带回落月山庄。

　　石高风已经做好了准备，如果他闹，就任由他闹吧。

　　但是，林枫寒回到落月山庄之后，洗了一个热水澡，然后说困得很，就直接爬到床上睡觉了。

　　石高风想了想，这三天他都没有好好地睡觉和吃饭，这个时候困，也在情理之中。他自然也不会闹，任由他睡觉吧，只是叫人准备了夜宵、糕点、茶水等，他晚上醒了可能要吃东西。

　　第二天一早，石高风还是惦记着这件事情。起床之后，他直接就往枫影楼走来，但是，出乎他的意料，林枫寒竟然还没有起床。

　　十点过后，石高风过去敲门。

　　虽然这三天林枫寒没有好好地吃过饭、睡过觉，就算想要睡觉，也应该起来先吃饭，午后继续睡觉就是。

　　"小寒！"石高风一边敲门，一边叫道。

　　房间里面没有人答应，石高风想了想，又叫道："小黑，乖，给爸爸开门。"

　　小黑最近越来越聪明了，拉安全带、开门之类的事情，都学得很地道。

　　房间里面连小黑的声音都没有，石高风愣了愣，突然之间，他就有一种很不好的预兆。当即去推门，还好，门竟然没有上锁。

　　打开门，石高风走到卧房一看，却发现房间空空如也。林枫寒竟然不知道去向，连床都铺好了，自己给他的那块"富甲天下"的翡翠玉佩，以及银行卡、手机等都在床上……

"小寒？"石高风拿过手机看了看，有一个未接来电，是马胖子打过来的。

石高风拿着林枫寒的手机，匆忙回了电话。

"小寒，你为什么又不接电话？"电话里面，马胖子的声音传了过来。

"马先生，你在哪里？在临湘城吗？"石高风说道。

"啊？石先生？"马胖子一愣，连忙说道，"不在，我还在国外呢。如果在临湘城，我一准去给您贺寿。小寒呢？"

"小寒……小寒不见了。"石高风讷讷说道。

"什么？"马胖子愣然，问道，"石先生，怎么回事？"

"我晚一点打给你。"石高风说着，就急忙跑出去，询问众人，谁看到过林枫寒。但是，众人都说，从今天早上开始，就没人见过林枫寒。

他打电话问许愿，许愿也说，他没有见过林枫寒，也没有联系过他。

这一下，石高风顿时焦急万分，连忙派人四处去寻找。

直到天黑，所有回来的人都说，根本就没有见过林枫寒。

由于林枫寒的身份证在这里，石高风也找人问过机场和火车站，都没有这个人购票的记录。可见，他根本就没有离开过临湘城。

到了晚上七点左右，石高风打电话询问富春山居，没有身份证，林枫寒肯定没法住酒店。但富春山居是他自家产业，老板入住，自然不需要身份证。

富春山居原本还不知道老板不见了，如今听石高风这么说，顿时就着急了，连忙也派人四处寻找。

到了晚上九点，石高风已经要抓狂了，而且，马胖子知道林枫寒不见了，频频打电话过来询问，也不知道他怎么就想不开，居然还给木秀打了一个电话，导致的结果就是——木秀打电话过来，把石高风骂了个狗血淋头。

甚至，木秀已经撂下狠话，明天早上找不到林枫寒，可就不要怪他了。

现在，看到马胖子的电话，石高风一点都不想接。真是的，这个死胖子，不但没有提供一点有利的线索，反而老是给他添乱。

但是，林枫寒的手机一直响个不停，石高风无奈，只能接通电话。

"石先生，那个地方您找过没有？"电话接通，马胖子的声音传了过来。

"什么地方？"石高风愣然，不解地问道。

"您活埋他的地方。"马胖子咬牙说道，"那里附近有一个铁门寺，您叫人过去问过没有？"

"啊？"石高风闻言，顿时就有一种茅塞顿开的感觉，"你是说，他会去那个地方？可是——当初我是命人蒙着他眼睛的啊。"

马胖子很想骂人，忍了半天，这才说道："他不知道，但是小黑是知道的，而且，就算您蒙着他的眼睛，他还是知道的。上次他看了一眼就问过，他还说，他要把那个野杏林买下来呢。"

"天啊，我这就去。"石高风连忙说道。

"他极有可能去了铁门寺。"马胖子摇摇头，叹气道，"在他心目中，乌老头和他亲爷爷没什么两样。如今人就这么死了，他心里难受，我能理解，您赶紧找找，别让他真闹出什么事情来。"

"好好好！"石高风听了，连忙点头答应着。

想想那个铁门寺，从来都没有香火，实在穷得很，几个沙弥加空悟老和尚，守着破破烂烂的小庙，连电话都没有。

石高风匆匆让邱野等人开车，直奔铁门寺。

他们到达铁门寺的时候，已经是晚上十一点，僧人们都已经歇息了。

石高风命邱野敲门，拍得门山响。老半天，才有一个老和尚打着手电筒，出来开了门，询问他们何事。

石高风说明来意，那个老和尚想了想，请他们拜见主持空悟大和尚。

空悟告诉他们，林枫寒今天中午确实来过，在他们这边吃了素餐，但是饭后就走了。至于去了哪里，他也不知道。

第七十三章　朝九晚五

石高风跺脚不已，他这个时候已经可以确定，林枫寒绝对去了那个古墓。

如果他在铁门寺，那么就意味着，他只是躲上一两天，不想见他而已。

但如果他去了那个古墓，就意味着，这件事情似乎不怎么好办了。

辞别空悟大和尚，石高风命祝骅开车，直奔野杏林。昨天下过大雨，山区的道路并不怎么好走，而且午夜时分，居然再次稀稀落落地下起雨来，一阵大一阵小，始终没有停过。

好不容易开到古墓入口处，石高风刚刚下车，一道黑影就扑了上来。

"小黑？"借着汽车前照灯明亮的灯光，石高风看得分明，那黑影就是小黑。

看到小黑的瞬间，石高风算是松了一口气，既然小黑在这里，那就意味着林枫寒也在附近。

石高风摸摸小黑，这小东西平时干净得很，这个时候，身上湿漉漉的，还沾染着泥水。他也顾不上脏，就用自己的衣服给它擦着，问道："小寒呢？"

小黑趴在石高风的怀里，用小爪子指了指。

石高风向古墓的入口走去，当初他来这里，带走林枫寒之后，墓道口自然封死了。

而如今，林枫寒就蜷缩在古墓的入口处。

"小寒？"石高风走到他身边，没有找到他的时候，他各种焦躁不安，甚至，他都想过，等找到他，非得好好地教训教训他。这熊孩子长能耐了，敢闹离家出走的戏码！

可真正找到了，他才想起来，这个熊孩子啊，他还真是教训不得。

"小寒，你这是何苦？"石高风在他身边蹲下来，发现他就穿着那次见到他时穿的那件衬衣。当初在古墓中，这件衬衣不知道怎么弄破了。他给林枫寒换了衣服之后，想要丢掉，但是林枫寒没有同意。

事后，他便再也没有穿过这件衣服，石高风也没有留意过。

如今，再次看到他穿着这件衣服，蜷缩在这个地方，石高风心里真是非常不好受。

"我来看看他。"林枫寒低声说道。

"谁？"石高风一愣，低声问道，"这地方还有谁？"

林枫寒抬头看了他一眼，然后自言自语地说道：

"那天中午，天很热，他喜欢睡觉，吃饱了饭就想睡觉，所以，午后事实上已经睡了午觉了。胖子打电话给他说，他老是不动，不健康，要出门走走，晒晒太阳……"

"他出门了，车撞掉了，晒了太阳，来到临湘城，然后遇到了故人。"

"再然后，他就留在了这里。"

林枫寒自顾自地说着，仿佛是在说一个陌生人。

石高风这个时候已经明白过来，连忙说道："小寒，你胡说八道什么？你还好端端地活着。"

"对于你们来说，他还活着，但是对于我来说——那个林枫寒，已经死了。"林枫寒苦涩地笑着。

"小寒，老乌的死是我的错，求你别闹了！"石高风说道，"好吧，你要闹，你回去闹，别这么玩。"

"我只是来看看他，没有说不回去。他死了，我还要活着——把他没有做完的事情，替他做完。"林枫寒说到这里，挣扎着要站起来。

但是他蜷缩在这里太久了，加上阴雨连绵，手脚都已经麻木了。一动之下，他就感觉双脚刺痛得厉害，一个趔趄，差点摔倒在地上，石高风连忙扶了他一把。

邱野和祝骅过来，把他扶上车。

外面阴冷，车里暖和，林枫寒一上车，就忍不住打了两个喷嚏，然后他就有些支撑不住了。

石高风已经做好了一切准备，但是，林枫寒回到落月山庄就病倒了，天天打针吃药，养了一个多星期，才算略略好转一点。

这天晚上，林枫寒特意让人请石高风过去。石高风叹气，心中思忖着，他前几天生病了，没心情、没力气找他麻烦，难道，如今又开始找他的麻烦？

既然特意请他过去，石高风自然也逃避不得，他老老实实地走了过去。到了枫影楼，直接走进林枫寒的卧房。

"小寒找我？"石高风看见林枫寒靠在沙发上，小黑就趴在一边的果盘里面，正在一只只地挑选着刚刚上市不久的冬枣。

"有件事情想找你商议一下。"林枫寒说道。

"啊？"石高风笑了一下，说道，"这么客气？嗯，商议什么？"

"医生说，我作息习惯凌乱，饮食习惯很不好。"林枫寒说道，"我想，医生说得有些道理。"

石高风原本以为，他特意请自己过来，势必就是要说一些让他为难的事情，没想到居然是这个，当即点头道："是的，小寒，你确实需要好好养养，白天胡乱睡觉，晚上不睡，不利于调养身体。"

"但是我这个样子，我就是想睡就睡，想吃就吃……"林枫寒摇头道，"调整不了。"

"呃？"石高风愣了一下，说道，"你想要怎样？"

"我想，你是不希望我回扬州，对吧？"林枫寒问道。

"是！"石高风点点头，他确实一点也不希望他回扬州，不是什么秘密，没必要说假话骗人。

"我也不想住你这里。"林枫寒说道，"我想要出去找一个工作，过一下朝九晚五的上班族日子。你不帮忙没事，但求你不要捣乱。"

"说得好像我是专门捣乱的人。"石高风苦笑，"你找我来，就是说这个？"

"是的，我要从你这边搬出去，你顺便找人给我做一份资料，我要出去找个工作。"林枫寒说道。

石高风思考了一下，心中想着，就他这个性子，出去做个几天，只怕就没有兴趣了，不如就让他出去闹几天吧。

"不离开临湘城？"石高风再次问道。

"绝对不离开。"林枫寒冷笑道，"我在这里的事情还没有办完，自然不会离开，你放心。"

"你要办什么事情？"石高风试探性地问道，"需要我帮忙吗？"

"你这是要赶我走的节奏？"林枫寒挑眉，问道。

"没有！"石高风摇摇头，这个话题自然是不能继续了。

"我明天就让人把资料送过来，简历呢？要不要我找人给你写？"石高风问道。

"不用，我自己写。"林枫寒说道。

"我在外面给你安排房子？"石高风想了想，问道。

"嗯！"林枫寒点点头，说道，"是的，你帮我在外面安排好房子，或者，我自己租也行。"

"我给你安排。"石高风走到他面前，扶着他坐下来，问道，"你找我就这么一点事情？"

"要不，你还指望有什么？"林枫寒问道。

"我这几天都提心吊胆地等着你叫我。"石高风说道。

林枫寒想了想，说道："你和许愿一样，有受虐倾向？"

石高风笑道："许愿有受虐倾向吗？我还真不知道，他做什么了？"

"他盼着我揍他不是一天两天了。"林枫寒说道，"你这些天，不会也都盼着我叫你过来，然后狠狠地揍你一顿吧？"

"嗯！"石高风点点头，说道，"我等你好几天了，自备小皮鞭。"

"这都什么爱好啊？"林枫寒摇摇头，说道，"上次我打了你，胖子念叨了我半天，说——你可能真是我亲爹，我打你有违人伦道德，天理不容。"

"没事。你要是生气，打我两下出出气，我不在意。"石高风说道。

"不！"林枫寒摇摇头。

对于林枫寒要出去找工作，石高风也很无奈。第二天，他就给林枫寒安排好一切，想想终究不放心，打了一个电话给马胖子，问问有没有什么法子阻拦。

结果马胖子不负责地对他说，让他去碰碰壁，吃吃苦，过上几天，他就没有兴趣了。

石高风认为，以林枫寒那份简历，他找到工作的概率不高，不用几天，就得老老实实地回来。

但是，他估算错了另外一个情况，就是林枫寒根本不计较工资多少。他出去本来就是找个乐子，或者说，他就是想要找个人多的地方散散心。

光辉外贸集团事实上是一个大公司，自然也有着各种严谨的制度，林枫寒那份简历，确实是各种拿不出手。但是，他写得一手好字，还不计较工资高低，所以，他很快就成为这家公司的一个普通的打字员。

说实话，开始的几天，面对公司每天都要打印的大量材料，他也烦躁过。

但是，一个星期过后，他就渐渐习惯和熟悉了这种很枯燥的生活。

石高风给他租的房子，就在公司附近，靠得很近。每天早上上班，他都会买一杯豆浆、一根油条，多年不吃早饭的习惯，竟然就这么扭转了。

在光辉外贸集团工作了两个月，别的都还好，但是，林枫寒却开始苦恼起来。

财务部一个助理会计，长得年轻漂亮，是整个公司出名的厂花，公司的男青年追求者不计其数。可是，也不知道这个厂花妹子梅子霜吃错了什么药，竟然就是看上了林枫寒，有事没事就跑到打印室来找他。

一来二去公司几乎上上下下都知道，梅子霜喜欢他。

梅子霜已经明着暗着找他说了几次，甚至已经主动找他约会看电影。林枫寒不太懂得拒绝，说实话，他也没有被女孩子追的经历。

要说他和黄绢，开始他也以为他们两个是嫡亲的表兄妹关系，因此带着她四处吃喝玩乐，直到后来黄绢主动亲了他，咬了他……

他承认，他很喜欢黄绢，也非常喜欢白水灵。

眼前的这个梅子霜，让他不知如何是好。他偷偷地打电话给马胖子，希望他能支个着，想个法子，怎么拒绝人家姑娘，又不伤了人家姑娘的心。

可马胖子居然很不负责地说，你都这样了，一个打字员，拿着那么一点保底工资，人家姑娘都没有嫌弃你，这是真爱，真爱有没有……

然后，那个马胖子就这么挂断了电话。

好吧，梅子霜很有男孩子的性子，喜欢，自然就要自己追。所以，在约林枫寒看了两次电影，又喝了一次咖啡之后，她竟然直接约林枫寒去她家。

林枫寒开始也不知道怎么回事，等去了以后，他就发现不对劲了。

梅子霜家不光父母在，而且姑妈、姑父也在，还有舅舅……

然后，这些人拉着他的手询问了一下他家的十八代祖宗，林枫寒差点就说漏嘴了。最后，他都不知道他是怎么狼狈而逃的。

这个游戏不能玩下去了，否则，绝对耽搁了人家好姑娘。

今天是周五，明天休息，林枫寒考虑得很清楚，把东西收拾一下，然后直接就消失吧——这朝九晚五的工作他不干了。从此远离梅子霜，公司这么多男人追她，不用多久，她应该就能忘掉他了。

但是，下班的时候，梅子霜堵在了他的办公室门口。

"林枫寒，你为什么最近这几天都躲着我？"梅子霜站在他的办公桌前，皱着挺好看的眉头。

"没有啊！"林枫寒把为数不多的几样私人用品，丢进一个黑色的尼龙袋子里面。

既然不准备来了，那么他的一些私人用品，自然就要带走了。

"你收拾东西做什么？"梅子霜见林枫寒收拾东西，顿时就有一种很不好的感觉。

"梅子，"林枫寒想了想，当即说道，"你的心意，我懂，但是我们不合适。"

"我们有什么不合适？"梅子霜瞪大眼睛，气鼓鼓地看着他，"我有什么不好了？"

"你什么都好。"林枫寒说道。

"那你为什么总是这样对我？"梅子霜问道。

周姐姐是光辉外贸集团的老员工了，和林枫寒在一个办公室，她一边收拾东西准备下班，一边笑道："小林啊，梅子可是一个好女孩，而且，你看看，梅子长得多漂亮啊？公司上上下下，追的人不计其数，人家姑娘看上你，是你的福气，你还推三阻四了？"

"周姐姐，我知道梅子是一个好女孩，我……我……"林枫寒都不知道怎么说。

"你要是嫌弃我，你就直接说。"梅子霜有些倔强地说道，"或者说，我有什么做得不对的地方？"

"没有！"林枫寒摇摇头，说道，"你很好，真的。"

梅子霜的确长得很漂亮，她是一心想要找一个男人好好过日子，而她要的，他却给不起。

"好了好了。"周姐姐劝说道，"梅子啊，我算是明白了，这男人嘛，都是这样，感情不是小林主动的，他心里就有些别扭。你给他一点时间，他就能接受了。"

梅子霜看了一眼那个黑色的尼龙袋子，终于忍不住问道："小寒，你是不是……准备辞职不干了？你把东西都收拾好了，对吧？"

林枫寒老老实实地点点头，说道："是的，我不准备来了。"

"为什么？小林，你要知道，公司有规定的，你不做足三个月，你领不到工资的，你……你家境又不太好。"周姐姐连忙说道，"你不是说，你父亲对你很不好？"

"我父亲是对我很不好。"林枫寒叹气，看了一眼梅子霜，他不知道说什么才好。

"你是因为我，才想要辞职？"梅子霜咬着嘴唇，问道。

"梅子，我们相互之间都不了解。"林枫寒说道，"我们不合适，而且，我父亲不会同意的。"

木秀曾经有一次说过，他希望他和某个皇族联姻……

"小林啊，不是我说你，恋爱是你们两个人的事情，和你父亲没有一点关系。"周姐姐说道，"再说，梅子这么好的条件，你父亲能不同意？"

"我要见你父亲，说说我们俩的事情。"梅子霜突然咬牙说道，"你不是说，我们相互之间不了解吗？那么我们就好好地了解一下。"

周姐姐也跟着劝说道："小林，我听说，你可是见过梅子的父母了。要不，你也把梅子带回去，给你父亲看看，说不准他就同意了，你也不用再纠结了。相互了解一下就好了，你这个孩子，何必呢？"

林枫寒看着梅子霜一脸毅然决然的模样，他竟然不知道说什么才好。

"林枫寒，你能躲我一天两天，难道你还能躲我一辈子？"梅子霜说道，"你就算辞职，我也一样会找到你。"

"行，我带你回去。"林枫寒咬牙道，"走吧。"

"现在？"梅子霜倒是有些意外。

"嗯，现在。"林枫寒点头道。

"可是……"真要见对方的父母，梅子霜突然有些迟疑起来。

"你如果想见我的父亲，那就今天吧。"林枫寒说道。

周姐姐说道："梅子啊，你长得这么漂亮，不用打扮也好看。去吧去吧，相互了解一下，姐姐我祝福你们。"

梅子霜听周姐姐这么说，当即点点头。

"走吧。"林枫寒拎着那个黑色的尼龙袋子，向外面走去。

梅子霜连忙跟了上去，走出光辉外贸集团，林枫寒看着她，想了想，摸出手机打了一个电话。

很快，电话就接通了，吴贵接了电话，就有些害怕。他就是一直负责蹲点跟踪林枫寒的人，虽然一开始他们这位小少爷就知道。

但是，每次接到林枫寒的电话，他还是战战兢兢。

"过来接我，你知道我在什么地方。"林枫寒说了这句话，就直接挂断电话。

林枫寒转身看着梅子霜，问道："你真的要跟我回去？"

"嗯。"梅子霜执着地点头，然后她问道，"你家在什么地方，远不？"

"养父住得远，但那个可能是亲爹的人，就在临湘城。"林枫寒说道。

第七十四章　梅子霜

梅子霜愣然，问道："可能是亲爹？"

"是的，可能是亲爹。"林枫寒老老实实地说道。

"就是那个对你很不好的人？"梅子霜皱眉说道。

"嗯。"林枫寒点头。

梅子霜皱眉，思忖着问题。这个时候，吴贵已经命人把车开了过来，看到林枫寒，连忙下车打开车门。他也知道林枫寒如今在这边工作，因此迟疑了一下，当即说道："林先生，请！"

要是叫"少爷"的话，就泄露了身份。如果得罪这位小少爷，那可怎么办？所以，吴贵权衡再三，还是叫"林先生"吧。

林枫寒点点头，看了梅子霜一眼："梅子，上车吧。"

"好！"梅子霜看了一眼那辆破旧的本田车，也没有在意，当即上车。

林枫寒也跟着上车，就坐在梅子霜的旁边。

吴贵迟疑了一下，问道："林先生，您要不要坐前面？"

林枫寒晕车很严重，所以，一般情况下他都是坐副驾驶室的位置，虽然那个位置坐着未必舒服。

林枫寒摇摇头："不用了，你上车吧。"

"好！"吴贵坐上副驾驶室的位置后，才问道，"林先生，送您去哪里？"

"落月山庄。"林枫寒说道。

吴贵似乎愣了一下，他们的小少爷要带着一个美貌的妹子去落月山庄？想到这里，吴贵扭过头来忍不住上上下下地打量梅子霜。

"看什么？"梅子霜被他看得有些不痛快，忍不住说道。

"没有没有。"吴贵连忙扭过头去，这可是小少爷的女朋友，可不能乱看。这不，小少爷就坐在旁边呢，要是惹得那位小祖宗不开心，麻烦可就大了。

从光辉外贸集团到落月山庄，不过四十分钟而已。

梅子霜想要说话，无奈车上除了那个吴贵，还有一个司机。她几次想要问问林枫寒家里的情况，都不知道怎么开口。

林枫寒坐上车子不久，就开始感觉不舒服，自然就更加懒得说话。

车子直接开到落月山庄，停在落月楼的门口。

邱野一早就接到吴贵发过来的手机短信，说小少爷要回来，而且还带着一个美貌的女孩子。

邱野一听，这可是大事，连忙告诉了石高风。

石高风也诧异不已，林枫寒居然带着一个女孩子来落月山庄？

所以，他还是像往常一样，站在门口，等车子到了，就过去开车门。

小黑见到林枫寒，直接就扑上去，趴在他身上撒欢。林枫寒很开心，抱着小黑亲了一口，笑道："想我了？"

"你倒好，跑出去玩，小黑天天闹我。"石高风叹气，说道，"看看吧，这两个月，也没有养起来，还是回来不要闹了。"

"梅子，下车吧。"林枫寒看了一眼梅子霜，招呼道。

"嗯！"梅子霜点点头，下车之后，她就忍不住四处看着，这地方……就像电视、电影里面一样，偌大的院子，好几座楼宇……

梅子霜迟疑了一下，还是问道："小寒，你不是说，你要带我去你家？"

"我也不知道这里算不算我家。"林枫寒看了一眼石高风，说道。

"自然。"石高风连忙说道，"小寒，这地方就是你的家。你要是愿意，我可以直接把落月山庄转到你名下。"

"不用！"林枫寒摇摇头，说道，"麻烦你帮我招呼一下梅子，我等下过来……嗯，她要见你。"

看到林枫寒转身就要走，石高风连忙一把拉住他，吴贵只说，林枫寒带了一个美貌的女孩子回来，可没有说别的。好吧，这女孩子看着还不错，长得很端正，可是，这女孩子好端端的要见他做什么。

"小寒，你给我说清楚，怎么回事？"石高风皱眉说道。

梅子霜刚才看到石高风的时候，她就有一种压迫感。真的，不知道为什么，她心中对这个人感到很惧怕。

想起林枫寒曾经说过，那个可能是他的亲爹的人，对他很不好，曾经差点要了他的命。

虽然林枫寒从来没有提过只言片语，这个人是如何对他不好的，但是，在她印象中，这个中年人绝对可怕。

林枫寒看了看梅子霜，这话，他不知道怎么解释，他从来都不善于处理这种问题。

"小寒？"这一次，石高风的声音明显提高了很多。

但是，林枫寒还是不知道怎么说。

梅子霜却误会了，以为林枫寒惧怕石高风，不敢说，当即说道："是这样的……"

"好吧，你说。"石高风看了一眼林枫寒，又看看梅子霜，想了想，说道，"到里面说话吧，别站在门口。"

说着，他就招呼梅子霜进入落月楼的大厅。

"那我等下过来。"林枫寒感觉实在不舒服，这个时候，他很想泡个热水澡，然后吃一点药。

看着林枫寒走开之后，石高风反而松了一口气。这个时候，用人已经送上茶水、瓜果待客。

"小姐怎么称呼？"石高风首先问道。

"我……我叫梅子霜。"梅子霜连忙说道，"梅花的梅。"

"名字很美。"石高风点点头，"人也漂亮。"

他只有在面对林枫寒的时候才一筹莫展，对于普通人，他还是手到擒来。

"您就是……小寒的父亲？"梅子霜试探性地问道。

"啊？"石高风一听，顿时大喜，连忙点头道，"对，小寒和你说的？"

"嗯！"梅子霜点点头。

"他还说什么了？"石高风连忙问道。

"没……没什么。"梅子霜连忙说道，"叔叔，我和小寒相爱了，他去我家吃过饭，我父母他们都赞同。"

"呃？"石高风目瞪口呆。

看着石高风愣然的样子，梅子霜想想林枫寒的性子，这件事情是不能指望他说了，当即鼓起勇气，继续说道："可是他老躲着我，我……我问他，他说，您不会同意的。

二二七

我今天来，就是想要求您……"

"等等，等等！"石高风摆摆手，说道，"这件事情我有些搞不清楚，梅小姐，你的意思就是—— 你和小寒相恋了，想要结婚？"

提到这个，梅子霜脸上微微一红，但还是含羞点头道："是的，叔叔，我希望您能成全我们。"

梅子霜心里狐疑，林枫寒说，他带她回去见他父亲，然后就把她带到了这里。

可是，这地方是家吗？

家的概念，不就是一间房子吗？顶多就是大小的问题，装修得怎么样，然后就是地点、环境等等。

自家住的那个小区，已经有些旧了，上次她带林枫寒回去之后，虽然林枫寒从来都没有说过自己的底细，但是，他的简历上说：他本是扬州人，跟着爷爷长大，爷爷过世后，他就跑来临湘城投奔生父。

但是生父和他之间有着很大的隔阂，所以他外出租房子住着，并且在光辉外贸集团找了一份工作。

鉴于这种情况，她还曾经和母亲商议过，他们家的房子也不大，但自己工作了几年，手里有一些积蓄，如果不够，到时候让父母帮衬一点，按揭买一个小房子以备结婚用。

对于梅子霜来说，房子的概念，应该就是一百平方米左右。可是这里到底有多大，她不清楚。

她只知道，刚才车子开进来的时候，似乎院子大得有点夸张——也许，这就是传说中的豪华别墅区？

林枫寒的生父很有钱，然后看不起这个来投奔他，没有出息的儿子？

石高风这个时候已经有些明白过来，事实上林枫寒就是逃避而已。

"叔叔，我和我母亲商议了一下，我要是和小寒结婚，我们就搬出去住，也不会麻烦叔叔您什么事情。"梅子霜在脑补了之后，准备了一下措辞，再次开口。

一般情况下，都是父亲另组家庭，才会抛下孩子不管。

听林枫寒说，他的母亲已经过世，那么，很有可能就是他母亲在他很小的时候就死了。然后，眼前的这位高叔叔，抛下林枫寒，和别的女人另组了家庭，并且还有了孩子。

在这样的情况下，突然面对一个二十多年都没有往来的人，巴巴地跑来认亲，换谁心里都有些不痛快。

哦，林枫寒曾经说过，他似乎还有养父。

"你喜欢小寒？"石高风想了想，问道。

"是！"梅子霜点头道。

"我把他的简历做成那样，你居然还喜欢他？"石高风讷讷说道。

"叔叔，您……您这是什么意思？"梅子霜听他这么说，陡然嗖的一下就站起来，"我知道您不喜欢小寒，既然这样，您也不要再管他的婚事了。"

"谁告诉你我不喜欢小寒的？"石高风摇头道，"我不管，也会有别人管。反正，他怎么着都不会娶你。"

"您……您什么意思？"梅子霜的一张脸，顿时涨得通红，"小寒说得果然没错，您就是对他有偏见。"

"梅小姐，我想你误会了。"石高风叹气道，"并非我不喜欢小寒，对他有偏见，是他对我有偏见。"

"小寒会对您有偏见？"梅子霜连忙说道，"这不可能，小寒是那么温文尔雅的人。"

"对，他俊美，高贵，温文尔雅。"石高风说道，"我那位老父亲，把他养得很好，所以，他不知道如何拒绝女孩子的追求，或者我应该这么说，他就没有和女孩子相处的经验。"

"您……您什么意思？"梅子霜恼恨地说道。

"刚才我还搞不清楚状况，现在我算是明白了。"石高风苦笑道，"你喜欢他，对吧？"

"对！"梅子霜点头道。

"喜欢小寒的女孩子很多。"石高风笑笑，说道，"不管是找我，还是找他那位养父，明着、暗着提亲的人，也是不计其数。但我们都搞不太清楚，他到底喜欢谁。他定了一门亲事，是他养父那边一个亲戚家的女孩子，人长得不错。他母亲这边也有一个女孩子，和他有些暧昧。他如果对你有意思，带回来给我看看，我会很开心，真的！刚才我这边的人跟我说——小少爷要带一个女孩子回来给我看看，我真是乐疯了，我做梦都想要抱孙子呢。"

"您是说，您不反对我们？"石高风前面的话，梅子霜都无视了。

"我自然不反对你们，只要小寒点头，我可以给你们操办婚礼。"石高风说道。

"真的？"梅子霜讷讷说道。

"真的，我骗你做什么？"石高风说道，"可问题就是——小寒带你回来的意思，根本就不是给我这个做父亲的人看看女朋友，而是让我帮忙拒绝你。"

"这不可能！"梅子霜连忙说道，"小寒为什么要拒绝我？"

"因为他根本就不想结婚。"石高风说道。

"为什么？他为什么不想结婚？"梅子霜愣愣地问道，这年头，男人的目标，不管有钱没钱，不都想要找一个漂亮的老婆吗？

她漂亮，她知道，从小到大，人人都夸她漂亮，从来她是让男孩子追的。可是，这么多年，她还是第一次见到真正心仪的男子。

人家都说，男追女，隔座山，女追男，隔层纱，她都放下身段去追他了，可他居然还拿上一把。

"这不可能！"梅子霜说道。

这丫头就是一个死脑筋啊！

石高风叹气，林枫寒把人丢给他，就这么跑了。但是石高风知道他的意思，这个女孩子没有错，她就是想要找一个男人结婚生孩子，繁衍下一代。

但是，林枫寒对她没有一点意思，又不知道怎么拒绝人家。或者说，他怕拒绝得过火了，伤了人家女孩子的自尊心，所以，他希望他能帮他拒绝……

可是，林枫寒似乎忘记了一件很重要的事情，他又不是他老娘，以他的身份做这件事情，真的很尴尬。

"梅小姐，这么说吧，恋爱那是两个人的事情，暗恋纯粹是一个人的事情了。"石高风叹气道，"可是，结婚那是两个家庭的事情，而小寒的情况还有些复杂，除了我，他还有一位养父。如果你和小寒结婚，我用落月山庄做聘礼，你家——用什么做陪嫁？"

第七十五章　报　复

"落月山庄是什么？"梅子霜从来没有想过这方面的问题，当即问道。

"就是这整个山庄。"石高风说道。

"您的意思是说，这里所有的一切都是您的？"梅子霜呆呆地问道。

"当然。"石高风说道，"梅小姐，你根本就不了解小寒。"

"您这么有钱，您还让小寒去打工？"梅子霜想了想，终于说道，她的大脑似乎有些糊涂，这……这怎么可能？如此庞大的落月山庄竟然是他一个人的？

"不是我让他去打工，他每年不折腾几次就不痛快。"石高风曾经问过马腾，据说，当初木秀要回来，林枫寒天天想着去找一个体面的工作，然后恶补英语。

"为什么？"梅子霜皱眉问道。

"他有这个爱好，我有什么法子？"石高风苦笑道，"再说了，那个孩子不是我养大的，他和我也不亲，我也不好管太多。"

"呃……"梅子霜不知道说什么。

"这件事情总的来说，都是小寒不对。"石高风站起来，走到一边，摸出现金支票，填了一张。然后走过来，递给梅子霜，叹气道，"买一套房子，找一个真心过日子的好男人嫁了，忘掉小寒吧。"

梅子霜瞄了一眼支票的数字，三百万！

是的，这些钱足够她买一套大一点的房子，包括装修也有了，还有一些积蓄。这年头，有房没有贷款，还有些积蓄，如果不出什么大事，她都会过得很幸福。

当石高风告诉她，整个落月山庄都是他的，梅子霜的一颗心都一路往下沉。她很清楚地知道，石高风说得一点没错，恋爱是两个人的事情，暗恋那只是她一个人的事情。林枫寒确实没有喜欢过她，这件事情就是她一头热。

她很冷静，这么多年她都很冷静。原本她以为林枫寒家境不好，正好她想找一个好一点的人过日子，她是颜控，她喜欢他那张脸。

　　而且，林枫寒也没有丝毫的不良嗜好。

　　可现在一切都不同了，她配不上他。就算她比现在再美丽十倍，她也配不上他。是理智地走人，还是继续执着坚守？

　　"石叔叔，这钱我不要您的，我想再看看小寒。"梅子霜说这句话的时候，心里沉甸甸的，有些难受。

　　她的这段恋情，还没有来得及开始，就这么终止了。

　　这么多年，她都没有被这个浮华的世界侵蚀，却在这一刻，她感觉天空的上方，似乎已经被什么东西所遮盖。

　　石高风想了想，又想了想，当即叫过邱野，问道："小寒呢？"

　　"小少爷真有些不舒服，洗澡换了衣服，如今在房里呢。"邱野连忙说道。

　　"嗯！"石高风点点头，说道，"既然这样，走吧！"

　　跟着石高风，梅子霜走出落月山庄，向后面的枫影楼走去。

　　"石叔叔，您这里有多大？"梅子霜看着庞大的园林，诧异地问道。

　　"当初修建的时候，曾经有人跟我说过一次，大概九千平方米吧。"石高风想了想，说道，"具体我不太清楚。"

　　"九千平方米？"梅子霜讷讷说道，"那得多大？"

　　"没有多大。"石高风摇摇头。

　　"这还不大？"梅子霜说道，"石叔叔，我能批评您吗？"

　　"呃？"石高风站住脚步，笑道，"你要批评我什么？我真的没有让小寒去找工作什么的，那不关我的事情。"

　　"不！"梅子霜摇头道，"您刚才说过，他是和您闹脾气才跑出去找工作的，我能理解，我要说的不是这个。"

　　"不是这个是什么？"石高风突然感觉，这个女孩子似乎很有趣。

　　"您如此有钱，您怎么可以抛下老父幼子，多年不闻不问？"梅子霜说道，"而且，对于小寒的养父，您应该给予相应的补偿。刚才那个支票我不要了，您给小寒的养父吧，人家也不容易。"

　　石高风足足呆了有三十秒，这才说道："梅小姐，你不要和我开玩笑，我要敢把那张支票给小寒的养父，他绝对砸我脸上。"

"为什么？"梅子霜说道，"这是他应得的，他为您养育了小寒这么多年。"

"对！"石高风点头道，"我也是这么想的，但是，梅小姐，有一件事情你搞错了。"

"什么？"梅子霜不解地问道。

"你是不是认为，小寒的养父没有钱？就是一个普通人？"石高风问道，"普通人，能把小寒养成如此刁钻古怪的脾气？"

"小寒的养父有钱？"梅子霜愣了愣，理论上不应该是这样啊？如果林枫寒的养父也有钱，那二十年都过去了，他还跑来投奔这个亲爹做什么啊？而且亲爹还不待见他？

"那他跑来投奔您做什么？"梅子霜嘟嘟嘴，说道。

"不是他跑来投奔我，是我去找他的。"石高风说道，"他那个养父相当有钱的，我要是拿着三百万支票给他，说是支付小寒的抚养费，他一准找人揍我。"

"比您还有钱？"梅子霜认为，这不可能了，人家一个房子就差不多九千平方米，这已经不是她能理解的概念了。

"比我有钱，他在南太平洋有好几座私人岛屿，拥有私人飞机、矿场、武装力量等，是这个世界上少有的几个隐世大富豪。"石高风说道，"我在普通人眼中算是有钱了，但是，和他相比还是有些差距。"

提到这个，石高风也有些心酸。早些年，木秀狼狈而逃，石高风以为对方损失惨重，但是，木秀终究成了最后的胜利者。

他会成功的，这些年，他步步为营，终于爬上了巅峰。

可是，当他再次和那个叫木秀的人接触之后，他才发现——一个转身，他依然高不可攀。

二十年，谁的脚步都没有停下来。

石高风也很苦恼，他一直想找一个人倾诉倾诉，但是，他找不到合适的人。

眼前这个女孩子既然问了，他也不在乎说说。

"他对小寒不好吗？"梅子霜皱眉问道。

"他对小寒很好，相当宠溺。"石高风说道，"你如果真的喜欢小寒，愿意给他生儿育女，事实上我是不反对的。我想，他也不会反对，但是明媒正娶，绝对不行。"

"我知道，你们这样的人家，讲究门当户对。"梅子霜摇摇头，说道，"石叔叔，不，石先生，您不用说了，我明白，我也知道为什么小寒说，你们不会同意。"

石高风听她这么说，当即转身向枫影楼走去。

梅子霜走进枫影楼，跟着石高风上楼。

"小寒！"石高风站在林枫寒的卧房门口，轻轻地敲门。房间里面传来琴声，只是几个单调的音符，不成曲调。

石高风走进去，随即他就有一种哭笑不得的感觉。林枫寒已经换了衣服，半靠在沙发上，而小黑趴在琴桌上，正用小爪子拨动琴弦。

小黑见到他进来，当即飞过来，石高风连忙抱住它。

梅子霜看着石高风怀里的那只小怪兽，刚才林枫寒抱在怀中时，她就感到很好奇。这个小怪兽长得像一只小奶猫，却多了两只蝙蝠一样的翅膀。她还从来没有见过这样的东西，心中猜测，这估计也是什么稀罕品种的高档宠物。

小黑冲着石高风叫了两声，然后比画了一下小爪子。

"得，你会弹琴了，你还会哄小寒。"从两个月大的时候，小黑就跟着石高风，他自然也能明白它要表达的意思。

这不，小怪兽认为，他不会哄小寒，所以，小寒才会离家出走。

"是不是你和小黑胡扯，说我离家出走？"林枫寒看到他进来，问道。

"它闹着要出去找你，还抓破了我的手，说我不会哄你……"石高风说道，"我有什么法子？"

林枫寒看了一眼跟着石高风进来的梅子霜，叹气道："我就知道，不能指望你办事。"

梅子霜的目光落在林枫寒的身上，这个时候的林枫寒，和她想象中一模一样，清俊华贵，温文尔雅。

他穿着一件宝蓝色的衬衣，靠在纯白色的真皮沙发上。大概是怕冷，所以他腿上盖着一张薄薄的毯子，左手白皙如玉，正在慢慢地捏着一串颗粒浑圆饱满、青翠欲滴的翡翠珠子。

梅子霜还从来没有见过什么翡翠能如此好看，哪怕以前那些珠宝店里面最好的最华贵的珠宝，和林枫寒手中的那串珠子相比，都成了垃圾、一文不值的石头。

"小寒……"梅子霜说着，突然一愣，苦笑道，"我是不是应该叫你石先生？"

"我不姓石，我姓林。"林枫寒说道。

"石先生和我说清楚了，我以后不会再纠缠你。"梅子霜说道，说了这句话，她忍不住看了一眼石高风。

"小寒回来了，我去让厨师煮几只大螃蟹。"石高风说着，就径自走了出去。

他和梅子霜说得很清楚——如果她只是想和林枫寒玩玩风花雪月的游戏，只要林枫寒不反对，那都无所谓，哪怕弄出人命来，他石高风也会认。

可是，她要嫁给林枫寒，就存在很大问题。

看着石高风走出去，梅子霜走到林枫寒对面，问道："我可以坐下来吗？"

"嗯！"林枫寒轻轻地点头。

"我一直都认为，你不善于交际，只是因为你没有工作经验，慢慢来终究是会好的。"梅子霜低声说道，"但现在我知道了，你根本不需要和我们交际。"

"你错了。"林枫寒摇头道，"我真的不善于交际，曾经，我一度患有自闭症。如果没什么事情，我喜欢宅着不动，看书、玩游戏，黑白颠倒，由于生活习惯不好，导致我最近的身体也很不好。所以，我去找个工作，朝九晚五，调整凌乱的作息习惯，可我没有想到……"

"你没有想到会遇到我这个麻烦？"梅子霜说了这句话，心中越发难受起来。

"你不是麻烦。"林枫寒叹气，好吧，这件事情要算起来，还真是他的错。可是，他也没有想到，梅子霜会喜欢他啊。

某个死胖子曾经说过，这是一个看脸的年代，而好色不分男女。

他总共也就工作了差不多两个月，而他和梅子霜正式接触，顶多就是一个多月，要说有多深的感情，他还真不信。

按照他原来的简历，他绝对就是一个穷光蛋，还是不思进取的穷光蛋，和公司里那些潜力股相比较，他一无是处，除了这么一张脸。

他知道自己长得好看，他酷似他那个迷倒众生的大美人母亲，他能不好看？

"小寒，你难道真的对我就……没有一点感觉？"梅子霜皱眉问道。

"你是一个好女孩，但是，我们不合适。"林枫寒说道。

"你就是嫌我穷。"梅子霜说道。

"不，就算你和我门当户对，我也不会娶你。"林枫寒摇头道。

"为什么？"梅子霜愣然，如果是石高风的说法，她接受了，可是，对于林枫寒的这句话，她需要探讨探讨：为什么就算他们门当户对，他也不会接受她？她有什么不好？

"难道就因为你已经定亲了？"梅子霜问道。

"不是！"林枫寒摇头道，"如果没什么意外，我不会娶妻生子。"

"啊？"梅子霜愣然。

石高风站在他卧房的门口，不禁呆若木鸡。这个时候，他终于明白过来，原来……原来如此……

这孩子，真是让人无语。难道，林家到他终止？他是林家唯一的血脉，就像当初他想要杀掉他，就是希望林家断子绝孙。

而他，在做着和他一样的事情。他不能反抗什么，不能破局，他唯一能做的，就是永恒的终止。

"为什么……为什么？"梅子霜结结巴巴地问道。

"报复！"林枫寒冷笑道。

"报复？"这句话梅子霜没有听懂，但是，站在门口的石高风却听得清清楚楚。他懂，这才是林枫寒的报复。

难怪他把这个女孩子带回来，还让他来拒绝……

"好吧，你家的事情，我不懂！"梅子霜说道，"我也不想懂，或者我也没有那个资格懂。小寒，我也不是那种不知道廉耻的人，你……明天能陪我一天吗？让我这段还没有来得及开始的恋情，来一个完美的结局。将来有一天我老了，我可以给我的孙女说，奶奶当年年轻的时候，曾经遇到过一个豪门公子，他又俊美又有钱……"

第七十六章　血　脉

　　林枫寒看看梅子霜，笑道："可以呀，事实上我也需要人陪我玩。否则，不去工作，我就懒得动。梅子，要不你今晚留下来？"

　　"啊？"梅子霜一愣，他都拒绝她了，怎么还留下她？

　　林枫寒看着她的样子就知道她误会了，当即笑道："听风楼属于客房，大部分情况下都不会有人入住。你晚上可以住在这里，我明天陪你玩一天，晚上我带你去富春山居吃饭。"

　　"富春山居是什么地方？"梅子霜听得有些动心，好奇地问道。

　　"一个高档酒楼。"林枫寒笑道，"当然，这不是重点，重点就是——他们家有一个厨师，做的菜特好吃，而且呢，他最近正好在临湘城。"

　　"是吗？"梅子霜笑道，"多好吃？"

　　"小寒能这么挑嘴，那位大厨功不可没。"石高风这个时候已经镇定了一下心神。不急不急，这件事情木秀肯定也不知道，木秀要是知道了，一准也会着急。没事，晚一点找木秀商议商议，慢慢磨着，他将来终究是会改变注意的。

　　如今，他跟自己刚刚相认，加上原来自己对他做的种种事情，乌老头又死在临湘城，他一时半刻接受不了，有这样一个想法，也是正常的。

　　"你怎么又来了？"林枫寒抬头看了石高风一眼，问道。

　　"刚才你说要回来，我就让人煮了大螃蟹，还有虾，现在差不多好了，请你吃晚饭。"石高风叹气道，"你在外面还对人说，我不待见你，对你有偏见？"

　　"你难道对我没有偏见？"林枫寒笑道。

　　扑哧一声，梅子霜忍不住笑了出来。

　　"梅小姐，都这个点了，你也留下来吃饭吧。"石高风说道。

"这……"梅子霜心里很想拒绝，但看了看林枫寒，又有些舍不得。

"吃了饭，我让人送你回去。"石高风笑道，"你考虑得很周到，女孩子在外面留宿，好说不好听。"

"谢谢石先生。"梅子霜连忙道谢。

"小寒，是在这边吃饭，还是去听风楼？"石高风问道。

"我今天不舒服，不想动，就在这里吧，你叫人在楼下餐厅准备吧。"林枫寒说道。

"好！"石高风答应着。

等石高风走出去，梅子霜看了他一眼，说道："小寒，似乎……"

"似乎什么？"林枫寒不解地问道。

"似乎，他……对你很好啊？"梅子霜说道，"怎么就有偏见了？"

"怎么好了？"林枫寒真没有觉得石高风对他有多好。要真的对他好，就不会让古莫宇那个王八蛋留在临湘城，不，还有石烨……

梅子霜迟疑了一下，这才问道："石先生有几个孩子？"

"什么？"林枫寒不解地问道。

"他应该有好几个孩子吧？你又不是他自幼养大的，只怕他心中难免有些偏颇。"梅子霜叹气道，"你要学着接受。"

林枫寒有些意外，梅子霜竟然也这么劝他，不管是马胖子还是许愿，都劝他学着接受石高风。

甚至，在电话里面，木秀也曾经说过，既然他还活着，既然一切都成了现实，接受吧。

"我看他对你也挺好。"梅子霜低声说道。

林枫寒点点头，又摇摇头，竟然不知道如何应对。

"小寒，是不是你想要什么东西，他没有能给予你？"梅子霜说道，"他家大业大，想来子嗣也多，有些东西，他未必能给你。"

"梅子，你错了。"林枫寒摇头道，"我们家真的很复杂，不是你想的那样。而且，由于我父亲有钱，我好像对金钱没有太大的概念。我父亲曾经对我说过，我只需要学会花钱，赚钱那是他的事情，他会赚够足够的钱，让我败到老死。"

梅子霜只当他是说笑话，当即就笑了出来，说道："这世上哪里有这样的父亲？就算是古代的皇帝老儿，也希望自己的孩子能青出于蓝而胜于蓝，而不是做个败家的纨绔子弟。"

林枫寒正欲说话，偏偏这个时候，梅子霜的手机响了。她看了看手机，连忙接通电话。

等梅子霜挂断电话，林枫寒问道："怎么了？"

"我爷爷的情况不太好呢。"梅子霜低声说道，"我妈妈让我赶紧回去，只怕我是没法留下来吃饭了。"

"啊？"林枫寒听她这么说，当即说道，"我让人送你。"

梅子霜的爷爷从今年春天开始身体就一直不怎么样，人活到这个年纪，自然也不能妄图什么，所以，梅子霜家连后事都已经准备好了……

梅子霜连连点头。

林枫寒还是叫来吴贵，送梅子霜出去，又嘱咐吴贵帮忙看看，如果有需要帮助的，就帮梅子霜一把。

他真的认为，梅子霜是一个比较实在的女孩子，既然不想娶她，自然也不能耽搁了她，更不能让她在自己身上耗费太多的时间。

等他转身回到枫影楼的时候，石高风迎了出来，招呼他去餐厅。

由于没有旁人，石高风开了一瓶红酒，给林枫寒倒了一杯。除了螃蟹，就是虾，还有一些别的蔬菜，都是林枫寒平时喜欢吃的。

石高风洗了手，就开始剥螃蟹，拿着汤匙把蟹黄全部取出来，放在一边的小碟子里面，然后配上酱料，推给林枫寒。

"给我剥啊？"林枫寒笑道。

"我不吃这个，你知道的。"石高风笑笑。

"谢谢！"林枫寒道谢，既然已经给他剥好了，他自然也就不客气地全部吃了。

"小寒，你是不是很恨我？"石高风突然说道。

林枫寒正剥了一只大公蟹，闻言诧异地问道："怎么好端端的问这个？"

"我就是想要问问。"石高风说道。

"开始的时候恨，现在，谈不上了。"林枫寒一边说着，一边把螃蟹放下来，摇头道，"好好地吃个螃蟹，说这个做什么，倒人胃口。"

"既然说倒胃口，就证明你心中还是有芥蒂啊。"石高风伸手把自己剥好的蟹肉给他，说道，"你喝点酒，螃蟹性凉，最近天气也冷，你还老喜欢吃这玩意儿！"

林枫寒端起红酒杯子，喝了一大口，这才说道："你问这个问题，就证明你心中也有芥蒂，否则，你好端端的问这个做什么？"

"嗯……那个梅小姐事实上很不错，挺实在的一个女孩子，就我的意思嘛，你不如就在临湘城买一座房子，金屋藏娇什么的，将来有了孩子……"

林枫寒抬头看了他一眼，没有等他说完，就接下去说道，"将来有了孩子，让他成为私生子？然后和我另外的女人生养的孩子，成为表兄弟。如果这两个孩子都很牛，木秀和你的戏码，继续在孩子身上上演，对吧？"

石高风愣愣的一句话也没有说。

"然后我这个做父亲的，没有被你们两个折腾死，最后被那两个熊孩子玩死？"林枫寒冷笑道。

"我……"石高风摇摇头，说道，"当我没说。"

"你今晚留她吃饭，是不是就没有安什么好心？"林枫寒再次问道。

"没有。"石高风摇头，说道，"我还不至于动这样的歪心思。"

"最好不要动。"林枫寒说道，"现在医术很发达，你要是有这个心思，我不在乎照顾照顾医院的生意，来个一劳永逸。"

"小寒……你不可以这么做。"石高风已经明白过来，一瞬间，他的脸色已经变得苍白一片。

"小寒，林家就剩下你这么一点血脉了。"石高风握住他的一只手，说道。

"石先生，我知道，你把我活埋的时候不是说过，如果我死了，林家就绝后了。"林枫寒冷笑道，"我贪生怕死，自然不会轻生，我会好好活着。但如果没有意外，我也不会再有孩子。林家，就到此为止吧。"

"小寒，你怎么会有这么荒唐的想法？"石高风连说话的声音都有些颤抖了。

这么多年，他都苦于没有子嗣，开始的时候还好，可是越到老的时候，他就越发盼着有一个孩子。

他生出活埋林枫寒的心思，就是因为妒忌木秀，凭什么他什么都没有了，他却还有孩子？

自己没有的东西，不如毁掉，大家都一样。

可是，当他知道，林枫寒是他的孩子，从古墓中再次把他挖出来的时候，他那个激动、兴奋……

现在林枫寒居然对他说，他不会娶妻生子，林家依然绝后。

不，不应该这样……

"你不是也有这个想法？"林枫寒笑笑，伸手摁住他的手，笑道，"现在不是很好？"

石高风不知道是怎么陪他吃完晚饭的，看着他抱着小黑上楼休息，他连忙走向落月楼……当拨打木秀手机的时候，他的手指依然在颤抖。

"我在美国，你这么一大早的打电话给我做什么？"手机接通，传来木秀不满的声音。

"我这边是晚上。"石高风的声音，依然带着几分颤抖。

"你怎么了？"木秀看了一下时间，他这个点还没有起床，一只黑猫靠近他，在他身上蹭了一下。

木秀伸手抚摸着黑猫，问道："石高风，你怎么了？说话？不说话我继续睡觉了……"

"小寒说……小寒说……"石高风当即把林枫寒的事情说了一遍。

他以为，木秀听完也会着急，但是，他怎么都没有想到，木秀听完了，竟然笑了起来："我以为多大一点事情呢，你啊，这些年都白混了，或者说你遇到小寒的事情就糊涂！最近发生的事情太多了，主要是你没有死，你要是死了，他今年年底就完婚了。"

"他妈的！"石高风没有忍住，他怀着一肚子的怒火，当即吼道，"他带个女朋友回来，让我回绝人家，我……我……"

"漂亮不？"木秀顿时来了兴趣，但随即就说道，"问你也是白搭，你知道什么漂亮不漂亮啊？呵呵，让你回绝人家，小寒可真够绝啊，哈哈……"

"你不笑会死啊？"石高风骂道，"你给我想想法子，我还指望抱孙子呢。"

"小寒的孩子，那是我的孙子，和你没有一毛钱的关系。"木秀冷笑道，"他不愿意让你有孙子，可不代表他让我也没有孙子。哼！你蠢啊，你让老乌死在临湘城机场，他能待见你？他就是故意报复你的好不好？"

"我知道，我知道！"石高风说道，"你的意思是说，他一准会娶黄绢？"

"嗯，到时候我哄哄他，让他把白家的女孩子也骗过来，你华夏是一夫一妻，流金湾可不是，他喜欢，养多少女人都没事。那梅家的小姑娘要是长得好，懂事，一并带过来给我看看。你这个傻子啊，这种事情，小寒让你做，你就真做？石高风，你别和我说话，别带低了我的智商。"木秀说完，还补充一句，"我怎么就有你这样的猪对手？"

然后，挂断电话。

石高风听着手机里面嘟嘟嘟的声音，难道说，真的是自己多虑了？好吧，这等事情，让木秀去操心，这不是他一个人的事情。

谢天谢地，幸好木秀这些年都脑残了，大概当年自己的那颗子弹没有杀得了他，也让他脑残了，他没有别的孩子，自然所有的关注点也在林枫寒的身上。他是拿林枫寒一点办法都没有，但是并不意味着木秀也没有办法。

想到这里，石高风才算略略放心。

第二天一早，林枫寒想起还答应过梅子霜，带她出去玩，所以他一早就起床了。

小黑见他起床之后，就趴在他的床上打滚，玩得不亦乐乎。

让林枫寒意外的是，石高风一早过来，把那块"富甲天下"的翡翠玉佩和那枚红宝石戒指带了过来，给他戴上。

他原本要找个地方工作，装穷，自然不会傻到带着这样的翡翠玉佩和红宝石出门，所以就全部还给了石高风。

"你就不能把我那块玉佩还给我？"林枫寒看着石高风把那块"富甲天下"的翡翠玉佩挂在他脖子上，忍不住问道。

"我要是还给你，你一准就跑了，我以后想要见你一面都难。"石高风笑道。

"你不还给我，我如果想要跑，还是会跑的。"林枫寒笑道，"不过就是一块翡翠玉佩，大不了我让我爸爸再给我找一块好的呗！"

第七十七章　碧玉双鱼佩

石高风笑道："那块翡翠玉佩对你有特殊意义，就算木秀给你寻找到更好的，你不要回去，你依然会有心结。"

林枫寒没有忍住，抬脚就朝他小腿上狠狠地踹了过去。

石高风笑了一下，伸手摸了一下小腿骨，说道："如果不是因为这个缘故，你老早就跑了。"

"你为什么不避开？"林枫寒问道，

"没有来得及。"石高风笑道。

"有早饭吃吗？"林枫寒问道。

"自然。"石高风笑笑，"豆浆、油条，你最近天天吃这个。"

"好！"林枫寒没有说什么。

早饭过后，谢轩要给他开车，林枫寒想了想，当即说道，"算了，我自己开车，你给我去买点东西。"

"买东西？"谢轩不解地问道。

"嗯！"林枫寒当即低声嘱咐了几句，"除了你，别告诉任何人，把一切手续都给我办妥当了。"

"好！"谢轩答应着，既然这件事情是林枫寒让他去办的，自然就意味着，他并不准备瞒着他。

既然不隐瞒身份，林枫寒直接开着那辆酒红色的法拉利出了门。他去过梅子霜家一次，因此认识路，当把车子开到她家楼下的时候，他发现不断有人偷偷看他那辆车。

林枫寒苦笑，跑车就是这点不好，常常引人瞩目。

到了楼下，他打了一个电话给梅子霜，询问了一下她的爷爷怎么样了。

结果，昨天梅子霜的爷爷看着不行了，但是，送去医院挂水之后，竟然又恢复了一点生气。如今还在医院，但也就是这几天的事情了。

梅子霜今天特意化了妆，淡蓝色的眼影，蓝色的长裙，外面搭配了一件黑色的呢料衣服，拎着一个灰蓝色的包包……

"小寒！"隔着车窗玻璃，梅子霜看着林枫寒笑着。

林枫寒摁下车玻璃，笑道："上车。"

梅子霜连忙绕到车子另外一边，打开车门坐上来，笑道："我长这么大，还是第一次坐法拉利。"

"我第一次坐法拉利，差点晕死。"林枫寒一边慢慢地发动车子，一边说道。

小黑趴在他腿上，像一只温顺的猫。

"怎么回事？"梅子霜皱眉问道，"怎么会晕呢？"

"我晕车，天生的。"林枫寒说道，"我上学的时候，认识了一个无良的朋友，他就喜欢跑车，还带我去玩赛车。等一场车赛下来，我已经只剩下半条命了。"

"赛车很危险的。"梅子霜一边拉过安全带，一边说道，"以后还是不要玩了。"

"我是手残党，玩不了。"林枫寒摇头道。

"珍爱生命，远离赛车。"梅子霜笑道。

"我们去哪里玩？"林枫寒看了一眼梅子霜，问道。

"嗯……"梅子霜想了想，说道，"不知道，要不，你说？"

对于这个问题，林枫寒想了想，说道："我来临湘城没多久，对这地方不熟悉。要不，我们上午逛商场、吃饭，下午就随便逛逛？"

"好！"梅子霜点点头，她事实上就希望林枫寒能陪她一天而已。

上午，林枫寒把车子开到临湘城最繁华的市中心，然后两人逛街、购物……

梅子霜买了一点东西，直到中午，二人找了一家很好的咖啡馆。梅子霜点了一份牛排，林枫寒要了鱼排，两人慢慢地吃着，当真如同约会一样。

吃过饭，要了咖啡，然后又四处闲逛了一下。林枫寒想了想，给梅子霜挑了一颗1.5克拉的钻石，梅子霜想要拒绝，但想想，她还是收下了。

下午三点，两人都逛得有些累了，便找了一个茶馆坐下来休息。

"梅子，我们等下去古玩街。"林枫寒说道，"我是做古玩生意的，我去挑挑，看看能不能挑一块古玉给你，也算我们认识一场。"

"小寒，你别破费了。"梅子霜摇头，说道，"你给我买了钻石，我很开心。"

"古玉这东西，讲究缘分，强求不得。"林枫寒说道，"我也就是过去走走，都不知道能不能找到，顺便带你去古玩市场看看……"

梅子霜点点头，两人在茶馆略略坐了坐，林枫寒开车，直奔古玩市场。

这地方他来过，第一次来的时候，就是马胖子带他在附近的酒店入住。后来，他去了附近的古玩市场，还见到了那只黑猫……

那只黑猫叫"黑麟"。

想到这里，林枫寒带着梅子霜向古玩街走去。今天是周六，天气晴朗，不是太过寒冷，因此过来摆摊的人很多。

林枫寒带着梅子霜一路看过去，都是一些破铜烂铁，或者就是一些现代瓷器。至于那种绿得亮瞎眼睛的有机玻璃做成的各种假玉，更是琳琅满目。

梅子霜跟着他一路看过去，当即低声问道："小寒，你做古玩生意，也是这样？"

她脑补了一下林枫寒摆地摊的模样，掩口暗笑不已。

"不是！"林枫寒摇头道，"我做得比较高档，我从来不做这等货色。"

"那你都是做什么样子的？"梅子霜问道。

"我有一个店铺，但也不开门做生意。"提到这个，林枫寒垂头丧气，说道，"我朋友常常笑话我，如果我靠着那个店铺过日子，非得饿死不行。"

"你都不开门做生意，"梅子霜笑道，"自然就没有生意了。"

"开门也没有生意，冷清至极。"林枫寒叹气道。

"那你都是怎么做生意的？"梅子霜好奇地问道。

"一般都是熟人介绍。"林枫寒说道，"古玩这东西有时候比稀罕的珠宝还要难找，还过于昂贵，普通人根本就买不起，熟人介绍，得保证买家看了货，能拿得出钱买。"

"哦哦哦……"梅子霜点点头，问道，"那你们一般的交易额……很高？"

林枫寒笑笑，没有说话。

林枫寒发现，不知不觉之间，他居然再次走到王兴国的店铺门口。

王兴国一个转身，看到林枫寒，先是愣了一下，随即，他笑着招呼道："林先生啊！"

"嗯，王先生好。"林枫寒点点头，笑道，"黑麟在不？我来看看它。"

"那只猫啊？"王兴国笑道，"我姑妈一回来就把它接走了。"

"好吧！"林枫寒摸摸趴在怀里的小黑，轻轻地叹气。他有些糊涂，王兴国的姑妈，到底和他们家有什么关系，这世上真有如此巧合之事吗？

他让马胖子帮忙查查，但马胖子最近似乎很忙，这件事情就这么搁置了。

当然，如果是以前，他会找许愿帮忙。可现在这种情况，他有些摸不清楚王兴国到底是什么来头，是父亲的旧友，还是母亲或者爷爷那边的人？甚至——石高风的人？

所以，许愿那边，他连一个字都没有说过。

王兴国一边说着，一边搬出两张小竹椅，招呼他们坐下，笑道："我就知道，小伙子就是跑来看那只猫的，不是照顾我生意的。哟，这……这猫怎么还长了翅膀？"

小黑一直趴在林枫寒怀里，看见王兴国伸手要过来摸，当即一爪子就抓了过去，吓得王兴国赶紧缩手。

今天，梅子霜对这个小怪兽也非常有爱，几次想要摸摸它。但是，让林枫寒诧异的是，小黑竟然不让梅子霜摸。

平时小黑并不怎么怕人，甚至，石高风第一次在古墓中发现它，把它带出来的时候，小黑就窝在他身上，就给石高风抱过……可见，这个小怪兽并不怎么惧怕陌生人。

见到马胖子的时候，小黑也不认识他啊，可是，今天自己都哄着它了，它也不愿意让梅子霜摸一下。

梅子霜自嘲地说："也许我们无缘，连你养的宠物都不待见我。"

"小黑怕生，王老板小心。"林枫寒说道。

"没事没事，这些小动物，都是怕生的。"王兴国笑道，"小老板，我姑妈回来，我可是给您打过电话，结果您手机一直打不通。"

"唉，和几个朋友进山玩，手机没有信号，于是……"说到这里，林枫寒摊摊手。

"嗯！"王兴国说道，"小老板，我看你这只猫比我姑妈那只猫可爱多了。用我女儿的话说，您这只猫，又好看又萌，对，就是萌。这个字我一直不会说，我女儿老是笑话我老土。可不，我就是吃土饭的，我不土，谁土啊？"

"哈哈！"林枫寒听他这么说，忍不住笑了一下。

"既然这样，王老板，我想要淘块古玉玩玩。"林枫寒笑道，"可有？"

"这……"王兴国有些迟疑。

"王老板，我们也算有些交情。"林枫寒说道，"何必呢？"

"既然这样，两位进来说吧。"王兴国一边说着，一边招呼他们进去。

然后，王兴国叫过一个十来岁的小男孩帮忙照看门面，他带着林枫寒走到里面。

梅子霜有些诧异，但林枫寒曾经关照过她，如果他购买古玉，她只看着就行，不要说话。所以，梅子霜什么也没有说，只是跟了进去。

王兴国外面的店铺，破旧至极，甚至可以说，都看不到什么好东西。但是，里面装修得却比较好，大大的真皮沙发，小型办公室，有书桌、电脑等物品。

"我也不给你们倒茶，想来你们也不喝茶。"王兴国说着，当即转身进去，少顷，就捧着一个小小的盒子走了出来。

然后他把盒子放在桌子上，推到林枫寒面前，笑道："小老板，看看吧。"

林枫寒打开那个看着也颇为陈旧的盒子，一看之下，顿时就笑了。这个王兴国想来就是办事的人，手里攒下来的东西并不怎样，甚至，他还看到一块断裂的玉玲珑。

林枫寒小心地拿起那块玉玲珑，用手抚摸了一下，叹气道："东西不错，怎么碎了？"

"开始就是碎的。"王兴国说道。

林枫寒点点头，多少有些明白了，这玉玲珑如果是完好的，只怕也不会落在王兴国手中。做他们这一行的，最苦的就是干活的，有时候忙活一场，分到手的东西，根本就没有什么好东西，而且，他们也没有门路出手。

就算开个古玩店，想要碰到懂行的也不容易，而且，弄不好，天知道是不是套。

"可惜了！"林枫寒用手抚摸了一下，当即把那块玉玲珑放下。

梅子霜却有些好奇，伸手把那块玉玲珑拿起来，她有些糊涂，这东西有什么好？看看白色的石头上面，雕刻的纹路倒是有些烦琐，看着像龙纹，可又不怎么像。

林枫寒挑了挑，挑出来一块碧玉双鱼佩，看着成色还不错，沁色自然，断定应该是明代之物。

"这双鱼佩怎么卖？"林枫寒问道。

"这……"王兴国迟疑了一下，说道，"小老板如果要，给五万拿走吧。"

林枫寒倒是一愣，不是王兴国这个价钱开得便宜，而是他开得实在有些低。这块碧玉双鱼佩的成色不错，碧玉也是上好的和田碧玉，由于没有人养着，加之上面的一些污垢也没有彻底清洗干净，所以品相不太好看。

但是，这东西处理一下，放在外面，卖个十五万左右应该是没有问题的。

"既然小老板已经看破玄机，一家人不说两家话，小老板给点辛苦费就成。"王兴国说道。

"成。"林枫寒点点头，口中说着，当即摸出手机，问道，"你把银行账号给我，我给你转账。"

"好！"王兴国当即就摸出一张银行卡递给他。

林枫寒也不说什么，直接转账。

"小老板，余下的东西，您不看看吗？"王兴国问道。

"有没有好的？"林枫寒试探性地问道，说着话，当即就把那块碧玉双鱼佩递给梅子霜。

王兴国摇头道："没有，落在我手中的，都是这种货色。小老板，如果想要像您身上这种，除非去找我们大老板。"

"他身上的？"梅子霜正在玩弄那块碧玉双鱼佩，闻言好奇地问道，"他脖子上挂着的？"

今天逛街的时候，林枫寒脖子上那块"富甲天下"的翡翠玉佩不小心露了出来，梅子霜一见之下，顿时叹为观止。

她也聪明，自然知道这样的玉佩价值连城。

第七十八章　捡来的果盘

王兴国笑笑，指着林枫寒腰上的玉佩说道："那块！"

梅子霜就坐在他身边，当即凑近他，小心地用手托起那块玉佩，正欲去看。

不料，小黑飞了过来，直接就一把抢过去，然后用小爪子压在身下。

"我就看一眼，你别老是欺负我。"今天梅子霜让这个小怪兽弄得有些伤心。真的，只要她和林枫寒略略亲近一点，那个小怪兽立刻就扑上来冲着她吼叫。

林枫寒对那只小怪兽又非常在意，它一着急，他就连忙哄……

原本梅子霜真不认为她和林枫寒有什么不合适，但是今天，她有些受伤。

"小黑，你别老是欺负梅子。"林枫寒说道。

小黑冲着他竖起小爪子，比画了好一会儿，还叫了两声。

林枫寒虽然知道小黑的意思，他就弄不明白，为什么小黑老是对他说，梅子霜很危险，让他离她远一点。

甚至，梅子霜只要一靠近他，小黑就会很紧张。

"老板，这块玉佩很值钱吗？"梅子霜虽然没有看清楚那块玉佩，但还是好奇地问道。

"嗯！"王兴国点头道，"那是极好的宋玉，而且颇有来历，放在市面上，至少也值两千万左右。"

"你们老板有这样的好东西？"林枫寒问道。

"嗯，肯定有。"王兴国说道。

"这……能引荐引荐不？"林枫寒问道。

"这……"王兴国迟疑了一下，说道，"小老板是懂行的，这种生意……"说到这里，他忍不住看了一眼梅子霜。

这次，就连梅子霜也明白了，人家王兴国今天不想谈生意，就是因为她这个不懂行的人在。

"那过几天聊吧。"林枫寒说道。

"好！"王兴国点点头。

林枫寒带着梅子霜走出来的时候，走到门口，突然站住脚步。

"怎么了？"梅子霜问道。

"王老板。"林枫寒愣愣地看着办公室门口的角落，在那一堆废弃的报纸中，夹杂着一抹灰蒙蒙的颜色。

"怎么了？"王兴国好奇地问道。

"这是什么东西？"林枫寒一边说着，一边就从废弃的报纸中把那个灰蒙蒙的东西弄了出来。这是一种灰绿色的玩意儿，看着像一个老大的果盘。

但是，林枫寒知道，他并没有看错，果然就是这个玩意儿。那一刻，他有些激动起来。

"一个大盘，还不怎么好用。"王兴国说道，"我老婆从外面捡回来的。"

"啊？"林枫寒愣然，他原本以为，这东西应该是王兴国从哪里弄来的，但没有想到，竟然是他老婆从什么地方捡来的？

"晚上上夜班，在半路上捡回来的，本来还准备洗洗干净，看看是不是能忽悠着卖几个钱，结果怎么洗都是这样。"王兴国叹气道。

"你可以忽悠着卖几个钱，忽悠我吧。"林枫寒笑道。

"啊？"王兴国愣然，问道，"小老板，您要这东西做什么？"

"你反正都是准备卖的，你忽悠我买不就行了？"林枫寒笑道。

听林枫寒这么说，王兴国有些迟疑，半晌，这才说道："老板，这东西我不卖。"

"你……"林枫寒闻言，差点就一口老血喷出来，开什么玩笑啊？他居然如此干脆利落地说不卖，连价钱都不愿意谈一下。

"老板，我诚心想要。"林枫寒说道。

"诚心想要我也不卖。"王兴国笑眯眯地说道。

这一次，林枫寒有些恼火了，说道："既然是你老婆捡来的，你也准备忽悠着卖，你为什么不卖了？"

"因为我发现，这可能是一件宝贝。"王兴国哈哈笑道，"您林公子的眼光，可是我们这古玩街附近所有人都知道的。既然是您看上的东西，自然就是宝贝。"

"你把我当免费的鉴定师？"林枫寒哭笑不得。

"谈不上，我虽然可以断定这是一件宝贝，但是我不知道这是什么。"王兴国说道。

"你不知道是什么，你还是不能忽悠着卖。"林枫寒咬牙切齿地说道。

"我知道。"王兴国笑道，"这么着，林先生，五百万——下次我照顾您生意？"

"靠！"林枫寒忍不住骂道。

"小老板……林公子……您很伤人啊。"王兴国哈哈笑道。

"二百五十万。"林枫寒说道，"你都不知道是什么，居然敢开五百万的价？这玩意儿就值二百五十万，你卖就卖，不卖，拉倒，我不要了。"

"哈哈……"王兴国也笑了起来，认真地看了一眼那个果盘，说道，"成，二百五十万就二百五十万。"

"还是刚才那个银行账号？"林枫寒问道。

"嗯。"王兴国笑笑，点头道，"转账，盘子归你。"

"好！"林枫寒说着，当即直接转账，然后拿着果盘就要走。

"您不让我写个工艺品转卖协议？"王兴国问道。

"不用了。"林枫寒摇头道，"你已经让我做了二百五，我还说什么？我知道你那天也在，但是，就算你给我写了工艺品转卖协议，我也不会告诉你这到底是什么……哦哦哦，事实上，你老婆是对的，这就是一个果盘，它比普通的果盘大一点，因为它也比普通的果盘有来头。"

"林公子，您别这样。"王兴国哭丧着脸说道，"东西都给您了，您还不给我说说？"

"不说。"林枫寒说道。这个王兴国实在太坏了，这东西他想要卖个高价，他开价就是了，开始说什么不卖。

林枫寒最讨厌的就是，明明想要卖，然后打着不卖的借口，想要开一个老高的价钱……

可问题就是，人家知道东西的来历，开个高价他就认了，王兴国还不知道东西的来历，他居然也敢开高价，张口就是五百万，他可真开得出来。

"为什么？"王兴国苦笑道，"我姑妈家可是有黑麟……"

"要不是你姑妈家有黑麟，我现在揍你的心都有。"林枫寒说道。

"哈哈……"王兴国笑笑，说道，"林公子，说说吧。"

"这是一个果盘，没错，但是这果盘的材质有些与众不同。"林枫寒说道。

"这是什么材质？"王兴国愕然问道。

林枫寒听他这么说，当即把那只果盘放在桌子上，指着果盘上面的纹路说道："你看，这个纹路像什么？"

"林公子，这个果盘我研究过很多次。"王兴国说道，"这个纹路，还有这上面的花纹，看起来都非常酷似荷叶，这应该是一个荷叶果盘。可问题就是，这个材质实在是……太差了。我研究了很久，也看不出来这东西是什么材质，说是普通的石头，它又带着几分透明，说是碧玉或者翡翠，又都不像……我也考虑过，是不是墓土阴封玉？但看看也不像。"

林枫寒倒是愣了一下，说道："你居然知道阴封玉？"

"哈哈！"王兴国知道说漏嘴了，忍不住尴尬地笑了笑。

"这个应该是翡翠。"林枫寒指着那个果盘说道。

"如果是翡翠，这个样子也不值钱啊。"梅子霜一直都呆呆地看着，她对林枫寒表示实在不理解。那块碧玉双鱼佩吧，怎么着也是碧玉，还是明代的东西，他花了五万块买下来就算了，可是这个——这东西实在不好看啊，而且连人家王老板自己都不知道这东西的来历。

更让梅子霜感到不可思议的是，这样一个破烂玩意儿，王兴国居然开价要五百万。五百万？那是什么概念，梅子霜不知道。

但是有一点她很明白，就她这样的人，不吃不喝不花费，存个五十年，大概能存个五百万吧……

"如果是翡翠，就这个颜色，"王兴国皱眉道，"不值钱啊。"

"我没有说它值钱。"林枫寒说着，当即就从那一堆旧报纸中，拿了几张，随便包了一下，招呼梅子霜就走。

梅子霜笑笑，跟着林枫寒走出去。

"小寒，我们现在去什么地方玩？你不是说，我们去什么富春山居吃饭吗？"梅子霜说道。

"好呀，现在就去。"林枫寒笑道。

"好！"梅子霜答应着，两人刚刚上车，梅子霜手机响了。她家里打来的电话，告诉她，她爷爷不行了，现在已经离开医院，让她赶紧回去。

林枫寒听了，也不说什么，当即掉转车头，送梅子霜回去。

"小寒，你不进来坐坐了？"梅子霜有些恋恋不舍地说道。

"不了！"林枫寒摇头道，"你家有事，算了。"

"好吧！"梅子霜答应着，下了车，看着林枫寒的法拉利慢慢地离开。

梅子霜正欲转身离去，这个时候，她身后突然有人叫道："梅子，那小子是谁？"

梅子霜一愣，转身就看到她堂哥梅子杰站在那天，一脸的阴沉。

"哥哥，你怎么在这里？"梅子霜吓了一跳，连忙说道。

"爷爷不行了，我自然得回来守着。"梅子杰说道。

梅子霜白了他一眼，说道："那你也别站在我背后，像个鬼一样吓唬人。"

"妹子，那小子是谁？"梅子杰笑道，"不错啊，钓到一个开法拉利的男票了？"

"我也以为我运气好，钓到一个好男人了。"提到这个，梅子霜满心不舒服，"结果，人家豪门大公子爷玩游戏，跑去我们公司上班……"

"豪门公子爷？"梅子杰的目光亮了亮，当即一把拉过梅子霜，说道，"来来来，给哥说说。"

梅子霜一肚子的怨念，而且也不知道这件事情如何对父母、亲戚说起。梅子杰虽然不是亲哥哥，二人却是从小一起长大的，因此便说起种种。

末了，梅子霜叹气道："哥，你不知道，他那个房间精致得……我连手脚都不知道放什么地方。坐在他房间里面，我都觉得压力很大。他腰上那个玉佩，听说是古玉，宋代的，要两千多万……"

梅子杰的目光越来越亮，当即详细地询问种种……

却说林枫寒离开之后，石高风早上就没什么事情，当即懒散地靠在沙发上看报纸，信手就想要摸摸小黑。但随即他就想起来，小黑已经跟着林枫寒出去玩了。想想，这些日子他都习惯摸猫了，这不，没有小怪猫摸着，他还真不痛快了。

"要不，我也养一只猫？"石高风抬头看了一眼邱野，说道。

"呃？"邱野愣然，养猫？他们老板以前最讨厌猫了，见到就烦躁。

甚至，如果哪一天他们老板看到一只黑猫，他都会认为晦气，不吉利……这个时候，居然念叨着要养一只猫？

"老板……有事。"邱野小心翼翼地说道，只怕自己说了这件事情，他们老板就不会念叨着养猫了。

"什么事情？"石高风问道，"小寒把车子撞了？"

"呃？"邱野愣然，笑道，"您都想到什么地方去了？"

"他是出名的手残党，别说我不放心，就连马胖子都不放心。"石高风叹气道，"一年得撞掉几辆车。"

"哈哈……"对此，邱野多少也知道一点，问题就是，林枫寒的车祸，各种离奇，基本都是别人撞他。

停在路边都被人撞了，何况是开车的时候。

"什么事情？"石高风说道，"最近好像没什么事情啊？"

"是关于三少爷的事情。"邱野小声地说道。

"烨儿？"石高风说道，"我关照过李明鹏夫妇，好好地看住他，让他吃点苦头。过上半年，我找个借口送他去国外，别在这个节骨眼上出事。"

"不是！"邱野小声地说道，"他出事了。"

邱野一边说着，一边把一叠资料小心地递给石高风。

石高风把那一叠资料翻完，顿时气得连脸色都变了。

"难怪木秀说，让我把身边的一些事情处理好，果然不是没有缘故的。真是不怕神一般的对手，就怕猪一样的队友，这……这孩子……"石高风摇摇头，已经不知道说什么才好。

"老板，今天是周六。"邱野说道，"这件事情事实上很好办，只要小少爷开口放人，那么老板赶紧把三少爷送走就成。等到周一，这件事情捅出去，只怕就没法收场了。"

第七十九章　没有商量的余地

石高风想了想，问道："人在哪里？"

"富春山居。"邱野连忙说道，"您知道的，三少爷就算傻了，也不会沾染这些东西。这肯定是有人布局陷害，只不过，他上当了。"

"你不用明着暗着提醒我，这件事情就是小寒干的。"石高风说道，"我心知肚明，木秀在金三角颇有根基，弄点违禁药品给他，那是一点问题都没有，然后他栽赃烨儿。甚至，连沿途关系、布局全都准备好了，一旦动手，就断然不会留任何一条后路。"

"是的！"邱野老老实实地说道，"我知道是小少爷干的，可是……"

下面的话，邱野也不知道怎么说，他多少有些明白，古莫宇杀了乌老头，算是彻底把林枫寒得罪了。

"老板，您总得想个法子吧？"邱野说道，"这件事情闹出去，对您也不利啊。虽然那天您已经宣布和石烨脱离关系，但是，一旦上了法庭，天知道石烨会不会胡说八道。"

石高风靠在沙发上，闭上眼睛，静静思考：这件事情不可能是林枫寒一个人做的。如果是他，违禁药品从国外运进来，要通过重重关卡，并不是一件容易的事情。

如此大费周章，难道真的只是想要石烨的小命？不，这不可能……

这个局，应该是木秀布下的。一旦石烨被送上法庭，木秀买通石烨，让他把脏水泼在林枫寒身上。他纵然能脱身，只怕也是麻烦。

不管怎么说，石烨终究是他的养子，这是不争的事实。

"当年，我设局让他蹲了半个月的监狱，这算是礼尚往来。"石高风苦笑道，"走私违禁药品，我有那么傻吗？这年头什么生意不好做啊？"

"老板，我们大家都知道不可能，但是如果有证据，终究是件麻烦事情。"邱野说道。他有一句话没有说，那就是 —— 最好的法子是，别让石烨开口。

"你让我想想。"石高风靠在沙发上，半晌，这才问道，"这资料你哪里来的？"

"我们一直都有人跟踪小少爷。"邱野连忙说道。

"嗯！"石高风点点头，他们确实一直都有人跟踪林枫寒，重点还是保护他的安全。

不对，这件事情如果是木秀做的，就算他们有人跟踪林枫寒，也断然不会让他现在就发现，还给他一天一夜的时间做准备。

不，这应该就是林枫寒做的，而且，他还故意让自己知道。

想到这里，石高风顿时就冷静下来，想起那天生日宴会上林枫寒的异常表现，当即叹气道："他什么时候回来？"

"小少爷今晚不回来了，刚才已经吩咐过，他今晚住在富春山居。"邱野连忙说道。

"备车，去富春山居。"石高风直截了当地说道。

林枫寒开车到了富春山居之后，沈冰和毛志远一起迎了出来。

"志远来了，他天天盼着您。"沈冰笑道。

"哈哈……"林枫寒看到他们表兄弟就开心，笑道，"我就是知道志远在，特意过来的。"

"如此说来，我竟然不如志远受欢迎？"沈冰笑道，"我在富春山居这么久，你都没有过来找我玩。"

"我对找你玩一点兴趣都没有。"林枫寒笑道，"我只对你的菜有兴趣。"

"哇，这小猫好可爱。"毛志远看到林枫寒抱着的小怪猫，当即就伸手要摸。

但是，小黑趴在林枫寒的怀里，冲着毛志远做了一个鄙视的动作，然后扭过头去不理会他。

"好可爱！"毛志远连忙说道，"小林，哦，不对，应该叫小主人。这猫你从哪里找来的？还有翅膀？"

"叫我小主人的人，都没安什么好心。"林枫寒笑道，"怎么着，你也想要养我不成？"

"哈哈……"毛志远笑个不停，"努力挣钱养主人？"

"嗯！"林枫寒笑道，"来来来，叫小黑主人吧，哈哈……"

"进来说话，外面有些凉。"沈冰笑着招呼他们进去。

所有富春山居内都有属于林枫寒这个主人的独立小楼，这个时候，沈冰已经招呼他进去，说道："小寒，不是我说你。你说，每到一个地方，你跑去照顾人家酒店生意做什么啊？怎么说，富春山居也算是全国连锁……"

　　"有时候，酒店比较方便。"林枫寒笑道，"你们这边实在太高档了。再说，我一般出门，都是马胖子安排，我只管带上我自己吃喝玩乐就行。"

　　林枫寒一边说着，一边把小黑放在客厅的沙发上。

　　小黑张开翅膀，飞了一圈，四处看看，然后又飞到他身上，趴在他腿上。

　　"晚上我住这边。"林枫寒笑道。

　　"今晚要是不住这边，我都有意见了。"沈冰笑道，"我来临湘城这么久，你都没有住过富春山居，你让我情何以堪？"

　　"证明你太懒。"毛志远笑道，"你肯定没有做菜。"

　　"对对对。"林枫寒连连点头道。

　　"对了，志远，你去我车上把那个果盘拿下来。"林枫寒说道，"汽车后备厢，旧报纸包着。"

　　"好咧！"毛志远拿着车钥匙，当即走了出去。

　　看着毛志远走出去，林枫寒看了一眼沈冰，问道："事情都安排好了吗？"

　　"放心！"沈冰笑道，"一切安排妥当。"

　　"嗯！"林枫寒点点头，轻轻地叹气。

　　"怎么了？"沈冰问道。

　　"他今晚会来吗？"林枫寒问道。

　　"小寒，你说一句老实话，你是希望他来呢，还是希望他不要来？"沈冰在他身边坐下来，说道，"你要知道，他如果不来，按照我们的计划，你和他会彻底反目。"

　　"我本来就不想和他牵扯什么。"林枫寒说道，"我不希望来，我希望他做点别的事情。"

　　"什么事情？"沈冰一愣，他感觉，他也有些看不懂这个儿时的玩伴了。

　　当然，按照当年木秀的计划，沈冰是林枫寒的玩伴而已。小时候，林枫寒瘦瘦的，弱弱的。那个时候，沈冰特想自己有个弟弟，可以天天抱着。

　　林枫寒摆摆手，他保证石高风肯定舍不得。

　　"准备些清淡点的菜，我今天玩了一天，有些累。"林枫寒说道。

听他说这句话，小黑突然飞起来，冲着他嘎嘎叫了两声。

"行了行了，我知道，我以后都不和她玩了好不好？"林枫寒摇摇头。他都弄不明白，为什么小黑就是看梅子霜不顺眼？这一整天，只要梅子霜靠近他，小黑就开始闹脾气。

小黑听他这么说，这才安心地趴在他腿上。

沈冰准备晚饭，林枫寒就上楼洗澡换衣服，小黑讨好地拿着小毛巾要给他搓背，结果却弄得全身都湿漉漉的，害得林枫寒用干毛巾给它擦了一遍，然后又用吹风机吹着。

小黑很乖巧，老老实实地趴着，任由林枫寒给它收拾，甚至它还很配合。

林枫寒摸着小黑光滑的皮毛，他一直都感觉，小黑不是狐蝠。他看过一些狐蝠的照片，各种丑陋，也没有龙猫一般光滑的皮毛，更不会像小黑一样卖萌。

沈冰和毛志远陪他一起吃完晚饭，林枫寒打开电脑开始找书看。最近都没有什么好看的书，都是千篇一律的玩意儿。某个网站的书，虽然数量越来越多，但质量越来越差了。

唉，这年头，什么都靠数量取胜了。

当然，这不是他关心的问题，好不容易找到一篇不错的盗墓文，看到主角和一干人去盗墓，即将开棺发财的时候，鬼影重重，他全身的寒毛都竖了起来。这时，毛志远上来告诉他，石高风来了。

"告诉他，我今天有些累，已经睡下了，不回落月山庄了。"林枫寒说道。

"小寒，我已经来了。"门口传来石高风的声音。

林枫寒叹口气，摇摇头，挥手让毛志远出去。

"小黑，抱抱！"石高风一边说着，一边伸手去抱小黑。

"我今天想要吃沈冰做的菜，就来富春山居了。"林枫寒站起来，倒了一杯茶给他，"明天就回落月山庄，你明明知道我在这边，还巴巴地赶过来做什么？"

"我过来看看你。"石高风从他手中接过茶杯，就在他对面的沙发上坐下来。

"嗯！"林枫寒点点头，从他手中抱过小黑，然后继续看书。

石高风足足坐了三分钟，见他只是看书，根本没有说话的打算，叫道："小寒。"

"有事？"林枫寒抬头看着他，一边慢慢地抚摸着小黑。

石高风犹豫着，考虑怎么开口。

"石烨在你这里？"石高风直接问道。

林枫寒比较聪明，他认为，拐弯抹角，似乎对他没有用。对于聪明人，还是直来直去比较好，没必要玩那个小心眼。

林枫寒歪着头，看着他，笑得一脸无辜。

"你这孩子……"石高风有些无奈。

"嗯，他在我这里。"林枫寒笑道，"但是他和你不是没有关系吗？你问什么啊？"

"小寒，你明明知道，他和我有关系。"石高风苦笑道，"把人给我好不好？我把他送去国外，这件事情就算完了，怎么样？"

"什么事情算完了？"林枫寒抬头看着他，问道，"做下的事情就要承担责任，完了？我让你处理的时候，你为什么不处理好？"

"我……"石高风叹气，石烨就是心太大了，要得太多。当他知道石烨做的种种，确实也容不下他。

但是想想，这孩子终究是古家最后一点血脉啊。如果这个孩子也死了，那么，他将来死后还怎么去见舅舅和母亲？

"怎样才能把人给我？"石高风问道。

"你如果想要住在富春山居，我没有意见，如果你是为了石烨而来，那就算了。"林枫寒说道，"他想要置我于死地的时候，你为什么就没有想过？"

"我那个时候根本就不知道……"石高风低声说道。

他那个时候根本不知道，林枫寒就是他儿子，而是以为，他是木秀和周蕙娉的孩子。林枫寒死了就死了，他只会开心，拍手称快。

"你知道了以后，也没有把事情处理好。"林枫寒摇摇头，说道，"算了，石先生，你请便。"

"小寒，求你行不行？"石高风说道。

"不行！"林枫寒说道，"你出去吧，别打扰我休息。"

"小寒！"石高风走了过来，看着他，低声说道，"没有一点商量的余地？"

"没有！"林枫寒摇头道，"一点都没有。"

"小寒，你别忘了……"石高风低声在他耳畔说了几句话，"你也一样有把柄在我手中。"

"你这是要挟？"林枫寒皱眉问道。

"算是。"石高风点点头。

"没事，你只管动手。"林枫寒说道，"反正，对于已经死过一次的人来说，死没什么大碍。那个时候，我还没有安排好，尚且慷慨赴死，何况现在？"

"你……"石高风苦笑。

"志远，送客！"林枫寒站起来，叫道。

外面，毛志远连忙走了过来，说道："石先生，请！"

"小寒，我不走！"石高风摇摇头。

"你不走，我走！"林枫寒当即抱着小黑，抬脚就走，"我换个房间睡觉就是，我还怕没地方睡觉啊？你喜欢这里，我让给你就是。"

"我……"石高风连忙拦住他，说道，"小寒，真的没有商议的余地？"

"没有。"林枫寒摇摇头。

这件事情没法商议，否则，他对不起姥爷……

"小寒，我求你了！"石高风说着，当即在他面前跪下，"他是古家最后一点血脉了，小寒，看在我的面子上，放了石烨吧！"

"你可真够无耻的！"林枫寒恼恨之下，抬脚就对着他踢过去。

石高风闷哼一声，却没有吭声。

林枫寒转身就向外面走去，石高风急忙叫道："小寒……小寒……"

林枫寒虽然听见了，却装作没有听到。走到外面，沈冰正靠在一边的墙壁上看着他。

"另外给我安排一间房间。"林枫寒说道。

"好！"沈冰说道，"后面有一座独立的小洋房，带着花园，有温泉，我带你过去？"

"好！"林枫寒点点头，当即直接走过去。

第八十章　儿女都是债

看着林枫寒走出去，石高风愣了愣，随即他就跟着想要出去。

"石先生，我们家小主人累了，想要休息了。您如果想要入住，看在我们这么多年的情分上，您可以住这边。"毛志远挡住他的去路。

"让开！"石高风看了一眼毛志远，说道。

"石先生，这里是富春山居。"外面，沈冰的声音传了进来，"怎么着，您想要硬闯？"

"呵呵！"石高风冷笑道，"我硬闯又怎样？"

"不怎样。"沈笑笑笑，说道，"第一，您如果硬闯，未必能奏效；第二，我不在乎打个电话给木秀先生，让他给您找点麻烦。"

"你要挟我？"石高风挑眉。

"您刚才不是也要挟我们主人吗？"沈冰冷笑道，"石先生，您把我们家主人活埋的时候，您有没有想过，他是富春山居的主人？您有没有想过，周姨？"

这一次，石高风没有说话。

"呵呵！"沈冰冷笑道，"敢情不是您自己养大的啊，真有个事情，您也不知道心痛？"

"我那个时候根本不知道……"石高风皱眉。

"不知道不能作为万能的借口。"沈冰冷笑道，"石先生，我不是小寒，您这些言辞，不要用来骗我。既然做了，您就要承担责任——嗯，这话是小时候您教我们的。"

"好吧！"石高风点点头，说道，"既然人还在富春山居，没有移交出去，既然你们也通知了我，那么就证明，你们做了放人的打算，对吧？"

沈冰轻轻地鼓掌，笑道："石叔叔就是石叔叔，我就知道瞒不了您啊。"

"这不，既然叫了叔叔，放人吧。"石高风笑道，"或者条件你开出来，我照办？"

"我是叫您石叔叔，但是，放人的话，必须小寒点头。"沈冰笑道，"条件？小寒不会贪图您什么东西。"

"请指示。"石高风说道。

"小寒不希望您来。"沈冰说道，"他说，如果您来了，就意味着……"

下面的话，沈冰没有说，但是，石高风知道。如果他来了，就意味着，在他心目中，石烨很重要，那个孩子心里不痛快。

想想，诸多事情似乎自己都没有让他满意，尤其是乌老头那件事情。

"石烨对您很重要？"沈冰问道。

"嗯！"石高风点点头。

"既然这样，您为什么不好生管教管教，弄出这些破事来？"沈冰说道。

"我把你教导得很好，"石高风苦笑道，"结果现在却给别人做了嫁衣。"

"您从一开始就应该明白，我们都是周姨的人。"沈冰轻轻地笑道。

"我知道，你们都是娉娉的人。"石高风问道，"我就是想要知道，为什么你们愿意忠诚于她？"

"我也不知道。"对于这个问题，沈冰摇摇头，仔细想想，也没有想出什么原因来。

"阿冰，怎样才能让小寒放人？"石高风说道。

沈冰想了想，说道："我安排他在后面的温泉洋房休息，余下的事情，您懂。"

石高风觉得，他有些不懂，既然沈冰不让他硬闯，可又把林枫寒休息的地方告诉他，几个意思？

"当年木秀先生能成功逃离，苦肉计用得很好。"沈冰笑道，"石叔叔可以学学。"

"谢谢！"石高风瞬间就明白过来，当即说道，"能帮忙吗？"

"明天看吧！"沈冰说道，"这地方您熟悉，您自己看着办。"然后他就转身向外面走去。

林枫寒换了一个地方，抱着小黑看了一会儿书，直接就爬上床睡觉，石烨的事情明天再说就是。

其间，石高风打了一个电话，林枫寒看了看，直接挂掉了。

梅子霜也给他打了一个电话，今天分手之前，林枫寒在她包里塞了一张五百万的现金支票，想着他们终究已经结束，以后再也不会有任何交集，因此她的电话，他也没有接。

由于睡得早，第二天一早他就醒了，起床盥洗了一番，小黑飞了进来，冲着他嘎嘎叫了两声。

"怎么了？"林枫寒用热毛巾揉着脸，问道。

小黑连叫带比画，林枫寒终于弄明白了，石高风昨晚竟然没有走，而是在他门前跪了一晚上。

"他……他疯了？"林枫寒讷讷说道。

林枫寒抬脚就想要出去，但是，随即想想，这个时候出去见到他，也就是这么回事。石高风想要让他放了石烨，而他根本不想放人。

所以，他抱着小黑再次坐下来，说道："等我吃了早饭再去看他。"

林枫寒下楼之后，就有侍应生送来早饭，有白粥，有各种酱菜，还有包子、油条等。他自己盛了一碗白粥，拿了一只包子，咬了一口，开始玩手机翻微信。

他看到一条比较意外的消息是——李少业给他留言，他要结婚了，问他来不来参加他的婚礼。

林枫寒发了一个恭喜的表情过去，然后询问他什么时候结婚，具体是怎么安排的。

李少业正好在线，很快就回复："婚礼定在冬月（农历十一月）初三，黄道吉日，特意找人看了日子。"

"好小子，有你的，不声不响就结婚了。"林枫寒发了一个笑脸过去。

"小林，你在哪里？"李少业问道，"我让人去宝典给你送帖子，结果你天天关门。去御枫园，你家保安连门都不让我进。"

"误会误会。"林枫寒连忙说道。

"哈哈……"李少业发了一个大大的笑脸，问道，"来参加我的婚礼不？你小子现在发财了，不会就不认我这个老同学了吧？"

"怎么可能？"林枫寒说道，"我要是能赶回来，一准参加你的婚礼。"

"你在哪里？"李少业再次问道。

"临湘城。"林枫寒老老实实地说道。

"哦……"李少业回复道。

过了大概三十秒，他再次发来信息，"小林，你知道吗？"

"知道什么？"林枫寒好奇地问道。

"秦妍，"李少业说道，"她竟然嫁去了临湘城。"

林枫寒愣了一下，秦妍和他是同学。李少业自然也认识，曾经有一段时间，他确实和秦妍走得很近。

甚至，他一度是动心的。

"我知道！"林枫寒回复道。

"小林，我真觉得你可惜了。"李少业说道，"秦妍可是历史系的系花啊。"

"算了，不说这个。"林枫寒抬头，突然发现，小黑鬼鬼祟祟地抱着一个包子，向外面飞去。

他一愣之下就明白过来，小黑这个时候抱着包子出去，绝对是给石高风的。

石高风在外面石阶下跪了一个晚上，沈冰说得不错，苦肉计用得好，也很管用。不管如何，他都要想法子把石烨给捞出来。

当年既然自己认养了这个孩子，总得有始有终。

初冬的季节，真的已经很冷了。他坐车来的时候，就穿了一件薄薄的衬衣，平时不觉得怎样，在外面冷冰冰的地上跪一个晚上，尤其是到了下半夜，真是冷彻心扉，手脚都冻得冰冷冰冷，膝盖下面也隐隐刺痛……他已经无视了，不过，应该说是已经麻木了。

终于等到太阳升起来，气温略略有些回暖，石高风长舒了一口气。不过，以他对林枫寒的了解，他估计要到九点才起床。幸好，一大早，小黑竟然飞了出来。

看着他惨兮兮地跪在外面，小黑当即就扑到他身上，比画着、叫着。

石高风对它解释了好一会儿，也不知道小黑有没有听懂，反正，它转身向房间里面飞去了。

如此过了好一会儿，石高风就看到，小黑竟然再次飞了出来，小爪子还捧着一个白白嫩嫩的菜包子。

看着小黑把包子送到他面前，石高风突然就有些感动起来。当即伸手接了，然后抱着小黑，问道："小寒醒了？吃早饭了，今天倒是好早啊。"

小黑点点头，然后指着包子，让他赶紧吃，它还一个劲地比画着。

"你从小寒那里偷来的？"石高风瞬间就乐了。

小黑连连点头，表示不能让小寒知道。

"你自己回头看。"石高风抱着小黑，让它回头。

林枫寒直接走了出来，站在石阶上，就这么看着他。

小黑用小爪子捂着脸，躲在石高风怀里。

"起来吧，我放人。"林枫寒看了他一眼，说道。

"啊？"石高风愣然，半晌，他还有些回不过神来。他已经准备好了各种台词，可一句话都没有说，他居然说，他就这么放人了？

"不想让我放人啊？"林枫寒问道。

"不不不！"石高风摇摇头，说道，"小寒，谢谢你，谢谢……"

"进来吃早饭吧，免得小黑等下又要偷偷地给你送吃的。"林枫寒说道。

"好好好！"石高风说着，当即就要站起来。但是他跪了一个晚上，略略一动，只感觉膝盖下面刺痛难当，身子一歪，再次倒在地上。

石高风索性就坐在地上，伸手揉着膝盖。过了一会儿，他才感觉好过一点，这才扶着地面，慢慢地站起来。

林枫寒抱着小黑，已经再次走回屋子里面。

石高风感觉，似乎有什么地方不对劲啊？但既然林枫寒已经同意放人了，他自然也不会再说什么，当即走了进去。

餐桌上，放着各种早点，林枫寒就坐在餐桌前，小黑正在和一根油条"搏斗"。

"吃早饭？"林枫寒招呼他。

"嗯！"石高风笑笑，说道，"我昨天晚饭都没有吃……"

"为什么不吃晚饭？"林枫寒问道。

"我本来准备来你这边蹭饭的，结果，你生气了。"石高风笑笑，就在他身边坐下来，发现他面前的一碗白粥，就喝了一点。

"你不吃了？"石高风问道。

"我不太饿。"林枫寒摇摇头，说道。

"那我吃你的好不？"石高风笑道，餐桌上并没有准备他的餐具。他要吃，要么叫人再次送来，要么就直接用林枫寒的。

"你不嫌弃，随便。"林枫寒笑道。

"我不嫌弃。"石高风说着，直接拿过他的碗筷，开始吃起来。

"让我放人，你总得拿出一点东西做交换。"林枫寒看着他，淡淡地说道。

"呃？"石高风正好喝了一口粥，闻言，差点吐出来，"小寒，你想要什么？"

"把我那块玉佩还给我。"林枫寒说道。

"好。"石高风考虑了一下，点头道，"我回去就还你。"

"不，现在让人送过来，一手交钱，一手交货。"林枫寒说道，"鉴于你很无耻，没有信誉度，所以，我不太相信你。"

石高风看了一眼那些美味的早餐，已经完全没有了胃口，问道："小寒，你的意思是——你不跟我一起回落月山庄？"

"我没有回去的必要了。"林枫寒说道。

"你……什么意思？"石高风愣然问道。

"没什么意思，就是这样。"林枫寒有些讽刺地笑道，"他终究是你养大的，你选择他，没错。而我，对于你来说，这么多年都是仇人之子，谈不上什么感情。你对我，顶多就是有些愧疚，现在，你连愧疚都不用了。"

林枫寒说完，当即抱起小黑，转身离开。

石高风呆呆地坐在桌子前，直到这一刻，他突然明白过来，原来如此。

石高风亲自回到落月山庄，小心地从保险柜里取出那块玉佩，还有木秀的那张照片，一起带去富春山居，给了林枫寒。

让他出乎意料的是，林枫寒竟然没有见他，而是让沈冰替他收了东西。随即，毛志远就把石烨带了过来。

经过两个月的磨难，石烨的气势已经大不如前，见到石高风，想要说什么，也不知道从何说起。

石高风吩咐邱野，直接安排石烨去法国，别留在国内再惹事端。由于怕出事，他特意亲自去了机场，看着石烨上了飞机……

石烨在机场上，抱着他哭得稀里哗啦。

"我在法国给你留了两家小公司，还有一些存款。"石高风说道，"只要你不胡来，足够你富富足足地过完这一辈子。我领养了你，也算是对你负责了。"

"爸……"石烨抬头看着他，就这么走了，他真的不甘心。

"走吧，走了再也不要回来了。"石高风说道。

"是！"这一次，石烨老老实实地答应着，"爸爸，您多保重。"

等飞机飞走了，石高风轻轻地叹气，他知道，石烨不会回来了。这辈子，他和这个孩子再也没有一点瓜葛了。

离开机场，司机开车，邱野坐在副驾驶的位置上。

"老板，家里发生了一点事情。"邱野说道。

"什么事情？"这个时候，石高风很困很困。他昨晚一夜都没有睡，这个时候太阳已经偏西了，车里暖气开得有点高，他打了一哈欠，正准备靠在车座上睡一会儿。

"谢轩进入枫影楼，带走了小少爷的一些私人物品。"邱野说道。

石高风睁开眼睛，想了想，问道："他还在富春山居？"

"是的，他还在富春山居。"邱野说道，

"直接去富春山居。"石高风说道。

"老板，您不回去休息？"邱野微微皱眉，石高风的状态不太好，他昨晚一夜没睡，今天又是各种忙碌，刚才在去机场的路上，他还打起了瞌睡。如今，终于把那个不懂事的三少爷送走了，怎么说也可以松一口气，回去好好休息了。

"不用，去富春山居。"石高风说道。

"好！"邱野见石高风坚持，当即命司机改道，前往富春山居。

但是，石高风想不到的是，到了富春山居，毛志远直接带他走到昨天那座小楼前。书房中，沈冰正在等他。

"阿冰。"石高风笑道。

"石叔叔把事情都办妥了？"沈冰见到他，指着对面的椅子说道，"我新煮了一壶好茶，您尝尝？"

"好啊，难得你亲自烹茶。"石高风在他对面的椅子上坐下。

沈冰提着茶壶，给他倒了一杯茶，笑道："尝尝！"

石高风闻了闻，茶香扑鼻，当即赞道："果然是好茶。"

沈冰只是笑笑，看着石高风慢慢地品茶，他也不说话。

"小寒呢，你既然煮了好茶，他怎么还没有来？"石高风笑着问道。

想来沈冰也不会特意煮了茶请他喝茶，而且他没有未卜先知的本事，不可能知道他要过来。

"他不在。"沈冰说道。

"不在？"石高风愣然，不解地说道，"他去哪里了？"话刚刚出口，他心中就知道不好，连忙说道，"阿冰，小寒去了哪里？"

"小寒不喜欢临湘城，石叔叔何必强行留人？"沈冰摇头道，"更何况，石叔叔该有的都有了，那些原本不属于您的东西，就不要强求了。"

同样的话，似乎还有别人说过？对，林枫寒也说过，石高风仔细想想，确实，林枫寒对他说过——就当他从来都没有来过临湘城。

"这是小寒留给你的。"沈冰走到一边，取出一只秀囊，递给他。

石高风连忙打开秀囊，里面装着那块"富甲天下"的翡翠玉佩，还有一个青布小包，里面裹着一小段头发……

"小寒的？"石高风低声问道。

"是，小寒的，他让我转告您，您的那张照片，他带走了，这个留给您，了却骨肉之情。这张银行卡，也是他给您的，说是您给他的零花钱，他没有用，如今还给您。"沈冰说道。

石高风看着沈冰递过来的那张银行卡，对，他认识这张银行卡。这是他给林枫寒的，里面有一亿欧元，当初他说没钱，让他弄点零花钱给他。

他还说，木秀给他的见面礼，就是一亿欧元。

所以，石高风什么也没有说，直接给他开了一个账户，存了一亿欧元进去。如今，他却还了回来。

"他……还有东西在我这里，我要给他。"石高风突然急忙说道。

"石先生，您不要着急，等我把话说完。"沈冰说道，"小寒还说，墓穴中的黄金和珠宝，他就带走了几颗夜明珠，因为没有那几颗夜明珠，他不可能活下来。而且，那几颗夜明珠小黑很喜欢，所以他带走了，余下的东西，算是他给您的养老金，您省着点花。这是他的原话，虽然不太好听，您将就着听听。嗯，虽然我们都知道，您不需要他支付什么养老金，但您的，终究是您的，他给的，就当一点心意吧。"

"他的意思就是，从此我们再不相见？"石高风说道。

"是的，他不想再见你了。"沈冰说道，"他说，您已经做出选择了，如此甚好。"

"我……我做出什么选择啊？"石高风说道。

"我的任务只是转达他的话，不负责回答您的问题。"沈冰轻轻地叹气道，"石叔叔，您是一个枭雄人物，我小时候挺佩服您。但是，这次的事情您确实做得很过分。"

石高风再次喝了一口茶，沉思了片刻，这才说道："阿冰，你只是负责转达小寒的话，对吧？"

"对！"沈冰点头道。

"你不负责回答我的任何问题？"石高风突然笑道。

"嗯。"沈冰点点头。

"我碰到小寒的事情就糊涂，但是，别的事情我一点也不糊涂。"石高风说道。

"嗯，当年您碰到周姨的事情，您也很糊涂，周姨不止一次笑话过您。"沈冰笑道。

"对，我碰到他们母子，我就一点法子都没有。"石高风说道，"也不知道是不是上辈子欠他们母子的债。"

"儿女都是债。"沈冰淡淡地笑道，"您不光上辈子欠着，这辈子也欠着。"

"是的，如此说来，我不光是上辈子欠着，这辈子也欠着。这孩子，走就走了，还给我什么养老金，我需要他给我养老金吗？"石高风呵呵笑道，"忒看不起我了。"

沈冰没有说话。

"阿冰，我们不说小寒，我们谈谈别的？"石高风笑道。

"石叔叔，这个……在古玩街上，有一个小铺子。"沈冰说道，"生意做得不错。"

"哦？"石高风挑眉，古玩街上的小铺子？

"当然，这不是重点。古玩街上，总会有人生意做得不错，比如说，我们那位主人，生意就一直做得不错。"沈冰笑呵呵地说道。

"呵呵！"石高风笑笑，说道，"既然都不是重点，直接说重点吧。"

"那个人家姓王，三横王。"沈冰说道，"店老板叫王兴国。"

"很普通的名字，丢哪里都不惹人瞩目。"石高风点点头。

沈冰从一边拿过纸笔，写了一组数字，递了过去。

石高风看了看，沉默片刻，说道："像是一个手机号码，移动的？"

"确实是移动的一个手机号码。"沈冰笑道，"您不知道是谁的？"

"我哪里知道？"石高风满腹狐疑，这么一个普通的手机号码，他哪里知道是谁的？难道说，小寒以前用过？不，不对，那个孩子，这辈子就用了一个手机号码而已，从未变过。

沈冰笑着摇头，说道："石叔叔，您真不孝。幸好今天是我跟您说这件事情，如果是小寒，只怕他又要生气了。"

"小寒用过这个号码？"石高风试探性地问道。

"当然没有。"沈冰说道，"他有控物癖，不会随便更换手机号码。"

"那这个号码是谁的？"石高风说道，"阿冰，别绕弯子，直接说。"

"令尊大人。"沈冰淡淡地说道。

第八十一章　归　途

石高风愣了一下，这才说道："我家老头子啊？"

"嗯！"沈冰点点头。

"他不是……"石高风话刚刚出口，突然想起什么，问道，"阿冰，你刚才说的那个古玩铺子，姓王的人家，是不是叫王兴国？"

"对。"沈冰点头道，"敢情我说话，您就没有认真听。"

"别学小寒那孩子说话。"石高风说道，"阿冰，别招惹我。"

"嗯！"这一次，沈冰规规矩矩地点头答应着。

"王兴国我知道啊。"石高风叹气道，"我刚才糊涂了。"

"对，您碰到小寒的事情就糊涂。"沈冰一边说着，一边倒了一杯茶给他，问道，"到底是怎么回事？"

"她……怎么还收集我家老头子的手机号码？"石高风微微皱眉，想想，可能就是他的意思。也有可能那个号码是某人想要保留，然后就留了下来。

"什么意思？"沈冰问道。

"没什么意思，就是字面意思。"石高风笑道，"阿冰，这件事情是你想要问，还是小寒想要问？"

"有区别吗？"沈冰问道。

"有，如果是你想要问，你自己去打听打听就知道了。如果是小寒想要问，我劝你一句，最好不要告诉他。"石高风笑道。

"打听？"沈冰微微皱眉，说道，"小寒说，这件事情他托许愿和马胖子调查过，可他们都回复他，查不出什么来……既然他们都查不出来，自然就代表有人干涉，我也懒得调查，不如直接问您。"

"不是有人干涉。"石高风笑道，"这件事情许愿问过我，我让他请示一下木秀先生，看看他什么意思，愿不愿意让小寒知道。如果他无所谓，那么就告诉小寒，如果他要瞒着，想当年我们坏事都是一起做的，看在他这么多年对小寒养育之恩的分上，我可以帮他遮掩一二。"

"跟木秀先生有关？"沈冰愣然。

"嗯！"石高风点点头。

沈冰想了想，似乎有些不对劲啊？林枫寒怀疑这件事情和他爷爷有关，可从来没有想过，这件事情居然和木秀先生也有关。

"王兴国的那个姑妈，只比王兴国大几岁，远房姑妈，没有什么血缘关系。"石高风说道，"你别瞧着王兴国那个样子，他那个姑妈，可是当年魔都的高才生，考古系的系花。"

沈冰听到这里，顿时就有些糊涂了。

"他姑妈叫孙妃，当年读书的时候，不知道迷倒了多少 F 大学的青年才俊。"石高风说道。

"我记得，您似乎不是 F 大学的？"沈冰突然说道。

"是，我就读于京城的一家名校。"石高风说道，"现在不是说我，是说孙妃。她老家就在临湘城，毕业后曾经留在魔都一段时间，后来她就回老家图谋发展了。"

"她……"沈冰这个时候再傻，也明白过来了，问道，"她喜欢木秀先生？"

"当年，她是千门魔都那边的负责人。"石高风说道，"和木秀先生曾经有一腿。如果不是出了意外，很多人以为，她会嫁给木秀。"

"这个意外是指周姨？"沈冰问道。

"当年我带着娉娉从京城回来，他身边已经有了孙妃，而且，孙妃容貌美丽，明艳动人，并不在娉娉之下。我根本就没有想过，他会横刀夺爱。"下面的话，石高风都不知道怎么说了。现在提到这件事情，他依然恨得咬牙切齿。

红颜自古都是祸水，他从来没有怨过周蕙娉，可他却不得不恨木秀。

"孙妃对于他的事业也是一大助力，又对他死心塌地，可他……"石高风说道，"他就这么把她抛弃了，跑来追娉娉。"

"原来如此。"沈冰点点头。

"她这么多年都没有嫁出去，一直都念着木秀。小寒这次来临湘城，机缘巧合，

——二七一——

发现了那只小黑猫，想要买回去玩玩，结果一打听，差点就露馅了。"石高风说道，"然后，他让马胖子和许愿给他查查王兴国姑妈的底细。幸好，这里面有一个思想误区，就是王兴国也老大不小了，他以为——他的姑妈已经七老八十，因此也没有往这方面想。许愿前不久问过我，我让他问问木秀。"

"既然如此，您居然能容忍她就这么一直待在临湘城，还在您眼皮子底下做生意？"沈冰对于这个答案，很是意外。

"她成不了什么气候。"石高风冷笑道，"没有木秀，他们就是一团散沙，而且，我也需要他们做事。"

"哦？"沈冰一愣，随即笑道，"原来如此。"

"娉娉不也利用富春山居做一些别的生意吗？"石高风笑道，"否则，阿冰，你拿什么东西去讨好你那位小主人？"

沈冰听石高风这么说，忍不住用手指轻轻地敲击着桌子。

"你算是娉娉的养子，娉娉念旧，给了你们沈家一些富春山居的股份。"石高风淡淡地说道，"她这么做，一来是稳定人心，二来也就是让你们可以死心塌地地给小寒卖命。"

"有没有这个股份，我都会死心塌地地给他卖命。"沈冰摇头道，"石先生，很多事情您不懂。"

"好吧，有些事情我确实不懂，我不懂小寒，也不懂你们为什么能对他如此忠诚。"石高风说道，"好了，你要问的事情，已经问明白了，还有什么好问的？"

"没有了！"沈冰摇摇头。

"我可以见小寒了吗？"石高风说道，"别跟我说得这么绝情。"

"他回扬州了。"沈冰说道。

"这……他没有订机票啊？"沈冰愣然，皱眉说道。

"他这次不坐飞机。"沈冰笑道。

"动车？"石高风皱眉，"那得多少小时？会不会把小黑闷死？还有，他晕车啊，时间太久的话，只怕他身体撑不住。"

"他也没有坐动车。"沈冰笑道，"石先生，您猜——他是怎么回去的？"

"呃？"石高风想了想，又想了想，问道，"谁给他开车？谢轩？"

沈冰笑着冲着他竖起大拇指，说道："您真聪明。"

这个时候，富春山居门口停着一辆大红色的马自达6，牛平安看着那辆马自达6，又看了看林枫寒，笑道："马总可是跟我说，让我开玛莎拉蒂总裁，你居然让我开个马自达。这一瞬间，我档次降低很多很多啊。"

"以后会有玛莎拉蒂总裁，现在嘛，还是马6好。"林枫寒一边说着，一边打开后备厢。

牛平安见了，连忙走过去，帮他把小小的行李箱放在汽车后备厢里面，然后看着趴在他肩膀上的那只小怪兽。

刚才初见的时候，他以为那就是一只猫。这年头，养个宠物很正常，猫可爱，会卖萌，会撒娇，而且大小也合适，可以说，猫是最佳的宠物。

但是，当他走近一看，就发现，那小怪兽虽然长得很像猫，但它不是猫，而是一只长了翅膀的小怪兽。

牛平安给他打开副驾驶的门，来的时候，马胖子可是千叮咛万嘱咐，林枫寒晕车，他不能坐后面的位置，一般都是坐副驾驶位置，让他千万要注意，车内不能有丝毫的香水味或者别的异味，更不能在车里抽烟。

车里需要给他准备糖果、巧克力、牛奶、蜜饯之类的零食，林枫寒喜欢的牌子、口味，马胖子特意整理了一个文档发给他。

牛平安直到这个时候才发现，他这个同学，实在是太挑剔了。也真难为了他们那位马总，居然能知道得这么详尽。

林枫寒坐上车，小黑跟着飞进来，然后给他拉上安全带。

牛平安叹为观止，问道，"小林……哦，不对，老板，你怎么教的？"

"这不需要教。"林枫寒笑笑。

这个时候，小黑趴在林枫寒的肩头，竖着小爪子，直接鄙视他。

"我……"牛平安愣然，随即，他就想要伸手摸摸小黑。但是，小黑却趴在林枫寒的怀里，用翅膀抱着脑袋。

"实在是太可爱了。"牛平安发动车子，说道，"老板，你从哪里买来的？"

"不是我买来的，"林枫寒摇头道，"是小黑捡到了我。这次我在临湘城遇到一些事情，差点连小命都丢了，是小黑救了我，还把我捡回它家里……嗯，对了，别搞错，小黑是主人，我是宠物。"

说到最后，他忍不住笑了起来。

牛平安笑个不停，车子开出去之后，由于导航已经设定好，出城之后直接上了高速。等上了高速之后，他忍不住问道："我的大公子，为什么要连夜走？"

马胖子告诉过他，林枫寒要买一辆车回扬州，就是因为飞机上不让带宠物，火车也不方便，因此才有了这个想法。

牛平安当时就感觉好笑，这是真正有钱人的想法啊，他为什么不买个私人飞机啊？

当然，他不知道，林枫寒确实是准备买一架私人飞机。但一打听，私人飞机手续繁多，而且你买一架私人飞机，需要订制，一时半刻好不了。

最后只能借助于汽车了，这年头买车容易，只要你有钱、不挑剔，什么时候都可以直接把车开走。

因为车子已经上了高速，林枫寒笑笑，说道："晚上半个小时，等某个人缓过神来，我可能就走不了了。"

这个时候，石高风一准还没有想到，他会找一个不相关的人开车送他回去，他一准会以为就是谢轩开车。

等石高风知道不是谢轩开车，那么他就会想明白很多事情，等到那个时候林枫寒想走，只怕就走不了了。

三天之后，林枫寒终于回到扬州。牛平安开着车子下高速的时候，忍不住轻轻地叹气，这三天来，除了吃饭、睡觉，就是开车。

而且，林枫寒还和牛平安轮流开车。在路况好的情况下，车少，林枫寒会自己开一会儿，让牛平安休息休息。

就算如此，牛平安还是感觉，这开车简直就不是人做的事情。

"平时给我开车没有这么累。"林枫寒笑笑，看着扬州熟悉的种种，他说道，"认识古街不？"

"认识。"牛平安说道。

"送我过去。"林枫寒说道，"送我到古街，然后我放你两天假。"

"谢谢！"牛平安笑笑。

"当我知道马胖子要给我请个司机的时候，我跟他说，不要用你。"林枫寒突然说道。

"为什么？"牛平安愣然，不解地说道，"我不好吗？你看，这一路从临湘城回来，我的车技可是很好的。"

"嗯！"林枫寒点点头，确实，牛平安的车技很好，而且出门在外，人也小心谨慎，作为司机，没什么不好。

　　"我们是同学，让你给我开车，终究有些别扭。"林枫寒说道。

　　"老板，你顾忌得太多了。在学校的时候，可能是唯一的平等，毕业了，踏上社会，原来的很多东西都不再平等。"牛平安轻轻地叹气，趁着等红灯的时候，调了一下导航，确定好去古街的路。

　　林枫寒摁下车窗，外面的冷空气扑面而来，他低声说道："我离开的时候，是盛夏。马胖子跟我说，我老是宅在家里不出门，早晚会傻了、呆了，所以我要出门走走。他打电话给我，还特意嘱咐我，自己开车出门哦……"

　　"就是我们碰到的那天？"牛平安问道。

　　"是的！"林枫寒点点头，说道，"就是我们碰到的那天 —— 那天中午，事实上我已经午睡了，被他一个电话叫起来。我开着爸爸给我买的那辆崭新的宾利出了门。经过路口的时候，我停下来等红灯，结果，被后面一辆车给撞了。"

　　"你居然还有宾利？"牛平安愣然问道。

　　"我爸爸给我买的。"林枫寒苦涩地笑着，说道，"我不怎么开车的，车撞了，马胖子给我把车开到魔都，停在了蕴秀园。等我回来的时候，车修好了，蕴秀园也被人烧掉了……"

　　"蕴秀园又是什么地方？"牛平安好奇地问道。

　　"魔都的一座老宅子，据说还是民国时候的老宅子，带着老大的花园，花木葱茏。我爸爸很喜欢，就买了下来……"林枫寒低声说道，"如今，一把火让人烧掉了。"

第八十二章　任务失败

牛平安愣了一下，这个时候才回过神来，说道："林公子，你不是孤儿？"

"不是！"林枫寒摇摇头，说道，"是人皆有父母，我也不例外。我是孤儿，那是因为二十年前，我家出了一点意外，我爸爸还是挺有钱的。"

想到木秀，林枫寒叹气，原本他是计划先到魔都，看看蕴秀园。但是，最终他还是没有去。

许愿跟他说，事实上当初火势不大，只是烧毁了几间房子，庭院什么的并没有太大影响。如今已经重新修缮，甚至他还安慰他，老宅子嘛，正好趁这个机会修缮修缮，顺便把一些积攒下来的毛病一起解决了。

那尊青铜四羊方尊，他已经给他送回了御枫园。修缮蕴秀园也花费不了多少钱，让他放心。

但是，许愿根本不知道，这不是钱的问题，重新修缮过的、崭新的蕴秀园，却再也不是原来的蕴秀园了。

"老板，你去古街什么地方？"牛平安问道，他发现，林枫寒的情况似乎有些复杂，但是，这不关他的事情。作为一个司机，他可能会知道老板的很多秘密，或者一些隐私。他也不是第一次出来混职场了，所以他很明白，有些事情，他想说，他就听着，做一个听众就好，他不想说，自己最好也不要好奇地去问。

眼前的这个人，已经不再是他的同学，而是他的老板。

"宝典。"林枫寒说道。

"好！"牛平安说着，当即发动车子开了过去。宝典不在古街，而是临近古街的一家店铺。

林枫寒下车之后，直接就打开屋门，走了进去。

这地方，许愿也给他请了钟点工，定期打扫，所以，他虽然几个月没有在家，这地方还是收拾得纤尘不染。

林枫寒在属于自己的办公桌前坐下来，打开抽屉，拿出一盒香烟，取出一根，然后点燃。

"老板，你居然还抽烟？"牛平安有些愕然。

"平时不抽的。"林枫寒把香烟推给他，说道。

"你住这里？"牛平安四处看了看，这个店面装修得实在太过精致，古色古香的格局，还有好看的漆器首饰盒。

几净窗明，临窗的地方放着盆栽，如今林枫寒几个月不在家，都已经枯萎了。

林枫寒那张办公桌的后面是楼梯，楼上应该还有房间，所以牛平安猜测，林枫寒应该住在这里。

听说，当初景萍园拆迁的时候，他们这位林同学，不知道那地方的房产开发商是马胖子，他曾经说过，不给他一套别墅楼，他就做钉子户。

他景萍园那么一点地方，补贴这么一座房子，确实是太好了。

楼下可以做做生意，或者出租给别人，楼上可以正常居住。

林枫寒轻轻地摇头，说道："我想我姥爷了，所以我来这边看看。这地方装修的时候，都是我姥爷操持的。"

当时，他卧病姑苏，陈旭华说什么也不让他回来，所以，装修都是乌老头负责的。

对，还有那些古画。想到这里，林枫寒忍不住笑笑。后来他搬去御枫园，唯恐价值连城的古画放在这边出现闪失，所以一起带到了御枫园。

"嘎"，这个时候，小黑在房间里面飞了一圈，落在他的办公桌上，用小爪子比画着，歪着脑袋看着他。

林枫寒看了一下，顿时就有些哭笑不得。这小东西居然询问他，为什么没有老大的院子，没有树木，没有花儿，没有鸟儿可以给它欺负……

甚至，它还一脸委屈地表示，它千里迢迢地跟着他回来，他可不能欺负它。

"哈哈！"林枫寒摸摸小黑笑了笑，然后叹气道，"你这个小东西，难道没有园林，你就不愿意跟着我了？"

小黑又冲着他比画了一下，林枫寒脸上的笑容渐渐收敛，再次叹气。

"老板，怎么了？"牛平安问道，"小黑说什么？"

"没什么。"林枫寒摇摇头,小黑的意思很简单,询问他什么时候回落月山庄,它想石高风了。

是的,石高风各种宠它,瓜果、点心都随便它挑选。另外,整个落月山庄,它就是大爷,随便它闹腾。

"它想要园林?"牛平安问道。

"嗯,它想要园林,没有园林它就不能四处乱飞。"林枫寒说道。

"可是……"牛平安愣了一下,这才说道,"一座园林式的房子,那得多少钱,老板,这……"

"没事,我虽然没偌大的落月山庄,但好歹也有园林。走吧,回去。"林枫寒听见手机轻微的震动声,摸出来看看,果然是马胖子打来的。

马胖子昨天到达魔都,今天上午回到扬州。他昨天曾经打电话告诉马胖子,预计将会在下午三点左右到达扬州。如今,已经快四点了,马胖子还没有见到人,自然要打电话询问。

林枫寒接通马胖子的电话,告诉他自己已经到了宝典,马上回来。

"小寒,你快点,我让老李准备了酒菜,给你接风洗尘。"马胖子笑呵呵地说道。

"好,我马上到。"林枫寒笑笑,这个点吃饭还有点早,喝酒?好吧,他想要喝酒,庆祝一下他劫后重生,居然还能再次回到扬州。

"走吧,胖子催我们了。"林枫寒说道,"预计三点钟能到,结果晚了一点。"

车子开到御枫园,看着偌大的园林式建筑,牛平安顿时叹为观止。然后,他看了一眼那只趴在林枫寒怀里的小怪兽,心中叹气,就这小东西,养它也不容易啊,居然要园林?

这不,幸好它的主人是林枫寒,如果是他,可还真养不起。

江南的十一月份已经有些冷了,但风光却和临湘城不同,空气也比较清爽干净。

果然,小黑看到御枫园有些兴奋。小黑飞到一棵柳树上,愉快地扑向一只栖息在柳树上的虎皮鹦鹉。

原本虎皮鹦鹉都是笼子养的,当初马胖子买了一批回来,就放养在院子里面,任由它们四处乱飞。但由于这地方有人喂食,因此很多鸟儿都留了下来。

鹦鹉见到小黑,吓得喳喳乱叫,拍着翅膀飞走了。

林枫寒见状,忍不住就笑了起来。在落月山庄的时候,小黑没事就去外面欺负各种鸟雀，不管是散养的，还是笼子养的，它都尽着性子欺负个遍。它还戏弄过门口的两只大藏獒，看得林枫寒胆战心惊。

藏獒可是食肉类动物，一口就能把它吞了。

这地方，门口也养着狗，里面还养着两只好看的田园猫。如今小黑回来了，他在考虑，要不要把猫送人，免得误伤了小黑。

"小寒，你回来了？还站在门口做什么？"这个时候，马胖子已经从里面迎了出来。

小黑冲了下去，马胖子连忙抱住它，笑道："小黑，最近有没有想胖子啊？啊啊啊……你这个小东西，居然又鄙视我？"

"哈哈……"牛平安顿时就笑了出来，这一路上，小黑要么安静地趴在林枫寒身边，要么就是各种调皮捣蛋，还鄙视他。

对于它竖着小爪子玩鄙视，牛平安每次都感觉，简直就是萌化了。

这一路上凡是看到小黑的人，没有一个不喜欢的，真是人见人爱。

"小寒，来！"马胖子连忙招呼林枫寒，"你从这边走。"

"怎么了？"林枫寒愣然，不解地说道。

等他跟着马胖子走到门口的时候，他发现，门口居然有一个老铜盆，盆里还燃着木炭。

"少爷，跨过来，去去晦气。"谢轩从里面迎出来，伸手扶着他。

"还讲究什么迷信啊。"林枫寒忍不住笑道。

"这是我们南边的风俗。"谢轩也忍不住笑了一下，说道，"您这次遭遇了一些意外事情，跨个火盆，去去晦气。"

"好！"林枫寒听他这么说，当即跨过火盆，谢轩又念叨了几句吉利话。林枫寒觉得好笑，随即问道，"你也讲究这个？"

谢轩有些尴尬地笑了一下。

"小主人，您可回来了。"李翰墨也带着家里的保姆等人，一起出来迎接他。

牛平安跟马胖子打了一个招呼，马胖子忙着逗小黑，只是答应了一声。

"胖子，你安排一下平安，我答应放他两天假。"林枫寒笑道。

"没事，我都安排好了。"马胖子笑道。

林枫寒走进御枫园正楼，在客厅的沙发上坐下来，叹气道："我终于回来了。"随即，他就看到站在一边的谢轩，说道，"谢轩，我不是说也放你几天假吗？你急着赶回来做什么？"

"少爷！"谢轩看了他一眼，欲言又止。

"怎么了？"林枫寒愣然，说道，"你什么时候回来的？"

"今天中午。"谢轩有些心虚地抬头看了他一眼，低声说道。

"任务失败？"林枫寒试探性地问道，从理论上来说，这不可能啊。

谢轩苦涩地笑了笑，点点头。事实上，这算是他第一次为林枫寒执行任务，而且也不算什么为难的事情，所有的一切都已经铺垫好了。

林枫寒还给了他一笔钱，让他事成之后去澳洲或者马来西亚度假，好好地玩玩。

谢轩原本也打算事成之后玩一两天再回来，但按照林枫寒说的玩个十天半月，他是不敢的，家里一堆破事等他处理。

因为第一次做事，他想在这位少主子面前表现一下，结果，任务竟然失败了。

"失败就失败吧，你平安回来就好。"林枫寒笑笑。

既然谢轩的任务失败，肯定就是出了什么意外，这个时候还有外人在，他也不便多问。

"胖子，我上楼洗澡换衣服，你帮我安排一下。"林枫寒看了一眼正在逗小黑的马胖子，说道。

"好！"马胖子点点头。

林枫寒起身上楼之后，马胖子看着谢轩，问道："他让你做什么？"

"马总，您和我们家少爷关系好，您自己问他。"谢轩说道。

"好吧，这个问题我不问，等下我去问小寒。"马胖子摸着小黑，问道，"如今，你要求住进御枫园，我却不得不问一声，你算是哪一方的人？"

"我是少爷的人。"对于这个问题，谢轩回答得干脆利落。

"你既然管他叫少爷，那么你的老爷是谁？"马胖子再次问道，"你可以不说，但我也一样可以把你赶走。"

"我知道，虽然名义上御枫园是我们少爷的，但马总您才是这里的主人。"谢轩笑道，"我的老爷，自然就是少爷的姥爷。"

"什么乱七八糟的？"马胖子瞬间就糊涂了。

"乌老先生。"谢轩笑道，"我是乌老先生的弟子。"

"原来你是那个猥琐老头的弟子啊？"马胖子笑道，"早说呗，都是自己人，有什么好隐瞒的。"

"我一直跟踪少爷，怕他知道了，心里不痛快。这不，老爷一直关照，少爷脾气古怪，怕他反感，能不让他知道就不要让他知道。"谢轩笑道，"马总，你别怀疑我好不好？我的来历，石先生可是彻底地扒拉过一遍，您要不信，可以问问他。"

"哦？"马胖子听他这么说，当即点点头。在临湘城的时候，谢轩就一直跟着林枫寒，以石高风对林枫寒的了解，他不可能任由一个来历不明的人跟着他。

"行，平安是小寒的司机，你安排一下，哦……他以前可是你们少爷的同学。"马胖子说完，抱着小黑，起身上楼。

林枫寒推开自己的房门走进去的时候，还是有些恍惚，他居然再次回来了，短短几个月的时间，恍如隔世。

洗了澡，揉着半干的头发，他就穿着一件宽松的睡衣躺在床上。大概是知道他要回来，棉被等都是刚刚洗过晒过，带着浓浓的太阳味道，干爽舒服。

"嘎"，小黑拍着翅膀，从外面飞进来，落在他身边，然后在床上打了一个滚，看来这床的确很舒服。

接着，小黑钻入他的枕头底下，又把脑袋探出来，一脸的卖萌。

马胖子绕过壁橱，走了过来，在床榻上坐下来，说道："小寒，我昨天才回来。"

"我知道。"林枫寒笑笑，说道，"我们终于都回来了。"

第八十三章　蛛丝马迹

马胖子看着林枫寒，半晌，这才说道："前几天我都在木秀先生那边。"

"哦？"林枫寒问道，"他最近可好？"

"好！"马胖子笑笑，说道，"他最近赚了很多钱，能不好？"

"是啊！"林枫寒闻言，忍不住笑了一下，说道，"他什么时候都赚很多钱，不是最近。"

"说得也对。"马胖子点头道，"他让我带两句话给你。"

"哦？"林枫寒愣然，当即从床上爬起来，说道，"什么话？"

"小寒，这是木秀先生的原话。他说，当年姑妈待他不薄，所以，给古家留一个后吧。"马胖子说道。

林枫寒已经打开衣柜，准备挑选衣服，听到这句话，他愣了一下。难怪谢轩会失手，而且还急忙赶回来，倒也解释了为什么古莫宇能跑回来找石高风。

"我知道了！"林枫寒看着橱柜里面的衣服，笑道，"胖子，你又给我带了新衣服？别买这么多，我穿不了，很多衣服我连吊牌都没有拆呢，还买？"

"不是我买的！"马胖子笑笑，说道，"木秀先生让我带给你的，这是法国一家高级私人工作室的衣服，只接受定制，也不知道他们怎么忽悠木秀先生的，他一下下了几百万的单。这不，你看看——我从国外扛回来很辛苦。"

林枫寒挑了一件衬衣，笑道："男人的衣服，怎么设计也就是这样了，顶多就是拼个布料和做工，衬衣还能翻出花样来？"

"哈哈……"马胖子听他这么说，当即笑笑，也不在意。

"第二句是什么？"林枫寒问道。

"小寒，你说话的跳跃模式越来越大了。"马胖子趴在床上，看着一边的小黑，而小黑也正瞪着他。

"嗯……是你岔开了话题。"林枫寒说道，"第二句是什么？"

"南彝道是什么？"马胖子问道。

林枫寒扣衬衣纽扣的手，突然就停住了，他转身看着马胖子。

"怎么了？"马胖子愣然，不解地看着他。

"这句话是你问的，还是他问的？"林枫寒皱眉说道。

"我！"马胖子笑道，"他的原话差不多是这样，最近有人用信物开启了南彝道，让你处理一下后续的事情。我不知道南彝道是什么，所以问问你，我也询问过木秀先生，但是他说——如果我想知道，可以问你。"

"信物？"林枫寒顿时呆住，最近有人用信物开启了南彝道？

他可从来没有想过要开启南彝道，虽然母亲临死的时候，曾经特意交代过这个南彝道。可林枫寒曾经想过，除非哪一天国内没法容身，不得已亡命天涯的时候，他会带着信物开启南彝道逃生，否则，他绝对不会动用。

因为根本就没有必要。

林枫寒在床上再次坐下来，信物？信物？南彝道可不是随便他身上一样普通东西就能开启，难道……

对，原来如此！

想到这里，林枫寒突然摸向脖子上的那块"枫清影寒"的翡翠。是的，就是这块翡翠，他的贴身之物，木秀先生亲自篆刻的字。

这东西，足够让当年的那群老人们给他再卖一次命。

"小寒，你怎么了？"马胖子皱眉，看着他，"怎么回事？"

"呵呵……"林枫寒苦涩地笑着，说道，"就这个？"

"是的，就这个！"马胖子点头道。

"他没有说别的？"林枫寒再次问道。

"没有。"马胖子摇摇头，说道，"还有什么别的？"

"你再想想？"林枫寒说道。

"小寒，你们父子也真是的，好端端的，让我带什么话？直接打一个电话给你不就行了！这不，你有什么疑问，你也别问，你直接打电话联系他。"马胖子说道。

"我不敢！"林枫寒摇头道，"胖子，我这次瞒着他做了很多坏事，小孩子在做了坏事的时候，最好不要这个时候跑去找大人闲扯了，尤其在说了谎话的情况下，容易露馅。"

"靠，你还会做坏事？"马胖子闻言，顿时叹为观止，"你这样一个人，还会做坏事？"

"我……"林枫寒苦笑。

"小寒，"马胖子凑在他耳畔，低声说道，"所有的坏事都是胖子做的。玻璃是胖子砸的，架是胖子打的，别的事情，只要是你的，我都认——谁让我是胖子呢？"

"胖子，你都不知道我做了什么，你就要替我扛？"林枫寒笑笑，说道。

"不管是什么。"马胖子认真地说道。

"好吧，能认识你，真好。"林枫寒点点头，说道。

"当然，我是胖子，胖子都是靠谱的。"马胖子笑呵呵地说道。

"对了，许愿呢？"林枫寒笑道，"我九死一生，终于回家了，他这个玉奴跑到什么地方去了？"

"应该马上就会回来了。"马胖子笑道，"我们先下楼喝酒，等他。"

"好吧！"对此，林枫寒没有任何异议。

这个时候，许愿正在一家咖啡馆的包厢里面，靠在很舒服的沙发上。但他一点也舒服不起来，尤其是看着眼前那个年约六旬，一双眼睛依然锐利的孟志泽。

"许先生，既然你都来了，能不能爽快点？"跟随孟志泽来的，是一个二十岁出头的小伙子，叫孟强，一个非常普通的名字，他也长得普通，丢在人群里面，瞬间就会被淹没。

"孟老先生，二十年过去了，您没事跑来扬州做什么啊？"许愿说道，"放着京城好好的清福不享？"

"我有清福享吗？"孟志泽摇摇头。

当年正值壮年，他已经是一名非常优秀的刑警，加上口碑好，业绩好，虽然没有丝毫背景，但是如果没有意外，他是很有可能升上去的。

他也以为，他的前途会一片光明，人生是美好的。但是，那个案子让他从天堂坠入地狱。

如果世上有地狱的话，这些年他都是在地狱中度过的。

"我想要见他，还请许先生成全。"孟志泽说道。

"你要见他，你直接去见他啊，你没事跑来找我做什么？"提到这个，许愿就一肚子的怨念，你要见林枫寒，你去见啊，没事骚扰他做什么啊？

"没有你的首肯或者马先生的同意，我能见到他？"孟志泽冷笑道。

"老伯，他……不过就是一个犯罪嫌疑人。"孟强终于忍不住了。

"闭嘴。"许愿看了一眼孟强，冷冷地呵斥道，"没有证据，不要胡说八道，你的教官没有教过你？"

"证据？"孟强嗖的一下就站了起来，说道，"难道证据还不够？"

"够什么？"许愿冷笑道，"这次的事情，连立案都不够，还证据？"

孟强很年轻，年轻人都比较容易冲动，所以，他听了许愿这句话顿时就急了。他想要反驳许愿，却一句话也说不出来。

"孟老先生，你见他也是徒劳。"许愿说道。

"那是我的事情，我就是想要见见他。据说，二十年前他是影响整个案情的关键人物，二十年后，又出了这种事情。"孟志泽说道，"我想要见他，很正常。"

许愿摸出来一块玉璜，递给他："我的信物，你去吧，他一看就知道——自会见你。然后，你把玉璜留下就行。"

"好！"孟志泽点点头，双手接过玉璜，用手指摩挲了一下，说道，"这是古玉？"

"是的，汉代高古玉。"许愿说道。

"嗯！"孟志泽拿着玉璜，站起来，招呼孟强就要走。

"许先生不去？"孟强有些意外。

"呵呵！"许愿笑了一下，开什么玩笑啊，他这个时候去见林枫寒？对，他那位主人可能不会说什么，顶多就是说，让他收拾东西滚蛋。但是，马胖子绝对会把他十八代祖宗问候一遍，然后再问候他十八代子孙，连他老婆养的几只龙猫都会全部问候。

到了外面，孟强开了一辆普桑，孟志泽上了车，说道："直接去御枫园。"

"好！"孟强点点头，发动车子，向御枫园开去。他一边开车，一边终于忍不住问道，"大伯，这个案子为什么不能立案？"

"怎么立案？"孟志泽问道，"国内确实有一批工艺品出口，但是，那是工艺品。没错，国外最近有大批的青铜器成交，成交额高得惊人。但是，你有把握说，那批青铜器就是国内走私出去的？有吗？"

孟强没有说话。

"我们甚至都没有见过那批青铜器，连照片都没有，我们说什么？"孟志泽说道，"当年那个案子可是明案，都断不了，何况是这个。"

"不是说有清单吗？"孟强皱眉问道。

"清单？"孟志泽摇摇头，轻轻地叹气，清单有什么用？清单上就只有一样东西，引起了他们的注意——那就是四羊方尊。

正巧这个时候，孟强抓了一个小偷陈三。在审讯过程中，这个小偷自己交代了，前不久，他在扬州曾经偷过一个破铜烂铁，然后卖掉了，卖了一千八百块。

当时，要不是审讯的人多问一声，他们也不知道。那个所谓的破铜烂铁，就是大名鼎鼎的青铜四羊方尊。

而后，出于好奇心，孟强查了一下那个买主，陈三别的都不记得，但是他记得那辆车，还记得车牌的尾号。没法子，那辆车太耀眼、太新、太奢华了，所以陈三就记住了。

宾利不是常见的车，而且还是这种特豪华的订制款。

孟强一查之下，顿时就知道，那个车主竟然是林枫寒，扬州的一个大古玩商人。真的，他很诧异，古玩真的这么值钱？随随便便一个古玩商人，竟然开着价值八百万的豪车？

这件事情，他是当一件稀罕事情说给自家大伯孟志泽听的。但是，当孟志泽听到林枫寒这个名字的时候，一瞬间他的脸色就变得很苍白。

孟强询问了一下，才知道了二十年前的那个案子。

而后，他动用警方的力量查了一下，还知道了一些别的事情，所以，他几乎可以断定，那批青铜器绝对和林枫寒有些关系。

正如许愿所说的，你怎么怀疑是一回事，想要立案调查，那是另外一回事。

"孟强，你要做好思想准备。"孟志泽突然说道。

"什么思想准备？"孟强有些糊涂，"大伯，您说清楚点。"

"做好辞职的准备。"孟志泽说道。

"为什么啊？"孟强愣然，这个工作，可是他从小的心愿，好不容易实现了，这才做了几天啊？

"就凭着这串联起来的一点蛛丝马迹，还没有立案的事情，我们根本就没有理由跑去询问那位小寒殿下。"孟志泽叹气，说道，"我只是有些不甘心，本来你可以不来，可你这个孩子，就是死心眼，一根筋啊，脑子就不会转弯。"

"大伯……"孟强愕然，他怎么就脑子不会转弯了？小时候可是人人都夸他聪明。

"嗯！"孟志泽说道，"在你心目中，黑就是黑，白就是白，黑白分明，不容有丝毫的逾越，对吧？"

"自然！"孟强说道。

"但有时候并非如此，而且有时候，你所看到的真相，可能根本就不是真相。"孟志泽说道，"这些年，我都活在忏悔中，孟强，你知道为什么吗？"

"就因为当年那个案子，可是那个案子……嫌疑犯不是当庭释放了吗？可惜，终究天网恢恢，疏而不漏，他还是死了。"孟强冷笑道。

"你错了！"孟志泽摇头道，"他不是嫌疑犯，他是堂堂正正的君子。我忏悔，就是因为刚愎自用，导致国宝被毁。"

"大伯，怎么回事？"孟强放慢车速，皱眉问道。

"当初他拿不出有利的证据，所以，他想到了旁证。"孟志泽说道，"就是利用别的东西，来证明自己是无辜的、冤枉的……"

"大伯，我懂！"孟强说道，"您直接说下去。"

"当初他带着几幅古画去了京城，我们找鉴定师鉴定，可是鉴定结果却是——高仿品。"孟志泽说道，"既然是高仿品，当然不能证明什么，而那几幅画，后来就下落不明了。这些年我都在关注这件事情，所以我知道——那些画，根本不是高仿品，而是真正的国宝级名作。当初，鉴定师在重利的诱惑下，说了谎话，可我们却什么都不懂。于是，就根据他们的鉴定结果开始判断，便造成了冤案。我们都被蒙在鼓里，始终不知道是怎么回事。"

第八十四章　不速之客

孟强想了想，说道："大伯，这不是您的错。"

"是我的错，你不知道——当年我们对那人用刑逼供。"孟志泽闭上眼睛，回想当年的种种。

当年他正值壮年，能不能升上去，就看这次机会了。又正巧发生了如此大案，他急需破案立功，抓到人之后，他同意把人关在一家酒楼，而不是关在正规拘押所。当初他的目的就是——如果嫌犯不开口，他们准备采用刑讯逼供。

一如他们所料，那人胡说八道的本事很大，他们耗费了一周的时间，根本就没有问出一点有用的资料来，外界的压力越来越大。

孟志泽的压力也越来越大。

迫不得已，他听从别人的建议，准备刑讯逼供。据说，那人出身富贵人家，自然是禁不起一点痛苦，但是一旦动刑，肯定会在嫌犯身上留下伤痕。

孟志泽想来想去，想到了一个阴损的法子，就是只给饭吃，不给水喝。开始的时候那人毫无防备之心，差点就崩溃了。

但是，从第二天开始，他就冷静了。他吃得很少，尽量吃一些好消化的东西，他不再向他们讨水喝，三天过后，他开始绝食。

是的，有两天两夜，他什么都没有吃，人也陷入昏迷中。这个时候，外面的情况已经很不好，如果这个案子再不进行法院审判，只怕他们就得放人了，因为没有足够的证据。

可如果人死在他们手中，同样后果堪忧。

孟志泽很清楚，所以，他急忙对他抢救，同时也不再审讯，因为实在问不出来。可就在最后的两天，还是出了问题。

第一，他们掌握的有限资料被盗了，被人一把火烧毁。

第二，那人出现在法院的时候，竟然一身重伤，全部都是刑伤。

没有证据不算，他们还动用严刑逼供，这个案子已经不用审问了，那个嫌犯直接被当庭释放。但是，由于失窃的宝物还没有找回来，警方自然还是严密地监控他。

两个月之后，那人身体恢复了，一场车祸就这么发生了。

孟志泽知道，他没有死。二十年之后，他摇身一变，已经成为国际大珠宝商人，他依然站在金钱、权势的巅峰，睥睨天下。

就像当年他刚刚去京城的时候一样，他眼神骄傲，神采飞扬。

"他叫林君临。"孟志泽再次说道，"就是林枫寒的父亲。据说，当年他知道那个案子是谁做的，但由于他的幼子被人要挟，所以，他不说——宁愿被冤枉，甚至冒死刑的危险，他也不说。"

孟强慢慢地开车，皱眉问道："大伯，您的意思是——他根本就没有死，而是出国了？"

"是的，他没有死，出国了。"孟志泽说道，"听说，他现在有诸多身份，但表面上的身份就是国际珠宝商人木秀。他早些年是混迹黑道出身的，由于他叫君临，所以外号天子，他的宝贝儿子，自然就是小殿下了。"

"老伯，他们这一家子人，都挺会赚钱啊。"孟强突然说道，他的车子已经停在御枫园的门口。

他下车之后四处看了看，说道："这园子得有多大？"

"很大吧！"孟志泽笑笑，说道，"听说建筑面积有两千平方米的样子。"

"天啊！"孟志泽忍不住咋舌，说道，"有多少人为了几十平方米的小房子，奔波劳累一辈子，而他这个院子的建筑面积竟然两千平方米。"

"那个大房地产商人马腾，还从各地收罗来奇花异草、珍禽怪石，放在院子里面，供他赏玩。"孟志泽说道。

"切，也不知道赚了多少黑心钱。"提到那个大房地产商人马腾，孟强一点好感也没有。

"人家赚钱那是人家的本事。"对此，孟志泽笑笑，真的，能赚钱，那是一种本事。虽然这个年头很多人都仇富，但他一直都认为，如果这是一个用金钱衡量的社会，那么能赚钱就从各个方面体现出来，这是一种本事。

孟志泽一边说着，一边走到门口，保安立刻把他拦住。

　　孟志泽把那块玉璜递了过去，说明来意。保安打了一个电话之后，只是让他们先等着，并没有请他们立刻进去。

　　很快，一个二十多岁的青年走了出来，请他们进去。

　　林枫寒跟着马胖子下楼，李翰墨俨然成了他这边的大管家兼任大厨，一早就准备好酒菜等着他们。

　　林枫寒还问了一句，要不要等等许愿，或者打个电话问问他。

　　马胖子打了一个电话，结果许愿说他有事耽搁了，让他们不用等他。

　　这不，林枫寒和马胖子喝了几杯酒，闲扯了几句，这门口的保安就通知，说是有客人求见。

　　马胖子问了一声，说是一个姓孟的。林枫寒一脸的糊涂，马胖子也不认识，直接就准备让保安把人轰走。

　　可保安却说，这人带着许愿的信物，一块汉代玉璜。

　　林枫寒知道那块玉璜，那是许愿从他手里买走的。他自然知道，如今，他竟然把自己的贴身之物给人做信物，让人跑来见他，看来，不见不行了。所以他想了想，就让谢轩去把人带进来。

　　"这许愿搞什么么蛾子？"马胖子喝了几杯酒，感觉房间里面的空调似乎调高了一点点，有些燥热，当即松开衬衣的纽扣。不，他最近感觉，似乎他又长肉了，这衣服怎么就这么紧。他每次看见林枫寒穿衣服松松垮垮的，就郁闷不已——人家穿个衣服，不是合身就是偏大，为什么衣服到了他身上，就紧巴巴的？

　　明明他很有钱，不需要省那么一点点布料啊。

　　"刚才说，那个人叫什么？"林枫寒靠在沙发上，摸着小黑，问道。

　　"姓孟，不认识。"马胖子从洗手间出来之后，就在他身边坐下来。

　　"小主人，好像是叫孟志泽。"李翰墨说道。

　　"孟志泽？我怎么听着有些耳熟？"林枫寒微微皱眉，这个名字，他似乎在什么地方听过，可他为什么就想不起来了呢？

　　"等下问问不就得了？"马胖子挥挥手，直接说道。

　　"也对。"林枫寒点点头。

　　很快，谢轩就把人带了进来，林枫寒的目光落在那一老一少两人身上。他可以确定，自己从来没有见过这两人，而且这两人一点做古玩生意的气质都没有。他就弄不明白了，许愿好端端的，让这两人拿着他的信物，跑来找他做什么啊？

"两位请坐！"马胖子见林枫寒连打招呼的兴趣都没有，只好打了一声招呼。

孟志泽笑笑，就在他们对面的沙发上坐了下来，目光落在林枫寒身上。他一直听人说，林枫寒容貌清俊，比明星犹有过之，所以，倒也不用人介绍，他直接就认出来了。

"看样子，两位不是来找我的。"马胖子笑笑。

"马总好。"孟志泽笑笑，说道。

"两位是找我的？"林枫寒微微皱眉，他今天才回到扬州，怎么就有人摸上门来找他？

"是的！"孟志泽点点头。

"可我们并不认识。"林枫寒说道。

"这人嘛，都是从不认识到认识的。"孟志泽看得出来，林枫寒是一点也不欢迎他们。

"说得似乎挺有禅意。"林枫寒笑道，"可你怎么看，都不像一个有禅意的人。"

"哈哈……"孟志泽笑道，"我是一个俗人，俗人中的俗人，自然谈不上有什么禅意，不过就说了一句大实话而已。当然，实话有时候都不怎么好听。"

"对！"林枫寒点头道，"那么说来意吧，反正我也不会请你吃晚饭，磨蹭着没用。"

"果然实话都不好听。"孟志泽笑道，"好吧，既然这样，我就直说了，还请林先生不要介意。"

林枫寒点点头，说道："说吧！"

"我应该自我介绍一下。"孟志泽说道，"二十多年前，我还是一个警察，在京城任职，我曾经经手过一个案子，嫌犯就是令尊。"

"哦……"林枫寒点点头，他终于明白，他在什么地方听过这个名字了。

"所以说，我们也不能算不认识，早在二十年前，我就知道小寒殿下。"孟志泽说道。

"家父在的时候，我自然是小寒殿下，如今家父不在，这个外号就别提了。"林枫寒说道。

"令尊不是依然健在？"这个时候，孟强突然冷冷地插嘴道。

林枫寒微微挑眉，说道："什么意思？难道孟先生还想要追查当年的案子？"

"当年的案子早就结案了。"孟志泽笑笑，说道，"而且我也不是警察，没有权力再追究当年之事。"

林枫寒点点头，这个时候，小黑从餐厅飞了出来，落在林枫寒的身上，用小爪子抱着他的手指，像孩子一样撒娇……

"怎么了？"林枫寒连忙问道，"小黑？"

"少爷，它把您杯子里面的红酒喝了。"谢轩匆忙走进来，说道。

"哦！"林枫寒点点头，而小黑却冲他比画着，意思是让他去喝酒。

"等下就去。"林枫寒摸摸小黑，说道，"孟先生，直接说来意，我还有事。"

"林先生的事情，就是陪着这么一只小怪兽喝酒？"孟强冷笑道。

"嗯！"林枫寒点点头，对于他来说，陪小黑喝酒比跟他们聊天重要得多。

"半个月前，我在扬州抓到了一个小偷。"孟强说道，"虽然我大伯不是警察，但我还是警察。"

"哦，警察世家。"林枫寒点头道，"继续说，你在扬州抓到一个警察？哦，不对，你在扬州抓到一个小偷。"

"你……"孟强压下心中的怒火，看着林枫寒说道，"林先生，我们现在怀疑你倒卖国家珍贵文物，是在向你询问，你要是这种态度，我只能请你去警察局说话了。"

马胖子勃然大怒，当即握拳直接站了起来。

"胖子。"林枫寒叫道。

"小寒，他……"马胖子看着孟强，说道，"简直就是放他娘的狗屁。"

"没事。"林枫寒笑笑，看着孟强，说道，"我是做古玩生意的，这个生意，一直不怎么上台面。凡是做古玩生意的人，总免不了和文物沾点边，说吧，你的来意？"

"孟强，好好说。"孟志泽微微皱眉，看了一眼马胖子。他还真有些忌讳，这个马胖子在京城可也算是一号人物。

这人不嫖不赌，也不好女色，但不知道为什么，他就是和林枫寒投缘。

"那个小偷叫陈三，据他交代，他在数月之前，曾经偷出来一样东西。根据他的描述，应该是一件殷商时期的青铜四羊方尊。"孟强简单地述说了一下经过，"据陈三交代，他把这尊青铜四羊方尊很廉价地卖给了林先生。"

这一次，林枫寒没有说话，他当时让许愿给他处理一下陈三的事情，如今看来，许愿没有处理好。

当然，许愿也没有把这件事情当成太大的事情来处理，但转念想想，他当初在临湘城出事，许愿正好在京城开会，很多事情都没顾得上。

等他回来，哪里还记得一个卖破烂的小偷。

"陈三还记得那辆车的牌照，我们查过，宾利车不多见，尤其是你的这一款。"孟强说道，"林先生，想来你不会否认吧？"

"没错，当初他撞了我的车，我无意中发现了那尊青铜四羊方尊，因此就收了。"林枫寒说道，"我不知道那尊四羊方尊是真品，还是现代工艺品，不过制作精良，倒是不错，反正那个价钱收，我怎么都不亏。"

孟强看了他一眼，说道："林先生真会说笑话啊，这扬州古玩一行谁不知道你眼力不凡，怎么会看不出是赝品，还是高仿货？工艺品，你会在意？"

"我确实没有怎么在意，因此东西到手，就直接丢在车库了。"林枫寒笑道。

"林先生是不是想要说，那尊青铜四羊方尊已经失窃，不知所踪？"孟强说道，"因为不值钱，所以你也没有报警，对吧？"

对于孟强的这句话，林枫寒迟疑了一下，突然心中一动：难道，他们这次利用他的信物开启南彝道，竟然是为了运青铜器？

若非如此，就算孟强再冒失，也不会因为一个小偷的三言两语，就跑来御枫园询问青铜器的事情啊！

第八十五章　悔不当初

林枫寒想到这里，不禁苦笑。他一边抚摸着小黑，一边说道："孟先生怎么知道的？推理能力不错啊，还是已经帮我抓到了凶手？"

"是啊，前不久蕴秀园一把大火，不但把我好端端的蕴秀园烧掉了，这青铜四羊方尊也不知去向。"林枫寒摊摊手，说道，"我当时人不在家，所以也没有过问。"

"被你偷偷卖出境外了吧。"孟强冷笑道。

"孟先生，说话需要证据，你如果有证据，可以起诉我。"林枫寒说道，"没有证据，就请不要胡说八道。"

孟志泽微微皱眉，看了一眼孟强，示意他不要说话，然后他才说道："林先生这些日子是不是都在临湘城？"

"嗯！"林枫寒点点头，他的行踪不是什么秘密，他们想要知道，查一下就明白了。

"我去临湘城参加了一个古玩鉴赏交流大会。"林枫寒说道，"颇有收获。"

"我知道。"孟志泽笑道，"听说，林先生赚了不少啊？"

林枫寒很矜持地笑着。

"林先生，听说在星辉拍卖行，你曾经指责一尊青铜四羊方尊是高仿品？"孟志泽说道。

林枫寒听他这么说，当即摇头道："孟老先生，您错了。当初说那尊青铜四羊方尊是仿品的人，并不是我，而是吴辉——他说是我说的，但我可从来没有说过。而且，想来您也知道，鉴定一件青铜器皿的真伪，需要仔细地看、摸，甚至还需要借助一些别的工具，否则，光看图纸或者视频，根本无从分辨。古玩一行，真真假假的门道实在太多，想来孟老先生也有所耳闻吧？"

"这倒也是。"孟志泽点点头。

"我因为曾经揭露过吴辉的一幅古画是揭层的，因此他对我有些意见。"林枫寒说道，"所以，借着拍卖会，想要给我捣乱，让我名声扫地。"

"这件事情我们自会调查。"孟强说道。

"那就好，孟先生慢慢调查就是。"林枫寒说道。

"告辞！"孟志泽站起来。

"等等！"林枫寒突然叫道。

马胖子看了一眼林枫寒，什么青铜四羊方尊的真伪，他不明白，所以刚才他们说话，他就一直没有插嘴。

但是，他真的很讨厌孟志泽和孟强，听说他们要走，他立刻就想要赶人。

"林先生还有什么事？"孟强问道。

林枫寒站起来，走到孟志泽身边，说道："二十年前，因为您的刚愎自用，导致国宝被瓜分和失踪，如今我虽然追回几样东西，但更多的却下落不明。孟老先生，如果您自认为你正义、光明磊落，这么多年您有没有内疚过？"

孟志泽没有说话，当年的事情，事后他才多多少少知道了一点。他也知道，如果他探查到的隐情都是真的，那么，当初那几幅画，可都是国宝啊，可谓价值连城。结果却因为他的缘故，全部流失出去。

不是被人瓜分了，就是付之一炬。

对，林君临在极端愤怒之下，曾经亲手撕毁过一幅古画……

"为了逼迫他承认一些子虚乌有的罪名，你们滥用私刑逼供。"林枫寒冷冷地说道，"如今还想要再制造一宗冤案？事情过后，不是应该考虑如何追回宝物吗？可你们都做了什么？"

"追回宝物，你说得轻巧。"孟强冷笑道。

"这些年我都在做，虽然能力有限，微不足道，但我也在做。"林枫寒说道，"我做古玩交易，也是以藏养藏，否则，我哪里有钱把宝物找回来？可到了你们口中，我成了什么走私文物？我要是愿意走私文物，倒也不用如此苦恼了。"

想想当初乌老头找他，如果他愿意变卖，也不用想着开什么博物馆，事后还被石高风要挟了。

偷偷地想法子出手，或者勾搭一下大型拍卖场，慢慢出手也不迟。

甚至，他可以去国外待着，国内的这些东西，委托给别人就成，一年卖几件东西，足够他花天酒地地挥霍了。

"孟老先生，如果你今天不来，我就当这辈子从来没有见过你，不知有你这个人存在。但既然你来了，还提起当年的事情……"林枫寒笑得有些讽刺，"为了家父，我是不是也应该做点什么？"

"你要做什么？"孟强一个箭步，挡在孟志泽面前。

"放心，我就是想要做点什么，也不会在这里。"林枫寒笑道，"我也只是在合理和合法的范围内，找找你们的麻烦而已。"

说着，他看了一眼谢轩，说道："送客。"

"请！"谢轩走到孟志泽身边，直截了当地说道，"御枫园不欢迎你们。"

孟志泽想要说什么，终究没有说话，转身向外面走去。

等走出御枫园，孟强愤然说道："真正的朱门酒肉臭，路有冻死骨。住着这样的豪宅，他还好意思说，他是以藏养藏，想要追回宝物。他不赚钱，他买得起园林？开得起宾利？"

孟志泽看了他一眼，轻轻地叹气，说道："孟强，你心里妒忌，对吧？"

"啊？"孟强愣然，说道，"大伯，您怎么说这话？我怎么会妒忌？"

"你就是妒忌。"孟志泽说道，"你是我侄子，我从小看着你长大的，我理解——我当年也很妒忌。当年林君临初到京城的时候，年轻气盛，神采飞扬，他的眼神里面带着的那种骄傲，还有对我们的漠视，让我很不舒服。对，我不舒服，所以我费尽心机也要让他认罪。我要把他关入大牢，我就不信他被判了死刑的时候，还如此高傲！"

"呵呵！"就在这个时候，孟志泽突然听有人轻声地笑了出来。

他们两人匆忙回头，就看到许愿不知道什么时候，就这么靠在他们那辆车上。

"许先生，你偷听我们说话？"孟强有些恼火。

"我就站在这里。"许愿笑笑，说道，"羡慕别人不是什么大事，因为羡慕，所以心生向往，从而奋发努力。孟老先生，你当年的心态可要不得。"

"是啊。"孟志泽说道，"所以我才说，我要见见他。"

"见过了，感觉如何？"许愿笑呵呵地问道。

"我似乎看到了二十年前的案子再次拉开了序幕。"孟志泽说道，"但这一次，那位小殿下似乎是有备而来，并非像当初的林爷一样，毫无防备之心啊。当年之事，我一直很后悔。"

许愿表面上虽然不动神色，心中却有些震惊，难道，当真还是当年的那批人做的？

孟志泽当年能爬上去，不是没有道理的，他确实很有本事。他当年就是太想破案了，而且，正如他所说，他妒忌林君临。

　　在嫉恨的心态下，理智就被蒙蔽了。

　　"当年我栽在那个案子上，这些年我曾经和形形色色的古玩商人打过交道。"孟志泽叹气道，"他们有一句话说得很好，因为购买，才能体会古玩的价值，也更能妥善地保存。如果这些东西不值钱，不能买卖，那么它们就是被人用旧的破烂，分文不值，最终不是被遗弃，就是被破坏，所以，买卖有时候更能保护古董。"

　　"倒是有些道理。"许愿笑道。

　　"所以，这种事情和我们以前接触过的任何案子都不同。"孟志泽说道，"我们的着重点不是在事后寻找嫌疑犯，而是应该先考虑如何保护或者寻找那些价值连城的宝物，接下来才是考虑抓捕凶手。"

　　"大伯……"孟强感觉，孟志泽所说，似乎和他们平时的教条彻底相违背了。平时如果立案，首先考虑的都是抓捕嫌疑犯。

　　"这个时候，如果着重点是找所谓的嫌疑犯，导致的结果可能就是，他们心里畏惧，为了不被抓到，从而毁灭证据，把贵重的宝物彻底破坏，甚至抛弃等等。"孟志泽说道，"就像凶杀案中，凶手销毁证据一样，都是一个道理。对于他们来说，宝物就是指控他们最有力的证据，如果这个证据没有了，自然罪名就不成立了，这样你就不能指控他们什么。"

　　"分析得合情合理。"许愿轻轻地鼓掌道，"既然这样，你为什么还一定要来御枫园？"

　　"许先生，你不是也想要知道结果吗？"孟志泽冷笑道，"但是你自己不敢去问，所以，利用我罢了。"

　　"哈哈……"这一次，许愿只是笑着。

　　"你希望找回来？"孟志泽突然说道。

　　"我不知道！"这一次，许愿不知道说什么才好，半晌，他才说道，"出了这样的事情，上面把任务压下来，不是追究谁的责任，而是希望找回一样是一样。毕竟，那是我们华夏的国宝。"

　　"堵了那条路，抓几个人，确实是一点用也没有。"孟志泽说道，"没有了这条路，他们还可以走别的路，人总是那么聪明。杀了一批，还会有一批，只要有利润在，总会有人铤而走险，很难杜绝的。"

"这种案子，本身就和别的案子不同。"许愿苦笑道，"我也想把东西找回来，但是，到底有哪些东西，谁经手的，谁买卖的，天知道啊……"

"他好像知道一点。"孟志泽低声说道。

"这种事情，普通人根本做不来。"许愿摸出香烟，给他们一人递了一根，"国内肯定有高手参与，他是扬州这边的大古玩商人，就算和他没有一点关系，也会有人通知他一声的。"

孟志泽想了想，这件事情和他是没有一点关系的，但他还是忍不住问道："你准备怎么办？"

"已经流失的东西，想要追回来，只有一个法子。"许愿说道。

"什么法子？"孟强傻傻地问道。

"买回来。"孟志泽苦笑道，"许先生，你这是异想天开，那得多少钱？"

"是的。"许愿说道，"我虽然有资产，算是一个有钱人，但我买不起。但是，他不同。"

"你说……"孟志泽愣然，虽然林枫寒是扬州的大古玩商人，但是，古玩商人多了，生意做得极好的，自然也很多，更多的人却是坑蒙拐骗，无所不用其极，导致很多人都对古玩一行望而生畏。

而在古玩一行，真正有钱的到底有多少人，没人知道。因为更多的是收藏家，都是一些大老板、业余爱好者，而不是古玩商人。

外界传言，林枫寒就因为长得容貌清俊，因此一直被那个马氏房地产公司的老总马腾养着。甚至，连御枫园都是马胖子给他修建的。

在来御枫园之前，孟志泽也不认为他多么有钱。传言都是以讹传讹，他根本不相信古玩的利润能高到这种境界。

"许先生，你是说马先生吗？"孟强问道。

"不是。"许愿摇头道，"马胖子不过是一个房地产商人，经商头脑灵活，很会赚钱。他也不喜欢古董，他就算吃撑了，也不会掏钱把这些东西买回来。但是，小寒不同……"

许愿寻思着，这件事情应该怎么办？

孟志泽不过是一块敲门砖，他就是想要问问，他是不是知情。但现在从孟志泽的口中，许愿可以断定，林枫寒一准知道一点什么。

只要他知道，顺藤摸瓜，总是可以找到源头，然后再说别的。

"许先生，我们成了你的先锋，"孟志泽说道，"却惹恼了林先生。这事……你是不是也给想想法子？"

"呃？"许愿正在思忖着问题，听孟志泽这么说，当即问道："怎么了？"

"他说，他要在合理合法的范围内，找我们的麻烦。"孟志泽说道，"这年头，很多事情都能用钱摆平。如果他真的如你所说，那么有钱，只怕他也一样会用钱找我们的麻烦。"

"哈哈……"许愿听孟志泽这么说，顿时就笑了出来，"能被人用钱找麻烦，有什么不好？不过，这话可不怎么像是小寒说的，倒像是马胖子。"

"就是他说的。"孟强冷笑道，"真以为他是谁了。"

"他是我的主人啊。"许愿笑道，"放心，我了解他，他也就是这么一说，不会真做什么。"

"许先生，你有所不知。"提到这个，孟志泽有些苦恼，"当年我们曾经对林君临动过私刑，他如今想要报复。"

第八十六章　三年之限

　　许愿顿时呆住，半晌，他才说道："你们居然对木秀先生动过刑？"

　　"我……"提到这个，孟志泽呆了半晌，叹气道。

　　"他那么骄傲的人……"对此，许愿也不知道说什么才好，想了想，这才说道，"算了，事已至此，你们本不应该再掺和进来。"

　　"这件事情，还请许先生帮忙。"孟志泽说道，"我也就算了，只是这个孩子……"说着，他看了看孟强。

　　"我知道，我会和他说说，小寒不是不讲理的人。"许愿说道。

　　口中说着，他心中却叫苦不迭，林枫寒未必是不讲理的人。但是，他也是一个人，这次的事情他明明也被牵扯其中，这个时候他一准一肚子的火气。

　　让孟志泽跑去问问，本来无关紧要，可他做梦也没有想到，孟志泽当年可是出名的刚正不阿，居然会罔顾律法，对拘押的嫌犯动用私刑。

　　林枫寒就算再大度，这个时候也会生气。

　　所以，许愿磨蹭到晚上九点左右，他才回到御枫园。按照他对林枫寒的了解，他这个点应该已经回房间看电视或者玩游戏了，要不，就是看小说。

　　反正他的日子就是过得很清闲，用他自己的话说，他心无大志，也没有什么特殊爱好。木秀有钱，他只需要过着混吃等死的日子。

　　许愿回去的时候，林枫寒确实不在楼下，一瞬间他就松了一口气。这个点他一准一肚子的火气，有什么事情，他都应该等明天再说。

　　本来许愿都准备回家躲躲了。但想想，最近他老婆又新添了两只新宠，回家免不了要洗龙猫笼子，喂龙猫，还要被龙猫鄙视。得，他还是回御枫园吧。

　　他宁可被某个胖子鄙视。

上楼的时候，他就看到：在楼上的小客厅里面，马胖子正在翻报纸。

"许愿，回来了？"马胖子见到他，笑呵呵地招呼道。

"嗯！"许愿点点头。

"吃过饭了吗？"马胖子和以往一样，含笑着问道，"厨房应该还有剩饭，让老李给你炒炒？"

"我就不吃那个剩饭了，我知道，那饭是你留给自己的夜宵。"许愿笑道。

"不吃最好。"马胖子一本正经地点点头。

"小寒呢？"许愿四处看了看，没有见到林枫寒。

"他在书房，嘱咐过，如果你回来，请你去一趟书房。"马胖子笑道。

"呃……"许愿突然就有一种很不好的感觉，小心翼翼地问道，"胖子，俗话说得好，百年修得同船渡，千年修得共枕眠，想想，我们也有数千年的交情了。"

"我见过无耻的，没见过像你这么无耻的。"马胖子摇摇头，说道，"我和你有千年的交情？老而不死谓之贼，一千年，那算什么？"

"反正，我们一张桌子吃过饭，一个枕头睡过觉。你偷偷告诉我，小寒是不是在生气？"许愿一边说着，一边偷偷地瞄了一眼书房的位置。

"我不知道。"马胖子摸出香烟来，冲着他晃晃，说道，"我以为，他会生气，我都准备好一肚子的台词安慰他了。可是，他就是没有让我说话。他说，他不生气，他一点也不生气。"

"为什么？"许愿愣然，他应该生气啊，他为什么不生气？

马胖子想了想，说道："我也不了解，他说……"

"他说什么？"许愿问道。

"他说 —— 仙与魔，一念之间。"马胖子说道，"这是他让我转达给你的话。"

许愿在马胖子的身边坐下来，然后从他面前拿起一根烟，点燃，慢慢地抽着……

直到一根烟抽完，许愿站起来，转身向林枫寒的书房走去。

站在门口，他轻轻地敲门。

"进来吧！"林枫寒的这句话是用扬州方言说的，带着江南水乡特有的酥软，还有一种音律感。

许愿推门走进去，发现林枫寒靠在沙发上，房间里面灯火通明，他正在慢慢地翻阅一本古籍。

"回来了？吃过了吗？"林枫寒和马胖子一样，含笑问着刚才的问题。只不过，刚才马胖子是用普通话说的，而他依然用扬州方言。

"吃过了。"这一次，许愿也用方言回答，他也是土生土长的扬州人。

"这个给你，辛苦你了。"林枫寒说着，把那块汉代高古玉的玉璜递了过去，"一年多的时间，这玉璜盘得不错。"

"谢谢！"许愿接过玉璜，呆呆地看着他。

林枫寒继续低头看书，似乎根本不想说别的。

"小寒……"许愿憋了半天，终于忍不住问道，"你就不想说点什么？"

"说什么呀？"林枫寒歪了一下脑袋，问道。

这个时候，一道黑影飞了进来，落在他的肩头。小黑用小翅膀抱着林枫寒的脖子，然后在他脸上蹭了一下。

随即，它学着林枫寒的模样，歪着脑袋，看着许愿。

许愿看看小黑，又看看林枫寒，终于说道："孟志泽的事情……"

"不过是投石问路，我又不傻。"林枫寒笑笑，"告诉我出了一点问题而已。"

"一点问题？"这一次，许愿的声音明显提高了很多分贝。

"是的，就是一点问题。"林枫寒淡淡地说道，"对于我来说，就是一点点问题。可能会有一点小麻烦。"

"哦？"许愿挑眉。

"短期之内，我不能出国了，对吧？我好歹得把这次的事情料理好。"林枫寒抱过小黑，温和地笑着。

许愿在他对面坐了下来，迟疑了一下，他还是问道："你有没有想过，如果料理不好，会有什么后果？"

"后果？"林枫寒讽刺地笑着，"除死无大事，对于我来说，还能有什么后果？"

"小寒……"许愿呆了半晌，对于他的这句话，他竟然无言以对。

"想当年，你我初见，你一身的书卷气，温雅华贵……"许愿呆呆地说道，"现在……"

"那个时候，我心中无欲无求，我还有一颗慈悲的心。我想过，穷则独善其身，富则兼达天下。现在，我已经入魔。"林枫寒笑得温和，依然一脸的书卷气，温雅华贵。

"如此说来……"许愿一惊，试探性地问道。

"没有如此说来。"林枫寒摇头道，"许愿，你还记得，刚才你进门的时候，我问你的那句话吗？"

"呃？"许愿呆住，仔细想想，他进门的时候，他说什么了？

"回来了？吃过了吗？"许愿呆呆地咀嚼着这句话。

"这里是我的家，也是你的家，不管我将来如何，你和我，都是绑在一根绳子上的蚂蚱。"林枫寒笑道，"别和我玩什么无间道，你可是管我叫主人，懂吧？"

"懂，我也从来没有指望过还能退步抽身。"许愿苦笑道，"我的主人，自从我一脚踏进宝典的时候开始，是不是就注定我这辈子只能给你卖命？"

"我拒绝过你。"林枫寒笑道，"但是你曾经说过，你有钱有势，如果我不从，你就在我面前长跪不起。于是，如你所愿！"

"出去吧，把该办的事情，都给我办好了。"林枫寒笑笑，说道，"我不想再看到姓孟的人以一个讨厌者的身份出现了。"

"明白！"许愿点头。

"是你害了他们，你不应该让无辜者跑来试探我的态度。"林枫寒再次说道。

这一次，许愿没有说话，他做梦都没有想到，孟志泽当年竟然会对木秀动用私刑——而这件事情，林枫寒竟然知道。

"二十年，说长不长，说短不短，但当年的人并没有死绝，他们怎么就有如此把握，跑来审问我？"林枫寒冷笑道。

"小寒，我能问一个问题吗？"许愿突然说道。

"什么问题？"林枫寒放下手中的古籍，轻轻地摸着小黑，小黑温顺地趴在他的膝盖上。

"古俊楠临死之前，说了一件事。"许愿说道，"当初引起警方重视的，不光是名单上的几样东西，还有几样东西，并不在名单上，而且也没有人见过……"

"继续说下去。"林枫寒说道。

"好！"许愿点头道，"名单上的东西，一部分是博物馆的。如果没有博物馆的东西，当初物证不足，也没法指证林君临先生，对吧？"

"对，子虚乌有的东西，就算再名贵，没有真凭实据，如何指证？法律是要讲证据的。"林枫寒说道。

"是啊！"许愿笑笑，说道，"所以我一开始就怀疑，博物馆才是真正的栽赃嫁祸者，甚至，就是为了让林君临先生坐实这个罪名，对吧？"

"似乎……"林枫寒歪了一下脑袋，点头道，"言之有理。"

"古俊楠告诉我说——当初引起重视的是九州之鼎。那对于我们大华夏来说，可是真正的国粹，动不得。"许愿说道，"另外就是一件金缕玉衣。"

"那一年，我才五岁！"林枫寒笑笑，如果是以前，有人询问这样的问题，他会生气，但现在，他已经冷静从容得像是在讨论今天的天气。

"五岁的孩子，什么都不知道。"林枫寒继续说道，"当初这个案子，我还是委托你帮我查的。"

"是的！"许愿点头道，"你第一次卖古玩，出售的金缕玉衣是哪里来的？你可是对我说过，那是祖传之物，没错吧？"

"没错，我没有否认过。"林枫寒点头道，"所以过后我有钱了，我又把它买回来了，如今就在御枫园的地下藏宝室。你知道，我正准备开博物馆呢，到时候展出。收藏这一行，大家不都是以藏养藏吗？"

"只有残件？"许愿再次问道。

"许愿，我说过很多遍，只有残件。"林枫寒笑道，"你跟着我快两年了，如果我私藏了什么东西，你能不知道？"

"我的主人，你是主人，我只不过是一介玉奴，所以你的很多事情我都不知道。"许愿摇头道，"原来你说什么我都相信，但现在我很怀疑你。"

"怀疑无效。"林枫寒说道。

这句话，真的很无耻，但是，许愿竟然接受了。

"好吧，怀疑无效，您是主人，我应该相信我的主人。"许愿笑笑，说道，"主人，如果没有什么事情，我不打扰您看书了。"

"预计是多久？"突然，林枫寒没头没脑地问道。

"什么？"许愿呆住，不解地看着他。

"你们——预计留我多久？"林枫寒问道，"你——还有石先生！"

许愿原本已经准备站起来离开书房了，听林枫寒这么问，他再次坐好，思虑片刻，这才说道："出了这种事情，上面很震怒，下令追查是其次，重点就是希望能把宝物找回来。但我知道，这个希望很渺茫。"

"吃到嘴的肥肉想要让人吐出来，确实不容易。"林枫寒说道。

"是的，我明白！"许愿说道，"应该是从魔都走的，所以，上面震怒，责令追查，责任就压在了我身上。让我查，我从什么地方去查？我根本不懂，毫无线索，但跟着你差不多两年，你平时看似无所事事，你也不想管事。但南边古玩市场上，一旦有个风吹草动，总会有人向你通个气，这次这么一桩大买卖，又是在魔都。魔都距离扬州很近，你要说你不知道，我真不信。"

"刚才你说过，我们是一根绳子上的蚂蚱，你是我的主人，如果我有个三长两短，你这个主人脸上也不光彩。"许愿接着说道。

"天冷了，蚂蚱都不太会蹦跶啊。"林枫寒摇摇头，这次，他也有种无言以对的感觉。

"这责任只怕是无法追究了，顶多就是抓几个倒霉的小喽啰。"许愿说道，"我就盼着东西能找一些回来，能找回一样是一样。哪怕东西找回来，作为你的私人收藏品或者放在你将来的博物馆展出，只要还在我们大华夏，我——我们——都能接受，甚至我们愿意鼎力相助。"

"还是没有说到重点。"林枫寒说道。

"十年如何？"许愿说道。

"我已经等待了二十年，十年太久。"林枫寒摇头道。

"你是我的主人，打个对折。"许愿笑道。

"既然是主人，一折就好。"林枫寒笑笑。

"我就算再廉价，也不能打一折。"许愿摇头，"最低三折，三年。这三年之内，我们会尽力帮助你。三年之后，不管成不成，你都是自由的。"

"你虽然无耻，但好歹守信。"林枫寒点头道，"添一个附加条件，如何？"

"任何有关石先生的附加条件，都不能作为条件。"许愿略略一想，当即摇头道。

"跟他无关。"林枫寒笑笑，说道，"他的事情，你做不来主。"

"主人理解就好。"许愿说道，"既然如此，不知是什么附加条件？"

"青铜回归，还我自由！"林枫寒说道。

"成交！"许愿点头，"君子一诺千金，绝不食言。"